UWE KOPF

DIE ELF GEHIRNE DER SEIDEN-SPINNER-RAUPE

ROMAN

TEMPO

Für Stephan

TEMPO-Bücher erscheinen im
Hoffmann und Campe Verlag, Hamburg.

1. Auflage 2017

www.hoca.de
Typografie und Satz:
Farnschläder & Mahlstedt, Hamburg
Gesetzt aus der Sabon
Druck und Bindung: CPI books GmbH, Leck
ISBN 978-3-455-00057-3

HOFFMANN UND CAMPE

Ein Unternehmen der
GANSKE VERLAGSGRUPPE

EINS

Bevor sich dieser 40-jährige Junge nach Art der Greise erhängen wird, wäscht er noch mal Wäsche, das Waschmittel muss wie immer *Sunil* sein (»Top Sauberkeit, rechnen Sie mit dem Besten«), auch seine Mutter hat nur *Sunil* an ihre Wäsche gelassen, und während die Waschmaschine läuft, bestellt er sich eine Pizza (mit Salami, Spinat und Bratkartoffeln), dazu drei Dosen Bier (*Warsteiner*, er mag dieses Tantenbier eigentlich nicht, aber der Pizzadienst führt keine andere Sorte), er muss auch noch ein Geschenk einpacken, die Freundin seines Bruders hat morgen Geburtstag, sie kriegt eine Flasche Parfüm (von Lagerfeld, *Sun Moon Stars*), das gleiche Parfüm benutzt auch die Geliebte, die Unvergleichliche, die Sau, die Verräterin.

Es ist Sonntagabend, der 24. Mai 1998, im Fernsehen läuft der Kriegsfilm *Platoon*, draußen, im Hamburger Arbeiterviertel Barmbek, endet gerade ein Straßenfest, er hat dort vorhin zwei Würstchen mit Mutter gegessen und sie angeraunzt, obwohl oder weil sie sich bei ihm einhakte und ihn trösten wollte, er ist mit Mutter noch in ihre Wohnung gegangen und hat dort zwei Flaschen Bier getrunken (*Jever Pilsener*, von Mutter immer für ihn im Kühlschrank gelagert), sie sprachen über Eva – »die blonde Hexe«, sagte Mutter, die blonde Hexe war doch überhaupt nie gut für ihn, die blonde Hexe hat ihn durch Sex verhext und so krank gemacht, jetzt ist sie wieder nach Aachen zu ihrem »Bessergestellten« zurückgekrochen, sagte Mutter.

Nachmittags an seinem Sterbetag hat Tom, dieser 40-jährige Junge mit den Lucky-Luke-Beinen, noch mal seine Kinderschrift gebraucht und auf einen Zettel geschrieben, was sein Leben taugt, die Polizei wird den Zettel später finden und von einem Bilanzselbstmord reden: Links auf dem Zettel stehen die Wünsche, nämlich *Eva, Respekt, Sinn, Ruhe*, rechts steht der Zustand, das Erreichte – *Nichts, da kommt nix mehr*. Er bekritzelt außerdem einen Zettel mit der Phrase *Wenn Du das liest, bin ich nicht mehr da*, an Eva gerichtet, er zerreißt den Zettel, wirft die Schnipsel in den Papierkorb und überlegt dann, in welchem Raum es passieren soll, das Schlafzimmer, das Wohnzimmer und die Küche würden sich genauso eignen, aber er wählt das Badezimmer, dort hat er zum ersten Mal mit Eva geschlafen, er wollte nur auf die Toilette gehen, aber Eva ist hinterhergekommen und hat ihn sich genommen, so hat er's immer voller Stolz gesehen und erzählt.

Er hat nachmittags das Buch *Stiller Schrecken* zu Ende gelesen, das einzige Buch, das er in seinem Leben zu Ende gelesen hat: James Ellroy hat's geschrieben, einer seiner frühen Romane, es handelt von einem Mann, der als Kind und Jugendlicher an seinen Verwandten leidet und später sein Leben mit Sinn füllt, indem er durch Amerika reist und Menschen mit einer Axt zerhackt. Auf die Frage, was ihm denn ausgerechnet an diesem Buch so gefalle, antwortete Tom, ohne nachzudenken: »Es war das Absurde, das Grauen, das Lächerliche.«

Diesen Roman hat er begonnen während der vier Tage in dem Irrenhaus, wie er sagte, es war die offene Psychiatrie eines Krankenhauses, da lagen Männer, die wackelten ständig mit dem Kopf, sabberten und rotzten, befummelten sich unter der Bettdecke und greinten. Hier gehöre ich nicht her, sagte er zu sich selbst und zu Mutter, sie nickte, aber Eva hatte von ihm verlangt, dass er sich einweisen und behandeln lässt, dann wollte sie noch mal über »unsere Beziehung reden und vielleicht an ihr arbeiten«, sagte Eva zu Tom.

Zwei Wochen vor seinem Sterbetag hatte Tom in Mutters Küche gesessen und geweint, Muttertag, es gab Spargel und Schinken wie immer, wenn Mutter an diesem Tag für ihre beiden Jungs kochte, Tom hatte die Nacht durchgetrunken (Wodka) und nicht geschlafen, sein Leben war zu Ende, so sah er die Situation, seine Schicksalsfrau hatte mit ihm »Schluss gemacht«, sagte er im Teenagerjargon. Sein Gesicht ähnelte bei den Worten der Fratze von Gwynplaine, dem Helden aus Victor Hugos Roman *Der lachende Mann*: Ein Meisterchirurg hat Gwynplaine zur Strafe entstellt und ihm ein Grinsen ins Gesicht geschnitten, von den Ohren bis zu den Mundwinkeln, der Anblick entsetzt, erschüttert oder belustigt die Leute, das Grinsen umrahmt Augen, in denen Angst und Hass, Zorn und Abscheu sitzen.

So kauerte Tom am Muttertagstisch, einige Freunde sagten früher auch »Jesus« zu Tom, weil er so viel Herz hatte und seine Haare wie Jesus trug, seine Sanftmut beeindruckte die Mädchen und Frauen, viele Schulkameraden hielten ihn für schwul. Mutter fragte ihn: »Warum grinst du denn so?«, so habe er ja noch nie gegrinst, und außerdem weine er ja, während er grinst, nun solle er aber vom Spargel und Schinken nehmen, sie wolle auch nichts über die Eva hören, das sei ja nun wohl vorbei! Du wirst schon sehen, was das Grinsen bedeutet, dachte Tom, ihr Alle werdet es sehen, aber dann wird's zu spät sein, nachher, gleich wird's zu spät sein. Er trank noch eine Flasche Bier und kleckerte beim Schlucken, der Rotz lief ihm aus der Nase und beschmutzte sein Aldi-T-Shirt, die ganze Zeit grinste und weinte er und sagte kein

Wort, nach einer Stunde erhob er sich, wankte zur Tür und verließ die Küche und die Wohnung, er wohnte zwei Straßen entfernt, dort saß er ständig auf dem Balkon, trank sehr viel Alkohol, führte Selbstgespräche und sprach auch diese Eva an, obwohl sie gar nicht da war; er hörte nur noch zwei Lieder, *I Want You* von Elvis Costello und *Into My Arms* von Nick Cave, diese Lieder, dachte Tom, sagen ganz genau, was er fühlt. Nun sollte Mutter niemals diesen Muttertag 1998 vergessen, er hatte sein Selbstmordinstrument für 40 Pfennige gekauft und bereits aufs Bett gelegt, nun würde er gleich endlich, endlich weg sein.

ZWEI

Seinen ersten Selbstmordversuch machte Tom vor 20 Jahren, am 25. November 1978, kurz nachdem die Volkstempel-Sekte im Dschungel von Französisch-Guyana gerade einen Massenselbstmord eher gefeiert als nur begangen hatte: James Warren Jones, ihr Anführer, versprach den Weg ins Paradies durch Zyankali, vermischt mit Beruhigungspillen und Limonade. Über 900 Menschen, darunter viele Kinder und Jugendliche, starben damals durch den Wahnsinn des Predigers, sie hielten einander an den Händen, ihre Leichen lagen nebeneinander und übereinander wie auf einer Müllhalde, aber sie lächelten.

Heiko, der Leser, gab in Hamburg eine Party, seine Freunde nannten ihn so, weil er mindestens zwei Bücher pro Woche las, oft sogar was Anspruchsvolles, ab und zu sogar Werke von Philosophen, und wenn die Freunde genug getrunken hatten, dann durfte Heiko berichten, was die Denker in aller Welt und zu allen Zeiten sich ausdenken; auch Tom interessierte das Zeug, denn Heiko konnte das Unverständliche und Gestelzte rausfiltern und in Alltagssprache wiedergeben. Tom schwieg wie meistens, er nickte manchmal, seine Hundeaugen verrieten aber jederzeit Interesse, wenn Heiko erzählte; Heiko hatte als Siebzehnjähriger bereits einen Vollbart und rauchte Pfeife, sodass er wirkte wie ein junger Mark Twain.

Heiko stand unter dem Eindruck des Massenselbstmordes und erklärte, viele Selbstmörder würden nicht einfach Selbstmord begehen, sondern darauf achten, dass ihre Existenz und die Selbstmordmethode zusammenpassen. Genau, dachte Tom, sein Bruder verehrte den Schriftsteller Ernest Hemingway und sagte mal, Hemingway hätte immer wieder Großwild gejagt und geschossen und sich, als er nicht mehr schreiben und keine Erektion mehr halten konnte, selbstverständlich auch erschossen – ein Hemingway konnte ja kein Gift nehmen oder von der Golden-Gate-Brücke springen oder sich die Gurgel durchschneiden oder ins Wasser gehen oder einen Strick nehmen oder sich in die volle Badewanne setzen und dann einen Fön einschalten und ihn in die Wanne werfen, nein, Hemingway musste eine Schrotflinte in seinen Mund stecken und sich den Kopf wegfetzen.

Heiko wusste von einem Schmied, der am Ende ohne Aufträge verarmte, seinen Kopf in einen Schraubstock legte, zudrehte und, während er so starb, Gott um Gnade anflehte. Nicht ganz begriffen hatte Heiko eine Geschichte aus dem Jahr 1940, er fragte seine Freunde, was sie dazu meinten: Hitler hatte Paris besetzt und besichtigte den Eiffelturm, ein paar Nazi-Offiziere schlenderten durch den Louvre (»Gehört jetzt alles uns, dieser Dreck!«), nur ein Offizier blieb stehen und betrachtete ein van-Gogh-Gemälde; er setzte sich auf eine Bank und betrachtete das Gemälde stundenlang, es dämmerte bereits, er war allein. Schließlich stand er auf, nahm seine Pistole und schoss sich in den Kopf – der Führer, nach eigenem Verständnis selbst ein Maler, ließ »die Schmach« vertuschen, denn ein deutscher Offizier erschießt sich nur, wenn er auf dem Schlachtfeld versagt oder sonst wie seine Ehre verloren hat.

»Der Offizier hat sich wohl geschämt, er geriet in eine Konfliktsituation, aber warum genau, und weshalb hat er sich dann gleich umgebracht?«, fragte Heiko. »Es ist leider nicht bekannt, welches van-Gogh-Gemälde sich der Offizier so lange angeguckt hat, van Gogh hat ja Blumen gemalt und Sterne und Selbstporträts und Bauern bei der Arbeit, irgendeines dieser Themen muss den Offizier erschüttert haben, über ihn ist auch nichts bekannt, Hitler hat ihn praktisch gelöscht.« Ganz egal, welches van-Gogh-Bild es war, dachte Tom, der Offizier wird etwas so Wahres und Schönes in dem Bild erkannt haben, dass sich ihm dadurch die ganze Widerwärtigkeit seines Lebens offenbarte: Was der Offizier gedacht, gesagt und getan hatte, erwies sich als falsch beim Anblick des Gemäldes, er brauchte aber ein paar Stunden, um das Ausmaß seines Irrtums zu begreifen; das SS-Gerede von *Meine Ehre heißt Treue* hat ihn nun so abgestoßen, dass ihm nur der Selbstmord blieb.

Tom behielt seine Gedanken für sich, er stand auf und betrat den Balkon, es regnete Eis, und aus einem Nachbarhaus dröhnte *Das Lied der Schlümpfe*, einer der Jahreshits 1978, gesungen von Vader Abraham, und Tom erfreute sich mal wieder an der Idee, dass dieses *Lied der Schlümpfe* vom Band läuft, während seine Verwandten und Freunde in einer

Kirche um ihn trauern, nachdem er sich umgebracht hat. *Das Lied der Schlümpfe* spiegelt die Absurdität des Daseins und der Welt, dachte der 20-jährige Tom, dafür hätte er sich gern bei Vader Abraham und seinen Schlümpfen bedankt, aber Vader Abraham und die Schlümpfe hatten wahrscheinlich gar keine Ahnung, was sie da aufführten.

Das Nichts und die Angst vor dem Nichts konnten Tom jederzeit und plötzlich anspringen, im Supermarkt oder auf dem Fußballplatz und sogar, wenn er mit Anne sprach oder sie ansah, Anne, seine erste Liebe, zwei Jahre jünger als er, sie hatte eine Anmut wie Elizabeth Taylor, als sie bereits im Teenie-Alter schauspielerte und *Lassie – Held auf vier Pfoten* streichelte.

Alle Jungs im Stadtviertel und an der Schule wollten mit Anne gehen, aber sie wählte Tom, obwohl er nur immer wieder geguckt und gelächelt hatte und dabei errötet war, was einem Jugendlichen in dieser Gegend eigentlich nicht passieren durfte: Der Stadtteil Berne verschandelte damals den Hamburger Osten, dort im Ghetto war Tom aufgewachsen unter Rockern und Kartoffelsalatdieben, Totschlägern und Stumpfsinnigen, für die's so natürlich war wie atmen, ihre Frau zu schlagen oder anders zu demütigen. Ein Michael aus dem Hochhaus (die Anwohner nannten es »Hannibal«) stieß seine Mutter aus dem vierten Stock durch die Wohnzimmerfensterscheibe, denn die Mutter hatte nicht das Richtige gekocht und war ihrem Sohn auch sonst »aufn Sack gegangen«. Seit der Zeit in Hamburg-Berne glaubte Tom trotz seiner Friedfertigkeit, dass bestimmte Männer nur eine Sprache verstehen und auf die Schnauze kriegen müssen.

Die Straßen in Berne hatten meist Namen nach Orten, die in Pommern liegen: Zwischen der Greifenberger Straße und dem Anklamer Ring entstand eine Rivalität, die Greifer gegen die Klamen; die Greifer hatten mehr Glück bei den Mädchen und duldeten zwei Gymnasiasten bei sich, die Klamen spielten besser Fußball und konnten mehr Vorbestrafte aufbieten. Tom, der Greifer, brachte trotzdem immer mal wieder einen Klamen mit nach Hause, sie konnten nicht fassen, wie seine Mutter aussah: Jeder Mann verliebte sich in sie, sogar Frank Sinatra, dachte Tom, hätte sie gewollt, so schön war Mutter, sie ähnelte der Schauspielerin Ava Gardner, früher Sinatras zweite Ehefrau – manche Dichter hätte Hymnen auf Mutter gereimt.

DREI

Mutter begeisterte Tom wie jeden Mann, aber es reichte ihm, sie anzustaunen und sich selbst zu sagen, super, das ist meine Mutter, welches Kind hat schon so eine Mutter! Die Klamen betrachteten sie fast mit Ehrfurcht, so eine Mutter hatten sie noch nie gesehen, das war doch eher eine Märchenfee, den Vater gab's nicht mehr, gestorben am Alkohol. Wenn Tom zurückdachte und sich dabei anstrengte, dann erinnerte er sich an den Vater als Schatten, spät eierte er aus der Kneipe, rutschte aufs Sofa, wo er sofort einschlief – Mutter kochte ihm morgens zwei Liter Bohnenkaffee (mit dem Verwöhnaroma).

Der Tod von Toms Vater bedeutete für Mutter nicht die erste Lebenskatastrophe: Sie kam 1925 in Hamburg zur Welt, nach dem Krieg hatte sie gleich einen Eisenbahner geheiratet, sie zogen in ein Pfälzer Dorf, sie gebar ihm drei Kinder – der Eisenbahner gehörte zu einer Sekte, aber Mutter verweigerte den Beitritt, ihr Hochmut und Eigensinn erzürnten und erschreckten die Sektenleute, und so musste Mutter, als Schlampe und Ungläubige verachtet, das Dorf unter Schmährufen verlassen, die Kleinkinder blieben beim Eisenbahner.

Die nächsten Jahre wohnte Mutter in Kaiserslautern, zwei Prominente wollten sie heiraten: der Schlagersänger Gerhard Wendland (*Tanze mit mir in den Morgen*) und der Fußballer Ottmar Walter, gerade Weltmeister geworden, 3:2 gegen Ungarn, aber Mutter nahm den Glatzkopf aus Schwaben, er war ein Berufsspringer wie Donald Duck und machte jede Arbeit – mit dem Glatzkopf, dachte Tom, ist sie dann eine Weile glücklich gewesen, mit ihm und uns beiden Söhnen, ich war zwei, mein Bruder vier Jahre alt, ging's 1960 zu Verwandten wieder nach Hamburg, wo Vater 1964 starb und Mutter dann seinen SS-Mantel vor mir und meinem Bruder versteckte.

Mutter war wieder gefordert, sie hatte keinen Beruf gelernt, kriegte aber wegen ihrer Energie und Frechheit doch einen Bürojob bei der Bundespost, und Mutters Mutter hütete und bekochte daheim die beiden Jungs: Tom dachte oft, dieses Duo, die Oma und Mutter, hatte eine Kraft und Phantasie wie Bundeskanzler Willy Brandt und sein Außenminister Walter Scheel, die 1969 an die Macht kamen und begannen, Deutschland mit dem Osten zu versöhnen. Mutter und Oma hatten ihn zu einem Frauenmann ausgebildet, ganz ohne Absicht wohl; ein Muttersohn im Sinne von Muttersöhnchen war er nie gewesen, aber Frauen waren ihm näher, besonders als Gesprächspartner, denn zu viele Männer reden nur von sich selbst oder sagen gar nichts, weil ihr Gehirn schon beinahe abgestorben ist oder eine einzige Idee herrscht und das ganze Gehirn ausfüllt. Einen Mann allerdings liebte Tom doch, den Rockmusiker Rory Gallagher, aber nur Mutter war sein Vorbild wegen ihrer Güte, was zählt letztlich mehr als Güte? Was Mutter hatte, das gab sie gern an andere Menschen, für sich selbst brauchte sie immer nur das Nötigste, denn »Dinge bringen Leid«, sagte Mutter.

Im August 1994 lag die Außentemperatur bei 35 Grad, dazu eine Dschungelschwüle, die Nachbarin musste verreisen und bat Mutter, auf ihren Dackel Manfred aufzupassen: Manfred litt unter dem Wetter so sehr, dass er am Durchdrehen war, sich im Kreis drehte und eher miaute als bellte. Mutter rettete Manfred – sie öffnete die Kühlschranktür, legte Manfred davor, er erholte sich, durfte nun alle paar Stunden vor den Kühlschrank, und am Jahresende musste Mutter sehr viel Stromgeld nachzahlen.

Tom und Mutter lachten gemeinsam über solche Abenteuer, sie hatten einander stets was Lustiges oder Interessantes zu erzählen, seine Freunde verstanden nicht, wie er stundenlang mit Mutter in ihrer Küche sitzen konnte, an Ostern und Weihnachten sprachen sie über Jesus und dankten ihm, sie trank ihren Roséwein, er trank sein Bier, doch zweimal pro Jahr passierte es, dass er mit Mutter schimpfte und sie anklagte, weil sie von der Nazizeit fast keine Ahnung hatte – sie war zu jung damals, um Hitler und seine Leute zu durchschauen, dachte Tom, aber darum ging's nicht: Mutter weigerte sich nach dem Krieg, auch nur ein Buch über die Nazizeit zu lesen; sie las ständig Bücher, sogar so was Schweres wie *Die Pest* von Camus, doch »bitte lass mich in Ruhe mit Hitler«, sagte Mutter, sie wollte nicht wissen, was genau ab 1933 geschehen war und warum es geschehen konnte. Die Nazis stahlen ihr die Jugend, und 1943 kamen die Engländer mit ihren Flugzeugen über Hamburg und brachten den Feuersturm, in Altona an der Elbe überlebte Mutter, sie war nun ausgebombt, Zehntausende Hamburger verbrannten oder erstickten, nach 1945 haben Mutter und andere Trümmerfrauen angepackt und die Stadt aufgeräumt – von Mutter erwartete Tom, dass sie ausspuckt und die Nazis hasst, aber sie kann nicht hassen, dachte Tom, und will ihr Unglück während der Teenagerjahre vergessen.

Ihren dritten Mann, einen Holländer, heiratete sie dann im Frühling 1983, als die Welt über die Zeitschrift *Stern* lachte, der *Stern* hatte sich Hitler-Tagebücher andrehen lassen, aber die Tagebücher waren gar nicht von Hitler, da musste Mutter dann doch kichern, erinnerte sich Tom; der Holländer hasste die Deutschen als Volk, denn Hitler hatte ja auch seine Heimat überfallen, Tom überlegte damals, ob er vielleicht mal in den Keller gehen sollte, um Vaters SS-Mantel anzuziehen, es hätte Tom interessiert, was dann zwischen Mutter und dem Holländer passiert wäre, aber er mochte den Holländer und wollte ihn nicht aufregen. Mutter pflegte den Holländer ab Mitte 1991, er erkrankte an Lungenkrebs, saß in seinem Sessel, atmete Sauerstoff durch eine Maske und rauchte eine Zigarette, während Mutter sich von ihren beiden Söhnen trösten ließ und die Zigarettenasche des Holländers vom Teppich entfernte. Am Nikolaustag, zwei Stunden vor seinem Tod, dämmerte der Holländer schließlich in seinem Sterbebett, dann stand er plötzlich vor dem Bett, rief »Sommer, Blumen, Vögel!« und verlangte seine beiden Koffer, er wollte nach Mallorca reisen, Tom konnte den Holländer aber davon überzeugen, dass er zurück ins Bett und die Reise verschieben musste; Tom rasierte den Sterbenden noch mal und zog der Holländerleiche später den Ehering vom Finger, die Mutter und der Bruder trauten sich nicht, das zu tun.

VIER

Lori hatte oft mit dem Holländer geraucht und es gewagt, mit ihm übers Jenseits zu sprechen – der König der Außenseiter war dieser Lori, zehn Jahre älter als Tom und eine Art Vater für ihn, denn Lori (bürgerlich Herwig Lorius) hatte seine Chancen auf eine Karriere nicht nutzen wollen. »Ich lasse mir doch meine Identität nicht nehmen!«, sagte er und erzählte immer wieder von seinen Triumphen (manche Zuhörer fanden: Niederlagen). 1968, im Revolutionsjahr, spielte Lori in der Jugendmannschaft des FC St. Pauli und bald in der Hamburger Auswahl, einige Rentner erinnerten sich noch Jahre später an diesen Linksaußen mit dem Stirnband und dem Vollbart und schwören, er sei der beste Hamburger Amateurfußballer aller Zeiten gewesen.

Allerdings trainierte dann ein Bundeswehroffizier die Auswahl und verlangte einen Soldatenschnitt und tägliche Gesichtsrasur von jedem Spieler, alle Kameraden spurten, nur Lori lachte, schüttelte die Matte und sagte zu dem Offizier, die Haare auf dem Kopf und im Gesicht »sind Ausdruck meiner ganz individuellen Persönlichkeit« (21 Jahre später, in dem Film *Wild At Heart*, sagt Nicolas Cage als Sailor genau das Gleiche, als Rocker von ihm wissen wollen, warum er denn diese schwule Schlangenlederjacke trägt). Lori, nachdem er sich mit dem Offizier angelegt hatte, bekam nie wieder eine Chance, in den Profifußball zu wechseln, alle Beobachter (und sogar der Offizier) urteilten über ihn, sein Talent und seine Physis hätten gereicht für die 2. Bundesliga, mindestens; Lori spielte noch bis zum Alter von 35 bei einem Amateurverein im Hamburger Norden, die Zuschauer mochten ihn, weil er's schaffte, die Verteidiger so zu blamieren, dass sie kurz vor der Nervenkrise waren und sich auswechseln ließen.

Hinterher, im Vereinsheim am Tresen, erzählte Lori von seinen Frauengeschichten, einmal, beispielsweise, war Lori bei Tom zu Hause gewesen, Mutter stand in der Küche mit dem Rücken zur Tür und schmierte sich ein Brot, von hinten kam Lori und fasste ihr an den Hintern, sie ohrfeigte ihn sofort, und er sagte mal wieder die Wahrheit: »Es muss doch nicht immer Liebe sein.« Da hat Mutter gekichert, niemand konnte Lori böse sein. Er sei, sagte Lori, und Tom glaubte ihm, sogar mit der berühmtesten Feministin des Landes im Bett gewesen: Wahrscheinlich wegen ihm, sagte Lori, sei sie zu den Lesben gewechselt und habe dann eine Zeitschrift gegründet. Sie habe im Stehen gepinkelt, was ihn sehr erregt habe, beim Sex sei sie sehr zärtlich gewesen, er wusste noch, wie er sich nach dem Cunnilingus sammelte und ein Feministinnen-Schamhaar aus seinem Mund zog. Er habe drei Orgasmen während der Nacht gehabt, aber die berühmte Feministin keinen, obwohl er alles getan habe, um sie zu befriedigen, sagte Lori. Am Ende seiner Anekdoten holte er gelegentlich noch ein Passfoto aus seiner Brieftasche, es zeigte ein 15-jähriges Mädchen aus Aschaffenburg, sie hieß Heike, er war ihr im Urlaub mit seinen Eltern begegnet, 1971 war das, Danyel Gerard sang *Butterfly* und hat ausgesehen wie Lori, der nun seinen Schlapphut vor Zeugen nicht mehr absetzte, um seine beginnende Glatze zu verbergen. »Heike ist meine einzige Liebe, meine Sehnsucht, die sich nie erfüllt hat«, sagte Lori, »die Sache mit der Feministin tut mir aber trotzdem leid, ich hätte mich mehr anstrengen sollen, dann wäre sie wahrscheinlich nicht so verbittert.«

Tom lehnte oft mit am Vereinstresen, wenn Lori erzählte

und erzählte, er schien alles über Frauen und Fußball zu wissen, er konnte sagen, was Uwe Seeler zu dem Argentinier im Gruppenspiel der WM 1966 sagte, nachdem der Argentinier immer wieder gegen Seelers Bein getreten hatte. Tom musste im Geschichtsunterricht am Gymnasium gerade Hitlers Rassenpolitik durchdringen, aber Lori belehrte Tom und die anderen Anwesenden: »Die Nazis waren ja sogar beim Verteufeln zu blöde, denn die Juden sind keine Rasse, sondern eine Volksgemeinschaft und eine Glaubensgemeinschaft. Es gibt die nordische Rasse, die negroide Rasse, die mongolische Rasse, die lappische Rasse und so weiter – aber eine jüdische Rasse gibt's nicht. Die Juden meinen, und Statistiken scheinen das zu bestätigen, dass sie intelligenter als wir Gois sind. Auf ihre Abstammung haben sie sich schon immer eine Menge eingebildet, das jüdische Selbstverständnis hat auf jeden Fall Züge von Rassismus.«

Tom und die anderen Zuhörer fragten sich immer wieder, woher Lori wusste, was andere Menschen nicht wussten, er sagte, dass er mal »Handelsabitur« gemacht habe, niemand hatte jemals von dieser Art Abitur gehört. Lori trug einen Trenchcoat zu jeder Jahreszeit, in der linken Tasche hatte er stets die aktuelle Ausgabe des *Spiegels*, in der rechten Tasche die aktuelle Ausgabe der *Zeit*, beides guckte zur Hälfte aus den Taschen, damit die Leute sehen konnten, was Lori las, Zeitungen mit Niveau; zum ersten Mal hörte Tom dann das Wort »Intellektueller«, ja, Tom wollte lernen von Lori, dem Intellektuellen.

Es wunderte Tom allerdings, dass Lori trotz der Reife, die Tom ihm unterstellte, weiterhin bei seinen Eltern wohnte, er war immerhin 24, seine Mutter ernährte ihn offenbar, sein Vater, ein ehemaliger Maurer, ähnelte dem Schauspieler Gert Fröbe und sächselte auch genauso, denn das Ehepaar Lorius war kurz nach dem Mauerbau aus der DDR abgehauen; Herr Lorius saß daheim im Ohrensessel, trank Tee oder *Caro*, löste Kreuzworträtsel und beobachtete, wie sich sein Sohn betüdern ließ. Etwas Lauerndes lag in den Augen des Herrn Lorius, er ähnelte dann Gert Fröbe als Mädchenmörder Schrott, wenn der in *Es geschah am hellichten Tag* durch die Gegend fuhr und sich nach Opfern umsah. Lori nahm Tom manchmal mit nach Hause zum Mittagessen, wenn Loris Mutter wieder ihren Hackbraten oder eine Nudelsuppe zubereitete, die Mutter trug meistens einen Kittel, verziert mit Blumen, sie ergänzten die *Pril*-Blumen an der Küchenwand, sodass Tom oft den Eindruck hatte, die Mutter gehörte selbst zur Kücheneinrichtung.

Die Mutter war erst zufrieden, nachdem Lori und Tom mindestens einmal um Nachschlag gebeten hatten; »Tom«, fragte sie, »was wollen Sie denn später mal werden?«, warum siezt mich diese Frau, dachte Tom, ich bin doch noch ein Junge, aber er antwortete, er wäre gern wie Herwig (seine Eltern wollten den Spitznamen Lori nicht hören), denn Herwig sei klug, habe einen Überblick, lasse sich nix gefallen und bekomme Respekt von allen Seiten. Der Vater stoppte kurz mit dem Kreuzworträtsellösen und lachte, aber auf eine Weise, dass Tom dachte, er habe eben was Unanständiges gesagt. Die Mutter lächelte, die Blumen auf ihrem Kittel schienen zu erblühen, sie berührte ihren Herwig an der Schulter, er grunzte, und Tom fand, sein Freund hätte sich ein bisschen mehr freuen können über den Zuspruch und das Essen.

Der Frühling 1971 endete, Tom lag gerade auf der Couch und guckte *Tagesschau*, in Radevormwald bei Wuppertal waren zwei Züge zusammengestoßen, ein Geräusch drang ins Wohnzimmer, die Mutter, die Oma und Tom identifizierten das Geräusch sofort – Lori klingelte nie, sondern nahm seinen Kamm und klopfte damit an das Fenster, hinter dem er jetzt Tom vermutete.

»Alter«, zischte Lori von draußen und unterdrückte seine Wut, »komm raus, die Katastrophe ist da!« Tom folgte stets, wenn Lori rief, Hannibal, das Hochhaus, ragte höhnisch in den Abendhimmel. »Mein Vater, der Neandertaler, hat mich rausgeschmissen«, sagte Lori, »meine Mutter hat geheult und geschrien, aber es hat nichts gebracht.« Tom bemerkte, dass wie gewohnt *Der Spiegel* aus Loris Manteltasche lugte, aber *Die Zeit* fehlte, die Tragödie daheim musste Lori also wirklich erschüttert haben. »Aber du lässt dir doch sonst auch nix gefallen«, sagte Tom und erkannte sofort das Unangemessene seiner Antwort, denn was sollte Lori schon ausrichten gegen Gert Fröbe, wenn der tobte und sein Hausrecht durchsetzte?

»Was kann ich machen«, sagte Lori, »mein Vater, das Schwein, will jetzt Haushaltsgeld und einen Mietanteil von mir, obwohl meine Mutter immer betont hat, Haushaltsgeld und Miete brauche ich nicht zu zahlen, Mutters Rente und die Rente von meinem Vater, dem Versager, würden locker für drei reichen. Der kriegt kein Geld von mir, nie. Ich habe ihn gefragt, ob ich vielleicht wie er früher Steine klopfen und übereinander schichten soll, und er sagte, mein Leben sei so jämmerlich, ich könnte mich ebenso gut aufhängen.« Das ist ein Skandal, dachte Tom, aber auch die Chance für mich, näher bei Lori zu sein, meine Mutter, Oma und mein Bruder werden bestimmt einverstanden sein.

FÜNF

Die beiden Frauen und die beiden Jungs lebten in einer Viereinhalbzimmerwohnung der SAGA, einem Hamburger Unternehmen, das seine Objekte an Bedürftige vermietet: Hitler hatte auch die SAGA übernommen, da er 1933 ganz Deutschland übernahm, KZ-Häftlinge mussten Betonteile für die SAGA fertigen, aber seit Kriegsende bekam die SAGA immer mehr das Image, es würden dort Kommunisten entscheiden und die Mieter zum Kommunismus verführen. Toms Zimmer und das Zimmer seines Bruders Sören (jeweils neun Quadratmeter) waren mit *Ikea*-Möbeln eingerichtet, wobei Toms Zimmer ein bisschen nach Kot roch, ja, dachte Tom, das Zimmer und besonders mein Bruder werden nie vergessen, wie wir damals feierten und die *Ikea*-Möbel begrüßten, es gab sehr viel Bier und noch mehr Wodka, die Mutter und die Oma besuchten Verwandte übers Wochenende, sein Bruder übernachtete bei Freunden, er würde am nächsten Mittag zurückkommen und das Elend entdecken.

Tom erinnerte sich noch, dass Rory Gallagher sang und ein Gitarrensolo spielte, das Stück hieß *For The Last Time*, veröffentlicht auf seinem ersten Soloalbum, und während Gallagher sich in dem Song über seine Geliebte beschwerte, muss ich wohl eingepennt sein, dachte Tom, vielleicht war's aber auch eine Ohnmacht, ich erwachte, weil ein nasser Waschlappen in mein Gesicht klatschte und eine Ohrfeige auf meiner Wange brannte, Sören schrie und stank nach Scheiße. Es dauerte ein paar Wochen, bis Sören über die Ereignisse schmunzeln konnte: Tom hatte nicht nur seine Clique eingeladen, sondern auch Bekannte aus der Nachbarschaft, und diese Bekannten hatten noch ein paar Fremde mitgebracht, es waren wohl 30, 40 Leute in der Wohnung, um die *Ikea*-Möbel zu besichtigen.

Sein Bruder erzählte später, er sei in die Wohnung gestolpert, denn hinter der Tür schlief Rollo, der Bruder betrat links die Küche, um sich einen Apfel zu schälen, aber vor der Spüle stand ein Blonder, er trug Lederklamotten, hatte ein Babygesicht und bat den Bruder, mal eben den Gummischlauch zuzuziehen – der Lederjunge wollte sich gerade seine Heroinspitze setzen und fand keine Vene. Der Bruder gehorchte dem Lederjungen, Sören war baff, das ist er ja selten, urteilte Tom, als er an diesen Mittag zurückdachte. Der Lederjunge hieß Holger, einige Jahre danach stand er im *Stern*, der dann einen Artikel über Rauschgiftsüchtige brachte und Holger aussuchte, um die Lage zu veranschaulichen. Holger besaß ein Gewehr und schoss regelmäßig auf seinen Kleiderschrank, denn zwischen den Regalen, glaubte Holger, würden Indianer und Walfänger lauern und sein Leben bedrohen. Holger hatte gerade wieder ein paar Indianer und Walfänger erledigt, dann nahm er zu viel Heroin und starb an der Überdosis (das Foto im *Stern* zeigte Holgers Leiche, die Glieder völlig verdreht, als ob er von einem Hochhaus gesprungen wäre).

Der Bruder, nachdem er sich von Holger abgewandt hatte, wollte ins Badezimmer und seine Hände waschen, er drückte die Türklinke und fühlte was Weiches, ein Stück Scheiße, braune Fingerabdrücke an der Badezimmertür und am Duschvorhang, ja, dachte Tom, irgendwann hatte ich wohl doch die Idee, mich zu säubern, die Scheiße war überall, sie schwamm auch auf den Bierpfützen, die sich auf den Teppichfliesen gebildet hatten; das braune Billy-Regal von *Ikea* hatte die meiste Scheiße abkriegt, Braun trifft Braun, dachte Tom und grinste, und er erinnerte sich, wie er rechts vom Badezimmer kurz in das Zimmer seines Bruders guckte, da lag Charlie, der wie der Hippie Rainer Langhans aussah und ein Spaßterrorist war, und Tom dachte bei Charlies Anblick, herrje!, das wird Ärger geben.

Charlie hatte sich vor dem Bett des Bruders erbrochen, die Feiernden hatten einen so großen Haufen Kotze noch nie gesehen, Heiko, der Leser, fotografierte den Haufen, das Foto und seine Abzüge amüsierte die Beteiligten noch Jahre später. Heiko, obwohl auch er voll von Bier und Wodka, holte einen Eimer aus der Abstellkammer, schob den Kotzehaufen rein und schüttete ihn ins Klo, aber als Charlie aufwachte, da hatte auch er noch eine Idee – auf dem Schreibtisch neben einer Schreibmaschine und einer Donald-Duck-Puppe stand eine Flasche Rasierwasser der Marke *Pitralon* (berühmt durch den Fußballer Uwe Seeler, er machte Reklame für das Zeug und pfiff ein Wanderlied dabei), Charlie griff sich die Flasche, schüttete den ganzen Inhalt auf den Kotzehaufenfleck, nahm ein Kissen und rieb das *Pitralon* ein, bestimmt zehn Minuten rieb und rieb Charlie, bis er nicht mehr konnte und wieder einschlief.

Toms Bruder, als er sah und roch, was passiert war, weinte ein bisschen vor Wut und trat Charlie in die Seite, worauf Charlie sich entschuldigte, aber zu bedenken gab, er habe doch immerhin versucht … Tom dachte damals, dass er sich ungefähr so das Aroma des Todes vorstellt: Erbrochenes vermischt mit *Pitralon*, der Teufel in der Hölle macht kein Feuer und grillt die Menschen nicht, er hat unendlich viele Flaschen *Pitralon* gehortet und kotzt vor die Menschen und verrührt die Kotze mit *Pitralon*. Von dieser Vision erzählte Tom später seinem Bruder, der nickte und sagte, er könne nie mehr Rasierwasser benutzen, weder *Pitralon* noch eine andere Sorte;

er sei derart traumatisiert, dass er beim Fernsehen sofort umschalten muss, wenn Uwe Seeler ins Bild kommt.

Die *Ikea*-Möbel-Begrüßungsparty endete also mit Exkrementen, Heroin und Rasierwasser: Die Mutter schimpfte mit Tom und weigerte sich aufzuräumen; die Oma schimpfte nur ein bisschen, säuberte aber die Wohnung mit Schrubber und Lappen, denn sie unterstützte ihren Enkel Tom nach Leibeskräften und ohne sonderlich zu klagen. Gerne nannte sie ihn noch »Duddel«, der Kosename nach der Geburt, er war ein Schreibaby gewesen, und als Kleinkind bekam er oft einen Wutkrampf, sein Kopf hatte dann die Farbe einer Aubergine, ich finde, dachte Tom, dass ich auf einigen Fotos von damals aussehe wie Uli Hoeneß.

Die Mutter und die Oma saßen noch vorm Fernseher und redeten über das Zugunglück in Radevormwald, die Oma rauchte trotz Asthma eine Zigarette der Marke Kim, die Mutter trank ein Glas Lumumba, den Modedrink aus Kakao und Rum, der, übermäßig genossen, noch mehr Kopfweh machte als Apfelkorn oder der Wacholderschnaps Steinhäger. Die beiden Frauen unterstützten andere Menschen gerne in Notsituationen, und so brauchte Tom auch gar nicht lange betteln, ja, Lori durfte »für zwei, drei Wochen« einziehen und das halbe Zimmer bewohnen, Mutter mochte Lori wegen seiner Ähnlichkeit mit Danyel Gérard, und die Oma, die längst wieder ihren Mädchennamen Ihns trug, fand es ganz reizend, dass Lori, wenn die Novembernebel fielen und sie sehr japste, immer eine Tüte Pfefferminzbonbons dabei hatte, ein Bonbon rausholte, die Oma beschenkte und sagte: »Hier, Frau Ihns, da werden Sie gleich mehr Luft kriegen.« – »Danke, Herr Lorius, ach, wenn Sie wüssten, wie die Lunge kneift, aber das ist ja nicht alles. Ich bin jetzt 75, auf gut Deutsch hat man da nur noch Arschgebrechen.«

Zwanzig Wochen nach seinem Einzug war Lori jedoch immer noch da, Tom freute sich jeden Tag, der Bruder hatte auswärts Mädchengeschichten, der Gast kümmerte ihn kaum, die Oma und die Mutter argwöhnten einen Beschiss, obwohl Lori im Haushalt half, ab und zu den Abwasch erledigte, das Klo putzte und Spinnen entfernte, aber für die drei Mahlzeiten am Tag zahlte er nie.

An einem Sonnabend im September klingelte es an der Wohnungstür, »Bitte, Herr Lorius, öffnen Sie mal«, sagte die Oma, und Lori sah da einen Dicken stehen, er war ungefähr 40 Jahre alt, trug eine Bommelmütze und hatte einen Holztisch unterm Arm, »Gunn Dach«, sagte er, ein Saarländer, »ich bin Bertold, der Verlobte«, und Lori ahnte, dass es nun eng werden würde.

SECHS

Von all ihren Männern (»fünf Stück«, hatte Mutter immer wieder mal erzählt) ist Bertold am wenigsten gemein zu ihr gewesen, Tom konnte das bestätigen: Bertold, so bescheuert ihn Sören und er auch fanden, wollte Mutter auf Sternen tragen und ihr sogar die Hände vom Himmel holen, sein Problem beziehungsweise Mutters Problem war seine Libido, wie Mutter zu Tom sagte, und er musste nachfragen, was sie damit genau meinte. »Tom«, sagte Mutter, »wenn ich in die Abstellkammer gehe und mich bücke und eine Dose Erbsen oder eine Flasche Rapsöl holen will, und Bertold ist zu Hause, dann muss ich damit rechnen, dass er sofort hinter mir steht und Libido machen möchte. Er sagt, er liebt mich so sehr, es geht nicht anders, er kann nicht anders, aber ich bin eigentlich ganz anders. Er will viermal am Tag, morgens, abends, nachts und einmal zwischendurch, wie soll das weitergehen, ich muss doch zur Arbeit gehen und den Haushalt machen, Oma sagt, ich soll es geschehen lassen, weil Bertold doch sonst ein guter Mann ist, aber ich habe langsam Unterleibsschmerzen, obwohl Bertold nicht brutal ist, das kann ich ihm nun wirklich nicht vorwerfen.«

Tom erinnerte sich, wie er mal in Mutters Schlafzimmer schlich und nach Kleingeld gierte, er wusste, da stand ein Sparschwein unter dem Handtuchhaufen, das Sparschwein schluckte regelmäßig Münzen, er hatte schon oft dran rumgefummelt und Markstücke ergattert, immer nur zwei oder drei Markstücke, der Diebstahl durfte ja nicht auffallen, und einmal sah Tom ein Notizbuch neben dem Handtuchhaufen, es hätte ihn nicht weiter interessiert, aber er kannte Bertholds Handschrift, er hatte *Herz und ich* vorne aufs Notizbuch geschrieben, was soll das denn, fragte sich Tom, mal kurz reingucken. Mit Datum und Uhrzeit hatte Bertold vermerkt, wie er mit Mutter verkehrte, dazu ein Strichmännchen und ein Strichweibchen und die jeweiligen Stellungen beim Geschlechtsakt: *Ich oben, Herz unten, Herz oben ich unten, Herz kniet vor mir, Herz und ich 69, leider zu selten.*

Tom erinnerte sich, dass er sich mehr für die Strichmännchen und Streichweibchen interessierte und weniger für den Text, und nach der Lektüre hat er ganz anders über Bertold gedacht, er respektierte ihn plötzlich, obwohl Tom kurz dachte, er könnte ihn ja auch verachten, denn er benutzt Mutter doch und dokumentiert es auch noch.

Tom dachte bei diesem Rückblick daran, wie seine Freundin Jenny viel später mal wieder zu ihrem Frauenarzt in der

Hamburger Innenstadt ging, im Wartezimmer langweilte sie sich genauso wie zwei Frauen neben ihr, bald plauderten sie miteinander, Jenny erfuhr, dass die beiden Frauen für viel Geld mit Männern schliefen, nur mit Prominenten, und sie mussten nun wieder zum Arzt, weil derselbe Freier »unten zu groß« war und sie regelmäßig verletzte, aber nicht mit Absicht, er könne ja nix dafür, ein zärtlicher Mann, aber eben mit »so einem Rüssel«, die Huren kicherten, ein Ottifant eben.

SIEBEN

Als Otto und seine Ottifanten über Deutschland kamen, es war wohl 1972, da saß Tom oft mit seinem Volksschulkameraden Kalle an der Lehmkuhle, einem Teich nahe dem Minigolfplatz in der Greifenberger Straße, ein Autowrack lag auf dem Grund der Lehmkuhle, neben angeblichen Wrackteilen eines Panzers von den Engländern, die damals Hamburg zuerst bombardiert und dann befreit beziehungsweise gedemütigt hatten, wie Toms Vater meinte, aber Kamerad Kalli lockte Tom an die Lehmkuhle, komm, sterben gucken! Kalles Vater arbeitete als Elektriker im Hamburger Schlachthof, klaute dort regelmäßig Schweineleber, um seiner Familie auch mal ein Stück Fleisch bieten zu können, und er erzählte am Abendbrottisch, wie die Schlachter im Schlachthof töteten und das Vieh schrie, die Schlachter gingen hinterher in ein Nachtlokal am Schlachthof, sie standen am Tresen und aßen Mettbrötchen, die Touristen von der Reeperbahn bestaunten die Blutspritzer auf den Kitteln der Schlachter, die dann, nachdem sie sich gestärkt hatten, zurück in den Schlachthof zum Schlachten gingen.

Kalle hatte seinen Vater mehrfach gebeten, ihn mitzunehmen, aber sein Vater sagte, das geht nicht, die Schlachter wünschten kein Publikum beim Schlachten, und er, der Vater, würde dies und das doch auch nur mitkriegen, weil er im Schlachthof für die Elektrik zuständig war, aber Kalle konnte irgendwann nicht mehr aufhören, sich das Sterben der Tiere vorzustellen, und so kam er auf die Idee, seinen eigenen Schlachthof zu eröffnen, und Tom sollte ihm assistieren; den Vorschlag hätte ich wohl nicht annehmen sollen, dachte Tom, aber die Lehmkuhle war der einzige Ort im Viertel, der von Geheimnis und Poesie berührt zu sein schien, es hieß sogar, dass Hexen, Betrunkene und Homosexuelle dort in dem Wäldchen miteinander verkehrten, und deshalb ging Tom an einem Frühlingsnachmittag zu Kalle an die Lehmkuhle, um dort »sterben zu gucken«.

Kalle wartete bereits auf Tom, in einem leeren Ein-Liter-Gurkenglas saßen drei Frösche, von Kalle am Ufer der Lehmkuhle gefangen, sie saßen aufeinander, guck mal, die sind sauer, sagte Kalle, er öffnete das Glas, packte einen Frosch und hielt ihn vor Toms Gesicht, »woll'n mal sehn«, sagte Kalle, er holte einen Strohhalm aus seiner Parkatasche, stieß den Strohhalm in den Froschafter und blies in den Strohhalm, und Tom konnte sehen, wie der Frosch sofort anschwoll, das Froschgesicht, dachte Tom, hatte plötzlich einen Ausdruck, als wüsste der Frosch, dass seine Froschexistenz gleich vorbei wäre, obwohl doch Tiere vom Sterben nichts wissen können, dachte Tom, er kannte das Beispiel vom Affen, der einen Totenschädel betrachtet und keine Ahnung hat, was ein Totenschädel ist, und Kalle blies und blies, es dauerte keine Minute, bis der Frosch explodierte, Froschblut und Froschteile spritzten auf Toms Jeansjacke, während Kalle lachte, was Grünes hing an seiner Unterlippe, und Kalle sagte zu Tom, »jetzt du«, und gab ihm dann einen anderen Strohhalm. Hinterher erzählte Kalle in der Nachbarschaft herum, Tom sei ein Mädchen oder schwul, da er nicht mal den Schneid hatte, einen Frosch aufzublasen.

Ja, dachte Tom, das konnte ich nicht, der Frosch hatte diesen, na ja, Gesichtsausdruck, ich habe mal eine Fliege vom Fliegenfänger genommen, die Fliege klebte am Fliegenleim, und ich habe ihr einen Flügel ausgerissen, an dem Flügel gerochen und ihn gegessen, die Fliege bewegte sich noch, in ihr war Leben, obwohl ihr ja jetzt ein Flügel fehlte, aber die Fliege hat mich auch nicht so angeguckt wie der Frosch, obwohl die Fliege doch 10000 Einzelaugen hat, das behauptet zumindest der Biologielehrer, und Doktor Mabuse hat immerhin 1000 Augen, aber die beiden Froschaugen, die, als Kalle blies und blies, aus den Augenhöhlen quollen wie bei einem Menschen, beispielsweise Marty Feldman, diese Froschaugen im Augenblick der Todesahnung und des Sterbens haben mich angesehen, dachte Tom, der Blick hatte was Jesusmäßiges, darin lagen Zärtlichkeit und Strenge, ich dachte tatsächlich: Bruder Frosch, aber das konnte ich ja nun nicht Kalle erzählen, der hätte gelacht oder mir eine gescheuert, es reichte doch, dass er jetzt sauer war und mich verachtete, weil ich versagt und seine Show ruiniert habe, aber ich hätte den anderen Frosch niemals aufblasen können, nicht mal, wenn ich dafür zwei Flaschen Wodka von Kalle bekommen hätte.

ACHT

»Bruder Frosch«, da musste Tom jetzt doch lachen und an Sören denken, seinen Bruder, nur Sören wusste, dass Tom ab und zu mit sich und seinem Spiegelbild feierte – Tom hatte einmal vergessen, seine Jugendzimmertür abzuschließen, Mutter und Oma waren am Hamburger Stadtrand und besuchten Tante Elli, aber plötzlich stand Sören vor Tom, »mein Gott, was machst du denn da!«, sagte Sören zu Tom, der gerade ein Glas Wodka hob, vor ihm auf dem Beistelltischchen stand ein Rasierspiegel, gerade schien Tom seinem Spiegelbild zuzuprosten, er wollte wohl sagen »Auf dich!« oder »Auf uns!«, aber Sören unterbrach diese Zweisamkeit und wollte über diese Szene grinsen, aber dann sah er, dass Tom nicht nur das Wodkaglas hielt, er hatte eine Rasierklinge in der anderen Hand, er trug nur T-Shirt und Unterhose, seine Knie bluteten, nicht sehr, nur ein bisschen, natürlich kam vom Plattenspieler wieder ein Song von Rory Gallagher, diesmal *I'm Not Awake Yet* (das Stück würde am 3. Juni 1998 aus dem Ghettoblaster auch während Toms Beerdigung dröhnen); die Schnitte in den Knie helfen, mich selbst und die Musik besser zu fühlen, sagte Tom zu Sören, der jetzt weinte, seinen Bruder an der Schulter berührte und ganz kurz seine Haare küsste.

Ja, mein Bruder der Philosoph, dachte Tom, inzwischen hat er sich mit seinem Namen abgefunden, Sören, so was Affiges, sein Vater hatte den Namen zu Ehren des Religionsphilosophen Sören Kierkegaard gewählt, Kierkegaard war Katholik wie der Vater und schrieb Sachen, die der Vater nur halb verstand, sie faszinierten ihn aber: Kierkegaard unterschied beispielsweise zwischen Furcht (hat ein Objekt) und Angst (hat kein Objekt) und lehrte, der Mensch habe keine Schuld, weil er sündigt, sondern sündigt, weil er schuldig ist. Als der Vater bei der SS war und die Konzentrationslager bewachte, da trug sein Kamerad Erwin immer eine Bibel bei sich, aber Vater hatte ein Exemplar von Kierkegaards *Entweder – Oder* in seiner SS-Manteltasche. Das Buch beschäftigt sich mit Schönheit und Moral, über diese Dinge redete Vater nach 1945 immer wieder, Mutter hat das gar nicht verstanden, es belustigte sie und fiel ihr auch auf die Nerven. Sie durfte den Namen des Zweitgeborenen bestimmen und wählte Thomas nach dem Apostel und Heiligen, der für die Zimmerleute da ist; alle Männer in ihrer Familie hatten als Handwerker gearbeitet, auch Tom und Sören sollten was Anständiges lernen.

Sören, dachte Tom, schleppt mit seinem Namen noch Vaters KZs durchs Leben, bei mir ist's Jesus, da bin ich ja wohl im Vorteil, haha. Den Spitznamen Jesus, nein, es war wohl eher ein Heldenname, bekam Tom von seinem Bruder, sie saßen mit mehreren Engländern und Iren bei Ellen, so hieß die Kneipe an der Lehmkuhle, sie schufteten auf dem Bau um die Ecke, schliefen in einem Männerwohnheim und tranken das deutsche Bier und den deutschen Doppelkorn in einer Menge, die Tom und seine Freunde beeindruckte. John, der Anführer der Gastarbeiter, machte mit den Einheimischen gern ein Spiel, er nannte es »Trust me«, und alle neuen Kandidaten vertrauten John tatsächlich, das Spiel ereignete sich meistens am Billardtisch, ein Mann oder eine Frau trat zu John, er sagte, »Close your eyes, please, and now say hello to John«, der Spielpartner gehorchte, schloss die Augen und reichte ihm die Hand, hatte dann aber nicht Johns Hand in der Hand, sondern seinen Penis, den John aus seiner Hose geholt hatte. Zwei Ohrfeigen (von Frauen) bekam John bei ungefähr 20 Spielen, aber sonst lachten alle Anwesenden über diese Völkerverständigung. Im Hintergrund aus der Musikbox kam *Rivers of Babylon* von Boney M., ich hasse diese Schlager, dachte Tom, aber John drückte den Song immer wieder und wollte nach vier Litern Bier und vielen, vielen Schnäpsen darüber reden, ob und warum Popmusik und die Bibel zusammengehen sollten.

Das Lied fußt auf Psalm 137, König Nebukadnezar und seine Babylonier haben Jerusalem erobert, die Juden jammern und wollen weg, John (ein Evangele, der trotzdem den Papst bewunderte, wie sich später herausstellte) erklärte den Zuhörern, dass Nebukadnezar doch nur das Beste für die Juden plante, sie erkannten aber nicht sein Wohlwollen und dachten nur an Flucht, das Wandern sei das Wesen des Juden, sagte John, während die Wirtin Ellen noch einen Humpen Pils für ihn brachte und zwei Gläser Korn in den Humpen goss, wie John es gern hatte, und Boney M., meinte John, hätten nun endlich mal diese Wahrheit über die Juden und Babylon in die Popwelt gebracht, that's great, any objections?

Das war Sörens Moment, erinnerte sich Tom, ach mein Bruder, der Ironiker, damals, 1978, war er's noch, später hat er die Ironie verachtet als Humorsorte jener Menschen, die ständig witzeln müssen und gar nicht wissen, was sie denken und sagen wollen. »John«, sagte Sören (er redete Englisch, er hatte gerade begonnen, die Sprache zu studieren), »wir glauben dir, haben aber keine Ahnung von Nebukadnezar und dem Alten Testament, das Neue Testament liegt uns viel mehr, denn das Alte Testament ist Zorn und Rache, während das Neue Testament und Jesus doch die Liebe und das Verzeihen feiern, und wir haben hier unseren Hamburger Jesus, du hast ihn ja schon oft gesehen, er lacht nie, der Bibel-Jesus hat auch nie gelacht«, und mein Bruder zeigte auf mich, erinnerte sich Tom, ich trug die Haare damals wie Rory Gallagher, sie fielen mir bis über die Schultern auf den Rücken, der Mittelscheitel war nicht ganz in der Mitte, und ja, der Vergleich stimmte, Rory Gallagher, Jesus Christus und ich hatten die gleiche Frisur.

»Du sollst wissen, John«, sagte Sören, »dass mein Bruder Tom nicht hassen kann, Jesus liebt ihn wegen seiner Herzensgüte, das kannst du mir glauben, und obwohl auch Tom hier schon deinen Schwanz in der Hand hatte, obwohl er's nicht wollte, würde er sogar noch mal zugreifen, was ungefähr Jesus' Rat entspricht, auch die andere Wange hinzuhalten, wenn dir schon jemand auf die eine Wange geschlagen hat.«

John lachte, die anderen Engländer und Iren lachten auch, John spendierte eine Runde und fragte Tom, welche Musik er wünsche, und Tom, da er nicht wieder *Rivers Of Babylon* ertragen wollte, sagte zu John, er solle doch bitte mal *Peggy Sue* von Buddy Holly drücken. Von diesem Abend an hatte ich tatsächlich dieses Jesus-Image, dachte Tom, welch ein Quatsch, aber besser als Maik Gräser, der nur noch Manson nach Charles Manson hieß, weil er getobt und seine Mutter aus dem Fenster geworfen hatte. Tom wusste, die drei Frauen, mit denen er in seinem Leben zusammen war, verliebten sich in seine Jesus-Art und bedauerten auf Dauer wohl, dass er nicht wenigstens ab und zu mal was Schmutziges dachte und tat.

NEUN

Vielleicht hätte ich mich 1980 nicht nach drei Tagen schon mit Tanja verloben und bald mit ihr zusammenziehen sollen, verdammt, ich ging als Jungfrau in diese Verlobung, sie dauerte zwölf Jahre lang, und als ich aus dieser Verlobung rauskam, da war ich immer noch Jungfrau – ich habe später eigentlich so genau nur mit Sören darüber geredet, dem »Bezirksbefruchter«, wir nannten ihn so während der siebziger Jahre, weil er monatlich seine Freundinnen wechselte; manche Gerüchte besagten, er hätte sogar wie Mick Jagger geliebt und zwei Mädchen gleichzeitig auf der Couch gehabt. Tanja litt an einem Reinlichkeitswahn, sie hatte ihn von ihrer Mutter übernommen beziehungsweise übernehmen müssen oder wollen, die Mutter badete sogar ihren Wellensittich zweimal täglich und zwang ihren Mann, die Toilettenschüssel mit 200 Gramm Backpulver zu säubern.

Mir war Tanja gleich ein bisschen unheimlich, erinnerte sich Tom, sie erzählte, dass sie in der Kneipe wahrnehmen könne, wie ein Mensch riecht, auch wenn dieser Mensch am anderen Ende des Raumes saß; falls der Geruch »nicht passte«, ist Tanja sofort wieder gegangen, und Tom folgte ihr, denn Jesus macht keinen Ärger und wird immer seine andere Wange hinhalten, nachdem er bereits einen Schlag auf die eine Wange bekommen hat. Tanja ähnelte Lady Diana, auch ihr Gesicht hatte was Vogelartiges, das erkannte Tom aber erst, als er schon ein Jahr mit Tanja verlobt war und Lady Diana auf jeder Zeitung vorne drauf lächelte, sie heiratete Prinz Charles und starb bei einem Autounfall, als Tom gerade Eva getroffen hatte, die finale Schlampe, wie seine Mutter nicht aufhören wollte zu urteilen. Tom erhielt Komplimente von seinen Kumpels, denn wer sonst konnte die Doppelgängerin von Lady Diana als Freundin vorzeigen?

Nur Sören sagte, Tanja und Lady Diana hätten tote Augen, tatsächlich war etwas Lebloses an Tanja. Auch Tom fand mit der Zeit, dass Tanja oft ihren Puppen glich, sie bastelte diese Puppen aus Pappmaschee und bevorzugte Drachen und Gruselfiguren, die aber lustig aussahen, die Leute kauften diese Puppen auf Weihnachtsmärkten, wo Tanja stand und sie anbot; Puppenmacherin konnte aber nicht ihr Hauptberuf sein, die Puppen haben zu wenig Geld eingebracht, Tanja arbeitete als Kindergärtnerin, wollte jedoch selbst nie Kinder haben – schon wegen der Sauerei bei der Geburt war sie gegen eigene Kinder. Wie viele Bekloppte, die sich vor Sexualität ekeln, kuschelte Tanja ständig mit ihren Haustieren, zwei Katzen und einem Goldhamster, der, dachte Tom, einmal alle meine Kabel der Stereoanlage durchgeknabbert hat, Tanja kicherte, da hasste ich sie wirklich, an die andere Sache hatte ich mich irgendwann gewöhnt.

»Leute, ihr müsst jetzt gehen, sie hat ihre Tage!«, sagte ich und bekam Beifall für die Auskunft, den Jungs erzählte ich, Tanja verträgt Pille und Kondome nicht, wir können nur verkehren, wenn sie wieder blutet und keine Schwangerschaft droht, aber die Wahrheit war, dass Penetration nicht stattfand; die Verlobte gestattete mir in zwölf Jahren kein einziges Mal, in sie einzudringen, aber Jesus ist trotzdem bei ihr geblieben, auch aus Mitleid. Drei- oder viermal pro Jahr hat sie sich dann doch bereit erklärt, mir einen runterzuholen, aber sie guckte dabei, als ob sie ein Insekt zerdrücken müsste, und hinterher ist sie sofort ins Badezimmer gerannt, hat einen Lappen geholt und meinen Samen weggewischt; am selben Tag kochte sie dann nix für mich. Piet behauptete, er sei einmal bei uns aufs Klo gegangen, die Tür sei nicht abgeschlossen gewesen und er sofort wieder rausgegangen, aber er habe noch gesehen, wie Tanja mit Urmel aus dem Eis, einer ihrer Pappmascheepuppen, zwischen ihren Beinen rumgefummelt und sogar ein bisschen gestöhnt hätte. Piet spinnte oft, aber in diesem Fall könnte er recht gehabt haben.

ZEHN

»Die Wahrheit ist beim Einlochen, auf dem Platz und mit den Weibern«, so lautete Piets Grundsatz. Da Piets Schilddrüse nicht richtig funktionierte, glubschten seine Augen, und wenn er nach anderthalb Flaschen Whiskey schielte, dann wirkten diese Augen wie ein Spezialeffekt. Als Versicherungsvertreter scheiterte Piet, der Alkohol hatte seine Nerven ruiniert, er konnte Kunden kaum noch die Hand geben, weil er ohne Schnaps so zitterte. Mit Schnaps aber konnte Piet sehr gut Minigolf spielen und zweimal die Meisterschaft im Verein an der Lehmkuhle gewinnen, Piet wohnte gleich nebenan, die 20 Meter fuhr er aber immer im Auto, was der Streifenpolizist Höbel irgendwann mitbekam – eines Nachts lauerte Höbel im Gebüsch, bis Piet aus der Vereinshütte wankte, er ging selbstverständlich nicht zu Fuß, sondern kroch hinters Steuer, und als er dann eine halbe Minute später vor seiner Wohnung ausstieg, da wartete Höbel und ließ Piet pusten: 1,9 Promille, der Führerschein war weg, der Versicherungsvertreter Piet verlor seinen Job und fragte ausgerechnet Lori, was er nun machen solle. Das war 1974, als die Fußballweltmeisterschaft in Deutschland stattfand, die BRD gegen die DDR verlor und Lori mit einer Sterbenden zusammenlebte; das Szenario hätte von Dostojewski sein können, sagte Sören später.

Nach seinem Rauswurf daheim und der Episode bei Tom, dessen Mutter und Oma musste sich Lori nun wieder eine Bleibe suchen, er dachte sofort an seine eigene Oma, die in einer Einzimmerwohnung (27 Quadratmeter) am Rahlstedter Bahnhof »auf den Tod wartete«, wie sie selbst sagte, obwohl sie mit 85 noch den eigenen Haushalt schaffte und ab und zu spazieren ging. Sofort war sie einverstanden, als Lori fragte, ob er für ein paar Tage, maximal drei, vier Wochen bei ihr unterkommen könne, er würde auch abwaschen, putzen, einkaufen und die Blumen auf dem Balkon gießen. Tom und Sören besuchten Lori und die Oma, im Fernsehen lief gerade das WM-Halbfinale zwischen Deutschland und Polen, wo denn die Oma sei, fragte Tom, »sie ruht«, sagte Lori, »sie baut ab seit einigen Tagen«: Es gab nur das Wohnzimmer mit Loris Luftmatratze vorm Fernseher, ein Klo ohne Dusche und eine Stehküche, erinnerte sich Tom, da schien auch noch eine Abstellecke zu sein, mit einem Vorhang vom Raum abgetrennt. »Dahinter ist sie«, sagte Lori und grinste, Tom und Sören verstanden nicht gleich, wen er meinte. »Wollt ihr mal gucken?«, fragte Lori, und da lag dann seine Oma, sie schnarchte, hatte aber die Augen geöffnet und bewegte die Lippen. Die Oma trug einen Unterrock und Kniestrümpfe, der Dutt war verrutscht und hing über dem einen Ohr. »Sie lebt noch«, sagte Lori und grinste, »ihr seht ja, dass sie noch lebt, sie wird erleben, wer Weltmeister wird am Sonntag« (ein paar Jahre später sagte Sören, er hätte Lori in diesem Moment gerne auf die Schnauze gehauen, aber der Anblick der Oma habe ihn zu sehr gebannt).

Die Oma erlebte noch, wie Deutschland gegen Holland gewann und Fußballweltmeister wurde, sie erlebte sogar noch, wie die Bundesliga in die Saison 1974/75 startete und der HSV am 24. August bei Borussia Mönchengladbach siegte, aber den vierten Spieltag (mit HSV – Hertha BSC 1:1) erlebte die Oma nicht mehr, sie starb zwei Tage vorher, am 12. September, sie sei in der Abstellecke »eingeschlafen«, sagte Lori, der Arzt sagte dann, ihr Herz habe nicht mehr mitgemacht, das behauptete jedenfalls Lori; die Oma sei zwischendurch auch immer mal wieder aufgestanden, habe gegessen und getrunken und sei aufs Klo gegangen, aber meistens eben doch hinterm Vorhang in der Abstellecke gewesen und habe dort auch Kreuzworträtsel gelöst und wollte sich nie helfen lassen. Sören meinte, Lori habe seine Oma vertrocknen lassen, aber Tom konnte und wollte das nicht von Lori denken.

Lori weigerte sich, an der Beerdigung teilzunehmen, er ahnte, dass seine Eltern hingehen würden, und seinen Vater betrachtete er jetzt als Todfeind. Die Eltern arrangierten die Trauerfeier, obwohl sie zur Oma schon länger keinen Kontakt mehr gewünscht hatten (die Oma soll mal was Schlimmes gemacht und dadurch »ihre Ehre« verloren haben). Loris Situation schien sich zu entspannen, denn als Untermieter durfte er die Wohnung übernehmen und die Abstellecke zu seinen Zwecken nutzen, wir haben ihn gedrängt, die Wohnung erstmal zu renovieren, erinnerte sich Tom, es roch dort nach Tod und Verrat, komm Lori, wir helfen dir, hier soll doch was Neues und Frisches entstehen, Klaus streicht dir die Wände, das dauert nur drei, vier Stunden, aber Lori fand, das sei unnötig, und Klaus, der Malergeselle, würde den HSV verachten und ständig von Bayern München schwärmen, das nervte Lori. Die Wohnung blieb also die Oma-Wohnung, und auch Lori schlief nun hinter dem Vorhang in der Abstellecke, seine

Luftmatratze schmiss er auf den Sperrmüll, um zu zeigen, dass er sich nun verbessert hatte, aber drei Monate später, es weihnachtete bereits und Carl Douglas sang *Kung Fu Fighting*, musste Lori im Park oder unter Brücken schlafen, denn er hatte die Miete für die Oma-Wohnung nicht bezahlt.

Du wolltest nun mal nicht arbeiten, du verrückter Hund, ich gehe eher zugrunde, bevor ich einknicke und einem Kapitalisten diene, sagtest du, wie sich Tom noch genau erinnerte, aber das Betteln und Schnorren hat dir nix ausgemacht, Ladendiebstahl, ja, gehört dazu für einen Bohemien – so hast du über dich gedacht, und ich hab's damals auch noch so gesehen und in manchen Nächten draußen neben dir geschlafen. Die Schlafsäcke hatte ich aus einem Armeeladen am Hauptbahnhof geholt, zehn Mark pro Stück, und es schneite, und du hast wieder erzählt und erzählt, von den Weibern und von Freiheit und von George Best, dem irischen Fußballer, der so aussah wie du und auch tat, was er wollte, und trotzdem Europas Fußballer des Jahres geworden war. Manchmal, am Rande des Eichtalwäldchens neben einer Hamburger Schnellstraße, saß Dirk Dose bei uns, er war nach seiner Soldatenzeit verwahrlost, obwohl sein Physiklehrer gesagt hatte, Dirk könne bei seinem Genie mal den Nobelpreis für Physik bekommen, aber während Dirk sich mit den Soldaten abquälte, hat seine Freundin mit anderen Männern geschlafen und ihn hinterher nicht mehr gewollt: Dirk ließ sich einen Rübezahlbart wachsen, wusch sich nur noch selten, wurde Vagabund statt Physiknobelpreisträger und trank ständig Dosenbier (*Hansa Pils*), weshalb er nur Dirk Dose hieß unter den Obdachlosen. Ja, die Frau ist bitterer als der Tod, sagte Lori zu mir und Dirk Dose, der bei diesen Worten nickte, eine ganze Dose in einem Schluck austrank und einen Käfer aus seinem Bart pulte.

ELF

Im Rückblick muss ich wohl sagen, dass ich damals zu feige war, mit Lori und Dirk Dose auf der Straße zu leben, obwohl ich besonders während der Nächte mit ihnen ab und zu eine Art Glücksgefühl hatte. Daheim warteten Mutter, die Omi und derzeit ja auch Bertold, der Saarländer, der Holztische bauen konnte, seinen Geschlechtsverkehr mit Mutter durch Strichmännchen auf Zetteln festhielt und sogar Schlagzeug spielte. »Komm, mein Kneschtʻ«, sagte Bertold zu mir, »wir gehen in den Keller, ich zeige dir, wie du mit der Basstrommel arbeiten musst.«

Aber Tom hatte kein Interesse an Schlagzeug und Basstrommel, sein Instrument war die Gitarre, und eigentlich auch nur dann, wenn Rory Gallagher auf ihr spielte. Bertold hatte sich sogar bei Tisch angewöhnt, ununterbrochen den Fuß zu bewegen, tipp-tapp, tipp-tapp, er trainierte für die Basstrommel, wie er erklärte, und Mutter und Oma fassten sich an den Kopf. »Der Mann ist noch dümmer als Uwe Seeler«, sagte Sören, wenn er gerade mal nicht bei einer Freundin wohnte, sondern Mutter besuchte, »aber ein Arschloch ist er nicht, so gern ich sagen würde, er ist ein Arschloch.«

Wie der Durchschnittsspießer betrank sich Bertold bloß einmal pro Jahr und aß dazu ein Sauerkrautgericht aus seiner Heimat, nach dem Kotzen hing ihm dann Sauerkraut unter der Nase. Neben seinem Schlagzeug im Keller hatte Bertold ein paar Flaschen Wein gelagert, falls mal Arbeitskollegen kamen, und Tom schämte sich Jahre danach immer noch, dass er auf Sören und Piet gehört hatte: Sie entkorkten eine Flasche von Bertholds Riesling, tranken die Hälfte und pissten, bis die Flasche wieder gefüllt war, und verschlossen die Flasche wieder mit dem Korken. Irgendwann hat Bertold die Flasche hochgeholt und seinen Kameraden angeboten, wir sind nicht dabei gewesen, vielleicht fanden sie, der Wein sei korkig, vielleicht haben sie auch aus Höflichkeit nix gesagt und den Urinling getrunken.

Später, von Mutter weggeschickt, reiste Bertold nach Mexiko, heiratete eine Mexikanerin und zeigte sie voller Stolz in Hamburg, er hatte das Schlagzeugspielen aufgegeben, schlief inzwischen mit Frauen und Männern (»wie Mick Jagger«, sagte Mutter) und starb an Aids, noch bevor Rock Hudson verkündete, der Virus habe ihn erwischt. Mutter meinte, Bertold musste so enden, er konnte sein Ding da unten nicht kontrollieren, und im Übrigen wusste Mutter, dass Bertold im Keller neben dem Schlagzeug mit der Nachbarin Waltraud intim gewesen war, Herr Boysen, ein Busfahrer aus dem zweiten Stock, habe das Gestöhne auf seinem Kassettenrekorder. Von Herrn Boysen hatte Mutter auch gehört, dass Bertold, nachdem er die Aids-Diagnose erhalten hatte, sich mit Schlaftabletten umbringen wollte, aber er schluckte zu wenige Tabletten, »feige war er ja immer«, sagte Mutter, dieses Urteil hat Tom nie vergessen.

Dümmer als Uwe Seeler, na ja, stimmt schon, was Sören sagte, aber welcher von Mutters Männern nach unserem Vater ist denn anders gewesen, und was muss in Vaters Gehirn abgelaufen sein, als er vor den Konzentrationslagern wachte und das Buch des Philosophen Kierkegaard las und dessen Gedanken, der Mensch müsse den Sprung zu Gott schaffen? Mutter, die Witwe, lebte erstmal enthaltsam, obwohl sie aussah, als sei sie »für die Liebe geschaffen«, wie Bertold später flüsterte, als er an seinem Sauftag (immer im November) mit uns beiden Jungs von Mann zu Männern zu reden versuchte.

Vater war am 14. August 1964 gestorben, er hat während der letzten Wochen so gestunken wie die Gräber vor den KZs, einmal nur haben wir, weil Mutter es wünschte, ihn im Krankenhaus besucht, er ähnelte jetzt den Juden bei ihrer Befreiung durch die Russen und Amerikaner, ich bin, weil Mutter es wünschte, um die Ecke zum Krankenhauskiosk gegangen und habe für Vater eingekauft, zwei Orangen und einen Joghurt, mehr hat er nicht runterkriegen können, die Bauchspeicheldrüse war im Arsch wie dieser ganze Mensch, er schaffte es nicht mehr aufs Klo und musste kacken, während Mutter, Sören und ich im Zimmer waren, Mutter und ich haben es ertragen, Sören ist rausgegangen, »Papa kann doch nix dafür«, sagte Mutter, und am 14. August, einem Freitag, als wir die Fernsehserie *Sprung aus den Wolken* guckten, ist der Papa dann zu Gott gesprungen.

Mutter hatte keine Zeit für Männer, denn sie bezog eine Witwenrente von bloß 175 Mark und musste putzen gehen, um uns Jungs und sich durchzubringen, die Oma half mit ihrer Oma-Rente, ein Neffe des Verstorbenen, der eine Konservenbüchsenfirma leitete, schickte einen Geldbetrag immer an Weihnachten, wofür Tom und Sören sich in einem Brief bedanken mussten; viel später erzählte Mutter, der Neffe hätte viel mehr Geld geschickt, wenn sie manchmal auf seine Kosten zu ihm nach Kaiserslautern gereist und *nett* gewesen wäre, »aber so eine bin ich doch nicht«, sagte Mutter.

Von dem Ungeheuer und dem Holländer abgesehen, hat Mutter nach Vater und vor Bertold nur zwei Männer geduldet – eine Bekanntschaft aus der U-Bahn (dieser Typ ähnelte Peter Scholl-Latour, das erkannte Tom aber erst im Rückblick), der Wichtigere aber war ein Arbeitskollege aus dem Postamt, ihn mochte Mutter sehr, obwohl oder weil er aussah wie Bugs Bunny ohne Haare. Er war seit Jahrzehnten verheiratet und spendierte Mutter auch mal ein Wochenende in einem Hotel, wo die Badewannenhähne aus Gold gewesen sind, »märchenhaft«, sagte Mutter, aber sie hat Bugs Bunny dann doch nicht mehr rangelassen, denn an Scheidung dachte er nie, und auf Dauer wollte sie keine Geliebte sein; es störte ihn wohl auch, dass *das Ungeheuer* immer noch an Ecken stand und Mutter und ihre Begleiter beobachtete, das Ungeheuer hielt sich immerhin an die 100 Meter Abstand, vom Richter verfügt, aber das Ungeheuer namens Hans (»also Jack unter Seeleuten«) ist ja nie verschwunden und wird nie verschwinden, dachte Tom.

ZWÖLF

Vielleicht hätte ich auch Tanja von dem Ungeheuer erzählen sollen, *Alles* erzählen sollen, nicht nur, dass er immer am Wochenende raste und Mutter schlug, ins Gesicht und in den Unterleib, gerne mit der Faust, wenn Mutter sich mit Worten wehrte (»Du schlapper Schlappschwanz«) und es sogar noch schaffte, den Ungeheuerhans auszulachen. Mich und Sören hat er nie geschlagen, nein, geschlagen nicht, und die Oma hat nie erfahren, dass Hans zuschlug, wenn sie am Wochenende weg war, um ihre eigene Anderthalbzimmerwohnung zu putzen. »Ein guter Mann, der beste Mann für dich«, sagte Oma zu Mutter, er hat Oma ja auch geschmeichelt und ihre weißen Haare gelobt, obwohl sie, wenn sie abends den Dutt öffnete und die Haare fallen ließ, an Johnny Winter erinnerte. Hans kaufte der Oma auch einen Porzellanschäferhund, der in einer Vitrine lag und Oma beobachtete, während sie kniete und Fusseln von ihrem Teppich aufsammelte. Wenn die Oma aus dem Wochenende kam und wieder bei uns einzog, dann hat sie immer den Frieden mitgebracht, ohne es auch nur zu ahnen. Oma abwesend = Krieg; Oma anwesend = Waffenstillstand. Die Oma hat Mutters zerbeultes Gesicht oder die Prellungen am Körper *übersehen*, einmal wagte Mutter dann doch den Hinweis, dass Hans nicht der beste Mann ist und gelegentlich haut, »ach was, das tut der Hans doch niemals!«, sagte Oma, und wir Jungs hassten die Oma dann, obwohl sie immerhin unser Friedensengel war.

Von diesen Sachen wusste Tanja, sie bemühte sich zu bedauern, was wir damals erlebt hatten, aber Bedauern war nicht ihre Stärke. Ein Tod musste kommen, um mich von ihr zu trennen, dachte ich, der Holländer, mein zweiter Vater, musste ersticken, nur unter diesem Eindruck habe ich's geschafft, was Drastisches zu tun. Okay, eine Flasche Wodka und ein paar Biere brauchte ich auch, dann, in der Nacht vor der Beerdigung, schwankte ich zu Tanjas Bett, drückte ihren frigiden Arm, sie zuckte und erwachte und grummelte, und dann sagte ich, vorbei, nach dem Leichenschmaus endet unsere zwölfjährige Verlobung und zwölfjährige Penetrationslosigkeit (du Fotze, hätte ich gern noch gesagt, aber hinterher bin ich froh gewesen, es nicht gesagt zu haben).

Tanja heulte drei, vier Alibitränen und fuhr mich später in ihrem Auto zum Friedhof, aber sie ging nicht mit zur Trauerfeier, ich hatte den Eindruck, sie hätte gern vor mir ausgespuckt, aber neben den Gräbern traute sie sich wohl nicht. Noch halb besoffen saß ich dann in der ersten Reihe neben Mutter und Sören und dessen Freundin, vorne am Sarg des Holländers stand aber kein Pfarrer oder Pastor, sondern ein Amateurredner, den Mutter gerade eben noch zehn Minuten über das Leben ihres Mannes informiert hatte, sie sagte u. a., der Verstorbene habe als Jugendlicher im Fußballtor gespielt.

Der Redner sagte also unter anderem: »Wilm Henning lebte als Holländer gut unter uns Deutschen, im Fußballtor hielt er, was zu halten war«, und in diesem Moment sah ich, dass Sören weinte, aber es waren Lachtränen, während der Redner deklamierte, dass der Verstorbene im Sinne Frank Sinatras gelebt und alles auf seine Art durchgeführt habe, und nun erhob sich ein Männlein hinter den Trauergästen, das Männlein geigte Sinatras *My Way*, und Sören weinte nun nicht mehr nur, sondern prustete, seine Freundin weinte und prustete, ich summte *My Way*, dachte aber auch an *Das Lied der Schlümpfe*.

Beim Leichenschmaus hinterher um zwölf Uhr mittags wurde ich langsam wieder nüchtern, weil ich zum Hirschbraten nur Bier trank und den Weinbrand wegließ, die Verwandten des Verstorbenen unterhielten sich auf Holländisch, sicher nicht übers Erbe, denn es gab nichts zu erben, Wilm Henning wollte nie sparen, er hatte auch nicht in Wertgegenstände investiert, sondern sein Geld mit Mutter auf Mallorca rausgetan; während der ganzen achtziger Jahre überwinterten sie dort im Häuschen eines schwulen Paares und versorgten auch einen Hund, der ihnen zugelaufen war. Wilm Henning behauptete, der Hund verstehe Holländisch, aber kein Spanisch und kein Deutsch. Bis zu seinem Tode verstand Wilm Henning nicht, dass die Deutschen (die er wegen Hitler als Volk hasste, denn Hitler war ja auch über Holland gekommen) mehrheitlich auf ihren Grabstein sparten, spätestens, wenn sie vergreisten und das Jenseits ahnten. Mutter sparte längst auf ihren Grabstein, sie saß beim Leichenschmaus zwischen Sören und mir, sie verweigerte das Schmausen und aß nur ein Stück Mandelkuchen, sie guckte ernst, wie sie's für den Anlass geboten hielt, aber ihre Trauer schien sie keineswegs zu überwältigen. Wahrscheinlich dachte sie jetzt auch daran, dass Wilm oft genug auf ihr rumgehackt hatte, weil sie verdammt noch mal Deutsche war; er sprach von *Erbsünde* und verwechselte diesen Begriff aus der Theologie wohl mit Sörens Ansicht, wonach die Deutschen wegen Hitler auf ewig verflucht seien. Mutter trank eine Tasse Bohnenkaffee mit Sprühsahne und fragte Tom, warum Tanja zu Hause geblieben sei, »sie hat Bauchweh von der Linsensuppe gestern beim Türken«, sagte Tom, und nun sehnte er sich doch nach Jenny, die vor ein paar Tagen tatsächlich das inzwischen Undenkbare getan und Tom, den zwölf Jahre lang Verlobten, von seiner Unschuld erlöst und seinen zwölf Jahre lang verlobten Schwanz in sich aufgenommen hatte.

DREIZEHN

Jenny, kaum größer als Danny DeVito, sortierte Briefe mit Tom, morgens von sechs bis zehn standen sie im Postamt nebeneinander, sie hat ihn sofort angeplappert und ihr Leben ausgebreitet, ihr Ehemann, erzählte sie, leite die Gemüseecke in einem Supermarkt und habe ihre Körpergröße, sodass Tom annahm, die beiden hätten sich im Klub der Kleinen kennengelernt. Ohne es zu wollen, summte Tom oft ein Lied, wenn er auf Jennys Hände guckte, in diesem Lied von Helge Schneider heißt es: *Deine Hände sind kleiner als meine, damit kommst du besser in die Ecken zum Putzen* – so sollte es bald sein, Jenny würde bei Tom einziehen, sobald Tanja aus der Wohnung raus war, hier und dort lag noch ein bisschen Pappmaschee von ihren Gruselpuppen, die Überreste ihrer zwölfjährigen Verlobung. Eines Morgens nach der Schicht fragte Jenny, ob Tom mit rüber in die Kneipe Lindenbaum möchte, einen Tee trinken und ein Käsebrötchen essen, draußen lag der Hamburger Dezembermatsch, okay, gehe ich mit, dachte Tom, ich mag diese Zwergin. Nach dem dritten Tee war es Viertel vor elf, die ersten Rentner an den Nebentischen bestellten ein Pils und einen Korn, und auch Jenny und Tom meinten, es sei nun spät genug, um Bier zu bestellen. Es ist alles von ihr ausgegangen, eine Verheiratete hätte Tom niemals bedrängt oder umarmt, aber nach dem dritten Bier um zwei Uhr sagte Jenny: »Mein Mann ist auf Lehrgang, wir können bei mir noch was trinken und es uns *gemütlich machen*« – Sören hatte mal zu Tom gesagt, wenn eine Fremde vorprescht und Gemütlichkeit daheim vorschlägt, dann will sie, dass es zum Äußersten kommt, und Tom, inzwischen 33 Jahre alt, hatte wirklich Lust, seine Jungfernschaft nun zu beenden, und was Jenny danach mit ihm machte, das kannte er nur aus einem Pornofilm, den sein Kumpel Rollo mal auf einem Videorecorder vorgeführt hatte.

Rollos Vater, ein Polizist, der später Bademeister wurde, hatte dänische (!) Pornos in seinem Schreibtisch abgeschlossen, Zahlenschloss, aber Rolle konnte seinem Vater mal die Zahlenschlosskombination entlocken, als die beiden besoffen waren und über Verbrecher und Schwimmbecken sprachen. Rollos Eltern fuhren in Urlaub, im *Deutschen Herbst* war das, 1977, Elvis starb und Schleyer, die Party bei Rollo dauerte zweieinhalb Tage, und irgendwann in der Mitte öffnete er dann den Schreibtisch seines Vaters, griff ein schwarzes Rechteck (Videokassette!) und versenkte es in einem Geräteschlitz. Wie die Frau da kniete und die Hose des Mannes öffnete und dann an ihm rumlutschte, das fand ich unerhört, aber nach fünf Minuten des Lutschens war der Mann plötzlich verschwunden und (typisch dänisch, wie ich später erfuhr) eine Riesenlanguste betrat das Sofa, die Frau legte sich zu der Languste, öffnete die Schenkel, und die Languste tat, was Gott eigentlich nicht für sie vorgesehen hatte, die Frau seufzte, stöhnte, schrie, die Languste, tja, *langustete* in Zeitlupe (wie Günter Netzer bei Borussia Mönchengladbach, dachte ich), eine Languste hat's ja nie eilig, mich faszinierte dieser Akt zwischen der Frau und der Languste, aber das Gelutsche der Frau an dem Mann interessierte mich mehr, weil es theoretisch mehr mit mir zu tun hatte.

Genau das, was die Dänin, bevor sie mit der Languste schlief, mit dem Mann gemacht hatte, das praktizierte Jenny mit mir, nachdem wir aus dem Lindenbaum zu ihr spaziert waren und der Form halber uns noch eine Flasche Bier geteilt hatten. Meine zwölfjährige Verlobung mit der Gruselpuppenbastlerin endete also, als diese Zwergin aus dem Postamt mich entführte und mich in die Liebe einwies, na ja, mir das Ficken beibrachte.

Jenny sagte mir sofort, dass es lange mit uns dauern sollte, aber nicht *zu* lange, denn nach der Scheidung von ihrem Gemüsefritzen wollte sie sich *ausleben* – erst mit mir, später mit anderen, okay, dachte ich, aber erstmal müssen wir die Wohnungssituation klären, denn Tanja hockte noch in unserer Wohnung und zeterte und drohte, zum ersten Mal schien sie von Leidenschaft durchdrungen zu sein. Nach zwölf Jahren schwitzte sie zum ersten Mal, sie roch plötzlich nach Frau, vorher nur nach Pappmascheegruselpuppen, aber Tanja sagte, sie würde noch ein halbes Jahr mindestens in der Wohnung bleiben und dann erstmal zu ihrer Mutter ziehen: Jenny und ich mussten also *raus*, denn ihr Gemüsefredi wollte auch in der gemeinsamen Wohnung bleiben, nachdem Jenny gesagt hatte, ihre Ehe sei ja wohl *futsch*.

Im Frühling 1992 drückte bereits der Sommer, er sollte sich bis September hinziehen, keine Elendshitze, aber jeden Tag Sonne bei 27 Grad, und ich saß tagsüber mit Jenny unter den Bäumen im Stadtpark, nachts schliefen wir dort, und morgens sind wir aufgebrochen und gingen durch die Stadt, schon Anfang Juni waren wir so braun, dass die Leute sich nach uns umguckten wie nach Betrügern. Wir hatten kaum Geld und bettelten sogar ein bisschen, mein Bruder gab mir dann ein paar Scheine, ohne dass ich darum bat, Mutter verstand nicht, dass ich wie Lori *rumlungerte* und *die Sicherheit* mit Tanja aufgegeben hatte. Alle meine Freunde müssen mich verachtet haben, denn sechs Monate lang sind sie mir egal gewesen, ich feierte das Ende meiner zwölfjährigen Verlobung. Der Sommer endete im Oktober, endlich war Tanja ausgezogen, Jenny und ihr Goldhamster übernahmen Tanjas Zimmer, was eigentlich schon das Ende bedeutete, aber Jenny und ihr Goldhamster waren damals meine Familie, so eine Familie hatte ich ja nie gehabt.

VIERZEHN

Nach bereits drei Wochen sagte Jenny morgens, während sie in ein Franzbrötchen biss und Bulli den Goldhamster streichelte: »Ich kriege ein Baby, kostet 500 Mark«, ich konnte mein Glück kaum fassen, erinnerte sich Tom, nach zwölf Jahren Verlobung endlich die ersten Penetrationen, und dann schwängere ich sofort diese Frau, die Bestleistung meines Lebens, er umarmte und küsste Jenny, als er dann ahnte, was die 500 Mark bedeuteten; »du gibst mir die Hälfte«, hörte er von ferne, »ich gehe wieder in die Tagesklinik am Schanzenbahnhof, da bin ich wegen so einer Sache schon zweimal gewesen, morgens hin, Vollnarkose, Ausschabung, aufwachen, ein bisschen erholen, am Nachmittag komme ich im Taxi nach Hause, dann werde ich zwei, drei Tage ziemlich weinen, dann ist wieder gut, du willst das Kind doch wohl nicht haben?«, fragte Jenny, und Tom hätte die Frage noch ertragen, aber Jenny grinste dabei, nein, natürlich konnte Tom nun nicht antworten: Ja, das wäre die Chance, und sechs Tage später war die Chance ausgeschabt. Tom, ohne Jenny zu informieren, ging zu Mutter und erzählte das Drama, das für Jenny offenbar nur eine Allerweltsangelegenheit war, und Mutter sagte: »Hm, ich würde, wenn ich's noch mal zu tun hätte, meine fünf Kinder auch ausschaben lassen und so mehr Spaß im Leben haben.«

Nach der Schicht bei der Post schlief Tom gerne noch mal vier, fünf Stunden, bis er nachmittags aufstand, sich nur in Unterhose über die Küchenspüle beugte und Fischfilets von *Hawesta* (am liebsten mit Eiersenfsoße) aus der Blechbüchse fraß und hinterher zwei Flaschen Bier trank (er trank übrigens nie während einer Mahlzeit, weil Lori mal berichtet hatte, diese Gleichzeitigkeit würde den Darm irritieren). Nach der Ausschabung schlief Tom noch zwei Stunden länger, und wenn er aufstand, hätte er sich gerne mal wieder mit der Rasierklinge belebt, aber er unterließ es, denn er wollte Jenny nicht die Schnitte erklären müssen.

Tom führte Jenny einmal in den Eichtalpark, wo Lori und Dirk Dose wieder ihr Lager aufgebaut hatten, Dirk Dose beachtete Jenny gar nicht, er würde nie wieder eine Frau beachten, aber Lori schien sich für Jenny zu interessieren, zumal sie von der Statur her seiner Aschaffenburger Lebensliebe glich. Jenny stammte aus Husum und erzählte, wie sie in einem Hafenlokal gekellnert hatte, und Lori sagte, er kenne Husum ganz genau, Theodor Storm, der Dichter dieser Stadt, habe ja 1888 den *Schimmelreiter* geschrieben, Hauke Haien, der Deichgraf und Held der Geschichte, habe als Todesreiter bereits Henry Fonda gegen Mundharmonica in *Spiel mir das Lied vom Tod* vorweggenommen, ob Jenny jemals darüber nachgedacht habe? (Dirk Dose spuckte einen Schluck Bier neben Jenny, was sie nicht mitkriegte, da sie gebannt war von Lori, der jetzt wirkte wie ein Cineast und Literaturwissenschaftler). Aber Lori verkündete auch die Nachricht, dass sein Vater, das Schwein, gerechterweise an einem Herzinfarkt gestorben war und Lori jetzt nach Freiburg ziehen könnte, denn seine Mutter hatte dort ein Häuschen von einer Tante geerbt, er wolle mit seiner Mutter noch verhandeln, ob Dirk Dose dort im Keller wohnen dürfe (Dirk Dose hätte gedurft, aber er wollte nicht und erfror im Spätherbst 1996 unter einer Brücke am Rheinufer).

Nachdem Jenny bei ihrem Gemüsehändlermann ausgezogen war und die Scheidung verlangt hatte, zögerte sie nicht, bei Tom einzuziehen, obwohl die Wohnung noch nach Tanja roch (Patschuli-Parfüm) und die zwölf Jahre lange Verlobung auf den Räumen lastete. Es war ein Fehler, einfach mit der nächsten Frau dort weiterzumachen, und ich Idiot und Weichling lernte nicht mal aus diesem Fehler, sondern wiederholte und verlängerte ihn bei der nächsten Frau, der letzten Frau.

Was würde Jesus dazu sagen, was ich tue, das fragte ich mich leider immer wieder, so wie mein Bruder Sören fragte, was würde Elvis dazu sagen, wenn mal wieder der Rock'n'

Roll *neu erfunden wurde*: Dieses Jesus-Gequatsche verfolgte mich, die wissenden Augen, die Matte mit Mittelscheitel bis auf die Schulter, selten lachen, Wahrheiten aussprechen. Rory Gallagher ist gekommen, um der Welt und den Menschen endlich den Bluesrock zu bringen, ja, das hatte ich wohl nach sieben Flaschen Bier wirklich mal gesagt und auch gemeint, aber eine Bergpredigt habe ich nie gehalten. *Lasset die Kindlein zu mir kommen*, *selig sind die geistig Armen*, das sagte Jesus Christus, er könnte unter anderem mich gemeint haben; Sören sagte oft, die Schwachsinnigen seien die Leute, die nicht wissen, wer sie sind, und auch sonst keine Urteilskraft haben – wer Dieter Bohlen oder Thomas Mann oder Leni Riefenstahl mag, muss bescheuert sein, sagte Sören, wobei ich nie begriffen haben, wie die Dreierreihe Bohlen (kannte ich), Thomas Mann (kannte ich aus der Schule) und Leni Riefenstahl (nie gehört) zusammenpassen sollten. Keine Urteilskraft haben, nichts beurteilen können oder wollen, ja, das ist Alltag, ich erinnere mich, wie ich zum ersten Mal mit Jenny in Husum war und ihre Familie besuchte, sogenannte einfache Menschen, die, da sie nicht mehr arbeiten konnten oder keine Lust hatten zu arbeiten, meistens vorm Fernseher lagen, aber meistens schliefen, während der Fernseher lief; Susanne, die Schwester von Jenny, streckte manchmal hoch und sagte: »Mami, ist das Monster schon tot?«, und dann schlief sie schon wieder, bevor Mami, die wegen der Tochterfrage aufgewacht war, überhaupt die Monsterfrage beantworten konnte und selbst wieder wegnickte.

Aber Husum: immerhin eine Erfahrung, die ich ohne Jenny nicht gemacht hätte, eine Todesstadt wie Venedig, aber Venedig kannte ich nur aus der Ferne, da Sören mich mal gezwungen hatte, den Film *Tod in Venedig* zu gucken. Da fährt der Komponist Aschenbach nach Venedig, begehrt einen

Jüngling, geht zum Frisör und lässt sich zu einer Art David Bowie machen, dann stirbt er am Strand an der Cholera und sieht noch mal den Jüngling, wie er badet. Husum hängt in die Nordsee, einmal pro Jahr kommen die Touristen wegen der Krabbentage, die ganze Stadt riecht dann nach Krabben und Verwesung, obwohl die Krabben auf den Krabbenbrötchen so frisch sind, dass ich dachte, die Krabben bewegen sich noch auf mich zu. Die Husumer scheinen während der Krabbentage verabredet zu haben, keine Würstchen zu essen, die Imbissbudenbesitzer sind verdammt, die Würstchen zu verstecken, die Krabbe triumphiert total, der Dichter Theodor Storm, der gerne ein deutsches Stück Fleisch aß, kann das so nicht gewollt haben. Jenny in Hamburg gewöhnte sich an Extremgerichte wie Labskaus, ein Seemannsmatsch, bei dessen Anblick sich Zugereiste oft erbrechen. Einmal kam Tom früher als sonst von einem Saufabend mit seinen Jungs nach Hause und beobachtete, wie Jenny auf der Bettkante saß und Krabben von einer Scheibe Schwarzbrot *saugte und kaute* – so hingegeben hatte er seine Freundin nur am Nachmittag gesehen, als sie aus der Kneipe zu ihr gegangen waren. Jenny und ich sind da schon fast vier Jahre zusammen gewesen, und ohne mich vorgewarnt zu haben, sagte sie eines Nachmittags, als ich versuchte, ihren Zwergenhintern durch die Zwergenjeans zu streicheln: »Das gibt's erstmal nicht mehr, du musst dich verändern, du machst ja nix außer schlafen, rauchen und trinken und Rory Gallagher hören, du bist ja praktisch tot, und ich will leben, ich bin erst 32 Jahre alt!«

Es verstärkte sich ein anderes Problem, denn Jenny entdeckte jetzt Dinge, die ich früher mal gemocht hatte und inzwischen ablehnte, weil ich jenseits der Albernheit war und öfter als 200 Mal pro Tag an den Tod dachte, während der Durchschnittsmann, wie eine Studie ergeben hatte, 200 Mal am Tag an Sex dachte. Jenny amüsierte sich beispielsweise über die Gruppe Torfrock aus Friesland, die hatte gerade ihr Comeback mit dem Hit *Beinhart* geschafft, Jenny kannte die beiden Torfrock-Chefs von einer Party in Husum und erzählte immer wieder, dass Raymond Voß, der Gitarrist, und Klaus Büchner, der Sänger und Flötist, sich Eiswürfel in einen 100-Mark-Rotwein taten. *Beinhart* hieß damals auch der erste Film über die Comicfigur Werner, den Büchner spricht, während Voß mit seinem Geschnauze taugt, den Präsi zu beleben. Die Bücher las ich bereits 1981, Rötger Feldmann, der aussah wie ein angetrunkener John Lennon, hatte sich Werner ausgedacht und benutzte den Namen Brösel, »in Husum bin ich einmal mit ihm ausgegangen«, erzählte Jenny, »er ist *so* lustig und macht einen Witz nach dem anderen«. Am Anfang konnte ich über den Unsinn und die Sprache auch noch lachen, *Tass' Kaff; pump ab, das Bier; hau wech den Scheiß*, aber irgendwann wirkte der Kram so, als wären sämtliche Schleswig-Holsteiner aus dem Irrenhaus entlaufen. Das Hausschwein aus den Werner-Geschichten saß auf dem Bett, in dem ich jetzt neben Jenny lag und erstmal nicht mehr an sie ran durfte, denn er war ja tot, ihrer Meinung nach. »Es geht bei Werner immer um Autos, Motorräder, Rock'n'Roll und Flaschenbier«, sagte Jenny und lachte, »aber ganz selten um Frauen.« Ja, das machte den Unterschied zwischen Werner aus Norddeutschland und Bruce Springsteen aus Amerika.

Auf Selbstbefriedigung konnte Tom nicht ausweichen, er schaffte es nie, sich anzufassen, seit er als ungefähr Siebenjähriger mit Tante Lissi am Elbstrand in der Sonne gelegen und eine Frau vom Strandkorb nebenan auf ihn gewirkt hatte: Die Frau hatte viel Busen, viel Po und viel Schenkel, die Haare unter den Achseln kräuselten sich, und Tom merkte, dass Tante Lissi merkte, wie sein Dinglein in der Badehose stand. Tante Lissi sagte kein Wort, sie schlug ihm nur einmal kurz mit der flachen Hand auf die Badehose, und er sah künftig immer Tante Lissis Hand, wenn er selbst *Hand an sich legen* wollte, und er hat's dann auch bald aufgegeben, sich ohne Frau zu besudeln, zumal auch sein Bruder Sören sagte: Onanie nie! Nun, da Jenny nicht verfügbar war, wandte sich Tom in seiner Not an Sören, was soll ich tun?

»Du musst dich von ihr trennen, sofort«, sagte Sören, »denn keine Liebe wird sich je wieder davon erholen, dass der Sex mal über Monate ausgefallen ist.« Sören berichtete von einem Paar, er Mathematiker, sie Köchin, da herrschte das Elend, sie lebten seit zehn Jahren zusammen, und der Mathematiker, als er besoffen war und die Masken fielen, erzählte in der Kneipe, dass er und seine Köchin nur noch einmal pro Jahr miteinander schliefen, »in manchen Jahren auch keinmal«. Der Mathematiker sagte auch, er und seine Köchin hätten in einem Swingerclub versucht, »die Beziehung zu beleben«, aber er musste dann vor Ort losprusten, weil seine Köchin, die er nur in Baumwollunterhosen kannte, plötzlich Netzstrümpfe und eine Korsage anhatte. Rollo, geschult durch Langustenpornos, sagte dann zu Tom: Jede Frau hat in ihrem Leben mindestens einmal abgetrieben, und jeder Mann geht mindestens einmal in den Puff, komm, sagte Rollo zu Tom, wir haben immerhin die Reeperbahn um die Ecke!

FÜNFZEHN

Tom hörte zum ersten Mal das Wort *vorglühen*, die Jugendlichen sagten es und meinten: daheim noch was Alkoholisches trinken und dann erst auf eine Party oder in einen Club gehen, aber Rollo musste vorm Puffgang glühen und einen Horrorfilm gucken; Tom war einverstanden, obwohl ihm auch ein Bier gereicht hätte. Rollo, wie sich zeigte, verstand von Horrorfilmen mindestens so viel wie von Tierpornos, er wollte Tom beeindrucken und hielt eine Rede, um den Film anzumoderieren. »Stell dir vor, eine Schauspielerin aus der *Schwarzwaldklinik*, sagen wir Gaby Dohm, schleicht sich in ein Ferienlager, dort wird sie dann den Jugendlichen abwechselnd den Kopf abhacken, die Gurgel durchschneiden, das Herz ausstechen – wäre das nicht ein Schock für Deutschland? Natürlich würde Gaby Dohm niemals diese Rolle übernehmen, aber Betsy Palmer traute sich vor zehn Jahren genau das, sie war in Amerika über Jahrzehnte die hübsche Blonde gewesen, hat in Fernsehserien und Quizsendungen mitgemacht, und plötzlich kommt sie wie Kai aus der Kiste an den Strand des Ferienlagers, es ist *Freitag, der 13.*, und sie spielt die Serienmörderin, ganz zum Schluss erfährt der Zuschauer, dass der schwarze Mann gar kein Mann ist! Der Tod macht keine Ferien! Okay, der Film hängt sich an den Welterfolg *Halloween*, immer das Gleiche, aber geil: Ein Irrer oder eine Irre schlitzt die Leute, das genügt eigentlich. Betsy Palmer war die erste Frau, die in einem Horrorfilm die Allerböseste sein durfte.«

Der Film mit Betsy Palmer gefiel Tom, sie trug eine Kurzhaarfrisur und einen Norwegerpullover und rächte den Tod ihres Sohnes – dieser Jason, in der vorletzten Szene ganz kurz im Bild, ist als Schreckgestalt so berühmt geworden wie Graf Dracula. Aber Tom glühte nicht so wie Rollo, der nun seine Fingerknöchel knacken ließ und sofort zum Aufbruch drängte; zehn Uhr abends, draußen schwankte Herr Hirtz durch die Dunkelheit, er war zugewandert aus Bamberg, der Thomas-Gottschalk-Stadt, und galt in der Nachbarschaft als Lebensratgeber und Schatzkammer der Weisheit. Er war Ende 60, hatte früher Busse gesteuert und eine Imbissbude betrieben und kam vor zehn Jahren vor allem deshalb nach Hamburg, weil hier, sagte er, das Bier noch besser schmeckte als im Frankenland – er lag den ganzen Tag auf der Couch oder vorm Ofen und trank Bier, wie ein König empfing er nachmittags die Nachbarn, sie erhielten ihre Ratschläge und bezahlten mit Bier, er enttäuschte sie nie; Herrn Hirtz, dachte Tom, hätte ich gern zum Vater gehabt, er sagte so was Merkwürdiges, das nicht er, sondern ein Grieche sich ausgedacht hatte: »Der Tod, geht uns nichts an, denn solange wir da sind, ist der Tod nicht da, und wenn der Tod da ist, sind wir nicht mehr da.« Doch, das hatte was, dachte Tom, der Tod könnte schnurz sein.

»N'Abend, Herr Hirtz«, sagte Rollo, »heute schon Menschen gerettet, hähä?« Herr Hirtz schmunzelte und berichtete, der Hausmeister habe die Wohnung des Ehepaares Hüttche besichtigt und aufgelöst, die Ehepartner waren innerhalb einer Woche gestorben – an Herzstillstand, urteilte der Arzt, diese Diagnose hatte Tom noch nie verstanden, denn letztlich starb doch jeder Mensch, weil sein Herz stillstand. Der Hausmeister bat Herrn Hirtz zum *Ortstermin*, sie gingen gemeinsam ins Badezimmer der Hüttches und fanden 76 leere Schnapsflaschen in der Badewanne (der Hausmeister zählt immer genau), Herr Hirtz half dem Hausmeister, all die Flaschen zu den Glascontainern zu schleppen, und dann musste Herr Hirtz noch den Hausmeister beraten, denn dessen Freund hatte sich einem anderen Mann zugewandt und dem Hausmeister immerhin 250 Mark aus der Brieftasche gestohlen, worüber Rollo nur lachte; er murmelte irgendwas Schwulenfeindliches, aber ich wusste, dass Rollo schon dreimal den Roman *Kaltblütig* von Truman Capote gelesen und sehr gelobt hatte und Schallplatten von Barbra Streisand hörte. Herr Hirtz verabschiedete sich, wir konnten nun endlich zur Reeperbahn und nahmen die U-Bahn bis St. Pauli: »Gleich zur Herbertstraße«, entschied Rollo, meinetwegen, sagte ich und versuchte Gelassenheit vorzutäuschen, und als wir uns der Polizeiwache an der Davidstraße näherten, erkannte ich schon von Weitem, wer da vor dem Tor zur Herbertstraße stand, der Schlapphut, der Vollbart, genau, das war Lori, bestimmt ohne Dirk Dose, der ja den Frauen abgeschworen hatte.

Erwischt, er schämte sich sogar ein bisschen: Diesen Gesichtsausdruck hatte ich bei Lori noch nie gesehen – »Alter«, sagte er, »das kann ja nicht angehen, du hier aufm Kiez, das ist doch gar nicht dein *Beritt*!« Solche Wörter, die eigentlich in ein anderes Jahrhundert gehörten, benutzte Lori regelmäßig wie viele Leute, die kein Abitur haben, aber Abitur haben könnten und zeigen wollen, dass sie auch ohne Abitur besser sind als Mittelschule. So sagte Lori auch *bisweilen* statt manchmal oder ab und zu; *respektive* statt beziehungsweise und *koitieren* statt, nun ja, was ich hier gleich mit Rollo tun wollte. »Alter, ich glaube ja nicht an Zufälle, aber wir treffen uns ausgerechnet hier, dann kann es nur ein Zufall sein, und da ist auch noch Rollo!«, rief Lori, als er sah, wie Rollo aus dem Kiosk schlenderte, sich eine Zigarette ansteckte und eine Bierdose öffnete; er glühte jetzt wirklich vor Freude und

Begehren, begrüßte Lori mit Handschlag und sagte (Ironie!): »Na, auch koitieren?«

Nein, nein, sagte Lori und erzählte, er sei eben unten am Fischmarkt gewesen und habe seine Cousine Anja und ihre Tochter Julia besucht, Anja habe ihm auch ein wenig Geld zugesteckt, weshalb sich Lori endlich mal wieder den *Spiegel* kaufen konnte (ich sah, dass *Der Spiegel* tatsächlich wie früher aus Loris Manteltasche guckte). »Unglaubliche Geschichte«, sagte Lori, »die Anja hat keinen Mann und wohnt alleine mit ihrer Kleinen im fünften Stock, darüber der Dachboden, wir sitzen am Küchentisch und trinken Kaffee, während Julia singt und ihre Puppe kämmt, ich höre ein Kratzen vom Dachboden und frage Anja, was denn das für ein Geräusch sei, und sie antwortet: ›Och, das ist wohl wieder unser Waschbär beim Wäscheaufhängen' – und Julia lachte, weil sie sich vorstellte, dass so was Niedliches wie ein Waschbär über ihnen arbeitet. Steht hier im *Spiegel*«, sagte Lori und deutete auf seine Manteltasche, »der Waschbär ist Ausländer, er ist Nordamerikaner, liebt die Indianer und heißt Raccoon, es gefällt ihm *bisweilen*, bei uns zu leben. Der Waschbär schrubbt seine Hände und wäscht seine Nahrung, bevor er frisst, das ist irre, steht im *Spiegel*. Die Waschbären schlafen auf Bäumen oder unterm Gestrüpp und besuchen Menschenhäuser, sie wohnen nicht nur auf Dachböden, sondern auch in Garagen oder Schornsteinen, ich lach' mich kaputt, das stimmt wirklich, steht im *Spiegel*. Anja sagte, in Comics oder Trickfilmen muss der Waschbär meist einen Einbrecher oder Dieb spielen, weil er von Natur aus eine Gesichtsmaske trägt, aber es wäre Zeit, ihn auch mal zum Professor zu machen, denn der Waschbär hat ein Spitzengedächtnis und kann Kopfrechnen wie ein Affe, das wusste ich nicht, wusstet ihr das?«

Nein, das wusste Rollo nicht, er schüttelte den Kopf und lächelte, denn er respektierte Lori, aber er wollte jetzt dringend eine Hure haben und nicht hören, wo der Waschbär wohnt und die Wäsche aufhängt und wie der Waschbär sich die Hände schrubbt, bevor er frisst. Vor dem Tor zur Herbertstraße hatte sich eine Reisegruppe versammelt, der Reiseführer erzählte das uns Altbekannte: Die Huren in der Straße sitzen hinter Fenstern, die Männer wählen eine Hure und klopfen ans Fenster (wie Lori mit seinem Kamm an unser Wohnungsfenster, musste ich denken), die Hure öffnet das Fenster, der Mann sagt, was er wünscht, und die Hure sagt, was das kostet. Außer den Huren darf keine Frau in die Herbertstraße, ich erinnere mich, wie Mutter mit ihrem Holländer trotzdem durchs Tor drängelte, gleich beim dritten Fenster von oben einen Eimer Wasser auf ihre Dauerwelle bekam und der Holländer sich aufregte und die Polizei holen wollte, aber ein Freier konnte ihn zur Vernunft bringen und die Regeln erklären. »Wir gehen jetzt mal rein«, sagte Rollo zu Lori, »kommst du mit, oder willst du weiter deinen *Spiegel* lesen, hähä?«

Die freudlose Gasse, ein Stummfilm aus dem Jahre 1925, habe ich mal geguckt, Sören zwang mich dazu, ich sollte auf Greta Garbo, Asta Nielsen und Valeska Gert achten, sagte Sören, nie wieder würd's einen Film geben mit drei solchen Jahrhundertschauspielerinnen nebeneinander, aber ich mag keine Filme ohne Stimmen, und die Gasse war dermaßen freudlos, Armut, Verfall, Prostitution, Tod, nach der Hälfte des Films bin ich aufgestanden und gegangen, Sören hat mich bedauert oder sogar verachtet, und jetzt diese Herbertstraße – keine Straße, sondern auch eine Gasse, aber auch ohne Freude? »Ich geh mal da hinten gucken«, sagte Lori und verschwand in einem toten Gleis der Gasse; dort, das erfuhr ich später, warteten die Hurenwracks, oft bereits im Rentenalter, sie hatten nicht mehr zu bieten als »das Loch der Löcher«, wie der Musiker Franz Josef Degenhardt singt, da konnte die Gasse wohl nur freudlos sein. Aber das Angebot hier vorne war etwas anderes: »Lecker«, sagte Rollo, »guck mal, die Afrikanerin da, und die Japanerin, und die da rechts könnte als Winnetous Schwester durchgehen!« 60, 70 Meter höchstens war die Gasse lang, wirkte aber viel länger, »wie *Am laufenden Band* damals mit Rudi Carrell«, sagte Rollo, der Vergleich wollte mir nicht ganz einleuchten, denn bei Rudi Carrell auf dem Förderband lagen Waren – vielleicht passte der Vergleich deshalb doch, obwohl Rollo wohl nicht so weit dachte, dass er die Huren als Ware bezeichnen würde.

Ein bisschen wie im Zoo, dachte Tom und griff reflexartig in seine Tasche, um, als wäre er vor den Elefanten im Tierpark Hagenbeck, ein paar Erdnüsse rauszuholen. Das Widersinnige, Traumhafte und Unheimliche entstand dadurch, dass die Huren hier ihren Körper und auch den Mund anboten und verkauften und trotz dieser Situation noch was Alltägliches und Harmloses taten: Da saßen sie in den Schaufenstern auf Hockern, Stühlen oder Sesseln und schienen ihr Elend zu vergessen; die Afrikanerin las ein Buch, die Japanerin löste Kreuzworträtsel, eine Dicke mit Puppengesicht strickte, und Winnetous Schwester hatte hinter sich ein Bügelbrett aufgebaut und bügelte ein Hemd – vielleicht von ihrem Mann, die Huren hier arbeiteten angeblich ohne Zuhälter. Schon stand Rollo vor der Indianerin, klopfte an ihr Fenster, sie reagierte aber nicht sofort, sondern bügelte noch den Hemdenkragen, dann öffnete sie: »Na, was brauchst du?«, fragte sie und lächelte auf eine Art, als wollte sie sagen: *Hier gibt's keinen Krieg zwischen Cowboys und Apachen*. Nun trat Tom zur Seite, er bemühte sich um Diskretion, sogar in der Herbertstraße, und wusste, was Rollo wollte, Mund, Muschi, Po, das hatte er vorher verkündet und 300 Mark eingesteckt, das sollte, das musste reichen. Tom ging einmal bis ans Ende der Gasse und zurück und prüfte das Angebot, die Frauen waren mindestens hübsch, vier, fünf Schönheiten darunter; er hätte schwören können, dass vor der Hure mit dem Superbusen tatsächlich ein früherer HSV-Fußballer, den Tom mal verehrt hatte, stand und verhandelte. Tom sah ihn im Halbprofil, wollte ihn aber nicht anstarren, Diskretion! Die da, dachte Tom, die nehm ich, wenn sie einverstanden ist und mich nimmt; er hätte sie beinahe mit seinem Schulfranzösisch angesprochen, so sehr wirkte sie auf ihn wie eine Französin, der Typ Mireille Mathieu während ihrer Spätsiebziger-Jahre-Phase (*Die Liebe kennt nur der, der sie verloren hat.*

Als ich ungefähr zehn war, da habe ich mich nackt ins Bett gelegt, und mir vorgestellt, ich wäre Mireille Mathieu, aber schwul bin ich kein bisschen, nur Frauen, 100 Prozent; ich kann nicht ansehen, wenn Männer sich küssen, aber wenn ein Mann und eine Frau sich küssen, das kann ich noch weniger ansehen – zu intim, darf mich nichts angehen.

»Ich bin Ramona, was darf's sein, Hübscher?«, fragte Mireille Mathieu in der Herbertstraße, ihrem Dialekt nach stammte sie aus dem Hessischen, das störte Tom, denn er hatte immer gefunden, das Hessische und Hamburgische seien die Mundart der Zuhälter. »Einmal einfach«, antwortete er, als ob er eine Fahrkarte ohne Rückfahrt lösen würde. Tom hatte sich nie was aus Frauenbrüsten gemacht, aber Ramona schien so gut wie keine Brust zu haben, na ja, na und? »Okay, komm erstmal rein«, sagte sie, und Tom ging rein, und als er nach einer halben Stunde wieder rauskam, da war 30 Minuten nichts passiert, und er hatte 100 Mark bezahlt. Er stand da in der Dunkelheit, rauchte eine Zigarette und zitterte, das musste die Scham sein. Rollo beschlief noch die Indianerin (»Ich brauche immer lange, das nervt die Huren«, hatte er vorher zu Tom gesagt). Aber Lori schlich um die Ecke vom toten Gleis, er wollte da ja wohl nur gucken, denn ein Mann so attraktiv wie Lori musste bestimmt kein Hurenwrack nehmen. Tom bemerkte, dass Lori sich seinen Schlapphut in die Stirn gedrückt hatte, den Kopf senkte und verkrampfte, er hielt die Hände auf dem Rücken, wie Gelehrte es tun. In diesem Moment trat Rollo aus dem Zimmer der Indianerin, er grinste und leuchtete, es fehlte eigentlich nur, dass er tänzelte und den Triumphmarsch pfiff. »Sie hat geschrien«, sagte er, »habt ihr das nicht gehört? Bei mir schreien sie immer, und das ist nicht gespielt, das kann ich euch sagen.«

Lori guckte weiterhin auf den Boden, vielleicht zählte er ja die Brocken des Kopfsteinpflasters. »Lass uns mal rüber zum Hans-Albers-Platz und ein paar Bier trinken«, sagte Rollo, ich erzähle euch dann die Einzelheiten« – Lori brummte, nein, er habe keine Lust, aber Rollo sagte: »Du bist eingeladen«, da hatte Lori dann doch Lust, sie waren von der Davidstraße gekommen und nahmen nun den anderen Zugang an der Gerhardstraße, es roch nach Erbsensuppe, ein Hure kochte. Kurz vor Mitternacht, es gab an die 30 Freier in der Herbertstraße, nur zwei Matrosen waren zu sehen, obwohl doch angeblich besonders das Schiffspersonal die Gasse verstopft. Die Indianerin verhandelte gerade mit einem Teenager, guckte dabei aber an ihm vorbei, lachte von Herzen und rief: »Butterfly, lange nicht hier gewesen, besuch mich doch mal wieder!« Auch Ramona hatte Butterfly erkannt, grüßte ihn und sagte was Obszönes; die Dicke wagte ein Wortspiel und meinte, Butterfly solle mal wieder zu ihr schweben. Lori eilte jetzt zum Ausgang, er rannte beinahe und hörte wohl nicht mehr, dass noch drei, vier andere Huren nach ihm riefen und seine Qualitäten nannten; er war hier nicht als Lori unterwegs, sondern hieß *Butterfly* wie der 1971er Welthit von Danyel Gérard, der Lori so ähnelte. Er hätte nun noch sagen können, die Huren hätten ihn mit Danyel Gérard verwechselt, aber er ahnte wohl, Rollo und ich würden ihm nicht glauben. »Ja, früher war ich ab und zu hier«, sagte Lori, »ich wollte das Milieu studieren und mich auch mit St. Pauli versöhnen, nachdem mich damals der FC St. Pauli aus dem Verein geschmissen hat, weil ich mich weigerte, meine Haare abzuschneiden und mich zu rasieren.« Wir legten Lori jeweils eine Hand auf die Schulter, ein Zeichen der Solidarität – die Sache beim FC St. Pauli, sein Courage und sein Hass auf Autoritäten hatten seinen Niedergang eingeleitet, in diesem Augenblick auf dem Hans-Albers-Platz hat er mir furchtbar leidgetan, sein Arschlochverhalten gegenüber einer Sterbenden, seiner Oma, wollte ich jetzt mal eben vergessen.

Die Hans-Albers-Klause existiert seit 1938, Hans Albers, berühmt als Volksschauspieler und Volksmusikant, hat hier noch selbst am Tresen gelehnt und die Leute mit seinen Angebereien unterhalten, »Hoppla, jetzt komm ich, auf der Reeperbahn nachts um halb eins, düdeldüdeldüt« – auch Rollo ist ein Hans-Albers-Mann, dachte Tom, ein Frauentyp mit zu viel Selbstbewusstsein, aber zweimal pro Jahr erlaubt er sich ein Depressiönchen (nie im November, sondern meist zu Ostern und Himmelfahrt). Früher hockten nur Werftarbeiter, Fischverkäufer, Zuhälter und Huren in der Hans-Albers-Klause, sie hocken hier ab und zu immer noch, doch meist besteht das Publikum aus Touristen und Studenten, auch Gymnasiasten trinken ab und zu zwei Schnäpse vor ihrem ersten Puffgang.

»Fünf *Astra* bitte«, sagte Rollo zur Kellnerin, das *Astra*-Bier symbolisiert den FC St. Pauli, während die Marke *Hols-*

ten an den HSV gebunden ist, Lori kriegte nun ein *Astra*, er trank nie mehr als ein Bier; für sich und Tom bestellte Rollo normalerweise zuerst vier Biere, und wenn diese vier Biere dann auf dem Tisch standen, dann bestellte Rollo sofort noch zwei Biere, denn die Sehnsucht nach Alkohol wollte fix gestillt sein. Nach den sechs Bieren zum Auftakt sagte Rollo zur Kellnerin, sie möge immer schon mal zwei Biere anzapfen, sobald sie sieht, dass er und sein Kumpel fast fertig sind mit dem Bier davor, »und dann geht's schön so weiter, bis wir lallen, hähä«.

Gleich wird Rollo berichten, ich wünschte, dass ich davon nix hören müsste nach meinem Elend mit Mireille Mathieu, aber Lori, das merke und sehe ich, kann's kaum erwarten, denn so wie Rollo wird Lori bei den Huren auch mal gewesen sein, als er noch nicht mit Dirk Dose in den Parks schlafen musste. Nun wird Lori nachts wahrscheinlich die Sterne über ihm anklagen.

Rollo sagte *Alles*: Er beschrieb die Sexualpositionen (sieben), die Öffnungen der Hure (die bekannten drei plus Achselhöhle und Busenritze), nannte die Wörter, mit denen sich die Partner gegenseitig angepeitscht hatten, und zählte die Höhepunkte (insgesamt fünf). Lori nippte an seinem *Astra* und nickte, ja, *so war's ein paarmal, das kommt nie wieder*, variierte er jetzt das Lied aus dem Film *Der Kongress tanzt*. Die Kellnerin hatte aufgepasst und brachte die nächsten beiden Astra, nun fragt er mich gleich, dachte Tom, er *muss* mich fragen, auch aus Interesse an dem Debütanten, aber vor allem wird ihm natürlich der Vergleich behagen. »So, jetzt du, Tom!«, sagte Rollo, »erzähl, und nix auslassen, ne, Lori?«

Die ganze Wahrheit kann ich nicht sagen, zumal sie auch noch nach Lüge klingen würde. »Normal, sie oben, ich unten, ungefähr drei Minuten, 100 Mark, kein Trinkgeld.«

Das mit dem Trinkgeld sollte ein Scherz sein, Lori schien von Herzen zu lachen, Rollo grinste nur und schwieg. Nach einer Minute sagte er noch »Tja, nicht jedem Anfang wohnt ein Zauber inne«, ein Zitat, der Dichter Hermann Hesse hatte den Satz geschrieben, allerdings ohne das »Tja« und das »nicht«, Rollo hatte sich den Satz notiert. Sören sagte ihn mal, als er sich freute, weil er endlich den Mut hatte, auf dem Hamburger Dom mit der Achterbahn zu fahren. Nein, da war wirklich kein Zauber vorhin, die Franzosen sagen ja *Petit Mort* zum Orgasmus, Kleiner Tod, also ist Rollo vorhin einmal ein bisschen gestorben (oder sogar zweimal, der Teufelskerl?) und hat die Hure drei- oder viermal ein bisschen sterben lassen – er hätte Mireille Mathieu bestimmt auch so weit gekriegt; bei mir ist sie vor Heiterkeit ein bisschen gestorben.

SECHZEHN

Immer wieder schreiben die Zeitungen, dass der Durchschnittsmann ungefähr 200-mal täglich an Sex denkt, das mag dann auf mich auch zutreffen, denn ich bin ja wohl der Durchschnitt in Person, aber öfter als 200-mal täglich denke ich an den Tod: An den Tod an sich, an meinen Tod, an den Tod anderer Menschen; den Tod meiner Mutter oder meiner Freunde, beispielsweise, habe ich so oft phantasiert wie den Tod des Bundeskanzlers Kohl, den Tod von Paul McCartney oder Nena oder sogar Franz Beckenbauer, aber Beckenbauer ist eigentlich der einzige Mensch, an dem meine Phantasie versagt. Die Leute im Iran wussten natürlich, dass auch ihr Führer Khomeini eines Tages zu Allah gehen muss, aber als er dann 1989 tatsächlich starb, da hatten sie doch das Gefühl, es wäre ein Wunder geschehen und ein Unsterblicher gestorben. Was Khomeini bei den Persern war, das ist Beckenbauer hier bei uns in Deutschland, die Zukunft wird zeigen, dass ich Recht habe. Der Konfirmationsunterricht langweilte mich wie Meeresrauschen oder eine Rose oder ein Song von Tina Turner, aber der Pastor, bereits selbst halbtot (der Krebs fraß seine Nieren), erhob sich einmal von seinem Stuhl, hob eine Hand (sie zitterte), zeigte auf uns Konfirmanden und krächzte: *Mitten im Leben sind wir vom Tode umfangen*. Martin Luther, der Kirchenspalter und Sprachmeister, hatte diese Wahrheit ausgesprochen, mir hat sie nicht nur sofort eingeleuchtet – die Wahrheit saß mir fortan im Nacken, ich dachte an sie, bevor ich nachts einschlief, und als ich morgens wieder aufwachte (mein Konfirmationsspruch war später *Himmel und Erde werden vergehen, aber meine Worte vergehen nicht*; Jesus sagte das, aber für mich blieben Luthers Worte).

Fünf Jahre vorher, Ende der Sechziger, als Mutter bei der Post jobbte, da hatte sie nie genug Geld, um sich und ihren beiden Jungs auch mal einen Urlaub zu ermöglichen: Sie ließ uns deshalb *verschicken*, das entsetzliche Wort sollte zu den Erlebnissen passen; der Staat zahlte den Urlaub, schon Hitler hatte die Landverschickung angeordnet, weil der Feind mit seinen Flugzeugen kam und die Großstädte bombardierte. Als Sören und ich zum ersten Mal in einem Verschickungsheim an der DDR-Grenze bei Bad Harzburg saßen, da sollten wir uns erholen und amüsieren und auch zunehmen, denn wir hatten ungefähr zehn Kilo Untergewicht und kaum Muskelmasse. Um sieben Uhr abends war Bettruhe, wir und die anderen Buben beteten, dann lief eine Schallplatte, das Lied ging so: *Guten Abend, gut' Nacht, mit Rosen bedacht, mit Näglein besteckt, schlupf unter die Deck. Morgen früh, wenn Gott will, wirst du wieder geweckt. Morgen früh, wenn Gott will, wirst du wieder geweckt*, das Entscheidende kam zweimal nacheinander – wenn Gott will, ja, aber wenn Gott nicht will, dann gibt's auch kein Erwachen! Das Lied erschien mir wie mein mögliches Beerdigungslied, sofort betete ich unter der Bettdecke zu Gott und appellierte an seinen Willen – mein Bruder und ich mögen morgen früh doch bitte wieder aufwachen, und so geschah es, aber wir mussten dieses Dreckslied jeden Abend ertragen. Mein Bruder hatte keine Lust, mit mir über das Lied und seinen Schrecken zu reden, denn die Erzieherinnen (alle um die 20 Jahre alt) hätten auch als Aufseherinnen unter Hitler dienen können; Sören, der Sturkopf, wurde ihr erstes Opfer, gleich am zweiten Tag.

Wie jeder Junge und jedes Mädchen ekelte sich Sören vor einigen Lebensmitteln und Speisen: So hat er immer abgelehnt, Rosenkohl und Rote Bete zu essen, und er begründete seinen Widerwillen sogar: »Rosenkohl schmeckt nach Pisse, und Rote Bete schmeckt nach der Erde, die auf Gräbern liegt.« Das sei ja Tüdelei, meinte Mutter, aber sie zwang Sören nie, seine Hassgemüse zu essen, zumal er täglich Spinat essen wollte, und Tiefkühlspinat kostete nicht viel Geld. Das noch weitaus Schlimmere für meinen Bruder bedeutete aber Milch, bereits der Anblick einer Milchtüte oder Milchkanne erschütterte ihn. Das hielt ich zuerst für völlig übertrieben, bald erkannte ich jedoch, dass er *litt* durch Milch. Der Schrecken steigerte sich, die Reihe war kalte Milch – warme/heiße Milch – warme/heiße Milch mit Haut. In dem Roman *1984* gibt es ja das Folterzimmer 101 im Ministerium der Liebe, jeder vermeintliche Verbrecher muss hier ertragen, wovor er sich am meisten fürchtet; bei Winston sind's die Ratten, der Parteifunktionär O'Brien lässt einen Käfig vor Winstons Gesicht anbringen, zwei Ratten darin gieren nach dem Menschengesicht, nur eine Klappe trennt sie davon, und Winston gesteht, was O'Brien hören will, und er verrät auch Julia, seine Liebste. Als Sören und ich viel später mal über *1984* redeten, da sagte er ohne jede Ironie, er würde auch jede Lüge gestehen und seine Freundin und mich verraten, wenn statt der Ratten ein Becher Milch mit Haut vor seinem Gesicht drohte. Sören hat mich geliebt und stets gegen Kritik verteidigt, obwohl er wusste, dass ich, wenn er nicht zu Hause war, gerne Milch mit Haut trank, einen Finger eintunkte und die Milchhaut vom Finger lutschte.

Das Frühstück im Bad Harzburger Verschickungsheim – ein Brötchen und eine Scheibe Brot, ein bisschen Margarine, Erdbeermarmelade und Leberwurst, eine Schale Obstsalat, dazu Hagebuttentee oder Milch, wir mussten den Erzieherinnen sagen, welches Getränk es sein sollte, eigentlich kein Problem; ich nahm den Tee, um Sören zu schonen, er selbst machte aber einen Fehler und sagte nicht »Für mich bitte auch Tee«, er sagte: »Für mich bitte auch Tee, ich kann Milch nämlich überhaupt nicht ausstehen.« Dann aß Sören sofort seine Scheibe Schwarzbrot mit Wurst, wir verhandelten darüber, wer nachher zuerst die Trainingshose anziehen durfte, wir hatten nur eine Trainingshose, ich guckte nach vorne, neben der Eingangstür stand ein Tresen, darauf vier Thermoskannen, drei Erzieherinnen schienen miteinander zu diskutieren, die Mittlere war eben an unserem Tisch gewesen, stützte die Hände in die Hüften und nickte. Eine *herbe Blondine*, in der Rückschau würde ich sagen, dass sie so aussah wie Faye Dunaway mit 22, jetzt trat sie wieder an unseren Tisch, sie trug zwei Thermoskannen und goss Hagebuttentee in meinen Becher, während Sören an dem Brot kaute, seinen Becher hob und ihn hinhielt, um ebenfalls Hagebuttentee eingeschenkt zu bekommen.

»Du trinkst Milch«, sagte Faye Dunaway, »ihr sollt hier nämlich nicht nur essen und trinken und im Wald spielen, sondern auch lernen, euch zusammenzureißen. Ich mochte als Kind beispielsweise keinen Hagebuttentee, trank ihn dann aber trotzdem und bin heute stolz darauf, dass ich mich damals überwunden habe. Das könnt ihr jetzt noch nicht wissen, aber Selbstüberwindung ist was ganz Wichtiges im Leben.« Sie grapschte nach dem Becher und goss das weiße Grauen hinein, es dampfte.

Meinen Bruder Sören hatte ich noch nie weinen sehen, jetzt weinte er *sofort*, ohne Ton und in einer Intensität, wie ich's bisher nur von Mädchen oder Comicfiguren kannte; ein paar Tränen fielen auch in die Milch und salzten sie, musste ich damals denken. »Bitte nicht«, sagte ich zur Erzieherin, neben der inzwischen eine Kollegin stand und Sören anglotzte, sie hatte noch mehr Untergewicht als er, »mein Bruder wird krank und traurig von Milch, er könnte daran sterben.« Laktoseintoleranz ist damals noch nicht in Mode gewesen, die beiden Erzieherinnen lächelten jetzt, die Magere strich Sören über den Kopf und sagte: »Wir helfen dir, du trinkst ganz langsam, schließe doch die Augen, du musst dann die Haut nicht sehen.« Aus einem Kofferradio dröhnte das Beatles-Lied *Old Brown Shoe*, komponiert und gesungen von George Harrison, seine Stimme konnte Sören später nie mehr ertragen. Sören verkrampfte am ganzen Körper und presste die Fäuste an den Mund, die Magere zog die Fäuste von seinem Mund und hielt sie in Brusthöhe, ich wollte Sören befreien (wie genau, weiß ich nicht mehr) und stemmte mich gegen die Hüfte der Mageren, die Herbe ohrfeigte mich, das reichte, ich resignierte; die Herbe nahm nun den Becher voller Milch, der Zeigefinger und der Daumen verschlossen Sörens Nasenlöcher, der Mund öffnete sich, Sören schrie, während er japste und ein Schlückchen Milch trank, ein Stück Milchhaut rutschte auch in seinen Schlund, und es dauerte keine zwei Sekunden, da erbrach Sören nicht nur die Milch, sondern auch das Leberwurstschwarzbrot, die Kotze schoss in den Becher, an die Hand der Herben und spritzte auch auf ihren Mund, was mich im Innern jubeln ließ, aber ich wusste, jetzt muss Sören büßen.

Die Magere holte eine Schale, goss die Kotze aus dem Becher hinein und hielt sie Sören vors Gesicht: Er konnte nun nicht mehr zurückkotzen, denn die Schale reichte von seinen Augenbrauen bis zum Kinn, er würgte und schrie und rief nach seiner Mama und mir, die Folter dauerte vielleicht nur fünf Minuten, irgendwann machte Sören gar keine Geräusche mehr, die Magere zog die Schale von Sörens Gesicht und prüfte den Inhalt, keine Kotze mehr drin. Sören war benommen, aber bei Bewusstsein, sein Gesicht hatte die Farbe eines gekochten Hummers. »Jetzt bist du beinahe schon ein Mann«, sagte die Herbe, »ziemlich früh für einen Zwölfjährigen, aber schaden kann's nicht.«

Und jetzt ereignete sich das Überraschendste, ich bewunderte meinen Bruder zum ersten Mal, nein, ich habe ihn angebetet, denn *er leckte sich die Lippen*, stopfte sein T-Shirt in die Hose, strich eine Haarsträhne aus der Stirn und sagte: »Darf ich bitte mal zur Toilette, um mir die Hände zu waschen und den Mund auszuspülen?« Was Würde ist, das wusste ich damals natürlich noch nicht, ich wusste nur, dass mein großer Bruder Sören seit eben der Größte war. Jeden Sonntag durften und sollten wir Jungs nach Hause schreiben und erzählen, welche Abenteuer wir zuletzt genossen haben, Sören und ich ahnten, dass die Wahrheit niemals dieses Heim verlassen würde, die Erzieherinnen berichtigten und neutralisierten jeden Brief und jede Postkarte, weshalb Mutter heute noch glaubt, die Verschickungen seien ein Segen für uns gewesen. (Als wir nach drei Wochen nach Hause durften, da hatten wir jeweils drei Kilo zugenommen, das sollte ja der Hauptzweck des Urlaubs sein). Immerhin, Sören musste im Heim nur einmal Milch und Kotze trinken, kommen wir nun zur Fruchtsuppe und der Blasenkrise.

Es war bis dahin die leckerste Früchtesuppe und übertraf sogar die Früchtesuppe unserer Cousine Irmi, die wir mal in Kaiserslautern probiert hatten, aber nur ein Tellerchen, während wir von der Bad Harzburger Früchtesuppe so viel essen durften, wie wir wollten, *all you can eat*, wird diese Verschwendung später heißen. Bad Harzburg war nicht London, wo *Oliver Twist* im Waisenheim sich 1838 das Undenkbare traute, um mehr Suppe bat und deswegen eine Woche lang in den Kohlenkeller musste. Das Unbeschreibliche an der kalten Harzburger Früchtesuppe: Keiner der Jungs konnte sagen, wie viele und welche Früchte drin waren, die Zutaten ließen sich nur erraten; die Suppe schmeckte, als ob die Köchin hier das Beste aller Früchte verarbeitetet hatte, eine *Zaubersuppe*, nebenan auf dem Brocken flogen ja auch die Hexen durch die Luft. Einmal am Kücheneingang redeten die Erzieherinnen über die Früchtesuppe, ich belauschte das Gespräch, nur die Köchin kannte das Rezept, und ich staunte sehr – die Magere kochte diese Suppe, ich dachte immer, eine Köchin müsse ungefähr aussehen wie Frau Holle oder die Schlagersängerin Trude Herr (*Ich bin eine Frau von Format*). 25 Jungs bewohnten das Heim, wir alle sehnten uns schon abends nach der Suppe, die's jeden Mittag zum Nachtisch gab, danach zwei Stunden Mittagsruhe, von eins bis drei, und nach dem zweiten Mittagessen erkannten Sören und ich, dass die Früchtesuppe nicht nur mit Früchten, sondern auch mit Sadismus gekocht war. Denn während der zwei Stunden durften wir Jungs nicht zur Toilette, die Erzieherinnen duldeten keinen Mucks und verlangten, dass wir schliefen, also schlossen wir die Augen. Nur Robert neben mir vergaß es einmal, er solle gefälligst schlafen, zischte die Wachhabende, und Robert antwortete, er könne mit offenen Augen schlafen wie daheim sein Kaninchen Lulu; wegen dieser Widerrede musste Robert ohne Abendbrot ins Bett.

Nach einer Woche hatte sich meine Blase eingespielt, ich wusste, dass ich mindestens vier Teller Fruchtsuppe essen und den Urin trotzdem die zwei Stunden zurückhalten konnte; ein fünfter Teller, wie die Erfahrung lehrte, passte auch noch, aber dann wurde es eng: Die Mittagsruhe endete durch ein Signal aus einer Trillerpfeife, ich hetzte zur Toilette, einmal musste ich einen Kameraden vom Pissbecken wegstoßen. Es war an einem Mittwoch nach dem Wiegen, wir bekamen Frikadellen mit Kohlrabi und Möhren, das Gericht etwas überwürzt, und ich wusste plötzlich, jetzt werde ich's tun und sechs Teller Früchtesuppe essen – Mut, Übermut, Todesmut trieben mich; in Extremsituation zeigt der Mensch, was er ist, und ich wollte wohl meinem Bruder Sören ebenbürtig sein. Bis halb drei spürte ich noch, dass meine Blase durchhält wie nach fünf Tellern Suppe, dann aber, innerhalb von nur zwei, drei Minuten, wuchs der Druck enorm, die Blase schien mit meinem Magen und sogar der Lunge zusammenzuwirken, ich hechelte und betete zu Beckenbauer, weil mir nix Vernünftigeres einfiel – und dann, ungefähr zehn Minuten vorm Ziel, platzte meine Blase, das heißt, die Früchtesuppe überschwemmte mich und das Bett, ich hatte den Eindruck, dass zehn Liter aus mir strömten, es können aber doch nur vier Liter gewesen sein. Eine Hilfserzieherin stand vor meinem Bett und grinste, Faye Dunaway sagte: »Nimm ihn, bring ihn raus zum Trocknen, du weißt schon!« Draußen drückte die Augusthitze, die Hilfserzieherin band mich an einen Pfahl neben einer Bank und legte mir dann die nasse Bettdecke über die Schultern, ich trug noch meine Unterhose und das T-Shirt, besudelt mit Früchtesuppenpisse. »Ruf, wenn du weinst und dich entschuldigen willst!«, sagte die Hilfserzieherin, aber ich weinte nicht eine Träne.

Als es dämmerte, sah ich am Fenster aber meinen Bruder sitzen, er beobachtete mich und weinte, schon zum zweiten Mal während dieser Ferien. Um zehn Uhr abends ließ Faye Dunaway mich losbinden und schickte mich zum Duschen, sie nickte auf eine Art, die wohl bedeuten sollte: *Na, es wird doch!*

SIEBZEHN

So war Tom also durch den kleinen Tod via Martin Luther auf den Tod und die Milch und die Früchtesuppe gekommen, nachdem Rollo in der Hans-Albers-Klause von seinen Siegen bei der Hure erzählt und Tom an seine Schmach bei Mireille Mathieu, der anderen Hure, gedacht hatte. Rollo sagte ja vorher immer, Huren seien Geschäftsleute, der Freier darf sich von der Kälte nicht zu sehr beeindrucken lassen, »das verzeiht die Erektion nie«. Toms Erektion reichte nicht mal für den Schutz, die Hure bemühte sich, aber der Präser hatte keinen Widerstand zum Abrollen. »Diese Unannehmlichkeiten tun mir *sehr* leid«, sagte Tom und guckte auf seine Schuhspitzen wie damals in der Schule, als er vorne an der stummen Karte stand und der Erdkundelehrer von ihm wissen wollte, wo Danzig und Speyer sind, keine Ahnung – er konnte auch weder Hamburg noch Berlin zeigen, »Sechs, setzen.« Die Hure lachte (gar nicht mal so hämisch!) und sagte dann, er sei nicht der Erste, der hier keinen hochkriegt, es passiere allerdings fast immer den Besoffenen, und er sei ja wohl nüchtern; Tom überlegte kurz, ob er der Hure für ihr Verständnis danken und ihr die Hand geben sollte, aber er vermied diese Geste, schlich zur Tür und wollte gehen: An der Wand sah er jetzt erst ein Foto von Roxy Music, die Hure hatte allerdings Bryan Ferrys Kopf geschwärzt, Tom traute sich jetzt nicht mehr, die Hure zu fragen, was sie gegen Bryan Ferry habe. »Warte«, sagte sie, nahm einen der beiden Fünfziger, die Tom auf ihr Nachttischchen gelegt hatte, und steckte ihn in Toms Hosentasche, »für nix zahlt Jesus heute nur die Hälfte.«

Während Rollo und Lori von der Hans-Albers-Klause noch in die Ritze wollten, um Amateurboxern beim Trainieren zuzugucken, hatte Tom für diesen Abend genug von den beiden Freunden – er wünschte sich ein Männergespräch mit einem Menschen, der abwägen und Toms Not begreifen konnte. Ein Plakat auf einer Litfaßsäule zeigte Konstantin Wecker, der schon wieder nach Hamburg kam, um seinen Bayernsoul vorzutragen, Bayer, Soul, Herr Hirtz, ja, an diese Reihe dachte Tom jetzt.

Vor Jahren hatte er sich einen dreistündigen Vortrag von Herrn Hirtz angehört, sie saßen allein an seinem Bett und tranken *Ratsherrn Pils*, er monologisierte über *Eifersucht und Kommunismus*, hinterher meinte Tom, die drei Stunden seien ein Gewinn für ihn gewesen, er konnte jedoch nicht genau sagen, warum (Herr Hirtz war *für* Eifersucht, gerade im Kommunismus). Zweimal kurz, dreimal lang, dieses Klingelzeichen bedeutete, dass ein Nachbar ohne Herrn Hirtz verzweifelte, und er öffnete immer und erwachte sogar nachts um vier, wenn er ein paar Liter Bier zu viel getrunken hatte: »Ja Tom, fein, komm rein, du solltest ruhig öfter kommen, über deinen Besuch freue ich mich besonders; du, ich gucke gerade einen Film, *Dead Zone* mit Christopher Walken, er kann nicht nur in die Zukunft sehen, sondern die Zukunft sogar ändern, völlig wahnsinnige Idee, natürlich Stephen King. Heute habe ich ausnahmsweise die Großen Drei zur Auswahl, was möchtest du, ein *Jever*, ein *Einbecker*, ein *Gröninger*?« Der Zustand der Einzimmerwohnung überraschte Tom jedes Mal, so sauber, als würden seine Mutter und die Oma hier den Haushalt führen. Links hinter der Eingangstür lag das Badezimmer mit Toilette und einer *Sitzbadewanne*, im Wohnzimmer rechts vorm Kleiderschrank standen Dosengerichte vor der Kochnische, ein Tisch, zwei Stühle, ein Bett, ein Fernseher, eine Obstkiste, darauf eine Marienfigur aus Holz, so lebte Herr Hirtz, und es schien ihm gutzutun. Der Mensch dürfe sein Herz nicht an Dinge hängen, sagte er gerne, und Tom nahm jetzt zwei Schluck aus seiner *Jever*-Flasche und fragte geradeaus: »Herr Hirtz, waren sie mal im Bordell, und onanieren Sie?«

Auf die Bordellfrage – gestellt von einer Frau – antworten die meisten Männer, nein, sie würden doch nicht für Sex bezahlen, oder ja, damals als Teenager oder während der Soldatenzeit; zu Huren gehen, das war ein Scherz und Gruppenzwang. Die Onaniefrage aber stellt sich nie, denn jeder Mann, abgesehen vom Papst, onaniert doch wohl regelmäßig. Es heißt, manche Frauen würden sogar gerne zugucken und sich selbst erregen, während ihr Mann onaniert, und wer dauerhaft keinen Sexualpartner hat, muss onanieren, sonst drohen Depression, Selbstmordgedanken und Samenstau. Herr Hirtz lachte, aber nicht über Tom und seine beiden Fragen, sondern über sich selbst: »Freilich bin ich zu den Huren gegangen und habe an mir rumgefummelt, als ich noch jung und dumm war. Mit Mitte 20 traf ich dann die Traudl in Kulmbach, ich machte dort Urlaub, auch wegen dem Bier und den Bratwürsten, die Traudl arbeitete bei der Tierkörperbeseitigung. Wir besuchten dieselben Wirtshäuser, sie hat mich mit nach Hause genommen, zwei Wochen dauerte unser Verhältnis, schön war's, aber zum Ende meinte Traudl, es hätte noch schöner sein können. Sie erzählte mir von Shixin, einem Chinesen, der früher auch für die Tierkörperbeseitigung gearbeitet hatte, fast ein Jahr lang bei Traudl wohnte und *immer konnte, ganz ohne Pillen oder sonstige Hilfsmittel*. Denn Shixin philosophierte, wie Traudl berichtete, ein Philosoph in der Tierkörperbeseitigung, damit hatte Traudl natürlich nicht gerechnet. Der Name Shixin bedeutet Löwenherz, der Tapfere, und ein Mann muss ein Löwenherz haben, wenn er beschließt, niemals zu onanieren.«

Herr Hirtz schwieg, um seine Worte wirken zu lassen, er beobachtete Tom, der in seine Bierflasche guckte und sich fragte, wohin der Hirtz'sche Quatsch führen sollte. »Shixin erklärte Traudl, wie das Tao funktioniert«, sagte Herr Hirtz, »das Tao bedeutet *der Weg* und ist die Volksreligion der Chinesen, sie betrifft jeden Lebensbereich, aber Traudl konnte Shixin nicht immer folgen, obwohl sein Deutsch ziemlich gut war; Traudl merkte sich jedoch einen Teilbereich, das *Tao der Liebe*, es betraf sie und Shixin, und durch Traudl habe ich bald dieses Tao der Liebe übernommen: Ich kann's dir nur empfehlen, Tom, es führt zur Freiheit und zum Glück, du musst nur das Übliche überwinden und das Überflüssige weglassen.« Hm, das Überflüssige weglassen, darüber redet mein Bruder auch oft, dachte Tom, aber dann geht's um Musik, Sprache oder Nudelgerichte. »Die Männer des Abendlandes onanieren alleine, und wenn sie mit ihren Frauen schlafen, dann onanieren sie praktisch in ihre Frauen«, sagte Herr Hirtz, und dieser Satz beeindruckte Tom. »Die Sexualität der Frau ist ein Meer, die Frau könnte immer, wenn sie wollte; die Sexualität des Mannes ist dagegen ein Rinnsal, und die Frau kann dem Mann nicht verzeihen, dass seine Sexualität so armselig ausfällt, aber jetzt kommt's, Tom – dieser Zustand, dieses Ungleichgewicht lässt sich ändern! Der Mann muss bloß das Onanieren aufgeben und darf auch nie in seine Frau onanieren, dann kann er immer für sie da sein. Der Taoist kriegt seine Befriedigung durch die Befriedigung der Frau, ich weiß, wovon ich rede, Tom, ich könnte dir tatsächlich Dankesschreiben von Frauen vorlesen.«

Der Gedanke ans Onanieren amüsierte Tom manchmal, seit sein Bruder behauptet hatte, der Dichter Charles Bukowski würde, wenn keine Frau da sei (was bei Bukowski oft so war, bevor der Ruhm kam), eine sehr reife Wassermelone nehmen und sein Ding dort reinrammen. Das habe ich dann tatsächlich mal ausprobiert, dachte Tom, aber es klappte nicht, die Wassermelone war nicht reif genug oder zu reif, Bukowski hatte den Melonenakt vielleicht ja auch nur erfunden, künstlerische Freiheit. Die Sache mit der Wassermelone könnte ich jetzt mal Herrn Hirtz erzählen, aber ich glaube, er versteht überhaupt keinen Spaß bei dem Thema, es scheint sein Lebensthema zu sein.

»Die Katholen«, sagte Herr Hirtz, der Katholik, »haben das Onanieren immer verdammt, gerechterweise, aber die Begründung ist Unsinn, denn die Onanie wird niemals das Rückenmark aufweichen und zur Idiotie führen. Der Papst darf natürlich nicht sagen, dass die Frau als sexuelles Wesen von Gott begünstigt und dem Manne überlegen ist. Der Papst muss von der Wahrheit ablenken und hat sich deshalb den Rückenmarksquatsch ausgedacht.« Herr Hirtz schwieg wieder ein paar Minuten, das Gesagte faszinierte ihn, als wäre gerade ein Engel erschienen, um ihn zu erleuchten, aber Herr Hirtz, dachte Tom, wird schon oft vom Tao der Liebe und dessen Konsequenzen berichtet haben. »Tom, es ist wie mit den Verschwörungstheorien«, sagte Herr Hirtz dann, »die Mächtigen lassen beispielsweise in Umlauf bringen, dass die Amerikaner nie auf dem Mond gewesen sind, obwohl ich aus dem Stand jeden Einwand widerlegen könnte; *selbstverständlich* sind die Amerikaner auf dem Mond gewesen. Die Verschwörungstheorie an sich ist so ins Lächerliche gezogen, und deshalb gilt es auch als Witz, dass die CIA am Attentat auf Kennedy beteiligt war, aber die Wahrheit ist: Die CIA *hat* Kennedy ermorden lassen und dem Kommunisten Lee Harvey Oswald dann den Mord angehängt. Tom, du verstehst die Zusammenhänge, die Methoden?«

Ja, verstehe ich, aber mich interessiert doch jetzt mehr, dass Menschen, die am Verzweifeln sind, ständig in die Sexualität und auch die Onanie flüchten. Der Regisseur Stanley Kubrick drehte den Film *Full Metal Jacket* über den Vietnamkrieg und lässt die Soldaten dreimal über Sex reden: Zuerst mit einer Hure (»Ficki-Ficki machen«), dann soll die Schauspielerin Ann-Margret kommen, um die Truppe zu stimulieren, schließlich erzählt ein G.I., sein Kamerad, *dieser irre Fucker*, habe sich zehnmal täglich einen runtergeholt, um den Horror und den Tod zu vergessen. So ähnlich wie ich, dachte Tom, zehnmal habe ich nicht geschafft, aber fünf- oder sechsmal waren's wohl, das ging so drei Wochen, nachdem ich zum ersten Mal live den Tod sah und nicht den Blick abwenden konnte: Mit der U-Bahn war ich in Volksdorf gewesen, zwei Stationen von Berne, ich musste zum Ohrenarzt, auf dem Rückweg saß ich allein im Abteil, der Zug ruckte bereits, da stürzten noch zwei Ledertypen rein, sie stolperten, konnten aber ihre Bierdosen halten – den Älteren kannte ich aus Berne, er hieß Ronald, vorbestraft wegen Diebstahls und Schlägereien, er ähnelte Roman Polanski; sein Kumpel stank, als ob er sich monatelang nicht gewaschen hätte, den Körpergeruch ertrug ich kaum, und deshalb nickte ich vor mich hin, als Ronald an eine Tür ging, sein Bier abstellte und die Tür aufriss, aber er brauchte keine Frischluft: »Muss pissen«, sagte er zum Stinker, der Zug hatte Fahrt aufgenommen, er fuhr die beiden Stationen nicht im Tunnel, sondern über der Erde, rechts Bäume und Gebüsche, links der Volksdorfer Wald. Besoffen war Ronald nicht, aber er schwankte doch ein bisschen, öffnete seine Hose, von der Seite konnte ich erkennen, wie sein Urinstrahl nach draußen ging, dann ein Schlag, und Ronald war weg, und der Stinker schrie und zog die Notbremse.

Er schrie weiter, ging kurz in die Knie und setzte sich auf die Bank neben der Tür, er stank jetzt irgendwie anders und zitterte, konnte aber seine Bierdose noch halten und trank, er leerte sie, griff sich Ronalds Bierdose und leerte sie auch, während ich in diesen vielleicht 30 Sekunden darüber staunte, wie lange es dauerte, bis die U-Bahn stand, nachdem die Notbremse gezogen worden war. Ohne genau zu wissen warum (helfen? Nein, eher *nachgucken*), sprang ich auf die Gleise und lief die Strecke zurück, 200, 300 Meter, es nieselte, ich glitschte immer wieder auf dem Novemberlaub, aus der Ferne hörte ich bereits einen Hubschrauber kommen, das Amalie-Sieveking-Krankenhaus war in der Nähe, dann, als ich noch ungefähr 20 Meter von Ronald entfernt war, konnte ich erkennen, dass er auf dem Rücken lag und zuckte und bebte, endlich stand ich vor ihm – sein Kopf, der gegen einen Pfeiler oder Mast geprallt sein musste, wirkte *noch ganz*, nicht gespalten, geplatzt oder zermatscht, wie ich es aus Actionfilmen kannte, aber Ronald blutete aus Mund, Nase und Ohren, schwarzes Blut sprudelte aus Ronald, es wird wohl auch Gehirnflüssigkeit dabei sein, dachte Tom.

Dieses Sprudeln und Blubbern: Als würde ein Regisseur völlig übertreiben beim Abdrehen dieser Szene; beinahe hätte Tom gelacht, wie damals, während er vorm Grab eines Klassenkameraden stand und eine Blume in die Grube warf und die Situation nicht ernst nehmen konnte. »Ronald«, flüsterte Tom zu dem Sterbenden, vorher hatten sie nie miteinander gesprochen, kein Wort, bloß ein paarmal Blickkontakt auf der Straße oder in der Kneipe, dieses »Ronald« erschien Tom dann doch zu intim, er hatte überhaupt kein Recht, diesen Menschen jetzt so anzureden.

Ronalds Augen standen offen, meinte Tom durch das Blut zu erkennen, und er spürte den Impuls, wenigstens Ronalds Hose hochzuziehen und seine Genitalien zu verdecken, aber nun hörte er plötzlich Geräusche und Rufe, der Notarzt und die Sanitäter erreichten den zu Tode Verletzten und *versorgten* ihn, wie es im Jargon der Mediziner heißt. Tom ging zum U-Bahn-Wagen, wo zwei Polizisten gerade den Stinker befragten und vor ihm zurückwichen, auch Tom schilderte, was passiert war, er nannte seinen Namen und seine Telefonnummer, 20 Minuten später fuhr der Zug dann nach Berne – am nächsten Tag, einem Sonnabend, meldete sich ein Polizist am Telefon und wollte noch mal ganz genau hören, was Ronald während der Bahnfahrt an der Tür gemacht und ob er vielleicht absichtlich seinen Kopf zu weit hinausgestreckt hatte. Als Tom mit seinem Bericht fertig war, fragte er, wie's

Ronald denn gehe, obwohl er ahnte oder wusste, dass Ronald tot war, und der Polizist sagte: »Dem geht's nicht so gut. Der ist tot«, worauf Tom sofort den Telefonhörer auflegte und sich für den Polizisten schämte und ihn gern geschlagen hätte. *Er ist tot* hätte der Polizist sagen können, aber er wollte noch was Originelles davor sagen, und um *die Pointe* zu verstärken, machte er auch noch eine Pause nach *Dem geht's nicht so gut*; Tom hat selten wieder einen Menschen so verachtet wie diesen Polizisten wegen des *Dem geht's nicht so gut*. Der Unfall bekam eine halbe Seite mit Foto in der Hamburg-Ausgabe der *Bild*-Zeitung, dem Stinker begegnete Tom bald im Supermarkt, der Stinker fragte, wie Ronald denn ausgesehen habe, als er da neben dem Gleis lag, und Tom antwortete: »Die Engel sind ihm aus Nase, Mund und Ohren gekrochen, und seine letzten Worte waren: Du sollst mal wieder duschen.«

Ronald, der Quell des schwarzen Blutes: Es war nicht nur so, dass ich davon träumte; das Bild ließ sich auch am Tage nie wegdrücken oder übermalen. Wenn ich mit Mutter und Oma darüber sprach, ob's mal wieder Bratkartoffeln und Leberkäse zum Mittagessen geben sollte, dann lag Ronald zwischen Mutter und Oma und blutete. Zum ersten Mal in meinem Leben versagten das Bier und der Wodka, sie halfen mir nicht, zur Ruhe zu kommen und Ronald für ein paar Stunden zu vertreiben – ich bat Mutter um ein paar ihrer *Brote*, so nannte sie damals ihre Beruhigungspillen *Limbatril*, sie hatten die Form eines Brotlaibs und linderten manchen Kummer, aber gegen Ronald konnten auch die Brote nichts ausrichten, und am dritten Tag mit dem ständigen Blutronald fing ich an zu onanieren wie der G.I. in Kubricks *Full Metal Jacket*, onanieren, onanieren, onanieren, wieder und wieder, irgendwann ohne Erektion, das ging auch. So versackte ich im Stumpfsinn und Selbstekel, und bald verschwand Ronald ab und zu und dann öfter, bis ich wagte, die Brote und das Onanieren abzusetzen, und ein halbes Jahr später, an einem Mittwoch im Mai, war Ronald gar nicht mehr da, den ganzen Tag blieb er weg, und das Vergessen begann.

Diese Geschichte erzählte ich jetzt Herrn Hirtz, zu dem ich wegen Onanie, Frauen und Puff geflüchtet war, und Herr Hirtz wollte nicht aufhören, ein Leben ohne Onanie zu verherrlichen. Er kramte in einer Tischschublade und suchte die Dankesbriefe, die er vorhin erwähnt hatte, und er gab mir tatsächlich fünf Briefe, ich las den ersten Brief, eine Frau beschrieb das Beisammensein mit Herrn Hirtz genauso, wie er's beschrieben hatte; er konnte immer, weil er ja nie onanierte, »danke, Liebster, danke!«, jubelte die Frau.

»Die Sache mit diesem Ronald tut mir leid für dich, und du hast selbst gesagt, dass das Onanieren zum Stumpfsinn und Selbstekel geführt hat – so ist es immer und bei jedem Mann, aber die wenigsten Männer reden darüber, sie schämen sich wie über Impotenz«, sagte Herr Hirtz. Ein bisschen Speichel tropfte von seinen Mundwinkeln, er stierte und ähnelte jetzt dem Prediger Billy Graham, weltberühmt als *Maschinengewehr Gottes.* »Der Volksmund sagt, nach 5000 Schuss sei Schluss, das ist Unsinn, aber der Onanierende leidet unter Erschöpfung und altert früh, weil er gewohnheitsmäßig seinen Samen verprasst. Wir Taoisten glauben, dass der Samen, wenn er bei uns bleibt, in unseren Kopf steigt und uns geistig ernährt«, sagte Herr Hirtz und leckte seine Mundwinkel. »Wenn du's genau wissen willst, Tom: Der Verzicht auf Onanie führt letztlich in die Unsterblichkeit.« Okay, Herr Hirtz, dachte Tom, aber wie soll es nun weitergehen mit meiner Freundin und mir, sie hat eine Sexsperre verhängt, bis ich endlich was Sinnvolles tue und ihr was zu erzählen habe, doch ich brauche Sex, er ist vorerst das einzig Sinnvolle für mich. »Lass dich nicht von deiner Freundin beherrschen!«, sagte Herr Hirtz jetzt, als ob der Samen in seinem Kopf ihn befähigen würde, Gedanken zu lesen. »Nimm dir andere Frauen, geh zu den Huren, aber ejakuliere nicht. Du wirst die Frauen zuerst verwirren, aber bald wollen sie nur noch dich, sie werden dir dann Dankesbriefe schreiben wie mir.« Herr Hirtz hatte seinen Vortrag offenbar beendet, denn er stellte seine Bierflasche auf den Tisch, legte sich ins Bett, faltete die Hände und murmelte ein Gebet.

ACHTZEHN

Das Gespräch mit Herrn Hirtz beziehungsweise wie er allein und voller Ekstase über die Liebe redete, das hatte was Phantastisches, und wenn Tom, der nach Hause schlurfte, nicht noch die Hirtz'sche Bierflasche in der Hand gehalten hätte, dann wäre er unsicher gewesen, ob das Unerhörte eben passiert ist. Dieses Gefühl, die Welt würde sich auflösen oder ihn narren, überkam Tom alle paar Monate, seit das Ungeheuer damals ihn, seine Mutter und seinen Bruder Sören zermürbte. Es war eher ein Nachteil für Tom, dass Sören erzählte, die Wirklichkeit ließe sich nicht beweisen – der Mensch, wenn er träumt, ist vielleicht in der sogenannten Realität, und seine Wachzustände könnten Träume sein. Das Leben ein Traum, die Träume das Leben, wie sollte ein Mensch mit diesem Gedanken existieren, ohne ins Irrenhaus zu kommen? Das Ich musste doch einstürzen; Tom dachte an die Worte seines Mathematiklehrers, der ihm sagte, er werde in der Welt scheitern, denn er leugne die Schönheit der Mathematik, weil er zu dumm sei, diese Schönheit zu erkennen; ohne die Mathematik werde er untergehen, die Menschen könnten ihn nicht retten, *schon gar nicht eine Frau.*

Sören hatte Sigmund Freuds Bücher gelesen und dadurch sein Ich stabilisiert, aber das Bücherlesen liegt mir nun mal nicht, dachte Tom, ich habe dreimal Dostojewskis Roman *Die Brüder Karamasow* angefangen und dreimal auf Seite 3 schon resigniert, die restlichen 1200 Seiten waren mir dann egal, obwohl es ja heißt, in dem Buch stehe das ganze Lebensdrama: Sogar der Teufel soll da mitgeschrieben haben, obwohl oder weil Dostojewski so sehr an den Christengott glaubte. Dostojewski ist mir in der Rock- oder Popmusik nie begegnet, Randy Newman sang immerhin das Lied *Sigmund Freud's Impersonation Of Albert Einstein In America* – demnach könnte Freud als Halbwissenschaftler es geschafft haben, den Naturwissenschaftler Einstein zu verkörpern, aber diese Aussicht machte mir auch keine Lust, ein Buch von Freud zu lesen.

Was ich wissen wollte, das lehrte mich zuerst noch Lori, und als er vagabundierte und nicht mehr jederzeit für mich da sein konnte, da vertraute ich auf meinen Bruder und seine Lebenserfahrung, obwohl Sören immer sagte, Lebenserfahrung sei ein Scheißdreck und habe überhaupt keinen Wert, und: *Die Seidenspinnerraupe hat elf Gehirne* (er hatte diese Information bei dem Tierfachmann Dr. Grzimek aufgeschnappt). Diesen Satz sagte Sören in ganz unterschiedlichen Situationen, um seinen Zweifel und Widerspruch zu signalisieren. Auch als Lori berichtete, wie er mit der sehr berühmten Feministin im Bett war und dann eines ihrer Schamhaare aus seinen Zähnen pulte, da sagte Sören: »Die Seidenspinnerraupe hat elf Gehirne«, was allerdings Lori kein bisschen beeindruckte.

Das Erste, was mir an meinem Bruder auffiel: Er redete schon freundlich über Frauen, als sie noch Mädchen waren und wir Jungs eigentlich alle Mädchen doof fanden oder finden mussten. In der Volksschule häkelte er, statt mit der Laubsäge zu arbeiten. Sören hatte noch nie was mit einem Mann, 100 Prozent hetero, doch immer wieder haben Schwule sich für ihn interessiert und ihn umworben, das liegt an seiner Grundfreundlichkeit, glaube ich, aber Jesus bin leider immer nur ich für die Leute gewesen; Sören ist Dionysos.

Aufs Trinken allerdings ist Dionysos durch mich gekommen, als ich zwölf war und im Sommer 1970, bevor ich morgens zur Schule ging, mich daheim in der Toilette einschloss und Wodka trank – aus Omas leerer Zigarettendose der Marke *Eve*, die sie abwechselnd mit den Mentholzigaretten rauchte. Die Dose nahm ich, damit kein Glas in der Küche fehlte, Oma und Mutter sollten mich nicht verdächtigen können, und es widerstrebte mir von Anfang an, den Schnaps aus der Flasche zu trinken. Die Legende, wonach der Wodkatrinker nie nach Alkohol riecht, scheint zu stimmen, denn niemand, weder ein Lehrer noch ein Mitschüler, fragten jemals, ob ich eventuell angetrunken sei; eine andere Legende über Bloody Mary, den Wodka-Cocktail, stimmt allerdings nicht: Mehrfach habe ich nachts eine Kerze angezündet, mich vor einen Spiegel gestellt und dreimal *Bloody Mary!* gerufen, aber keine Bloody Mary erschien. Der Sommerhit 1970 war *In The Summertime* von der Gruppe Mungo Jerry, der Sänger hatte Koteletten wie ein Werwolf, das Lied lief beim Sonntagabendbrot, es gab Malzbier, aber nur noch drei Flaschen, weshalb Sören sich Omas Pilsflasche griff, das erste Bier seines Lebens, er trank es ziemlich schnell und musste sich hinterher ins Bett legen, er kotzte, nie wieder Erwachsenenbier! Zwei Wochen später aber probierte Sören dann doch meinen Wodka aus der Zigarettendose, zwei Schlückchen nur, der Wodka bekam ihm und machte behagliche Gefühle. Wir tranken nur *Puschkin*-Wodka, benannt nach dem Nationaldichter der Russen, aber in Deutschland hergestellt wie auch der Whiskey *Racke rauchzart*, erst zehn Jahre später erkannten wir, dass diese Getränke mit Wodka und Whiskey eigentlich nicht viel gemein hatten.

Als Tom und Sören dann die Geschlechtsreife erreichten und Mutter und Oma lächelten, wenn sie wieder Wäsche wuschen und Spuren in den Unterhosen der Jungs sahen – da durften die Jungs dann ganz offen Alkohol trinken, Omas Zigarettendose brauchten sie nicht mehr. Sören überwand seinen Widerwillen gegen Bier, im Wohnviertel bildeten sich zwei Lager, die *Astra*-Trinker und die *Holsten*-Trinker, wobei *Astra* nach SPD schmeckte und *Holsten* nach CDU. Den Bundestagswahlkampf 1972 führte Kanzler Willy Brandt gegen Rainer Barzel, sie redeten auch in Hamburg, und es entstanden Fotos, auf denen Brandt an einer *Astra*-Flasche nuckelte, während Barzel sich ein *Holsten* zapfen ließ; Brandt hatte den Friedensnobelpreis erhalten, Barzel hatte versucht, Brandt durch ein Misstrauensvotum zu stürzen, *Astra* stand für Menschlichkeit und *Holsten* für Neid und Rückschritt. Später teilten die Biere sogar den Hamburger Fußball, die HSV-Anhänger lieben *Holsten*, der FC St. Pauli ist ein *Astra*-Verein. Gerne ging Tom trotzdem mal zum HSV, denn er wollte Europapokalspiele sehen und ertrug es, *Holsten* statt *Astra* zu trinken, aber *Holsten* schwächte ihn; 1974 spielte der HSV gegen Juventus Turin, und Tom trank nur vier Liter *Holsten*, rutschte jedoch die Stehtribüne runter, sodass sein Rücken aussah, als hätten die Turiner Fans sich Tom geschnappt und ihn ausgepeitscht, wie's früher ja die Römer mit ihren Feinden taten. Die Polizei brachte Tom und andere Betrunkene nach Altona in die Zentralambulanz, volkstümlich *Cognac-Ranch*. Um Mitternacht kamen Mutter und Oma und holten Tom, die Oma weinte bei seinem Anblick, zog ihre Geldbörse mit den Bambi-Bildern drauf und zahlte 80 Mark Unkosten, dann durfte Tom gehen (das Spiel gegen Juventus endete 0:0).

NEUNZEHN

Der weiße König fehlte auf der Cognac-Ranch, er mag keinen Krawall und keine Betrunkenen, sagte Mutter, sie hatte ihn deshalb nicht mitgebracht, er wartete zu Hause: Dieser König kam jetzt regelmäßig und sprach zu Mutter, nachts lag er manchmal im Schlafzimmer, aber nicht neben Mutter im Bett, sondern unterm Bett; er klopfte von dort an die Matratze und murmelte Sätze, die Mutter nicht immer verstand, doch der König wollte nur das Beste für sie, sagte Mutter, ihr Neurologe bestätigte Mutters Urteil. Der König sendete *Heilwellen*, sodass Mutters Bett und der Fußboden zitterten, die Wellen sollten ihre Nerven beruhigen, das behauptete zumindest der König, während der Arzt doch mehr auf seine Medikamente vertraute. Die Wellen des Königs hatten Nebenwirkungen und hinderten Mutter am Schlafen, weil die Matratze sich bewegte, Mutter legte erst eine zweite Matratze darüber und dann eine dritte Matratze, aber Mutter spürte die Wackelei genauso und versuchte den König zu beeinflussen; er sollte die Wellen verringern, doch er weigerte sich. Zur gleichen Zeit begannen die Nachbarn mit ihrem *Puffgeschäft*, wie Mutter meinte – Herr Draeger, jahrelang Klempner gewesen, holte nun vier Huren in die Zweizimmerwohnung und ließ sie dort anschaffen, wie Mutter berichtete, auch der König empörte sich über die Schlampen und ihren Zuhälter, der sogar seine Ehefrau zwang, die Freier zu bedienen (»Nur Jugendliche und Rentner«, sagte Mutter). Sie erlebte nachts jetzt nicht nur die Königswellen, sondern hörte Geräusche aus der Nachbarwohnung, da schrien auch Kinder und Babys, »Die *Kinderficker* kommen jetzt öfter«, sagte Mutter, sie sprach von *Fickmaschinen*, solche Wörter hatten Tom und Sören von ihrer Mutter noch nie gehört.

Mutter alarmierte die Polizei und den Vermieter, die Polizei besichtigte Herrn Draegers Wohnung und sah dort weder Huren noch Freier oder Babys und auch keine Fickmaschinen. »Die Draegers sind schlau«, sagte Mutter, »sie beseitigen natürlich alle Spuren, bevor die Polizei eintrifft.« Eine Woche nachdem die Polizei ohne Festnahme abgezogen war, ging Mutter nachts um halb vier rüber zu den Draegers, klingelte, hämmerte gegen die Tür und rief: »Schluss mit der Hurerei!«, worauf Frau Draeger öffnete und zischte, sie werde sich beim Vermieter beschweren. »Das habe ich bereits getan«, sagte Mutter, »Sie haben hier ja keine Pufflizenz.« Jetzt erschien Herr Draeger an der Tür und drohte mit seiner Klempnerfaust, bis Mutter rüber rannte und den König unter ihrem Bett über die Situation informierte. Und dann erzählte sie, die Draeger habe einen Lederanzug mit Schlitz im Schritt getragen, dachte Tom an die Tage im Oktober 1974, als Mutter nur noch über den Puff und den König sprach; Sören unterhielt sich mit Mutters Arzt, der meinte, sie gefährde nicht sich selbst und keine anderen Menschen, die Medikamente würden bald anschlagen, der Puff und der König müssten dann verschwinden. Mutter und die Oma nahmen nun zwei Küchenschwämme und die Holzgriffe von zwei Spülbürsten und bauten daraus einen Gehörschutz, den Mutter nachts aufsetzte, damit sie nicht mehr die Fickmaschinen und Babyschreie von nebenan ertragen musste. Wir lachten, weil Mutter mit dem Gehörschutz aussah wie ein Marsmensch oder eine Karnevalsfigur, erinnerte sich Tom, aber als ich an einem Freitagnachmittag aus der Schule kam und die Oma gerade ihre Schwester besuchte, da lag Mutter vorm Küchenschrank in ihrem Blut und bewegte sich nicht, sie trug ihren Gehörschutz, der von einem Ohr gerutscht war; *Der weiße König* hatte Mutter verlassen.

Auf dem Küchentisch lag ein Zettel, *Ich mag nicht mehr* hatte Mutter geschrieben: Wenn ich an die Katastrophe zurückdenke, weiß ich immer noch nicht, warum ich so ruhig geblieben bin und erstmal eine Minute mindestens den Körper betrachtete und Abstand hielt, bevor ich ans Telefon ging, um die Feuerwehr zu rufen. Da lag meine Mutter, die's geschafft hat, sich umzubringen, oder es versucht hat, sich umzubringen, das konnte ich noch nicht entscheiden. Gekleidet war sie wie immer, wenn sie im Haushalt wuselte – Sandalen, Cordhose, Baumwollhemd, sie hatte jetzt eine Kopfwunde; ach, Mutter hat sich erschossen wie neulich Herr Radschuck im Haus neben der Kirche, er war auf den Dachboden geschlichen, hatte sein Jagdgewehr genommen und sich den Lauf unters Kinn gedrückt. Seine Frau fand ihn und seine Schädelfetzen, zwei Wochen nach der Beerdigung ging Frau Radschuck ans Grab ihres Mannes und erhängte sich an dem Baum dahinter. Einige Leute munkelten (und grinsten dabei), Herr Radschuck sei schwermütig geworden, weil er zu sehr mit seiner Frau litt, sie hatte Depressionen.

Aber Mutter war nun gestürzt, deshalb hatte ihr Kopf geblutet, später im Krankenhaus erzählte sie, dass die Fickmaschinen nachts ununterbrochen gelaufen seien und die Babys nach ihrer Mama geschrien hätten. Mutter wollte sich am Vormittag durch Hausarbeit ablenken, sie richtete ihren Gehörschutz und wischte gerade den Badezimmerboden, als sie auf die Idee kam, dass sie doch eigentlich auch sterben könnte. An Tabletten schluckte Mutter, was da war, sie schrieb den Abschiedszettel und legte sich ins Bett, hörte dann aber den König aus der Küche flüstern.

Mutter setzte sich zu ihm an den Küchentisch und lauschte: *Ich werde dich nun verlassen und in mein Reich zurückkehren*, sagte der König, *du darfst mich begleiten und wirst deine ersten drei Kinder wiedersehen, das willst du doch, oder*? Mutter nickte und weinte, der König verschwand durch die Wand, das war das Letzte, woran Mutter sich erinnerte. Ohnmächtig fiel sie vom Küchenstuhl und prallte gegen die Kühlschrankkante, so lag Mutter ungefähr zwei Stunden – ich hätte ihr den Mut für einen Selbstmordversuch nicht zugetraut; die Ärzte sagten, das sei ihr voller Ernst gewesen, sie wollte *weg*, es sollte kein Signal sein. Sie kam dann drei Monate in eine Spezialklinik am Stadtrand, die Ärzte entgifteten Mutter, sie musste sehr viel schlafen, Dr. Müller mit den Hasenzähnen wurde ihr Vertrauter, gemeinsam spazierten sie durch das Klinikwäldchen und sprachen stundenlang über das Leben und das Paradies. *Der weiße König* zeigte sich wieder und tadelte Mutter dafür, dass sie nicht mit ihm gegangen war. Mutter erzählte Dr. Müller von dem König, und Dr. Müller sagte, der König sei ein Angeber und Nichtsnutz, ja, Dr. Müller lachte über den König, das fand Mutter zuerst unerhört, aber es beeindruckte sie auch, wie Dr. Müller mit dem König umsprang. Mutter erzählte mir und Sören ziemlich genau, wie Dr. Müller nach und nach die Macht des Königs brach und ihn ersetzte, wobei Dr. Müller natürlich keine Wellen sendete und Mutter auch nicht aufforderte, ihm in sein Reich zu folgen. Dr. Müller verordnete Mutter schließlich ein Medikament, das *ihr Selbstbewusstsein stärkt*, und es gelang ihm auch, Mutter davon zu überzeugen, dass der König die Fickmaschinen und das Babygeschrei für sie inszeniert hatte, um sie zu ärgern.

Heimkehr, die Oma kochte Mutters Leibspeise, ein Labskaus, das förderte immer Mutters Wohlbefinden. Sie trug jetzt eine Dauerwelle und hatte ganz allgemein was Durchgeistigtes, sie lächelte auch meistens. »Mutter, hat dein Doktor Müller nicht auch gesagt, dass du aufm Kopf jetzt aussiehst wie Sepp Maier und erleuchtet wirkst wie Rainer Langhans?«, sagte Sören, um die Stimmung zu heben; Mutter lächelte noch ein bisschen mehr, zerdrückte den Hering und mischte ihn unter den Labskausmatsch. Am Tisch hockte auch Berthold, der sexbesessene Schlagzeuger aus Saarbrücken, und wippte mit den Füßen. Er hatte Mutter kein einziges Mal in der Klinik besucht, »ich kann dich nicht leiden sehen, mein Herz«, er verbitterte immer mehr und bedrängte Mutter kaum noch, denn sie konnte ja weder seine Liebe noch sein Begehren erwidern, Berthold musste sich woanders umsehen, um seine Sucht zu befriedigen. Die Nachbarn tuschelten, er habe gleichzeitig drei Freundinnen oder sogar vier. Sören und ich störten Berthold deshalb, während er auf der Couch vorm Fernseher lag und *Kojak* guckte, wir sagten Berthold, er solle doch nun endlich ausziehen – ich hatte den Eindruck, dass Sören vor Abscheu verkrampfte und Berthold sogar drohen wollte. »Du hast hier ausgetrommelt«, sagte Sören, worauf Berthold grinste und sagte, *Guck e mol, du Wuddsebu* (bei Erregung verfiel er in seinen Dialekt), *ich geh woanners mausen.* Zwei Wochen später war er weg, der Arbeitskollege José, ein Mexikaner mit Kropf, half Berthold dann dabei, seine wenigen Möbel in einen VW-Bus zu schaffen, das Schlagzeug trug Berthold alleine (er hat übrigens nie geleugnet, dass er ab und zu auch mit José schlief).

Mutter sollte drei Jahre brauchen, um sich von der *Libido* des Schlagzeugers zu erholen, erst dann wollte sie wieder *Libido machen.* Sie war nun Frührentnerin und überlegte, sich einen Hund zu kaufen, aber Hundehaare hätten womöglich das Asthma der Oma verschlimmert, also kein Hund; die beiden Frauen putzten täglich die Wohnung und lösten gemeinsam Kreuzworträtsel (sechs Buchstaben senkrecht: *anderes Wort für Selbstmord*), zwischen ihnen auf dem Tisch lag ein Kreuzworträtsellexikon, in dem sie nachschlugen, wenn sie nicht weiterwussten. Mutter lächelte über diese Schummelei, die Oma lächelte ja nie. Wenn sie mal lachte (ungefähr zweimal pro Jahr), dann schnitt sie eigentlich eine Fratze, und ich dachte jedes Mal: Es soll nix Lustiges passieren, niemand soll was Witziges sagen, damit die Oma nicht lacht!

Mein Gewissen rührte sich, ich schämte mich für diese Gedanken, und mein Gewissen sollte nun vor Gericht, nachdem Sören bereits dort gewesen war und den Richter und die Beisitzer überzeugt hatte, dass sein Gewissen zu sehr leiden würde, falls er zu den Soldaten müsste. Sören hatte allerdings einen Kurs für Wehrdienstverweigerer besucht und gelernt, was der Richter und die Beisitzer hören wollen, aber ich meinte mein Gewissen ohne Nachhilfe durchbringen zu können. Da saß ich vor den drei Autoritäten, sie thronten auf dem Podest über mir, eine Dame mit sehr viel Schmuck links, ein Bauer rechts und Euer Ehren in der Mitte, ein Kumpeltyp, fand ich, er ähnelte dem Bundesligaschiedsrichter Walter

Eschweiler, überprüfte meinen Namen und meine Daten und sagte noch mal, was ich gleich zu leisten hätte, und ich liebte ihn dafür, dass er sofort zur Sache kam und auf mein Gewissen losging: »Angenommen, sie spazieren mit ihrer Freundin abends durch den Park, plötzlich springt ein Russe aus dem Gebüsch, er hat eine Waffe und bedroht Sie und Ihre Freundin, und Sie haben Grund zu der Annahme, dass der Russe gleich versuchen wird, Ihre Freundin zu vergewaltigen – was tun Sie?«

Wie in der *Lenor*-Reklame, wenn die Hausfrau sich fragt, warum ihre Wäsche nicht weich genug aus der Waschmaschine gekommen ist, sah ich jetzt mein Gewissen neben mich treten und flüstern: *Nun, was soll mit dem Russen werden?* Später am selben Abend erklärte Sören, was ich hätte sagen müssen, um den Richter zu beeindrucken – »Mein Gewissen«, hätte ich sagen müssen, »stirbt beinahe in dieser Situation, das Pro und Contra zerreißt es, meinem Gewissen bleibt eigentlich nur der Selbstmord, weil meiner Freundin natürlich kein Leid geschehen soll, aber auch der Russe ist ein Mensch, ein Russenleben gilt genauso viel, ich darf dem Russen nichts antun und ihm höchstens seine Waffe entreißen, aber das ginge ja nicht ohne Gewalt, und wenn ich jetzt den Russen schlage und ihn eventuell umbringen müsste, dann bin ich doch im Krieg gegen ihn, und ich kann niemals ein Krieger sein, Eurer Ehren, mein Gewissen weint wie eine Mutter, die ihre beiden Kinder liebt, und plötzlich will das Schicksal, dass sie sich entscheidet und ein Kind sterben lässt, damit das andere Kind überlebt, sie soll wählen, das eine Kind begünstigen, das andere Kind dem Tod ausliefern, das geht doch nicht, Euer Ehren, ihre beiden Kinder, das sind praktisch der Russe und meine Freundin!« So ungefähr hätte ich antworten sollen, und der Richter hätte mich freigesprochen beziehungsweise mir ein *Ausgezeichnet* für meinen Vortrag gegeben und mich zu meinem Gewissen beglückwünscht; die Dame und der Bauer an seiner Seite hätten mir wahrscheinlich sogar auf die Schulter geklopft, und ich hätte nicht zur Bundeswehr gemusst, sondern in einem Jugendknast, Altenheim oder Kindergarten für den Frieden gewirkt.

Da ich vor der Prüfung in der Kneipe war und drei, vier Biere trank, um mein Gewissen zu entspannen, hätte ich beinahe den Mut gehabt, dem Richter zu antworten, dass die Sache mit dem Russen so nicht funktioniert, denn ich habe immer noch keine Freundin, für die sich's lohnen würde, in einem Gewissenskonflikt möglicherweise unterzugehen: Die Freundin, vom Richter hier aufgebaut, konnte für mich nur was Abstraktes sein. Wenn der Richter gesagt hätte, ich solle mir vorstellen, mit Liv Ullmann, meiner damaligen Lieblingsschauspielerin, durch den Park zu spazieren, und plötzlich springt der Russe aus dem Gebüsch und will Liv Ullmann vergewaltigen – ja, dann hätte der Konflikt wirklich meine Seele berührt und meinetwegen auch mein Gewissen. Aber so musste ich auf den Richter wie ein Lahmarsch und Idiot wirken, denn was ich antwortete, das klang nach auswendig gelernter Provokation, die ich runterleierte, um mir mein *Durchgefallen* abzuholen; ebenso hätte ich, wie früher der Spaßterrorist Fritz Teufel, dem Richter vor den Tisch kacken können. »Ich prügele mich nicht gern«, antwortete ich also dem Richter auf seine Frage, »aber in diesem Fall würde ich doch meine Freundin verteidigen und dem Russen, wenn's geht, eine reinhauen. *Da würde ich keine Sekunde überlegen, zack.*« Das Reinhauen hätte der Richter wohl noch ertragen und mich anhand einer anderen Situation geprüft, aber »keine Sekunde überlegen, zack« bedeutet ja: kein

Gewissenskonflikt oder sogar überhaupt kein Gewissen. Der Richter schloss sofort seine Akte, der Bauer guckte auf seine Uhr, er hatte nicht damit gerechnet, dass die Show nur vier Minuten dauern würde. Zur zweiten Prüfung (der Staat gestattete drei Versuche) bin ich gar nicht hingegangen, mein Gewissen war in Abwesenheit durchgefallen, aber Gott gefiel es, mich weder Kriegsdienst noch Ersatzdienst leisten zu lassen; der Staat vergaß mich, als ob ich gar nicht mehr da gewesen wäre.

ZWANZIG

Mutter sagte später oft und gerne, dass aus Tom *bei den Soldaten vielleicht was geworden wäre, auf mich hört er ja nicht*, aber Tom hatte keinen Plan, nie, keinen Wahnsinnsplan und keinen Sicherheitsplan: Er wartete auf *das Irgendwas* und hatte das Gefühl, er müsse erstmal erwachen, um dieses Erlösende zu sehen oder wenigstens zu ahnen. Eines seiner Lieblingsstücke von Rory Gallagher hieß *I'm Not Awake Yet*, ich bin noch nicht wach, Rory Gallagher schien das Lied für eine Frau zu singen, Tom suchte immer wieder nach Botschaften, die über diese Frauengeschichte hinausgingen – *I haven't been late yet, I'm gonna be on time*, ja, es war noch nicht zu spät, die Zeit reichte noch, aber wofür? Toms Freunde hatten ihre Idole, das ging von Frank Zappa bis France Gall; sogar Mutter und die Oma verehrten einen Musiker, nämlich den Orchesterchef James Last (»der Hansi«, sagte Mutter, sie wusste, dass er nicht James hieß und in Bremen zur Welt gekommen war). Tom, wenn er über Rory Gallagher sprach, sagte *Mein Rory* oder *Mein Gallagher* und hatte sich angewöhnt, einen Jesuskreuzflaschenöffner um den Hals zu tragen, wie Rory Gallagher es machte. Tom verteidigte Gallagher gegen Vorwürfe, er leide an Ichsucht und habe seine Gruppe Taste mit Absicht zerstört, weil er solo seinen Hochmut besser ausleben konnte.

Tom hatte mal ein Interview mit Rory Gallagher im Radio des *Norddeutschen Rundfunks* aufgenommen: Die Moderatorin wollte was Freches wagen und fragte, warum Gallagher denn so viel Bier und Whiskey trinke, das sei doch *slow suicide*, *Selbstmord auf Raten* (dieses widerliche Sprachbild hörte Tom hier zum ersten Mal), worauf Gallagher lachte, nein, die Moderatorin *aus*lachte und ihr erklärte, ein Mensch, der viel Alkohol trinkt, tue das deshalb, weil er nicht vergessen kann, dass alle Menschen nur ganz kurz auf der Erde sind und sterben müssen. Dann, zum Hohn für die Moderatorin, nahm Gallagher seine Gitarre und spielte den Song *Too Much Alcohol, well, I like sherry brandy, my baby sure likes gin*. Tom hatte die gleichen Locken wie Rory Gallagher und trug auch einen Mittelscheitel, aber kein Rory-Gallagher-Fan wäre jemals auf die Idee gekommen, Gallagher mit Jesus anzureden.

Gallagher war Ire, und einmal erwähnte Sören, die Iren hätten die höchste Selbstmordrate neben den Ungarn und den Ostdeutschen, obwohl die allermeisten Iren doch katholisch sind, und der Papst verbietet den Selbstmord wie den Präser, und die Katholiken verscharren ihre Selbstmörder auf dem Kartoffelacker oder in einer Schandecke des Friedhofs, wo Gott nie ist. Gallagher stammte aus dem Ort Ballyshannon im Nordwesten Irlands, der Feuer- und Sonnengott Áed soll hier geherrscht haben, und eine Legende besagt, dass sich 66 Hexen in Ballyshannon selbst erwürgten und verbrannten, weil es ihnen an Heiligabend nicht gelungen war, den Teufel zu befriedigen – lastete womöglich ein Fluch auf Rory Gallagher, litt er an Schuld und Melancholie, der Krankheit zum Tode? In einem Lied aus dem Jahre 1971 sang Gallagher immerhin, er vereinsame so sehr, dass er sich schon zum Abschied winke.

Rory Gallagher als Weltstar des Bluesrock hatte nie eine Familie, er ließ sich nicht mit Freundinnen, Groupies oder Huren fotografieren und schien auch keine Männer zu lieben, das Sexuelle bekam keinen Platz in seinen Texten (wie bei dem Dichter Thomas Bernhard; dessen Gedichte *In hora mortis, In der Stunde des Todes* hatte Gallagher gelesen). Sören schrieb über Rockmusik für eine Hamburger Zeitung und durfte Gallagher 1975 interviewen, Gallagher hatte zuletzt das Album *Against The Grain* rausgebracht, Sören musste zu Gallagher reisen, nach Cork in Südirland, der Pub Sin é sollte der Treffpunkt sein – Sin é bedeutet *That's it*, ein Scherz und Hinweis auf die Ewigkeit, denn neben dem Sin é (gegründet 1889 in derselben Woche, als Hitler und Wittgenstein geboren wurden) stand die Leichenhalle. Die Idee der Zeitungsredaktion war, dass Sören sich allein mit Gallagher treffen und ein paar Polaroidfotos machen sollte, und Tom konnte sein Glück nicht fassen, als Sören sagte: »Wenn ich schon keinen Fotografen brauche, dann brauche ich doch dich, denn niemand kennt Gallagher durch seine Musik besser als du, also pack deinen Rucksack, du kommst mit!« Da Sören es nicht schaffte, ein Flugzeug zu besteigen, fuhren sie mit einem Mietwagen nach Frankreich und nahmen die Fähre, sie übernachteten dann bei Ernst und Birgitt, einem Ehepaar, das Sören aus der Schulzeit kannte, sie lebten nun in Glengarriff, ein paar Hundert Einwohner, 90 Kilometer von Cork entfernt, Tom konnte in der Nacht nicht schlafen, die

Ruhe störte ihn, das einzige Geräusch machte der Bach, der unter einer Steinbrücke murmelte.

Am nächsten Morgen um elf wartete Rory Gallagher im Sin é, Tom hatte sich vorgenommen, kein Wort zu sagen, mein Englisch genügt doch nicht, um mit Rory zu reden, okay, ich kann jedes seiner Lieder mitsingen und habe jedes Lied für mich gedeutet, aber ich will Rory nicht belästigen. Rory lehnte am Tresen, vor sich das Glas Guinness, er blätterte im *Cork Examiner* und sah aus, wie er auf Plattencovern und Konzertbühnen aussieht, Baumwollhemd und Jeans: Er trägt immer die gleichen Klamotten, dachte ich, damit er morgens vorm Kleiderschrank nicht überlegen muss, was er anziehen soll, und so keine Zeit vertut (Albert Einstein hat's früher genauso gemacht). Rory wirkte nackt, denn seine Gitarre fehlte, Sören begrüßte ihn und sagte, wer wir sind, Rory bestellte drei Guinness und sagte, dass er hier im Sin é manchmal singt und auf seiner Akustikgitarre spielt, er kennt den Wirt und viele Stammgäste – mich überraschte, dass Rory trotz seines irischen Akzents so gut zu verstehen war, er lächelte und lachte beim Reden, seine Offenheit rührte mich, und ich dachte, noch nie habe ich einen so traurigen Menschen gesehen. Während Sören und ich erst die Hälfte von unserem Guinness getrunken hatten, leerte Rory bereits das dritte Glas, und er kippte einen Schnaps ins Guinness und hob einen Finger und sagte etwas zu dem Guinness, aber das verstand ich nicht. Nach ungefähr 20 Minuten merkte ich, dass Sören noch keine Frage gestellt hatte, es entstand ein Gespräch zwischen ihnen, Rory erkundigte sich, was genau Sören in Hamburg machte, Rory lobte das Hamburger Bier und die Fischbrötchen am Hafen, er ist ja zweimal in der Musikhalle aufgetreten, ich saß in der dritten Reihe und hätte schwören können, dass Rory mich jetzt hier in Cork wiedererkannte, denn ich war damals der einzige Zuschauer in der Musikhalle, der weder zappelte noch die Faust reckte oder gar tanzte, sondern nur still staunte; in der Musikhalle fühlte ich genau, dass mich nie wieder ein Ereignis so erfüllen würde wie diese beiden Konzerte, zweimal zwei Stunden, das ganze Leben.

Beim vierten Guinness im Sin é kippte Rory schon zwei Schnäpse ins Glas und verwendete das Adjektiv *bibleblack*, er sollte es noch öfter verwenden, jeder Mensch hat ja seine Lieblingswörter, dieses *bibleblack* gehörte zu Rory, das Guinness sei doch *bibleblack*, auf der ganzen Welt gebe es nicht noch so ein Bier, ganz Irland sei eigentlich *bibleblack*: Das Wort hatte ich schon mal gehört, irgendwann im Englischunterricht, es stammte aus einem Roman oder Gedicht. Wir bewegten uns nun immer weiter weg von Rorys neuer Platte, er schien auch gar keine Lust zu haben, über seine Musik zu reden, obwohl Sören und ich doch hier waren wegen der Platte, und da Rory jetzt keinen Plan und kein Ziel hatte, sagte Sören, es sei ja ganz untypisch im Rockbusiness, dass ein Star wie er sich nie mit Frauen umgibt, nicht mal *eine* Frau würde als seine Begleiterin auftreten – zu viel zu tun, sagte Rory und lachte, ja das sollte ein Scherz sein, er habe ab und zu mal ein Mädchen, aber er hatte nur eine Frau, *die eine Lebensfrau*, nach ihr kann nichts mehr kommen, sagte Rory; ich brauchte sie, weil ich sie liebte, und ich liebte sie nicht, weil ich sie brauchte, sagte er, *do you know what I mean*?

Ja, sagte Sören, er verstehe, was Rory meint, aber ich glaube nicht, dass Sören damals diesen Unterschied begriff, ich begriff ihn ja auch erst zwei Jahrzehnte später. Rory gab dem Wirt nun ein Zeichen, kein Guinness mehr, nur noch Whiskey, »no Irish whiskey for the Irishman«, sagte Rory und lachte, er senkte dann die Stimme, denn andere Iren an den anderen Tischen tranken irischen Whiskey. Nur schottischer Whiskey sei richtiger Whiskey, sagte Rory, Single Malt, der Wirt brachte eine Flasche *Laphroaig An Cuan Mor* und drei Gläser, der Whiskey war 18 Jahre alt, *bibleblack*, sagte Rory (er konnte nicht die Goldfarbe meinen).

Musste alles Pisse gewesen sein, was ich bisher an Whiskey getrunken hatte, in meinem Mund waren jetzt Honig und Pfeffer und Salz und Gewürze und Obst: So was Wunderbares, geschenkt von meinem Rory, dem größten Rockgitarristen, wie immerhin der Kollege Jimi Hendrix urteilte. Rory beobachtete uns beim Trinken, lächelte und nickte, als wollte er sagen, seht ihr, ich hab's ja gesagt, *bibleblack*. Selbstverständlich hätte ich nie gewagt, Rory zu fragen, ob ich noch einen haben kann, aber als ich das dachte, hatte er bereits Sören und mir nachgeschenkt. Rory hielt einen Vortrag und sprach entweder über seine Lebensfrau oder über die Idealfrau an sich, der Whiskey *Laphroaig An Cuan Mor* führte Rorys Rede, ich will sie zusammenfassen. Er unterschied fünf Frauentypen, die Wasserfrau, Feuerfrau, Erdfrau, Luftfrau und Chaosfrau, die Idealfrau sei zusammengesetzt aus diesen fünf Typen, behauptete Rory, während ich den dritten Whiskey trank und jeden Schluck zwei Minuten im Mund behielt, bevor ich schluckte.

»Die Feuerfrau mit ihrer Sinnlichkeit sexualisiert den ganzen Alltag und erregt den Mann schon, wenn sie sich schnäuzt oder ein Leberwurstbrot schmiert; die Wasserfrau treibt den Mann zu Heldentaten, durch sie fühlt er sich, als nehme er ständig Drogen, für die es gar keinen Namen gibt; die Luftfrau lässt sich nie greifen, führt den Mann an seine Grenzen und zwingt ihn zur Demut; für die Erdfrau ist Reden nicht Silber, sondern höchstens Bronze, und Schweigen ist Platin statt Gold, sie lässt den Mann quatschen und quatschen und seinen Unsinn erkennen; die Chaosfrau zeigt dem Mann, dass auch die Liebe nur den Gesetzen der Schlamperei folgt.« So ungefähr sprach mein Rory, sein Vortrag dauerte 90 Minuten – die zweite Flasche *Laphroaig An Cuan Mor* stand auf dem Tisch, der Wirt hatte Rorys drittes Album aufgelegt, das erste Stück lief, es handelt davon, wie es ist, auf glühenden Kohlen zu laufen und auf einem Nagelbett zu schlafen.

Bisher hatte ich noch kein Wort zu Rory gesagt, und ich dachte, dass er womöglich denkt, ich wäre stumm oder ein Idiot oder ein Barbar. Warum also nicht doch mal nach der neuen Platte fragen, mich interessierte, wie Rory darauf gekommen war, den Song *Out On Western Plain* zu spielen, ein Cowboygeschrammel, der Revolvermann Jesse James geistert durch das Stück, und mehrfach singt Rory dann die Gaga-Zeile *Come a cow-cow yicky, come a cow-cow yicky, yicky yea*; mich erinnerte das an Paul McCartneys *Ob-la-di, Ob-la-da*, die Beatles haben ja nur selten so was Bescheuertes gemacht, und *Come a cow-cow yicky, come a cow-cow yicky, yicky yea*: Es war doch wohl unter dem Niveau des stolzen Iren Rory Gallagher, diesen Amerikanerblues nachzuäffen. Mir fehlten aber die Vokabeln, um meine Kritik vorzubringen, und ich wollte Rory auf keinen Fall anstottern. In diesem Moment wusste ich plötzlich, woher Rorys Lieblingswort kam, *bibleblack*, Herr Börme, unser Englischlehrer, liebte den Dichter Nathaniel Hawthorne aus dem 19. Jahrhundert, sein Roman *The Scarlett Letter* (*Der scharlachrote Buchstabe*) zählt zur Gigantenliteratur, aber Herr Börme bevorzugte Hawthornes Kurzgeschichten, wir lasen drei Wochen lang *The Minister's Black Veil* (*Des Pfarrers schwarzer Schleier*). Es geht um Hooper, den Pfarrer eines Dorfes in Neuengland, der an einem Sonntagmorgen zum Gottesdienst erscheint und am Kopf anders aussieht als sonst – Hooper trägt einen schwarzen Schleier, soll das ein Witz sein, hat Hooper etwa den Verstand verloren? Hooper trägt den Schleier jetzt immer, die Leute achten ihren Pfarrer weiterhin, fürchten sich aber auch vor ihm, seine Freunde meiden ihn bald, irgendwann verlässt ihn auch seine Verlobte, und nach Jahrzehnten liegt Hooper endlich auf dem Sterbebett, und ein anderer Geistlicher will ihm nun, da Hooper gleich zu seinem Gott geht, den Schleier abnehmen; »Never!«, schreit Hooper. »On earth, never!«

Also trank ich jetzt mein fünftes Glas *Laphroaig An Cuan Mor*, schluckte den Whiskey diesmal sofort und sagte, fast sehr betrunken: »Mister Gallagher«, ich sagte tatsächlich Mister Gallagher, es war mir nicht anders möglich, »Mister Gallagher, why do you like Nathaniel Hawthorne's short story *The Minister's Black Veil* so much? Because it's bibleblack?« Gallagher hatte mich wohl ganz vergessen, er sprach ja die ganze Zeit mit sich selbst und ein bisschen mit Sören, jetzt aber war Gallagher fasziniert von mir und musterte mich, als würde ich auch einen schwarzen Schleier tragen. Ja, sagte Gallagher und nippte an seinem Glas, er möge Nathaniel Hawthorne und dessen Geschichte über Pfarrer Hooper, wie ich denn darauf komme, er, Gallagher, habe noch nie einen Song über Hooper oder Hawthorne geschrieben und auch noch nie mit einer Zeitung über das Thema geredet. Gallagher ignorierte meine zweite Frage nach dem *bibleblack*, Sören wollte mir beispringen, weil er erkannte, dass ich schon schielte, und begann klugzuscheißen – Hooper trage den Schleier wegen der Sünde aller Menschen, der Erbsünde, er spiegele die Sünde und ... Nein, zischte Gallagher dazwischen, Hooper habe die Liebe verraten, seine

Liebste verraten, ob Sören denn das Begräbnis nicht verstanden habe? Hooper habe am Beginn der Geschichte seine Geliebte begraben, sie hat sich umgebracht, weil er zwar mit ihr schlief, aber dann doch zu seiner Verlobten zurückgekrochen ist, ein Feigling und Spießer, dieser Hooper, der Schleier straft ihn unter den Lebenden, und mit dem Schleier vorm Gesicht steht er vor Gott, sagte Rory Gallagher und trank das letzte Glas der zweiten Flasche *Laphroaig An Cuan Mor*. Es kann eine Illusion gewesen sein, aber ich meinte jetzt das Aroma der Leichenhalle nebenan zu riechen.

Gerade wollte ich einnicken, denn ich konnte so viel Whiskey wie Rory nicht vertragen, und Sören war ja beruflich hier, musste bei Besinnung bleiben und hatte nur zwei Gläser *Laphroaig An Cuan Mor* getrunken.

Der Leichengeruch belebte mich sozusagen, und jetzt wusste ich auch, warum Rory auf meine Frage nach dem *bibleblack* in Hawthornes Schleiergeschichte immer noch nicht antwortete, ich hatte was verwechselt: *Bibleblack* stand nie bei Hawthorne, der Waliser Dylan Thomas erfand das Wort für sein Drama *Under Milk Wood*, das 1954 als Hörspiel erschien, da hatte Dylan Thomas sich bereits totgetrunken. Kenner errechneten mal, dass wohl kein Großdichter mehr Alkohol trank als Dylan Thomas, er übertraf also noch F. Scott Fitzgerald, Gottfried Keller, Joseph Roth, Paul Verlaine oder Marguerite Duras. *Under Milk Wood* beschreibt das Dorf Llareggub und seine Einwohner, es ist Frühling, die Saison der Selbstmörder, kein Stern am Nachthimmel, es herrscht Bibelschwärze, die Menschen träumen und sehnen sich nach Sehnsucht, und Dylan Thomas' Wörter und Sätze rauschen und taumeln. Mir fehlten jetzt die Energie und der Mut, nach Nathaniel Hawthorne auch noch mit Dylan Thomas zu kommen, Rory Gallagher und mein Bruder hätten ja denken müssen, ich will mich hier als Literaturkritiker aufspielen, dabei kannte ich doch beide Werke nur aus dem Englischunterricht und hatte sie nur halb gelesen und halb verstanden – jetzt wusste ich durch Rory immerhin, dass Pfarrer Hooper sich verhüllte, weil er gesündigt und die Liebe und eine Frau verraten hatte. Gallagher schwieg nun und lächelte nicht mehr, das Gespräch über Hooper hatte ihn erschöpft und bedrückt, er stand auf, sagte »Thank you and good luck«, als würde er gerade ein Konzert beenden, er grüßte den Wirt und verließ das Lokal.

Der Zeitungsartikel über Rory Gallagher in Cork erschien dann mit der Überschrift *Entschleiert und nebenan die Ewigkeit.* Wer den Artikel las, betrachtete Gallagher nicht mehr nur als Bluesrocker, er stand da wie ein Philosoph, der daran glaubte, dass ein Mann nur einmal lieben kann, sich damit abfinden und keine weiteren Versuche mehr machen sollte. Tom hat Rory Gallagher nie wiedergesehen, es blieb bei den beiden Hamburger Konzerten und der Whiskeyrunde in Cork, denn Tom glaubte, Rory habe ihm *live* genug gegeben, aber wenn Rory wieder ein Album rausbrachte, dann war Tom für niemanden zu sprechen, er saß von mittags bis nachts in seinem Zimmer, hörte ununterbrochen das Neueste von Rory und trank dazu eine Flasche schottischen Whiskey, Single Malt, allerdings kein *Laphroaig An Cuan Mor*, den konnte er nicht bezahlen. Nach Cork veröffentlichte Rory Gallagher noch sechs Studioplatten und etliche Konzertmitschnitte, der Alkohol arbeitete in ihm, Rory bekam ein Mondgesicht, der Bauch hing über der Jeans, manche Musiker berichteten, Rory habe regelmäßig Wutanfälle und schreie dann auch Selbstmordabsichten heraus. Tom hatte die Kraft zu erkennen, dass die Qualität der Musik abnahm, eigentlich hätte Rory 1976 nach *Calling Card* aufhören sollen, Platten zu produzieren, aber er merkte durch die Dauersauferei wohl nicht mehr, wie sehr er abfiel und die Fans enttäuschte. Einmal weinte Tom – er hatte sich mit der CD *Defender* eingeschlossen und Whiskey getrunken und musste vor sich selbst zugeben, dass die Musik und Texte nichts taugten; 55 Minuten Leere. Das war 1987, am 14. Juni 1995 starb Rory Gallagher, er sollte eine saubere Leber bekommen und überlebte die Operation nicht; zwei Wochen nach Rorys Tod beging Tom dann einen Mord.

EINUNDZWANZIG

»Das Kind lasse ich wegmachen, ich will kein Wesen in meinem Bauch, oder hast du etwa gedacht, ich werde Mama, und du wirst Papa, und wir sind dann eine Familie und spazieren mit Kinderwagen durch den Stadtpark?«, fragte Jenny auf eine Art, dass Tom sich wie ein Idiot vorkommen musste. Im Stadtpark hatten Tom und Jenny immerhin wochenlang campiert, als sie einander kennenlernten, das war Romantik und Abenteurerei; jetzt missbrauchte Jenny plötzlich den Stadtpark, um ein Spießerleben darzustellen. Sie saßen am Küchentisch, rechts auf einem Regal lag Sörens Strohhut, und nun dachte Tom an Jennys Diaphragma, das ja aussah wie ein Hütchen, mein Gott, dieses Rumgefummel, wenn Jenny vorm Sex sich dieses Hütchen einführte und vorher noch einen Teelöffel Gel draufschmierte! Sie wollte, dass ich zugucke, um so wenigstens ein bisschen an der Verhütung beteiligt zu sein. Wo ich meinen Hut hinlege, da ist mein Zuhause: An diesen Soulsong von Marvin Gaye dachte ich oft in dieser Situation, ich hätte gern gelacht über das Diaphragmatisieren, aber dann wäre der Sex wieder ausgefallen. Sören ging mal mit einer Frau, die verhütete nach der Knaus-Ogino-Methode und verlangte von ihm ebenfalls einen Beitrag – jeden Morgen nach dem Aufwachen sollte Sören messen, er schob ihr also das Fieberthermometer in die Vagina, holte es wieder heraus und verkündete die Temperatur, so konnten sie wissen, wann das Ei springt. Sören mit seiner Gutmütigkeit hat das Theater tatsächlich ein paar Monate ertragen, sich aber wegen Knaus-Ogino von der Frau getrennt; er liebte dann eine Sterilisierte.

Mit Herrn Hirtz hatte ich wegen Onanie und Huren so lange geredet, das Problem jedoch gar nicht erkannt, denn Jenny verweigerte sich, weil sie schwanger war und wütend auf Tom, denn er hatte sie geschwängert, trotz Diaphragma. Was im Falle einer Schwangerschaft zu tun sei, darüber konnte der Taoist Hirtz nun gar nichts sagen, denn Taoisten schwängern keine Frau ohne Absicht, weil sie, wenn überhaupt, nur in den Bauchnabel der Frau ejakulieren; jetzt merkte ich doch, dass Herr Hirtz zwar jederzeit was Interessantes zu erzählen hatte, aber es half mir nicht bei meinen Problemen.

Der zweite Skandal: Eine Woche vor mir wusste Mutter von der Schwangerschaft und hatte *abgeraten, ein Baby zu kriegen*, ich hätte es doch nie ernähren können, ein guter Vater, das immerhin meinte Mutter, würde ich aber wohl sein. Bis dahin, Juni 1995, war ich ganz sicher, dass mein Sperma wertlos ist und kein Leben aus ihm entstehen kann, und jetzt das, eine Sensation, ein Sinn, ein Glück gegen jede Wahrscheinlichkeit, und Jenny wollte diesen Sinn und dieses Glück zerstören, anders konnte ich weder denken noch fühlen.

»Das wäre ja Mord«, sagte ich zu ihr, dieses Urteil sprachen sonst nur Katholiken, doch nun redete ich so, ich sagte auch noch: »Gott wird uns Mörder strafen«, obwohl ich an den Christengott nicht glaubte und meine Gottheit Gallagher gerade gestorben war. »Ich habe dir von Anfang an gesagt, dass ich niemals Kinder haben will, also mach jetzt keinen Ärger«, antwortete Jenny auf meinen Mordvorwurf. »Hindern kannst du mich sowieso nicht«, und dann telefonierte sie und bekam einen Termin in einer Tagesklinik, *morgens hin, zack, nachmittags zurück*, Mutter bezahlte das Taxi und kochte sofort eine Hühnersuppe für Jenny, als ob sie sich erkältet hätte.

Während die beiden Frauen in Mutters Wohnzimmer zusammensaßen und flüsterten und die beschissene Hühnersuppe löffelten, hat Sören erst gar nicht versucht, mich zu trösten, Trostworte in Todesfällen deprimieren den Trauernden doch noch mehr. Über die Katastrophe sagte mein Bruder: nichts, und ich liebte ihn dafür. »Kneipe oder Kino?«, fragte er dann. »Im Magazin gibt's eine Tragödie über Sexsucht und Familienzerfall, komm, gucken wir«, und so spazierten wir zum Magazin, einem Programmkino am Stadtpark, wo ich ja nun nie einen Kinderwagen schieben würde. Der Film hieß *Damage*, war schon drei Jahre alt und kam jetzt ins Magazin, weil der Betreiber mal wieder ein Schwerpunktthema hatte, außer *Damage* liefen in der Woche noch *Bitter Moon* und *Basic Instinct*, jeder der Filme zeigt einen Mann (Politiker, Schriftsteller, Polizist), der einer Frau hörig wird, die Opfer meinen allerdings, es sei Liebe. Der Engländer Jeremy Irons und die Französin Juliette Binoche spielen das *Damage*-Paar – der Staatssekretär Fleming, verheiratet, begegnet Anna auf einer Party, zittert und will sofort nur noch sie, obwohl Anna mit seinem Sohn Martyn zusammen ist; Annas Bruder hat sich wegen ihr umgebracht, sie schläft künftig mit Martyn und seinem Vater, wobei Martyn nicht ahnt, was sein Vater und Anna treiben. Durch einen Zufall entdeckt Martyn dann doch das Geheimnis und sieht, wie sein Vater und seine Verlobte in Ekstase aufeinanderliegen, Martyn wankt rückwärts aus der Tür, stürzt übers Treppengeländer und fällt vier Stockwerke tief, sein nackter Vater rennt runter, umklammert die Leiche und weint, Anna geht vorbei und verlässt das Haus. »Diese Fotze!«, rief ein Zuschauer bei dieser Szene.

Das Interessanteste passiert ganz am Ende, denn Vater Fleming taumelt nach Hause zu seiner Ehefrau Ingrid, die sich absichtlich mit einem Messer verletzt hat, um ihren Gram zu mindern; Fleming in seiner ganzen Erbärmlichkeit versucht sie zu trösten und sagt: »Gib mir den Tod, gib mir Martyns Tod«, aber Fleming wird weiterleben. »Warum hast du dich nicht umgebracht?«, fragt Ingrid, und sein Blick sagt: *Hm, auf die Idee bin ich noch gar nicht gekommen.*

Nach dem Film sind Sören und ich noch in einen Stehimbiss um die Ecke gegangen, haben Bratwürste gegessen und das Frauenbier *Warsteiner* getrunken, weil keine andere Sorte da war. Wir sprachen nicht über mein Baby, das jetzt wohl in einem Abfalleimer lag; wir sprachen darüber, warum Vater Fleming sich denn nun nicht umgebracht hat – ich meinte, Fleming und Anna sollten Todesengel darstellen, und Todesengel könnten keinen Selbstmord machen. Sören holte einen Fleischknorpel aus dem Mund, ließ ihn in die *Warsteiner*-Flasche fallen und antwortete, Fleming gehöre zu den Leuten, die sich sagen, dass außer Jesus noch kein Mensch auferstanden ist und keine Tatsachenberichte übers Jenseits vorliegen. Es könne also sein, dass das Elend nach dem Tode erst richtig losgeht, dann würde der Selbstmord doch die Situation des Selbstmörders noch verschlechtern.

Was mein Bruder Sören da schlussfolgerte, hat mir eingeleuchtet, auf dem Heimweg wünschte ich kurz, Jenny hätte ein Knöchelchen aus der Hühnersuppe im Hals stecken und würde auf der Intensivstation röcheln, aber sterben sollte sie dann doch nicht, fand ich. Unglaublich, nach der Abtreibung wohnten wir noch ein Jahr zusammen, und ich habe sogar noch zweimal auf ihr gelegen wie Vater Fleming auf Anna.

ZWEIUNDZWANZIG

Den Sommerurlaub verbrachte Tom ohne *die Schabe*, er hat das Wort nie ausgesprochen, aber so dachte er künftig an Jenny, nachdem sie sich in der Tagesklinik hatte ausschaben lassen. Er reiste alleine auf eine Nordseeinsel und blieb sechs Tage, um *klar zu sehen* und eine Zukunft zu erkennen, das Geld für Sylt hatte er nicht, also Wyk auf Föhr, der Aufenthalt in der Pension Käpt'n Hansen kostete die Hälfte: Hier hatte Tom schon mal gewohnt, mit 17, er erinnerte sich an einen *Triumph der Einsamkeit*, am 7. Juli 1974, Deutschland spielte im Finale der Fußballweltmeisterschaft gegen Holland. Auf einem Tischchen der Pension stand ein Fernseher, davor ungefähr 40 Deutsche und Tom, er saß ganz hinten, wo der Wirt morgens das Frühstücksbüfett aufbaute, und Tom trug das holländische Nationaltrikot, das orange leuchtete. Die Deutschen vor ihm starrten selbstverständlich auf den Fernseher, drehten aber immer wieder den Kopf zu Tom; sie kannten ihn und seine Mutter und seinen Bruder, drei Deutsche aus Hamburg, und dieser Bengel mit dem Jesushaar und den

Jesuslatschen war nun zu den Holländern übergelaufen. Tom hätte jubeln und trampeln können, weil Johan Cruyff sofort in den deutschen Strafraum kurvte, Uli Hoeneß grätschte und Cruyff umtrat, der Schiedsrichter pfiff; Johan Neeskens verrenkte sich beim Schuss vor Nervosität fast den Fuß – sogar Mutter, dachte Tom, hätte den Elfmeter platzierter geschossen, aber der Ball ging rein, 1:0 für Holland nach zwei Minuten, und es erbitterte die Deutschen bei Käpt'n Hansen umso mehr, als der Hamburger hinten nur grinste und nickte und an seiner Dose *Heineken*-Bier nippte.

Die holländische Mannschaft war mir eigentlich egal, es ging nur um Johan Cruyff, welch ein Fußballer, sogar Beckenbauer sagte nach dem Sieg: »Freilich, der Johan war der Beste im Turnier«, der Beste auf der Welt hätte Beckenbauer sagen sollen; ein Privatfoto zeigte Cruyff mit einer Wandergitarre, und als ich damals dieses Foto sah, schmunzelte ich und dachte, dass der Halbstürmer Johan Cruyff, wenn es Rory Gallagher nie gegeben hätte, wahrscheinlich mein Abgott gewesen wäre. Deutschland gewann 2:1 und wurde Weltmeister, aber kein Deutscher bei Käpt'n Hansen lachte über mich, keine Schadenfreude, sondern sogar Respekt, mein Orange leuchtete immer noch, ich konnte den Deutschen hier auch anmerken, dass sie die Wahrheit wussten – Holland hätte gewinnen können und müssen.

Nun, 21 Jahre später, wohnte ich wieder in dieser Pension, der Sohn des Käpt'n hatte das Kommando übernommen, er backte die Brötchen inzwischen selbst und hatte losen Tee statt Teebeutel, ansonsten achtete er auf Tradition. Wie nach dem WM-Finale '74 spazierte ich von Wyk nach Westen, damals feierten die Leute den WM-Gewinn noch bis Sonnenaufgang mit Leuchtfeuern und Silvesterraketen, jetzt war's fast Mitternacht an einem Sonntag, in der Ferne sah ich plötzlich eine Gestalt auf mich zukommen, bald erkannte ich, es waren zwei Menschen, sie schoben einen Kinderwagen und blieben neben mir stehen – eine Frau und Herr Börme, mein ehemaliger Englischlehrer, der uns Schüler mit Pfarrer Hooper und dem schwarzen Schleier erschreckt hatte. Herr Börme hatte sich das Bubenhafte erhalten, alle Mädchen waren früher verliebt in ihn, wir Jungs wetteten, mit wie vielen seiner 17-jährigen Schülerinnen er schlief, und eine dieser Schülerinnen heiratete er, Meike. Sie stand jetzt vorm Kinderwagen, beugte sich runter, zog die Decke ans Kinn des Babys und sagte zwei Stummelsätze in Babysprache; drei Jahre später erzählte Meike, sie wusste auf Föhr noch nicht, dass ihr Mann *sich Aids geholt* hatte.

Wenn die Lehramtskandidaten zum Studiumsabschluss vor ihren Professoren standen, dann zählten nicht nur die Zensuren aus dem Staatsexamen – die Kandidaten mussten während eines Gesprächs begründen, warum sie denn nun Lehrer sein wollen, und wer was Originelles oder Zwingendes vortragen konnte, hat doch noch Chancen gehabt, obwohl die Zensuren nur mittelmäßig waren. Sören, als er kurz *auf Lehramt* studierte, sagte immer wieder, er werde mit dieser Rede bei den Professoren durchkommen: »Meine Damen und Herren, ich will ein besserer Lehrer sein als meine Lehrer in der Schule, das heißt, den besten Lehrer hatte ich auch, Herrn Börme, meinen Englischlehrer, er hat uns Schülern nicht nur Englisch, sondern auch das Menschsein beigebracht.« Sören, zwei Jahre vor mir in Herrn Börmes Klasse, hätte nun jedoch nicht jeden der Börme'schen Vorzüge schildern dürfen, denn Herr Börme brach Regeln und hat sich oft gegen den Direktor und das Kollegium gestellt. Als Fußballtrainer hätte er fast nur mit dem Ball gearbeitet und keine Kondition gebolzt; er zwang uns nicht ständig, Vokabeln aufzusagen und Grammatikbücher zu lesen, wir lernten beim Plaudern, und immer hatte Herr Börme entweder ein Tonbandgerät oder einen Plattenspieler dabei, er lehrte gerne mittels Rock- und Popmusik, er gab nur selten eine Eins und nie eine Fünf oder Sechs, er war unser Freund, zufällig auch unser Vorgesetzter, die meisten Schüler sahen ihn jedenfalls so. Zweimal pro Monat hockten wir bei ihm zu Hause, und es war schon eine Freude, in seine Straße einzubiegen, denn er, der so viele *Hasen* (Mädchen/Frauen) haben konnte und wollte, dieser *unwiderstehliche Charmeur*, wie Mutter sagte, wohnte *Am Hasenberge* neben der Justizvollzugsanstalt, genannt Santa Fu.

Für jeden Schüler zwei Flaschen Bier (höchstens), wir durften Zigaretten rauchen und auch mal einen Joint, über jedes Problem konnten wir mit Herrn Börme reden, einmal, hinterher in der U-Bahn auf dem Heimweg, sagte eines der Mädchen, und niemand widersprach: »Börme ist der beste Mensch aller Zeiten«; wir duzten ihn außerhalb der Schule, haben ihn aber nicht mit seinem Vornamen angesprochen. Wie Rory Gallagher (*bibleblack*) hatte auch Herr Börme sich einen Ausdruck angewöhnt, einen Schnack, so sagen die Hamburger. Er liebte Soulmusik, die er regelmäßig in seinen Unterricht einbaute, und er verehrte Al Green noch mehr als Marvin Gaye und Wilson Pickett; von Herrn Börme wussten wir, dass Al Green eines Morgens in der Badewanne saß und sang, da stürmte seine Freundin Mary herein, sie hatte Grütze gekocht, übergoss ihn mit dem Zeug und schoss sich eine Kugel in den Hals, denn Al Green wollte Mary nicht heiraten – Green, schwer verbrannt am Oberkörper, entdeckte den Glauben durch dieses Unglück und musizierte fortan für Gott. Wenn nun also ein Schüler viel zu spät zum Unterricht kam und sich entschuldigte, in seinem Haus sei nachts der

Strom ausgefallen, deshalb habe der Radiowecker nicht geklingelt, dann sagte Herr Börme: »Mir fehlt der Glaube, ich bin doch nicht Al Green.« Der Vier-Minus-Schüler Joachim rauchte gelegentlich eine halbe Muskatnuss auf der Schultoilette, und von diesem Genuss beeinflusst, erzählte er einmal im Unterricht, die Beatles hätten mit dem Lied *Hey Jude* sagen wollen, dass »die Juden alles besser machen«, das müssten wir ihm glauben. »Joachim, ich bin doch nicht Al Green«, sagte Herr Börme, und wie er dann aufs Allerherzlichste mit Joachim sprach und ihn innerhalb von 20 Minuten und trotz Muskatnuss überzeugte, nein, die Beatles meinten mit *Hey Jude* nicht die Juden – dieser Vortrag Börmes sollte in jedem Lehrbuch für Pädagogen stehen.

Nun stand Herr Börme wieder vor mir, er machte Familienurlaub auf Föhr, obwohl er früher beim Bier Am Hasenberge sagte, er würde wie Pfarrer Hooper eher den Schleier nehmen, als eine Familie zu gründen; die Katholiken hätten die Ehe erfunden, um dem Teufel zu gehorchen. Zum ersten Mal in meinem Leben sagte ich jetzt mit Absicht was Witziges, zumindest dachte ich, es könnte witzig sein, und tatsächlich lachte Herr Börme, auch seine Ehefrau lachte, denn ich sagte: »Du hier? Ich bin doch nicht Al Green.« Auch ich schien mich nicht sonderlich verändert zu haben, denn Herr Börme erkannte mich sofort und fragte, ob aus mir und meinem Bruder gegen alle Wahrscheinlichkeit doch noch was Anständiges geworden sei, haha. Meike Börme sagte nichts, wir standen zehn Minuten im Wind, sie schwieg und guckte ab und zu nach dem Baby, ich fürchtete, dass sie gleich das Baby aus dem Wagen holt und es säugt, dann hätte ich weggehen müssen. Um was zu sagen, sagte ich zu Herrn Börme, ein ehemaliger Schüler von ihm sei inzwischen ein Star im Underground, ob Herr Börme das denn wüsste? Ja, wusste er,

Thomas Meinecke, der Pfeifenraucher, war nach München ausgewandert, hatte dort die Gruppe Freiwillige Selbstkontrolle gegründet, aß viel Kuchen und trug Holzfällerhemden wie Rory Gallagher. Wir sprachen noch kurz über den Schulrektor, den wir damals beide verachteten, weil er meinte und im Geschichtsunterricht lehrte, dass Bismarck und Adenauer die größten Deutschen gewesen seien. Meike Börme guckte auf ihre Armbanduhr, tschüss, alles Gute, der Familienvater Börme spazierte zurück nach Wyk, und ich musste an eine Liedzeile von Bob Dylan denken, *Casanova is just being punished for going to Desolation Row.*

Drei Jahre später erreichten mich zuerst nur Gerüchte aus dritter Hand, dass Herr Börme tot wäre: Bei einem Autounfall zerquetscht, nein, beim Skilaufen von einer Lawine verschüttet (so starb ein Lehrer der Nachbarschule wirklich), nein, Herr Börme hatte Lungenkrebs wegen der Raucherei. Irgendwann erfuhr ich dann die Wahrheit von Herrn Börmes Schwager, auch er ein ehemaliger Börme-Schüler – ziemlich bald nach der Aids-Diagnose hatte sich Herr Börme erhängt, ich brauchte Wochen, bis ich endlich den Mut hatte und seine Witwe Meike anrief, sie war höflich, wollte aber nicht mit mir reden. Damals Am Hasenberge philosophierten wir mit Herrn Börme selbstverständlich auch, wir hatten das Fach Philosophie statt Religion belegt und dort aufgeschnappt, Selbstmord sei ein Menschenrecht oder ein Weg zur Freiheit oder die größte Sünde oder die Flucht der Feiglinge usw. Herr Börme sagte uns (und wir waren sofort seiner Ansicht), dass er ausschließlich Menschen begreift, die sich umbringen, weil sie sehr krank sind oder keine Liebe bekommen oder die Liebe verloren haben.

»Den Satz *Ich habe schon oft an Selbstmord gedacht* kann jeder Idiot sagen, um andere Leute zu beeindrucken oder

Mitleid zu erbetteln und eine Frau oder einen Mann ins Bett zu kriegen; es zählt nur die Tat«, sagte Herr Börme. Er verspottete John Lennon, der in seinem *Yer Blues* jammerte, am Morgen sterben will und am Abend sterben will, *Feel so suicidal, even hate my rock and roll*, »Und wenn Lennon mit dem Selbstmordgeseier fertig ist, dann singt er gleich hinterher über *Sexy Sadie*«, sagte Herr Börme und schüttelte sich; ja, er hasste John Lennon und dessen Getue.

Die zehn Minuten mit Herrn Börme, seiner Frau und ihrem Baby: Mehr hatte Föhr nicht zu bieten, Tom spazierte über die Insel, trank hier und dort zwei, drei Gläser Bier (das Pils aus Flensburg, angeblich auch was Herbes für Männer, die wissen, was sie wollen, aber im Vergleich zu *Jever* doch nur Labberzeug). Er aß eine Pizza beim Inselitaliener und erlebte immerhin den Beschiss der Woche, denn ein Pärchen wollte zwei Gläser Lambrusco, obwohl dieser Perlwein nicht auf der Karte stand, der Wirt sagte: »Habe ich trotzdem«, und als Tom am Tresen vorbei zur Toilette ging, da sah er, wie der Wirt mischte – seinen Hauswein und die Zitronenlimonade *Sprite*, fertig war der Lambrusco, er schmeckte dem Ehepaar. Nie badete Tom im Meer, und er mied auch den Strand, denn der Anblick von Männern in Badehosen erinnerte ihn zu sehr an einen Mann, der stets eine Badehose trug (blauweiß mit einem Ankermuster), wenn er sich neben Mutter auf einer Gartenliege sonnte. Während Tom ganz Föhr durchwanderte, hielt er oft die Hände hinterm Rücken, wie Gelehrte es tun; Sören sagte, das hilft, dann kommen Ideen, aber als Tom nach Hamburg zurückkehrte, da hatte er keine einzige Idee.

Er hatte vorher gewusst, dass es zwischen ihm und Jenny aus war, aber ohne sie, das konnte er sich immer noch nicht vorstellen. Die Briefsortiererei morgens im Postamt betäubte ihn, missfiel ihm aber nicht genug, um zu kündigen. Er verdiente 700 Mark netto, Sören schenkte ihm monatlich 500 Mark, »Ich subventioniere meinen Bruder, der Einsatz wird sich eines Tages für mich lohnen«, sagte Sören, aber Mutter konnte darüber nicht lachen, sie meinte, das Geld des Älteren verhindere, dass der Jüngere aus eigenem Antrieb *auf einen grünen Zweig* kommt. Verdammt, ich hätte Mutter mit dem grünen Zweig peitschen können, wieder und wieder fragte sie nach dem grünen Zweig und beschwor den grünen Zweig: »Wie lange denn noch, Tom, du musst doch endlich mal auf einen grünen Zweig kommen!«

Mutter begriff nie, dass ich, um einen grünen Zweig zu erreichen, erstmal einen grünen Zweig sehen müsste, dann könnte ich vielleicht den Sprung auf den grünen Zweig bewältigen. Plötzlich war er da, der grüne Zweig, er zeigte sich, weil Leser zu wenig schrieben. Sören hatte als Redakteur bei seiner Zeitung inzwischen auch die Leserbriefe zu bearbeiten, oft fehlten Leserbriefe, um die Seite vollzukriegen, Sören schrieb sie dann selbst und setzte Phantasienamen darunter, und als für eine Ausgabe mal sieben Leserbriefe fehlten, da sagte Sören zu mir: »Jetzt tu mal was für deine Subventionen und schreib zwei Leserbriefe für mich, ich schaff's diesmal nicht alleine, die Themen für die Leserbriefe kannst du aus der letzten und vorletzten Ausgabe wählen. Ich kann gut schreiben, du bist mein Bruder und kannst auch gut schreiben, glaube ich, also los.« Da habe ich tatsächlich zwei Leserbriefe geschrieben, einen über den Grünen Joschka Fischer, der sich immer mehr in einen Staatsmann verwandelte; den anderen Leserbrief schrieb ich über das Comeback der Klappstulle, drei Stunden brauchte ich für die beiden Textchen, zweimal 20 Zeilen, getippt auf Sörens Schreibmaschine. Wir trafen uns nachmittags im Tobac, unserer Stammkneipe an der U-Bahnstation Dehnhaide, ich überreichte Sören dort die beiden Zettel, er begann sofort zu lesen, weshalb ich zur Toilette eilte, denn ich wollte sein Gesicht nicht sehen, während er sich mit meinem Quatsch abquälte – »Das ist gut«, sagte Sören, als ich wieder am Tisch saß, »ich habe nix anderes erwartet.«

Am nächsten Abend kam ein Anruf von ihm, und als er auflegte, musste ich erstmal zwei Schnäpse trinken, Jenny fragte, ob ich gerade eine Todesnachricht erhalten hätte, denn ich zitterte; »Nein«, sagte ich, meine Stimme zitterte auch, »der grüne Zweig ist da, jetzt muss ich raufspringen, es gibt keine Ausrede mehr.«

DREIUNDZWANZIG

Bruderstolz! Am Telefon hatte Sören erzählt, was mich gleichzeitig erhob und runterzog: »Die Leute in der Redaktion dachten, die beiden Leserbriefe über Joschka Fischer und die Klappstulle habe ich selbst geschrieben, weil sie doch so viel Herz und Witz haben, aber ich sagte, nee, das war mein Bruder Tom, ihr wisst schon, der Jesusdoppelgänger, er hat mich hier vor ein paar Monaten besucht und nur gestaunt und kaum ein Wort gesagt; normalerweise liest er nur, nämlich Adressen auf Postkarten und Briefumschlägen, die er dann in Fächer einsortiert, aber nun weiß ich und wisst ihr, dass mein Bruder Tom wohl auch schreiben kann, und das mit den zwei Leserbriefen sollte nur ein Anfang sein.« Sören sprach dann mit René, dem Musikredakteur, er suchte ständig Autoren für seine Seite, sein Papierkorb war immer voll von all den Manuskripten, die er sofort wegwarf, wenn ein Text nicht sofort *poppt*, wie er meinte. Sören sagte, René habe wegen seiner Art doch einige Gegner und sogar Feinde in und außerhalb der Redaktion, sie würden ihn sogar als *Buchstabennazi* bezeichnen. »Aber er ist mit meinem Vorschlag einverstanden«, sagte Sören am Telefon, »du rezensierst eine CD und gibst mir erstmal den Text, ich gucke, ob er poppt, und der Buchstabennazi bekommt ein Manuskript, das er nicht gleich wegschmeißen muss, haha.« Sören nannte zehn CDs zur Auswahl, nur einen der Musiker kannte ich überhaupt, das erleichterte die Wahl, 40 Zeilen Textlänge, und nun kam das Entscheidende – unter dem Text würde kein Phantasiename stehen, sondern mein Name, die ganze Welt oder wenigstens ganz Deutschland sollte dann wissen, dass ich das Zeugs hingeschrieben hatte!

Aber wann, wenn nicht jetzt, sollte ich versuchen, auf den grünen Zweig zu kommen, er hing ja über mir, also rauf! Ein Geist musste mir helfen, *The Ghost Of Tom Joad*, so hieß Bruce Springsteens elftes Studioalbum, vorab hatte ich gehört, die CD sei so ähnlich wie *Nebraska* aus dem Jahre 1982: Da sang Springsteen in seinem Wohnzimmer allein zur Gitarre und blies ab und zu Mundharmonika, mehr nicht, das Beste von ihm, fand ich, auf *Nebraska* ging's um Gebrauchtwagen und Schwermut, Tod und Verbrechen. Bevor ich anfing, die Rezension zu schreiben, gab Sören noch zu bedenken, der Buchstabennazi würde nur wenige Rocker so mögen wie Bruce Springsteen, ich könnte die CD natürlich trotzdem runtermachen, aber der Verriss müsste dem Buchstabennazi einleuchten. Das sollte dann kein Problem sein, denn *The Ghost Of Tom Joad* gefiel mir fast so sehr wie damals *Nebraska*; ich überlegte, ob ich später dem Buchstabennazi mal sagen dürfte, dass Springsteen zum Gruseln ist, wenn er auf der Konzertbühne steht, seine Songs schreit und sein Gesicht die Farbe einer Aubergine annimmt und er dann an Beckenbauer als Trainer an der Seitenlinie erinnert.

Um elf Uhr morgens kam ich von der Post nach Hause und schlief drei Stunden wie immer, Jenny besuchte meine Mutter, ich setzte mich an den Küchentisch, da stand schon Sörens Schreibmaschine – ich hatte mir vorgenommen, den Schreibversuch erstmal nüchtern zu beginnen, ein paar Biere konnte ich ja immer noch trinken. *Herz und Witz* hatte Sören gesagt, meine Leserbriefe über Joschka Fischer und die Klappstulle seien durch Herz und Witz aufgefallen, und diese Vorzüge wollte ich nun auf Bruce Springsteen übertragen. Für den ersten Satz (ich guckte auf die Uhr) brauchte ich zweieinhalb Stunden, er ging so: *Bruce Springsteen verhält sich zu Amerika wie Joschka Fischer zur Klappstulle.*

Kein einziges Bier getrunken und trotzdem auf diesen Satz gekommen, das überraschte mich, aber es dauerte zu lange, 150 Minuten und elf Wörter = dreizehneinhalb Minuten für ein Wort. Der Satz hatte einen Klang und gefiel mir, obwohl ich nicht genau wusste, was er bedeutete und was ich damit sagen wollte. Jenny kam zurück von meiner Mutter, ich sagte, bitte mal kurz zuhören, auch wenn's dich nicht interessiert, wie findest du denn diesen Satz hier, und sie kicherte und fragte, was Joschka Fischer mit einer Klappstulle zu tun haben sollte – Joschka Fischer würde Gänsestopfleber und Seezunge essen, und Bruce Springsteen hätte doch nie Kontakt zu Joschka Fischer gehabt. Schon wollte ich zustimmen und den Satz wegwerfen und den Buchstabennazi entlasten, aber dann dachte ich, erstmal noch meinen Bruder fragen. Er lachte am Telefon, 20 Sekunden lachte er, und ich beerdigte den Satz bereits, aber mein Bruder sagte dann was ganz Wunderbares: »Das ist ein hervorragender erster Satz für eine Plattenrezension, alle Leser werden da weiterlesen wollen, um zu erfahren, wohin er führt. So entsteht Witz, zwei Dinge oder Personen stehen zusammen, obwohl sie eigentlich gar nicht zusammengehören. Im zweiten Satz musst du nun natürlich erklären, was der Vergleich im ersten Satz soll. Der Buchstabennazi liebt Vergleiche, aber sie müssen poppen, deinen ersten Satz wird er lieben; mach weiter so, Tom, du hast ja noch Zeit bis übermorgen.«

Nach dem Telefonat habe ich mich belohnt und beruhigt und zwei *Jever* getrunken und mir vorgenommen, den zweiten Satz in weniger als einer Stunde zu schaffen. *The Ghost Of Tom Joad*, die CD, um die es jetzt 40 Zeilen und wer-weiß-wie-viele Sätze ging, beschwor den Geist des Landarbeiters Tom Joad, er hat mal einen Menschen totgeschlagen und wird es wieder tun, er ist der Held in dem Roman *Früchte des Zorns*, 1939 von John Steinbeck veröffentlicht: Steinbeck beschreibt Amerika während der Wirtschaftskrise damals, die Großgrundbesitzer vertreiben die Farmer aus dem Zentralsüden, die ziehen nach Kalifornien, dort geht's ihnen noch schlechter.

Das Buch hatte Tom nicht gelesen, den Hollywoodfilm kannte er, Henry Fonda spielt Joad, auf Tom wirkte Henry Fonda immer wie ein Mann, der nach den Dreharbeiten nach Hause stakst, seine Familie schikaniert und sich bei Tisch mindestens drei Scheiben vom Rinderbraten nimmt, während Frau und Kinder nur ein Scheibchen abkriegen. Bruce Springsteen also wollte auf seiner CD sagen, dass Amerika jetzt, 1995, wieder so ähnlich runterkommt wie in den dreißiger Jahren, die Arbeiter haben nichts zu melden, die Stimmung wird stetig depressiver. Diese Depression, überlegte Tom, könnte sich als *roter Faden* durch seine Rezension winden, Depression, Rezension, nun merkte Tom, dass seine Zuversicht beim Nachdenken stieg, er alberte auch ein bisschen mit sich selbst. Der Fernseher lief nebenbei, *Arte* zeigte gerade einen Bericht darüber, was Religion anrichten kann – die Spanier begruben Epileptiker bei lebendigem Leibe, während die Epileptiker gerade einen Anfall hatten und zuckten; das sei der Teufel, er mache Epilepsie, glaubten die Spanier vor drei Jahrhunderten; die Mumien auf dem Friedhof von Guanajuato in Mexiko bewiesen die Barbarei. Dem Religionskritiker Springsteen, dachte Tom, würde ich jederzeit zutrauen, ein Lied darüber zu schreiben, Kalifornien (Tom Joad) und Mexiko (Mumien) grenzen ja auch aneinander. Das könnte der zweite Satz nach dem Startsatz sein: *Bruce Springsteen verhält sich zu Amerika wie Joschka Fischer zur Klappstulle. Auch die Mumien auf dem Friedhof von Guanajuato hätten auf diese Depressions-CD gepasst.*

Sören lachte wieder am Telefon, aber diesmal nicht so lange, er sagte: »Vor ungefähr 15 Jahren ist es in Mode gekommen, dass Musikkritiker mehr über sich und ihre Erlebnisse schreiben und weniger über die Musik, die sie kritisieren sollen; der Buchstabennazi René gehört selbst zu dieser Sorte. Du solltest aber bei Deinem Debüt vielleicht doch ein bisschen dichter an der Musik bleiben. Dein zweiter Satz hält den Leser ja immer noch im Ungewissen, wo's langgeht, und ich muss ehrlich sagen, dass ich von den Mumien auf diesem mexikanischen Friedhof noch nie gehört habe. Das mag mein Fehler sein, aber ich glaube, die meisten unserer Leser, die sich über Popmusik informieren möchten, wissen nichts von den Mumien. Bitte streich den zweiten Satz und schreib was *Konkretes*, nimm drei, vier Songs und untersuche sie, die Machart, die Instrumente, das Tempo, die Springsteen'sche Poesie.« Da ich schwieg, sagte Sören noch mal, wie *hervorra-*

gend mein erster Satz sei, und dann war ich wieder allein mit dem Blatt Papier, es hing wie eine Kapitulationsfahne in Sörens Schreibmaschine. Natürlich hatte ich schon oft Musikzeitschriften gelesen und mit Sören und Lori über die Artikel geredet, und während sich Lori an dem *Jargon* nicht störte (»Das muss nun mal so sein«), ist Sören immer gegen Fachsprache gewesen – er schimpfte schon, wenn ein Fußballreporter statt Schiedsrichter auch mal *Unparteiischer* sagte. In einem Text über Bruce Springsteen oder irgendeinen Rockmusiker darf ich also auf keinen Fall schreiben, dass *Gitarren sägen*, verboten sind Wörter wie *Rockröhre* oder *Urgestein des Rock'n'Roll* oder *Schießbude* für Schlagzeug; ich darf auch nicht *Boss* zu Bruce Springsteen sagen, denn das haben bereits ein paar tausend Kritiker vor mir getan.

Springsteen hat eine CD veröffentlicht, keine *Scheibe* und keinen *Silberling*, ist klar, verstehe ich, aber beim vierten *Jever* vor der Schreibmaschine ahnte ich's dann: Nach dem ersten Satz wird wohl kein zweiter Satz kommen, denn ich könnte nicht ertragen, dass Sören zum zweiten Mal sagt, den zweiten Satz soll ich neu schreiben. Im Grunde, das fand ich plötzlich, habe ich auch gar nichts Wesentliches über diese CD zu sagen, sie gefällt mir sehr, aber Schreiben über Musik, das ist doch eigentlich wie Kochen über Bildhauerei. Außerdem könnte ich als Musikkritiker nie die Klasse meines Bruders erreichen, auch René wäre immer besser als ich, und ich bin lieber ein Nichts, bevor ich zum Mittelmäßigen aufsteige. Wenigstens werde ich doch *einen* hervorragenden Satz geschrieben haben, dieser Satz bleibt, niemand kann ihn mir wegnehmen. Nachdem ich entschieden hatte, nicht mehr als den ersten Satz über *The Ghost Of Tom Joad* zu schreiben, konnte ich nachts durchschlafen, denn die Qual war vorbei, eine Blamage würde nicht stattfinden.

»Spinnst du, was soll denn das!«, brüllte Sören am Telefon, als ich in der Redaktion anrief, *meine Chance absagte und mir selbst den grünen Zweig abschnitt.* »Dein Text ist eingeplant, du kannst uns jetzt doch nicht hängenlassen!« – ja, ja, Sören wollte Druck machen und mich zwingen, aber ich wusste doch, dass Sören selbst oder René innerhalb einer Stunde mal eben die CD rezensieren und was Schöneres als ich hinkriegen würden. So lief's dann auch, René, der Musikchef, lobte die CD und Bruce Springsteen, der erste Satz: »John Steinbeck wäre erschüttert, wenn er auferstehen und diese Platte hören würde.« Das war natürlich was ganz anderes als mein Joschka Fischer mit der Klappstulle.

VIERUNDZWANZIG

Wer so versagt wie ich bei dieser Großchance, erwartet normalerweise eine Strafe, der Enttäuschte müsste den Versager verachten oder missachten, das wäre wohl das Wenigste, aber Sören hat mir nicht mal die Subvention gestrichen; er wollte jedoch mit mir reden und meine Resignation *ergründen.* Schon diese Aussicht empfand ich als Strafe, denn das Erklären und Begründen hat mir nie gelegen, aber mein Bruder wollte *Alles verstehen.* Immerhin blieb die Katastrophe unter uns, Mutter hatte keine Ahnung, dass der grüne Zweig so nah war und ich doch nicht den Sprung auf ihn geschafft hatte. Angenommen, Mutter wäre in die Politik gegangen, dann hätte sie nur Sicherheitsberaterin werden können, die Sicherheit bestimmte ihr Denken und Handeln, kein Wort hat sie so oft gesagt und gedacht wie Sicherheit, das heißt, einmal auf dem grünen Zweig angekommen, sollten sofort Sicherheitsmaßnahmen erfolgen.

Die Lehrer an der Schule (außer Herrn Börme) hatten Tom endlich loswerden wollen, weil's ihm auf seine Jesusart gelang, seine Schulkameraden vom Streben abzuhalten, sie tranken gern ein Bier mit ihm und ließen sich einflüstern, die Schule sei doch bestenfalls ein Witz und vergehe wie die Zeit und das Leben, na und? Tom, das wusste er, hätte auf dem Gymnasium nur den Hauptschulabschluss verdient gehabt, aber Herr Börme bettelte und argumentierte vor dem Kollegium so lange, bis Tom dann doch die zehnte Klasse beenden und mit dem Realschulabschluss abhauen durfte, um eine Lehre zu beginnen. Tom sagte überall, er wolle *gar nichts beginnen* und ganz bestimmt keine Lehre, viel später erfuhr er, dass Herr Börme mit Mutter sozusagen paktierte hatte – er bekam die Mittlere Reife, aber Mutter musste ihn dafür zwingen, sich eine Lehrstelle zu suchen; das brauchte er dann gar nicht zu tun, denn Mutter besorgte ihm was Sicheres, sie nutzte ihre *Kontakte in der Nachbarschaft*, und im Sommer 1979 war Tom plötzlich Lehrling bei der Norddeutschen Affinerie, die vor Hamburg die Umwelt versaute und Kupfer produzierte.

Chemiefacharbeiter sollte Tom nun werden, Mutter hätte ihn ebenso gut als Rennfahrer bei der Formel 1 anmelden können, denn Tom wollte nicht arbeiten und hatte in Chemie immer eine Fünf oder eine Sechs gehabt. Chemiefacharbeiter sei was Sicheres, meinte Mutter, also trank Tom morgens um sechs zwei Fläschchen Jägermeister, um Mut zu fassen, nahm die S-Bahn und fuhr raus zur Norddeutschen Affinerie. Das erste Lehrjahr hat ihm monatlich 300 Mark eingebracht, er stand im Kupferbecken und klopfte Kupfer, viel mehr erzählte er nicht über seine Arbeit, er sollte auch das Labor kennenlernen und mit dem Bunsenbrenner hantieren, aber der Vorgesetzte merkte sofort, dass Tom und der Bunsenbrenner nicht zusammenpassten; er stand wieder im Kupferbecken, klopf, klopf, klopf, und wenn er nachts im Bett lag, dann hörte er noch diese Klopfgeräusche, er konnte dabei einschlafen, dieses Schlafmittel empfand er als das Beste während seiner Lehre zum Chemiefacharbeiter. Er hustete jetzt oft, vom Dauerbücken hatte er bald einen Rückenschaden, auf Partys konnte er die Leute amüsieren; »Los, Schummerlicht machen, Tom zeigt das Marsmännchen!«, hieß es regelmäßig – vom Kupfer, dem Tom ständig ausgesetzt war, schimmerte er grün bei diesem Licht, die Mädchen fragten »Oh, darf ich mal anfassen?«, ja, durften sie.

Tom verfiel, bis Sören an einem Sonntagabend befahl: »Du wirst da nicht mehr hingehen, besser keine Arbeit als diese Arbeit!«, und Tom gehorchte seinem Bruder, er ist am nächsten Tag nicht und nie wieder zur Norddeutschen Affinerie gegangen, und Mutter weinte sehr und schimpfte auf Sören, denn Tom hatte nun *die Sicherheit weggeworfen*, obwohl Mutter damals doch *Alles* dafür getan hatte, dass er nicht rumgammeln musste und Arbeit bekam. Nur halb im Scherz sagte Sören mal, Mutter sei dem Herrn Doktor von der Affinerie womöglich zu Diensten gewesen, um Tom die Lehre zu sichern.

Krisengespräch nach dem Rückzug aus der Norddeutschen Affinerie, anwesend sind Tom, Sören und Mutter, die drei sitzen an Mutters Küchentisch, sie hat ihre serbische Bohnensuppe mit extra viel Salami gekocht, zwölf Flaschen Jever *kaltgestellt und die Rollen des Dramas verteilt: Täter (Sören), Opfer (Tom), sie selbst als Anklägerin/Verteidigerin/Richterin.*

MUTTER Was soll jetzt werden? Das kann ja nichts mehr werden! Sören, du weißt bestimmt, was werden soll, du weißt ja immer alles, das war schon immer so!

SÖREN Hör auf zu keifen, Tom musste weg von der Affi, er wäre sonst an der Affi gestorben.

TOM Hm.

MUTTER Sterben, so'n Quatsch! Das war was Sicheres, jetzt hat er nicht nur nichts Sicheres, sondern gar nichts mehr.

TOM Hm. Äh …

MUTTER Sag doch auch mal was, sag nicht immer, was dein Bruder dir vorsagt!

TOM (*nimmt zwei Löffel von der Suppe und einen Schluck Bier*) Ich wollte nicht mehr klopfen. Eine Kassiererin im Supermarkt muss Guten Tag sagen, eine Summe nennen und Auf Wiedersehen sagen, den ganzen Tag, ein Kunde nach dem anderen. Schlimm genug, das ist aber mehr Abwechslung als bei mir in der Affi. Klopf, klopf, klopf, Mutter, klopf, klopf, klopf, immer wieder, sonst nichts. Aber an die Supermarktkasse setze ich mich auch nicht.

SÖREN In der Affi, das ist Fließbandarbeit ohne Fließband. Entfremdete Arbeit, macht die Seele kaputt.

MUTTER Wieso fremd?

TOM Hm.

SÖREN (*will vorführen, dass er in der Schule auch ein Buch von Karl Marx gelesen hat*) Ein Tischler tischlert seinen Tisch, der nur ihm gehört; der Tisch ist sein Freund. Ein Fließbandarbeiter steckt ein Schräubchen in ein Teil, das Endprodukt kann niemals sein Freund sein, sie sind einander fremd. Tom hat Kupfer geklopft, aber die Kupfer-Endprodukte kannte er nicht. Tom und das Kupferprodukt, zwei Fremde, das hätte sich nie geändert.

MUTTER (*tippt sich an die Stirn*) Was hat denn das damit zu tun?

TOM (*leert die zweite Flasche Bier fast in einem Zug*) Äh, Sören, du meinst aber nicht, dass ich jetzt Tischler …?

SÖREN (*lacht*) Nein, ein schöner Beruf ist das, Harrison Ford und Jesus haben Tischler gelernt, aber dich sehe ich nicht als Tischler.

MUTTER Was Sicheres wäre es. Holz gibt's immer. Aber ich kann nichts Schlechtes über die Affi sagen. Es war nicht einfach, die Lehrstelle für Tom zu holen, das wisst ihr ja. Der Doktor von der Affi ist ein guter Mann.

TOM Na ja.

SÖREN (*ballt die Fäuste und muss sich beherrschen, nicht zu schreien; er zischt*) Mutter, dein Sohn Thomas ist krank geworden in der Affi – der Rücken, die Lunge. Nach fünf Minuten Fußballspielen muss er inzwischen schon verschnaufen und sich dabei an einen Baum lehnen. Dein Sohn Tom hat Kupfer auf der Haut und vielleicht auch schon in der Haut, er schimmert grün wie ein Außerirdischer im Kinofilm – findest du das lustig?

MUTTER (*lächelt*) Ja. Tom hat auch über die grüne Haut gelacht, ne?

TOM (*lächelt und nickt*) Ja, aber gut ist das natürlich nicht.

SÖREN (*kurz davor, zu gehen*) Seid ihr beide bescheuert, oder …

MUTTER Nicht in diesem Ton! Mit dir kann man ja nicht reden, immer musst du meckern. Das ist der Dank!

TOM Jetzt beruhigt euch mal, ich werde Postbote.

MUTTER (*sofort, ohne überrascht zu sein*) Gut, Tom. Ich war ja früher auch bei der Post, meine Rente ist gut. (*klopft Tom auf die Schulter*)

SÖREN (*versucht zu lachen, es wird aber nur ein Grunzen*) Liegt das jetzt am Kupfer, oder wie kommst du auf die Idee? Seit wann weißt du, dass du zur Post willst, um draußen rumzulaufen wie Heinz Rühmann als Briefträger Müller?

TOM Eigentlich Rollos Idee, er arbeitet doch bei der Post und sagt, er kann mich reinbringen, ich muss allerdings schneller sein als damals.

MUTTER Wenn du gut bist und dir nichts zuschulden kommen lässt, bist du bald Posthauptschaffner und unkündbar. Mensch, bin ich erleichtert!

SÖREN Damals, genau, Tom, ich erinnere mich, in den Schulferien hast du die Urlaubsvertretung für einen Postboten gemacht, warst morgens um sieben im Postamt, hast dort die Post sortiert und mitgenommen und bist abends um sechs mit dem Zustellen fertig gewesen, wenn die anderen Postboten schon seit vier Stunden zu Hause waren. Du bist viel zu lahmarschig für so einen Job.

MUTTER Lass ihn doch, du musst ihn doch nicht gleich wieder schlechtmachen!

SÖREN Meinen Bruder habe ich noch nie schlechtgemacht, aber ich kann eine schlechte Idee von einer guten Idee unterscheiden – Tom als Postbote, nein, höchstens wenn er morgens Kokain nimmt. Mutter, das mit dem Kokain sollte jetzt ein Scherz sein.

MUTTER Den Film mit Heinz Rühmann habe ich immer gern gesehen. Die Hunde!

SÖREN Das war 1953, die Hunde wären nicht Toms Problem, sie beißen nicht mehr so; er schafft den Job niemals bei seiner Kondition. Ich wäre auch sauer, wenn ich wichtige Post erwarte, und die Post kommt erst, wenn's dunkel wird.

TOM Aber ich laufe nicht wie damals, sondern fahre mit dem Rad, da bin ich schneller. Ich muss mich nur mehr als damals bei den Namensschildern konzentrieren, damit ich sofort den richtigen Briefkasten finde.

MUTTER (*holt für Tom noch ein Bier aus dem Kühlschrank*) Das schafft er, mein Sohn schafft das.

SÖREN Ziemlich alles ist besser als die Affi, aber du wirst mal bei 30 Grad rumfahren müssen, mal bei minus 10 Grad, im Dauerregen und im Schneesturm. Du weißt doch, wie schnell du vom Wetter genervt bist!

TOM Aber die einzige Arbeit, die mir vielleicht ein bisschen Spaß bringt, muss an der frischen Luft sein. Gärtner will ich nicht werden, weil ich ja kaum die Todesblume Lilie von Unkraut unterscheiden kann.

MUTTER Ich steh morgens mit dir auf und mach dir Frühstück. Wie früher, als Omi noch da war!

SÖREN Wie lange hast du denn noch Zeit, dir die Sache zu überlegen, was sagt Rollo, und wer sagt dir, dass er nicht mal wieder rumspinnt?

TOM Ach so, ja, nächste Woche soll ich anfangen, zur Probe erstmal, Rollo hat mich durchgepeitscht, sagt er.

MUTTER (*klopft Tom auf die Schulter*) Gut, mein Junge.

SÖREN (*legt den Kopf neben dem Teller Bohnensuppe auf den Tisch, schließt die Augen und flüstert*) Posthauptschaffner jetzt also.

FÜNFUNDZWANZIG

Das Krisengespräch hatte ich genau so erwartet, links von mir Mutter, rechts mein Bruder, die beide *das Bestmögliche* für mich wollen, früher waren's Mutter und die Oma, aber ich mochte Sören nicht sagen, dass er inzwischen die Rolle der Oma übernommen hatte; Mutter hätte gelacht, und dann wäre das Krisengespräch wohl zum Krisengeschrei geworden, denn Sören ertrug Mutters Häme nie. So endete es ja doch noch in Frieden, wobei Sören sich die Schlusspose mit dem Kopf auf dem Tisch nicht entgehen lassen konnte. Rollo regelte die Dinge tatsächlich für mich, Sörens Zweifel an ihm beleidigten seine *Beamtenehre*, er hatte sofort geschworen: »Die zweiwöchige Probezeit besorge ich, das kostet mich nur ein Telefonat, oder glaubst du etwa, ich habe auf der Arbeit nix zu sagen?«

Am Montagmorgen um sechs stand ich vorm Postamt Steilshoop, das Hochhausghetto hinterm Stadtpark bildet fast einen eigenen Bezirk, was Hässlicheres ist in Hamburg kaum zu finden. Rollo war vor Ort, um mich vorzustellen, er redete und gestikulierte, als hätte er gerade den Postminister Schwarz-Schilling abgelöst. Zwischen dem Chef und Rollo stand eine Frau, ungefähr 30 Jahre alt und etwa 1 Meter 85 groß, also beinahe so groß wie ich, sie hatte sich die Haare geschwärzt und gescheitelt und trug eine Mädchenhaarspange, eine Jeans und darüber eine Art Minirock – nur Minirock ohne Jeans traute sie sich wohl nicht, da ihre Beine und ihr Po ... na ja. »Das ist Carol, sie wird dich in deiner Probezeit begleiten, unterstützen und belehren«, sagte der Chef zu mir, und ich überlegte, ob ich zurückduzen soll, antwortete aber lieber »Okay, Chef«, während Rollo nickte und gar nicht mehr aufhörte mit dem Nicken, so applaudierte er sich selbst.

Carol zeigte mir, wo ich die Post wie sortieren musste, wir wuchteten dann unsere Posttaschen auf die Räder und fuhren los, Carol hatte die Oberschenkel einer Skiläuferin, sie rollte schneller, ich mit meinen Hühnerbeinen konnte aber folgen. Carol kommandierte kurz (»Hier!« / »Da!« / »Unten!« / »Oben!«), sie lächelte die ganze Zeit, weshalb ich annahm, dass ich bereits funktionierte und meine Arbeit bewältigte, dann passierte die Sache mit dem Franzbrötchen.

Um zehn Uhr hielten Carol und ich an einem Kiosk, tranken Kaffee im Stehen und aßen Franzbrötchen, die zwei Dinger lagen auf Papptellern, ich fragte Carol, wie lange sie schon Briefträgerin sei, »Zwei Jahre«, sagte sie und lächelte, sie schien mich zu mögen: »Ich bin mit meiner Mutter aus der DDR gekommen, wir haben zuerst in Bremerhaven gewohnt, ich wollte eigentlich Deutschlehrerin werden, aber das war mir dann doch zu blöd, unter meinem Niveau, ich will jetzt Theaterschauspielerin werden und brauche Geld für die Ausbildung, deshalb *parke* ich hier bei der Post, bis ich genug Geld gespart habe, *du sollst nicht so krümeln, du krümelst wie ein Idiot, willst du mich wahnsinnig machen!*«, keifte Carol so jäh, dass ich zurückzuckte und mit dem Kopf gegen den Zeitungsständer stieß. Carol lächelte nicht mehr, sie hatte nun ein Betongesicht und Totenaugen, sie schwitzte, ihre Nase glänzte. Ja, es stimmte, ich krümelte, ein bisschen von dem Franzbrötchen war sogar auf meinen Schoß gefallen, aber Carol reagierte mit einer Hysterie, als ob ich eben ihre Mutter zerstückelt hätte. »Dagegen bin ich machtlos«, sagte sie 20 Sekunden später, lächelte schon wieder und krümelte selbst; sie sollte während der zwei Wochen oft keifen und sagen, dass sie dagegen machtlos sei – Sören, als ich über diese Ausfälle berichtete, erklärte mir dann, Carol würde ihr Schauspieltalent an mir ausprobieren oder habe früher eine Hirnhautentzündung gehabt, das seien nun die Spätfolgen.

Das Unheimliche an Carol war auch, dass sie das, was sie gerade noch bekeifen musste, sich selbst erlaubte und dazu lächelte: Beim Sortieren der Post beschädigte ich leider eine Ansichtskarte, rechts unten hatte sie dann einen Knick, weshalb Carol mit dem Fuß aufstampfte und loskreischte, ich sei »der Tollpatsch des Jahrzehnts«, sie könnte sich vorstellen, wie ich mit einer Toilettenrolle hinten an meiner Hose über einen Kartoffelacker laufen und nichts von der Toilettenrolle merken würde; ein paar Minuten danach knickte Carol (absichtlich?) die Ecke eines Briefumschlags und sagte mir im Verschwörerton, ab und zu sei ein Eselsohr ja wohl völlig okay. Mir kam der Gedanke, dass Honecker vielleicht solche Frauen wie Carol in die BRD schickte, um den Klassenfeind zu zermürben. Carol tat mir trotzdem leid, denn Schwermut drückte sie, wahrscheinlich schlich sie abends über Friedhöfe, schnüffelte an den Grabsteinen und keifte dann aus irgendeinem Grund.

Einmal hatten wir erst um halb drei unsere Arbeit erledigt, und ich dachte, es ist spät genug, wir könnten schon gemeinsam ein Bier trinken, Carol sagte, normalerweise gehe sie nicht in Kneipen, sie bevorzuge Bars, aber sie machte eine Ausnahme für mich – wir saßen im Schwalbeneck am Rande von Steilshoop, sie trank Sekt, denn sie verabscheute Bier, gestattete mir aber mein *Jever Pils*. Wir blieben fast zwei Stunden im Schwalbeneck und redeten miteinander, Carol keifte kein einziges Mal, nach dem dritten Glas Sekt begann sie zu plaudern, und als wir schließlich das Schwalbeneck verließen, da hatte sie geweint, und ich war ein bisschen verliebt, obwohl mich eigentlich Frauen mit Skiläuferschenkeln und

Mädchenhaarklammern und Rock über der Jeans nicht interessierten.

Sie trug nur Schwarz (wie Johnny Cash) und wollte erst dann was Farbiges anziehen, wenn endlich die Berliner Mauer abgerissen und ihr Stiefvater *verreckt* wäre. Carol erzählte, dass der Stiefvater früher als Uhrmacher arbeitete und jetzt von morgens bis nachts vorm Fernseher hockte und nicht mehr mit Carols Mutter redete: »Er will sie dadurch kaputtkriegen und umbringen, meine Mutter fürchtet sich vor ihm, er ist Jäger und fetter als Bud Spencer und hat Gewehre. Er frisst nur Sachen, vor denen sich meine Mutter ekelt, Sülze und Fisch aus dem Glas, er pisst in den Garten, er wäscht sich nur einmal die Woche mit einem Waschlappen, den er zum Trocknen in der Küche aufhängt. Meine Mutter ist stark und erträgt dieses Leben. Wenn mein Stiefvater endlich, endlich stirbt, werden wir wie die Indianer um seine Leiche tanzen.«

An dieser Stelle des Berichts kamen die Tränen, und ich dachte daran, dass Sören ja meinte, Carol würde eventuell ihr Schauspieltalent an mir ausprobieren; mich allerdings überzeugte, wie sie weinte, und ich plante, Carol bei nächster Gelegenheit zu umarmen. Ihre Gegenwart während unserer Briefträgerei beruhigte mich, ich konnte mich jederzeit ihrem Tempo anpassen und verwechselte ganz selten eine Hausnummer oder einen Briefkasten, meine Ausdauer überraschte mich selbst, kaum Atemprobleme, aber ich spürte meinen Rücken besonders beim Treppensteigen. Ohne Carol wäre ich gestürzt, denn in einem Treppenhaus am Schreyerring hatten Hunde oder Mieter hingekackt, ich rutschte aus, Carol hielt mich, und unsere Wangen berührten sich, sie roch nach Ragout fin, diesem Kalbsfleischzeug, ich lachte und sagte, Carol, du riechst ja nach Ragout fin, da weinte sie wieder und erzählte, in Brandenburg, ihrer Heimat, heißt es *Würzfleisch*, ihre Mutter kocht das Gericht sehr oft – auch, um den Gestank des Uhrmachers zu überdecken.

Inzwischen hatte ich erkannt, dass ich nicht verliebt war in Carol, mich faszinierte das Dunkle, Fremde und Grelle an ihr, auch das Gekeife aus dem Nichts gefiel mir wie ein Kinofilm, den ich mehrfach sehen musste, denn ich wollte ihn verstehen (und verstand ihn doch nie, beispielsweise *Tod in Venedig*). An einem Sonnabend endete meine zweiwöchige Probezeit, ich konnte sie nur bestanden haben, Carol würde dem Chef berichten, dass ich als Briefträger geeignet bin – ja, wenn ich's genau bedachte, hatte ich jetzt zum ersten Mal eine *Qualifikation* nachgewiesen; also war ich wohl geboren, um die Post zuzustellen, immerhin. Am nächsten Tag wollte ich mit Carol in ein Restaurant gehen und sie einladen, ein Dankeschön von mir an meine *Mentorin*, sozusagen, ich hätte einen Griechen vorschlagen, das Corfu, nicht weit vom Postamt entfernt, das Gyros und Souvlaki dort schmeckten sogar meinem Bruder, der sonst zum Italiener ging und so was Neumodisches wie *Gnocchi an Spinat-Béchamel* aß. Aber bevor ich mit dem Corfu kommen konnte, sagte Carol beim Vormittagskaffee, während ich darauf achtete, das Franzbrötchen nicht zu zerkrümeln: »Hast du vielleicht Lust, morgen mit meiner Mutter und mir zu essen? Sie kocht Würzfleisch, dazu gibt's Rotwein, ich besorge dir aber auch zwei Flaschen Bier. Es wäre nett, wenn du ausnahmsweise ein Oberhemd anziehst. Ich habe meiner Mutter von dir erzählt, sie möchte dich kennenlernen, aber keine Angst, sie glaubt nicht, dass wir heiraten wollen, haha!«

»Gerne komme ich zu euch«, sagte ich, »ah, Würzfleisch, ich freue mich«, doch als ich so blöd redete, dachte ich daran, dass der Stiefvater wohl auch da sein würde, denn er wäre ja wohl nicht bereit, wegen mir für zwei Stunden spazieren zu gehen.

SECHSUNDZWANZIG

Carol und ihre Eltern wohnten im Stadtteil Eimsbüttel, wo das Lied *So ein Tag, so wunderschön wie heute* entstanden ist, unser Abend begann um acht, ich kaufte Blumen für die Mutter, irgendwas Gemischtes, der Blumenhändler wählte die Sorten. Da stand Carol an der Tür, sie trug Schwarz wie stets (ohne Rock über der Jeans), ihre Haare hatte sie zu zwei Zöpfchen geflochten, wodurch sie fast 20 Jahre jünger aussah, dachte ich zuerst, doch der Eindruck gab sich nach einer halben Stunde. Die Mutter, ein Leichtgewicht von etwa 50, Typ Meryl Streep, begrüßte mich mit einer Offenheit, die mir sofort jeden Druck nahm: »Ich bin Marianne und muss das Würzfleisch eben noch nachwürzen«, sagte sie, »das Bier steht im Kühlschrank.« Marianne und Carol hatten jeweils ein Zimmer, die Türen waren zu, Carol nahm mich plötzlich bei der Hand und führte mich ins dritte Zimmer, das Wohnzimmer – ein Gigantenfernseher stand vor einer Ledercouch, und auf der Ledercouch hockte ein quadratischer Mann und guckte die *Tagesschau*, er grabschte einen Teller und steckte sich was Glibberiges in den Mund, er beachtete mich und Carol gar nicht und schwieg und kaute das Glibberige. »Das ist mein Stiefvater«, sagte Carol und starrte aus dem Fenster, »und das ist mein Arbeitskollege Tom«, es kann sein, dass ich nickte oder mich sogar verbeugte, ich weiß es nicht mehr genau, denn der Anblick des Quadratischen bannte mich zu sehr.

Das also war der Uhrmacher, etwa Mitte 60, er hatte volles Haar, die Strähnen fielen ihm über den Hemdkragen, im Gesicht sackte jeder Teil, sein Oberkörper bestand aus einem Stapel Fettwülsten, und in Gegenwart dieses Menschen sollte ich nun gleich Würzfleisch essen und mich mit zwei Frauen über das Leben und die DDR unterhalten; ich beschloss, ein Unwohlsein vorzutäuschen, um wieder aus der Wohnung verschwinden zu können. Der Uhrmacher furzte zweimal, leckte sich die Lippen und fixierte mich. »Die Post kommt immer zu spät oder zu früh«, sagte er mit einer Tenorstimme. »Das ist nämlich wie mit den Menschen, sie sterben zu früh oder zu spät. Rechtzeitig sterben sie nie.«

Drei Sätze hintereinander, das war ja schon ein Vortrag; zu seiner Frau, sagte Carol, hatte der Uhrmacher zuletzt vor zwei Jahren gesprochen, als Boris Becker zum ersten Mal in Wimbledon gewann. Nach dem Matchball sagte der Uhrmacher: »Damit hast du natürlich nicht gerechnet.« Er schlurfte dann ins Badezimmer, pisste zur Feier des Tages ins Waschbecken, verschlang Dosenheringe von Aldi und trank dazu eine Tasse Getreidekaffee. Von Carol wusste Tom auch, dass der Uhrmacher fast nichts mehr durfte, sein Arzt hatte ihm nach und nach die Genussmittel verboten, er lebte trotzdem noch – »Das ist unerklärlich«, sagte Carol, »aber zu mir sagt er einmal pro Woche *zu früh, für mich zu früh, ich will rechtzeitig sterben, es kann noch dauern, ich weiß nicht, wie lange, meine Große.* Das ekelt mich am meisten«, sagte Carol, »*meine Große* sagt er zu mir, ein Kosename, dieses Wesen wagt es, mich mit einem Kosenamen anzureden.« Tom wusste nicht, was er antworten sollte, nachdem der Uhrmacher gesagt hatte, die Post sei so unpünktlich wie der Tod, und da Tom mal wieder nichts Originelles einfiel, sagte er eben was Allgemeines: »Kann man so sagen.« Diese Antwort musste Carol enttäuschen, der Uhrmacher aber lächelte, denn er hatte gerade recht bekommen.

Im Wohnzimmer standen außer Couch, Couchtisch und Fernseher nur noch ein Holzschrank und vier Schemel, kein Esstisch, weshalb Tom glaubte, er würde gleich mit Carol und ihrer Mutter an dem Couchtisch vor dem Uhrmacher sitzen und das Würzfleisch essen müssen. Sören mochte den Dichter Franz Kafka, den Tom nur dem Namen nach kannte, und so wusste Tom von Sören, dass es ein Adjektiv zu Kafka gab, eine *kafkaeske* Figur verbreitet Grauen durch Widersinn, und der Uhrmacher wirkte, als hätte Franz Kafka sich ihn gemeinsam mit Frank Zappa ausgedacht, um den Spießbürger als Traumgespenst darzustellen.

»Kommt essen!«, rief Mutter Marianne aus der Küche, ja genau, dachte Tom, viele Küchen haben einen Küchentisch, wir müssen gar nicht beim Uhrmacher essen; der Küchentisch war gedeckt, an der Wand hingen Fotos, Postkarten und Wappen aus Brandenburg und Bremerhaven, der Heimat und zweiten Heimat, bevor Mutter und Tochter mit dem Uhrmacher nach Hamburg gezogen waren und dort seinen Tod ersehnten. Marianne hatte zwei Flaschen *Warsteiner* gekauft, damit war entschieden, Tom würde nur eine Flasche Bier trinken und sich überwinden müssen (*Klosteiner* hieß dieses Pils unter *Jever*-Trinkern). Das Würzfleisch bestand aus Schwein und Huhn, die Soße schmeckte nach Mehl, Weißwein und Zitrone, auch Sardellen und Champignons steckten in der Masse, mit Käse überbacken, das Gericht schmeckte Tom, machte aber derartigen Durst, dass er sehr schnell die Flasche *Warsteiner* ausgetrunken hatte, jedoch niemals eine zweite Flasche *Warsteiner* hätte trinken können, ohne sich zu übergeben. Während der dann doch nur 70 gemeinsamen Minuten erzählte Marianne von ihrer Arbeit bei einer Krankenkasse, sie habe leider gerade eine Chefin bekommen, weil der Chef sich *verbessern* wollte, die Chefin würde ihre Fehler auf die Angestellten schieben, und ob das Würzfleisch denn schmecke, sie habe extra für Tom mehr Huhn als Schwein genommen. Carol sprach kaum ein Wort und lugte oft nach links, um die Ecke hockte der Uhrmacher, er guckte jetzt *Das Erbe der Guldenburgs*, es schien Carol irritiert oder sogar erschreckt zu haben, dass der Uhrmacher sich mit seiner *Tod-Post-Theorie* an Tom gewandt hatte. Marianne stellte keine einzige persönliche Frage an Tom, sie fragte ihn nicht mal, ob's ihm bei der Post gefalle – das Desinteresse erstaunte Tom, denn Carol hatte ja berichtet, ihre Mutter wolle ihn *kennenlernen*; vielleicht wollte sie nur ihr Würzfleisch an ihm ausprobieren, so wie Carol, vermutete jedenfalls Sören, nur ihr Schauspieltalent an Tom ausprobieren wollte. Tom war dankbar, er brauchte nichts über sich zu erzählen, er fragte nach der Toilette, rechts vorm Wohnzimmer, sagte Carol und schüttelte den Kopf, lass dich nicht wieder ansprechen, sollte das wohl bedeuten. Tom kam von der Toilette und wollte zurück in die Küche, aber ihn stoppte das Kommando des Uhrmachers: »Komm mal her, es geht um Gorbatschow.«

Über die *Tod-Post-Theorie* des Uhrmachers hätte ich noch mit ihm reden können, aber seit Willy Brandt bei der SPD kaum noch was zu sagen hatte, wusste ich über Politik fast nichts mehr; Gorbatschow, der Neue bei den Russen, ja, er wollte mehr Demokratie wagen wie Willy Brandt vor ihm, mal hören, was der Uhrmacher meinte. Mir gefiel seine Tenorstimme (was ich natürlich Carol niemals gesagt hätte), sie klang nach Elton John – also ging ich ins Wohnzimmer, stellte mich vor den Uhrmacher und erwartete seine Ansichten über Gorbatschow. Wenn der Uhrmacher nun gewollt hätte, dass ich neben ihm auf der Couch sitze, dann wäre ich wohl wieder gegangen, aber er stieß mit einer Hand gegen einen der Schemel und knurrte, okay, ich setzte mich hin. »Ich habe Menschenfleisch gegessen«, sagte er, und sofort wollte ich fliehen, aber er sagte dann auch: »Winter 1943, Stalingrad«, und Kriegserlebnisse haben mich immer interessiert. »Ich war 21 Jahre alt, *gut verlobt* und hatte in Leipzig gerade mit der Uhrmacherei begonnen, dann musste ich an die Ostfront. Wir lagen vor Stalingrad und hatten irgendwann nichts mehr zu fressen, wir wären verhungert, dem Hitler war das ja egal, also haben wir dann Leichenteile gefressen, Herbert, Fritz und ich. Die anderen jammerten und beteten und sagten, nein, Menschenfleisch essen sie nicht, aber Herbert, Fritz und ich haben's gefressen, erst russisches Leichenfleisch und dann auch deutsches Leichenfleisch. Der Herbert sagte, wenn General Paulus vor ihm liegen würde, als Leiche oder nur halbtot, er würde ihm gerne das Herz rausreißen und das Herz fressen, weil Paulus hier seine Soldaten verrecken ließ.«

Im Kino hatte ich schon etliche Zombie-Filme gesehen, aber der Uhrmacher war der erste Kannibale, den ich traf, und seine Tenorstimme sang beinahe, als er vom Kameraden Herbert und General Paulus' Herz erzählte. Auf diesen Bericht konnte ich nicht gefasst sein, der Uhrmacher hatte mich doch mit Gorbatschow gelockt, aber Stalingrad sollte nur die Hauptgedanken einleiten: »Die beiden Weiber in der Küche haben ja gar keine Ahnung vom Leben, sitzen da und essen ihr Würzfleisch! Der Russe versteht und akzeptiert nur Härte, das habe ich damals gelernt. Gorbatschow mit seiner

Perestroika, dass ich nicht lache, die Russen lassen sich nicht umgestalten. Perestroika in Hamburg, das könnte klappen, die Hamburger sind Weichlinge, das Weiche hat Tradition hier, aber in Russland, nein, in Russland geht das nicht.« Der Uhrmacher, während er erzählte, hatte die ganze Zeit nicht mich, sondern den Fernseher angeguckt, wo immer noch *Das Erbe der Guldenburgs* lief, Kitty Balbeck schmuste gerade mit Thomas von Guldenburg an der Côte d'Azur; die Menschenfresserei und Gorbatschows Naivität, das bekam was Beiläufiges durch die Gegenwart der Guldenburgs. Der Uhrmacher schwieg, ich dachte, er holt Luft und erklärt auch noch, wie Bundeskanzler Kohl sich nun gegenüber Gorbatschow verhalten sollte, aber der Uhrmacher war fertig. Ich nickte, weil ich fand, das immerhin habe er verdient, und ging zurück in die Küche, wo Carol und Marianne auf ihre Teller starrten, sie hatten das Würzfleisch noch nicht aufgegessen und gewartet, bis ich wieder da war.

»Glaub ihm kein Wort«, sagte Carol und nahm einen Bissen Würzfleisch, »er lügt immer oder spinnt, wenn er mal redet. Du bist der zweite Besucher hier, Mama hat mal eine Freundin eingeladen, ihr hat er dann auch seinen Mist erzählt, *Mama kannst du wenigstens heute mal das Besteck richtig halten, du isst, als ob du eine Eingeborene im Amazonasgebiet wärst!*«, keifte Carol plötzlich – ihre Mutter reagierte nicht und aß weiter, und ich fragte mich, was an ihrem Ess-Stil denn nun an eine Eingeborene erinnern sollte, sie hielt Messer und Gabel genau so, wie's die Etikette verlangt, und ich guckte auf Carols Hände und ihre Gabel und erkannte den *Bratpfannengriff*.

Wie in den Deppenwitzen: Der Depp, während er gerade mal wieder was Blödes oder Falsches tut oder sagt, belehrt und beschimpft einen anderen Menschen, der keinen Fehler macht. Es war jetzt der neunte oder zehnte *Keif-Anfall*, seit Carol und ich einander kannten, und zum ersten Mal sah ich, dass Tränen in ihren Augen schimmerten, sie schämte sich, hatte das Besteck neben den Teller gelegt und ballte die Fäuste; die Wut richtete sich schon nicht mehr gegen die Mutter, sondern gegen sich selbst, Carol war wieder *machtlos* gewesen. Jetzt ging sie zur Toilette, inzwischen hatte Marianne weder mich noch Carol angesehen, ihr Würzfleisch aufgegessen, einen Schluck Apfelsaft naturtrüb getrunken und zweimal geseufzt.

Um etwas zu sagen, sagte ich: »Das hat sie ja manchmal«, und ich traute mich dann sogar die Frage: »Wie kommt das?« Marianne sagte, *es* begann erst im Westen, *drüben* sei Carol nie aufgefallen, bei den Jungen Pionieren, der DDR-Massenorganisation für Kinder, habe Carol sich angepasst wie später auch. »Eine ganz Normale war sie, und ich hatte mir schon Sorgen gemacht, denn als Kleinkind hatte sie ja mal eine Hirnhautentzündung«, und in diesem Moment kam Carol wieder in die Küche und hatte vielleicht das Wort Hirnhautentzündung gehört. Mein Bruder, dieses Genie, dachte ich, aus der Ferne hatte er doch vermutet, Carols Hirnhaut könnte früher mal entzündet gewesen sein, und nun würden sich die Spätfolgen in den Keif-Anfällen zeigen – hat der Umzug von der DDR in die BRD womöglich diese Spätfolgen ausgelöst? Das konnte ich nun am Küchentisch nicht fragen, ich wollte mir wirklich kein Urteil anmaßen, und Carol bebte noch.

»Danke noch mal für die schönen Blumen, es war nett, dich kennengelernt zu haben«, sagte Marianne zum Abschied, sie schien im Ernst zu glauben, sie würde mich nun kennen; Carol lächelte nun wieder ihr Standardlächeln, wir würden am Montag gemeinsam mit dem Chef der Postfiliale über meiner Leistung und Zukunft reden, ich stand jetzt bereits vor der Wohnungstür im Treppenhaus, murmelte dann »Na gut« und ging unplanmäßig über den Flur ins Wohnzimmer, wo der Uhrmacher beobachtete, wie Margot Balbeck schnaubte und versuchte, die Guldenburgs zu ruinieren. »Auf Wiedersehen«, sagte ich, »geben Sie doch dem Gorbatschow mal eine Chance« – der Uhrmacher pulte gerade Essensreste aus seinem Mund, und ich dachte, dass er so ähnlich auch ausgesehen haben muss, als er vor Stalingrad sich Leichenreste aus dem Mund pulte, erst russische Leichenreste, dann deutsche Leichenreste. »Die Russen werden Gorbatschow töten, Attentat, ganz sicher«, sagte der Uhrmacher, »er wird zu spät gestorben sein.«

Auf dem Heimweg fuhr ich mit dem Rad mehrere Umwege, das Radfahren erleichterte das Nachdenken, ich musste gleich noch irgendwo ein paar *Jever* trinken, um den Geschmack vom *Klosteiner* loszuwerden. In der Kneipe Wandel saß vielleicht Sören wie oft am Sonntagabend, ich hätte ihm gerne von der Gehirnhautentzündung und dem Uhrmacher erzählt, und ja, ich sah ihn von außen am Tresen sitzen, eine Frau neben ihm, keine Schlanke, er mochte *die Gemütlichen*, ich ging also rein in den Wandel. Sofort lief mein *Jever* aus dem Fass, die Frau aß Bratkartoffeln, vier Spiegeleier lagen darauf, eigentlich gab's im Wandel nur drei Spiegeleier auf die Bratkartoffeln, aber Sörens Frauen waren stets gute Esser: Fast hätte ich gekichert, denn die Frau schaufelte die Bratkartoffeln mit ihrer Gabel und hielt sie wie Carol im Bratpfannenstil.

»Du hattest recht«, sagte ich zu Sören, »es ist die Hirnhaut, und der Leichenfresser sagt, die Russen werden Gorbatschow ermorden.« Meine Worte verstörten die Frau kein bisschen, Sörens Frauen hatten immer diesen Gleichmut.

SIEBENUNDZWANZIG

»Das ist Annette«, sagte Sören und zeigte mit dem Finger auf seine Freundin, und dieses Zeigen erinnerte Tom an jenen Keif-Anfall, der ihn fast dazu gebracht hätte, eine Frau zu schlagen, und das wollte er doch niemals in seinem Leben tun. Carol und er waren beim Postaustragen am Rande des Ohlsdorfer Friedhofs angelangt, Tom brauchte Pflaster, er hatte sich an einem Briefkastenschlitz verletzt und ein Tempotaschentuch um den Zeigefinger gewickelt, er blutete ein bisschen, der Fingernagel war eingerissen – auf der anderen Straßenseite, 50 Meter entfernt, sah Tom dann eine Apotheke, ich fahre da mal eben hin, bin gleich wieder hier, sagte er zu Carol und deutete mit seinem Tempotaschentuchzeigefinger auf die Apotheke, weshalb Carol wieder machtlos wurde, die Wut verfratzte ihr Gesicht. »*Was fällt dir ein, mich zu belehren!*«, schrie sie. »*Wie kannst du mit deinem beschissenen Finger auf die beschissene Apotheke zeigen, als ob ich eine Schwachsinnige wäre und nicht selbst erkennen könnte, dass da hinten eine Apotheke ist! Ich kann dir gar nicht sagen, wie mir deine ständige Zeigerei, dieses Autoritätsgehabe auf die Nerven fällt!*«

Tom, um Carol zu entschuldigen, dachte zuerst noch, das Tempotaschentuch würde sie so empören, aber es war das Zeigen an sich; von Mutter hatte er früh gelernt: Nicht mit dem Finger auf Menschen zeigen, denn es zeigen immer drei Finger zurück! Aber Mutter erlaubte jederzeit, auf Gegenstände, den Himmel oder Apotheken zu zeigen, wir zeigten oft auf Tiere, guck mal, der Hund, wie goldig! Beim Spaziergang über den Ohlsdorfer Friedhof zeigten wir sogar auf

Gräber, guck mal, da hinten liegt Hans Albers, und da hinten liegt Mutter Veldkamp, die Süßkramverkäuferin, ein Hamburger Original!

Wenigstens eine Ohrfeige könnte Carol vertragen, dachte Tom, als er zur Apotheke radelte, ja, das nächste Mal mache ich's bestimmt, ich ohrfeige sie und sage dann, *dagegen bin ich machtlos*, das müsste doch wirken. Tom kaufte Hansaplast, entfernte das Tempotaschentuch, klebte ein Pflaster auf den Finger und fuhr zurück zu Carol, die anders als sonst noch nicht wieder lächelte: Das Zeigen mit dem Zeigefinger schien ein besonderes Vergehen gewesen zu sein.

Annette, auf die Sören im Wandel mit dem Finger gezeigt hatte, unterbrach das Bratkartoffelschaufeln, um Tom kurz anzusehen – sie grinste und aß weiter. Sie hat sich auf Madonna zurechtgemacht, dachte Tom, diese Schlagersängerin aus Amerika kam seit zwei Jahren immer mehr in Mode, aber während der nächsten Minuten am Tresen des Wandel erkannte Tom, dass Annette überhaupt nicht geschminkt war und schon vor Madonna so ausgesehen hatte wie Madonna, nur schöner. Auch Annette interessierte dann, was Tom über Carol, deren Mutter, den Uhrmacher und die Leichenfresserei vor Stalingrad erzählte. »Deine Kollegin Carol hat einen Hau«, sagte Annette, »ihre Mutter wahrscheinlich auch, den Hau hast du heute Abend bloß noch nicht bemerkt. Die beiden Frauen wohnen und leben mit dem Tod; der Tod sitzt den ganzen Tag auf der Couch und guckt Fernsehen, ich meine, wer hätte *keinen* Hau anstelle der Frauen? Du solltest diese Carol meiden, sie verdient Mitleid und Seelsorge, aber du bist doch kein Pfarrer.«

Die Rede imponierte Tom, voller Wohlwollen oder sogar Stolz betrachtete Sören nun seine Freundin Annette, während Tom sich vornahm, den Kontakt zu Carol schon nächste

Woche abzubrechen, ohne es zu begründen. Den Brief holte er am Mittwoch aus seinem eigenen Briefkasten, der Brief war von Carol, ein Liebesbrief.

Am Montag sprach Carol für Tom, der Chef musste annehmen, Tom sei der fähigste Briefträger in Deutschland, aber den Job hat er trotzdem nicht gekriegt, der Postarzt war dagegen, die Bandscheibe und Bluthochdruck verhinderten, dass Tom und Carol auch künftig morgens zusammen die Post sortierten. Die Absage am Dienstag enttäuschte Tom, aber nach ein paar Stunden vergaß er schon wieder, wie gerne er durch Steilshoop geradelt war, um nach und nach seine Posttasche zu leeren, bis sich die Tasche am Ende im Fahrtwind vor- und zurückbewegte und einen Rhythmus schlug. Mutter weinte, als Tom sagte, »Mist, doch nicht Postbote«; sie sagte, »Du wirst jetzt bestimmt schon vormittags mit den Arbeitslosen und Rockern drüben auf der Parkbank sitzen und Bier trinken. Wärst du doch bei der Affi geblieben, du kannst dich bei deinem Bruder bedanken.«

Sören schwieg, Tom erinnerte sich, wie Sören, nachdem Tom mit der Briefträgerei rausgekommen war, seinen Kopf auf den Küchentisch gelegt und so sein Missfallen gezeigt hatte; die Absage müsste Sören jetzt also erleichtern. Auch Carol weinte, Tom telefonierte mit ihr am Dienstagabend, sie konnte die Absage kaum glauben, Tom meinte auch ein wenig Selbstanklage in Carols Stimme zu hören, denn Carol hatte Tom ja sehr empfohlen – der Chef dachte nun wohl, sie hätte merken müssen, dass seine Bandscheibe und sein Kreislauf nicht in Ordnung sind. Tom überlegte schon, wie er sich jetzt am Telefon von Carol verabschieden könnte, er wollte ja keinen Kontakt mehr zu ihr, da sagte Carol: »Du bekommst morgen Post von mir«, und ehe er darauf reagieren konnte, hatte sie bereits den Hörer aufgelegt, und Tom dachte, Carol werde ihm noch was Furchtbares über den Uhrmacher, Stalingrad und die DDR mitteilen.

Für den Mittwoch stimmte, was Mutter befürchtete, Tom saß um elf Uhr morgens auf der Parkbank und trank *Jever*, aber nur zwei Flaschen, denn er wollte klar sein, wenn er gleich Carols Brief las; der Briefträger kam meist gegen halb eins, heute nicht, kurz nach eins zappelte Tom, er tappte mit dem Fuß auf den Rasen, so hatte es früher der Schlagzeuger Berthold bei Tisch gemacht. Da endlich, viertel nach eins, bog der Briefträger um die Ecke, ein Langhaariger mit Baseballkappe, er lieferte die Post hier schon seit Jahren, und zum ersten Mal fragte Tom, ob was für ihn dabei sei, ja, eine Karte von den Wasserwerken und ein Brief ohne Absender, aber Tom erkannte Carols Schönschrift. Er ging in seine Wohnung, wählte die CD *On The Boards* von Taste, legte sie in den CD-Player, das erste Stück begann, Rory Gallagher sang *What's Going On?*, und Tom las Carols erste Zeile und erschrak wie zuletzt vor zwei Jahren, als in dem Film *Der einzige Zeuge* sich ein Polizist auf der Bahnhofstoilette wäscht, von hinten ein anderer Polizist kommt und ihm die Gurgel durchschneidet.

»Lieber Tom«, schrieb Carol, »ich liebe Dich, das weißt Du ja, ich habe in Dein Innerstes geblickt und Dich sofort geliebt, Du bist meine einzige Chance. Ich bin ein schlechter Mensch, *dagegen bin ich machtlos*, Du könntest mich heilen, mein Gott, Deine gütigen Augen! Ich wäre auch so gerne gütig, aber ich schaff's nicht alleine.«

Tom überlegte, ob Rollo vielleicht diesen Brief fingiert hatte, um Tom mal wieder zu veralbern, aber nein, so weit würde er nun doch nicht gehen.

Carol schrieb weiter: »Meine Ausfälle gegen Dich, die Sache mit dem Franzbrötchen und vor der Apotheke; mein Geschrei, weil meine Mutter die Essgabel nicht richtig hält, *dagegen bin ich machtlos.* Aber außer meiner Mutter und Dir hat mich noch niemand so erlebt, ich bin *machtlos aus Liebe*, verstehst Du, was ich meine? Mein Stiefvater, meine Freundinnen und meine Bekannten, die Kollegen – sie kennen mich nicht so wie meine Mutter und jetzt Du. Bis vor zweieinhalb Wochen musste meine Mutter alleine die Last der Liebe tragen und mich ertragen. Jetzt bist Du dazugekommen, bitte hilf mir, erlöse mich von mir!«

Es folgten noch drei Seiten, aber Tom musste erstmal Pause machen, denn er las immerhin nicht nur seinen ersten Liebesbrief, sondern sollte eine Seele retten, und das nur, weil er aussah wie Jesus und Hundeaugen hatte.

»Du weißt ja nicht, wie das ist, ständig an den Tod denken zu müssen. (*Doch, weiß ich, dachte Tom.*) Der Tod sitzt bei uns auf der Couch, guckt Fernsehen und frisst Zeug, das ihn wohl an Stalingrad erinnern soll. Wenn ich abends schlafen gehe, dann sitzt der Tod auf der Fernsehcouch, und wenn ich morgens aufstehe, dann sitzt der Tod schon wieder oder immer noch auf der Fernsehcouch. Meine Mutter und mich macht das krank. (*Donnerwetter, es ist genauso, wie Annette am Sonntag in der Kneipe vermutete, dachte Tom.*) Der Tod plant eine Aktion, ich habe ihn dabei beobachtet, wie er an seinen Wohnzimmerschrank ging und eine Maske *streichelte.* Ich konnte sie nur kurz sehen, erkannte aber, dass es diese Michael-Myers-Maske ist. Du weißt schon, Michael Myers aus dem Horrorfilm *Halloween*, da ist Michael Myers aus der Psychiatrie geflohen, kommt in seine Heimatstadt, trägt die Maske und ermordet Teenager, die sich sexuell vergnügen. Ich bin sicher, mein Stiefvater will sich diese Maske aufsetzen und meine Mutter mit seinem Jagdgewehr erschießen und dann Selbstmord begehen. Aber noch nicht, denn er hat doch den Ehrgeiz, rechtzeitig zu sterben, und kann noch nicht sagen, wann das ist. Er sagte mal zu mir, er weiß es erst an dem Tag, an dem er morgens auf der Fernsehcouch erwacht, und dann werde er handeln. Honecker hat meine Mutter und mich gelehrt, nicht an Gott zu glauben. Wir erwarten kein Jenseits und würden meinen Stiefvater töten, wenn wir sicher sein könnten, dass wir ohne Strafe davonkommen. Tom, Du hast noch nie einen Menschen gehasst, Du kannst gar nicht hassen, aber ich hasse meinen Stiefvater so sehr, das mir vor mir selber graut.«

Tom bekam also nicht nur seinen ersten Liebesbrief und sollte nicht nur eine Seele retten, sondern könnte bald in einen Kriminalfall verwickelt sein; Tom dachte: Was Spannenderes als das, was eine Postbotin aus der DDR hier gesteht, habe ich nie gehört.

»Vor einem Jahr hatte ich noch drei Freundinnen und einen Bekanntenkreis«, schrieb Carol, »inzwischen habe ich aber niemanden mehr außer meiner Mutter – ich habe meine Freundinnen und die Bekannten vertrieben, weil an mir alles falsch ist und ich meinen Neid nie verbergen kann. Ich will immer der Mittelpunkt sein und habe überhaupt keine Überzeugungen, ich verrate Geheimnisse. Oft kleide ich mich wie eine Nutte, ich schlafe auch wahllos mit Männern und hoffe, sie sagen mir wenigstens, dass ich gut im Bett bin. Mich interessiert immer nur die Oberfläche und nicht, was darunter ist. Mein Selbstmitleid ekelt mich. Einmal erst hatte ich einen festen Partner, er hat mir zuerst alles Sexuelle beigebracht und mich nach einem halben Jahr weggeschickt, weil ich zu *infantil* sei. Ich habe ein Einser-Abitur gemacht, bin aber so ungebildet wie eine Hilfsschülerin. Ich habe mir die Schweißdrüsen absaugen lassen, weil ich zu stark schwitze. An mir ist nichts Liebenswertes, ich bin eine Schlange, innerlich verfault von Hass und Neid, das ist die Wahrheit. Meine Mutter und Dich liebe ich aber trotzdem, ein Wunder, und gerade euch und nur euch muss ich ankeifen und beschimpfen, *dagegen bin ich machtlos*. Ich träume davon, neben Dir zu liegen, ich küsse Deine Haare und schaue in Deine Augen, die ganze Nacht und den ganzen Tag. Ich muss nicht nach Hause, wo der Tod auf mich wartet oder vielleicht schon meine Mutter und sich selbst umgebracht hat. Tom, bitte geh mit mir.«

Willst du mit mir gehen?, diese Frage habe ich zuletzt von Suse gehört, Suse war neun, ich war acht, sie trat mit ihrem Fuß auf meinen Fuß, nachdem sie gefragt hatte, und ich sagte ja, und dann habe ich immer die Hälfte aus Suses *Sunkist*-Dreieck trinken dürfen, aber bereits drei Wochen später wollte sie nicht mehr mit mir gehen und nahm Kurti zum Freund.

Der Brief endete noch nicht mit Carols Bitte an Tom, sie erzählte von ihrem *richtigen* Vater, der in Brandenburg geblieben war, genauso aussah wie sie, aber verwahrloste, keine Kraft und keine Lust hatte, sich Arbeit zu suchen. Carols Mutter hatte ihn deshalb verlassen, seine Schwäche drohte sie anzustecken, sie wollte einen Siegertypen, er sollte *etwas darstellen*; auf einer Gartenparty in Bremerhaven begegnete sie dann dem Uhrmacher, er führte seinen Uhrmacherladen gegenüber vom Bahnhof, hatte Geld, besaß ein Häuschen, simulierte Anstand und Charme und konnte so Carols Mutter gewinnen und zur Hochzeit überreden. Ein halbes Jahr später ging er in Rente, verkaufte den Uhrmacherladen und das Häuschen und beschloss, nach Hamburg zu ziehen, weil er schon immer gewusst hatte, er müsste *dort sterben, wo Rudolf Augstein ist*. Der Uhrmacher beanspruchte für sich, eine Allgemeinbildung wie früher Goethe zu haben, denn er hatte jahrzehntelang nur den *Spiegel* gelesen, und zwar jede Seite und jedes Wort, jeden Montag. Den *Spiegel* las der Uhrmacher irgendwann gar nicht mehr, denn er fand, nicht mal Rudolf Augstein könne ihm noch was beibringen. Seitdem saß der Uhrmacher auf der Fernsehcouch und wartete darauf, rechtzeitig zu sterben – mit Marianne, seiner Ehefrau, sprach er nie mehr, mit seiner Stieftochter Carol sprach er ab und zu, er beschenkte sie, und Carol schrieb, es sei ein Tiefpunkt ihrer Existenz gewesen, dass sie ein Auto von ihrem Stiefvater annahm, einen Mittelklassewagen, sie konnte nicht ablehnen (Carol schrieb allerdings nicht, sie sei in dem Moment machtlos gewesen). Sie gab dem Uhrmacher sogar die Hand und sagte »Danke, Vater«, ging zur Toilette und erbrach sich, »aber leise, er durfte ja nichts merken«. Einmal wagte Carol, ihn zu fragen, warum er denn ihre Mutter überhaupt umworben und geheiratet hat, und er sagte: »Ich wollte sehen, ob's mir gelingt. Hinterher hatte ich kein Interesse mehr an deiner Mutter, so wie ein Mann nach dem Geschlechtsverkehr sofort jedes Interesse an der Frau verliert.«

Tom kannte nun Carols ganzes Leben, das war jedenfalls sein Eindruck, der Brief endete mit einem Satz, den Tom schon oft in Filmen und Popsongs gehört hatte: »Du bist der Mann, auf den ich immer gewartet habe.« Doch, das schmeichelte Tom, bisher dachte er, dass immer nur er wartet (und nicht mal weiß, worauf). Carol schrieb noch das P. S.: »Auf meiner Beerdigung soll übrigens das Lied *There Is A Light That Never Goes Out* von The Smiths gespielt werden, nur dieses Lied, sonst nichts.«

Es gibt ein Licht, das niemals ausgeht, Honecker hatte ihr wohl das Religiöse doch nicht ganz austreiben können; Morrissey, der Sänger der Smiths, erinnerte Tom mit dieser Zeile an Jesus und seine Worte: *Ich bin das Licht der Welt; wer mir nachfolgt, der wird nicht wandeln in der Finsternis, sondern wird das Licht des Lebens haben*. Was sollte Tom jetzt tun? Bedeutete der Hinweis auf ein Beerdigungslied und das ewige Licht, dass Carol sich umbringt, wenn er nicht *mit ihr geht*? Tom kannte keine Romane, sein Bruder kritisierte ihn oft deshalb und behauptete, manche Romane seien so groß, Tom würde alle seine Rory-Gallagher-Platten gegen sie eintauschen, wenn er nur endlich mal mit dem Lesen anfinge. Carols Leben wäre doch wohl so ein Roman, aber was habe ich darin zu tun, dachte Tom, mein Platz ist nirgendwo, und an vielen Tagen drückt die Leere so sehr, dass ich's nicht mal schaffe, mir alleine die Schuhe zuzubinden; wie könnte ich also eine Verlorene retten und ihre Mutter dazu? Den Uhrmacher müsste ich in den Griff kriegen, vielleicht erwartet Carol sogar, dass ich mit ihr und ihrer Mutter gemeinsam den Uhrmacher beseitige und ihn in einem *Kriechkeller* verscharre, so wie es der Serienmörder John Wayne Gacy mit Jünglingen gemacht hat.

Nein, nein, ich musste Carol absagen, schrieb einen Antwortbrief an sie und dachte daran, wie mein Bruder wohl die Absage formuliert hätte, »reduziert aufs Bestmögliche«, sagte er ja gerne, ich schrieb also: »Carol *(nicht »Liebe Carol«, das Wort wäre schon zu viel, sie könnte es falsch verstehen)*, ich kann nicht mit Dir gehen. Tom«.

Aus Amerika kam außer Madonna auch gerade ein anderer Trend, immer mehr Abgewiesene belästigten den Abweisenden, ich rechnete damit, dass Carol mir auflauerte und mich ankeifte und mir so wieder ihre Liebe zeigte, aber ich habe nie mehr ein Wort von ihr gehört; wahrscheinlich wegen mir kündigte sie sofort bei der Post, das erfuhr ich nebenbei, als ich noch mal auf dem Postamt war, um meine Thermoskanne abzuholen. Sechs Jahre später, Juni 1993, die GSG-9 verpfuschte einen Einsatz gegen RAF-Mitglieder in Bad Kleinen, da saß ich vorm Fernseher, wartete auf die *Ta-*

gesschau und sah plötzlich Carol, der NDR zeigte einen Bericht über Theatergruppen an Hamburger Schulen, ein paar Kinder versammelten sich um Carol, sie lächelte wie damals, trug aber nicht mehr Schwarz, denn die Mauer war ja gefallen – Carol redete übers Schultheater und meinte, Kinder könnten nicht früh genug mit der Schauspielerei anfangen, sie sollten sich in Rollen einfühlen, denn *das ganze Leben sei ja eine Theaterbühne*, diese Redensart brachte sie tatsächlich. Während Carol sprach (ungefähr zweimal 20 Sekunden) stand unten im Bild nicht nur ihr Name, sondern auch *Deutschlehrerin / stellvertretende Theaterkursleiterin*, das würde sie sein bis zur Pension. Obwohl sie doch meinte, sie habe die Bildung einer Hilfsschülerin, unterrichtete sie nun Deutsch an einem Gymnasium, und obwohl sie doch meinte, sie sei zur Schauspielerei und Diva geboren, leitete sie als Vize nun einen Theaterkurs für Schulkinder. Eines Morgens würde sie, dachte Tom, mit dem Jagdgewehr ihres Stiefvaters ins Lehrerzimmer marschieren und ihr letztes Theaterstück aufführen.

Wieder ein Jahr später, in der Vorweihnachtszeit, irrte Tom durch die Hamburger Innenstadt, er brauchte ein Geschenk für Sören und wusste, er würde wieder nichts Schönes finden, denn Sören war praktisch *unbeschenkbar*. Tom trank ein Bier am Brunnen der Mönckebergstraße und überlegte, ob er sich den Spaß erlauben und eine Billigperücke kaufen sollte (so eine Perücke, die Michael Caine als Frauenmörder in dem Film *Dressed To Kill* trägt), denn Sören hatte bereits eine Frisur wie Phil Collins. Tom lachte in seine Bierflasche, da stand Carols Mutter neben ihm und berührte ihn an der Schulter, »Na, wie geht's?«, fragte sie, das war schon mehr Interesse an ihm als damals beim Würzfleisch. »Ach, Marianne, hallo«, sagte Tom, »ist der Uhrmacher inzwischen rechtzeitig gestorben?«, er bereute den Spott sofort, aber Marianne lächelte von Herzen, ganz anders als ihre Tochter. Ja, der Uhrmacher sei am 18. November 1989 auf der Fernsehcouch zusammengesackt, Herzinfarkt, er hatte nach den Jahren des Schweigens fast ununterbrochen geredet, den Mauerfall und die Ereignisse danach kommentiert und dabei sogar vergessen, sein Glibberfleisch zu fressen. Marianne und Carol werden wie die Indianer um die Uhrmacherleiche getanzt haben, so hatte sich Carol ja den Freudentag gewünscht. Marianne schrieb dann eine Kontaktanzeige in der Hamburger Wochenzeitung *Die Zeit* und suchte einen »Mann mit Niveau«, er sollte wieder *was darstellen* – gleich das erste Treffen führte zur Ehe, der Autohändler Hermann besaß ein Autohaus und ein Haus im Stadtteil Ohlstedt, dort wohnten nur Leute, die was darstellten.

»Unser Nachbar ist ein Scheich«, sagte Marianne zu Tom, »aber sehr nett, er grüßt immer. Carol geht es gut, sie ist Lehrerin geworden. Es hat mit der Kunst bei ihr dann doch nicht geklappt. Aber sie lebt jetzt mit einem Künstler zusammen, Bildhauer, er will Kinder, mindestens drei!« Carol als Mutter, dachte Tom, ja, vielleicht lernt sie dann doch noch, gütig zu sein. Tom fragte: »Ist sie immer noch manchmal so … seltsam zu dir, so … laut und gemein?« Daran habe sich nichts geändert, sagte Marianne, aber zu ihrem Bildhauer sei Carol *immer sehr lieb*; das müsse wohl Liebe sein, endlich der Richtige.

ACHTUNDZWANZIG

Meine Absage an Carol belastete mich jedenfalls mehr als die Absage, die ich von der Post bekam. Wenn diese Frau wirklich Liebe für mich empfand, dann war diese Liebe wohl krank, aber manche Philosophen, unter anderem mein Bruder, widersprechen Jesus und sind der Ansicht, dass Liebe immer eine Art Geisteskrankheit ist. Mutter hatte in jedem Zimmer und auch auf der Toilette stets einen Kalender angebracht, überm Kühlschrank hing ein Abreißkalender mit einem Spruch unter jedem Tag, oft was Bekanntes aus dem Volk (etwa *Glück und Glas, wie leicht bricht das*) oder Versuche von Politikern (*Wer sich auf seinen Lorbeeren ausruht, trägt sie an der falschen Stelle*, sagt Heiner Geißler), ab und zu aber auch eine Kostbarkeit. Am 3. Januar 1988, einem Sonntag, saß ich bei Mutter am Küchentisch und aß ihr Haschee, das waren Eiernudeln mit Hackfleisch, jedoch ohne Tomatensoße, und ich musste mal wieder an Carol denken, denn auf dem Kalenderblatt stand *Ein liebendes Herz ist der Anfang allen Wissens*; das schrieb ein Mann, der meinen Vornamen hatte, Thomas Carlyle, schottischer Schriftsteller, nie von ihm gehört, aber sein Satz gab mir zu denken: Was sollte ich zu wissen begonnen haben, da Carols liebendes Herz sich geöffnet und mir entgegen gepocht hatte? Angenommen, sie liebte mich, dann meinen Charakter, die Seele, mein Jesusgesicht und meine Jesushaare, jajaja, aber Lob für meine Charakter- und Seelentiefe hatte ich nun oft genug gehört – ich wollte endlich mal erfahren, dass eine Frau auf mein Inneres pfeift und meinen Körper begehrt und vielleicht sogar sagt: *Ey, ficken?* Meinem Bruder passierte das ständig (sagte nicht er, Zeugen berichteten).

Mein Wunsch erfüllte sich, weil ich 1988 an einem Frühlingsnachmittag am Barmbeker Bahnhof vorbeiradelte, es zu regnen anfing und ich in die nächste Kneipe flüchtete, sie hieß Barmbeker Dampflok, ein Traditionslokal, schon der Barmbeker Helmut Schmidt soll hier mal seine Mentholzigaretten geraucht und ein kleines Glas Bier getrunken haben. Es dämmerte noch nicht, aber die Dampflok dampfte bereits, jeder Tisch besetzt, ich stellte mich an den Tresen und beobachtete ein Pärchen beim Pfeilewerfen, er küsste sie und griff ihr an den Busen, wenn sie gerade die Dartscheibenmitte getroffen hatte; sie war ungefähr in meinem Alter, er bestimmt zehn Jahre älter, vielleicht sogar schon 50, ein Hänfling in Lederklamotten, er konnte bestimmt Karate oder wenigstes Judo. Sie hatte rote Haare und einen Entenhintern, in Jeans gezwängt, ihr Gesicht: Wenn John Lennon eine Frau gewesen wäre, dann hätte er so ausgesehen.

»Noch zwei Bier und zwei Aquavit!«, rief sie zum Wirt, »kommt, Gila«, bestätigte der Wirt, während ihr Mann an den Daddelautomaten ging, seinen Rotz hochzog, eine Rolle Münzen aus seiner Tasche holte und offenbar keine Pfeile mehr werfen wollte. »Hey, du mal?« sagte Gila zu mir, und ich nickte, obwohl ich erst zwei Bier getrunken hatte – zwischen vier und sechs Bier war ich gut im Pfeilewerfen, aber ich wollte ja keinen Wettkampf mit Gila. Wir darteten und redeten dies und das, was machst du so, schon mal hier gewesen, wohnst du hier in der Gegend, und ich bemerkte, dass Gila an mir runterguckte, sie musterte mich, das kannte ich so nicht, es machte mich nervös, ich verwarf ein paar Pfeile wie ein Anfänger, und als ihr Mann pinkeln ging, huschte Gila zum Tresen, nahm den Bleistift vom Wirt, schrieb was auf einen Bierdeckel, legte ihn vor mein Bierglas und warf wieder Pfeile, aber nur noch drei, ihr Mann kam zurück, sie zahlten, Gila sagte »Tschüss« zu mir, weg war sie, auf dem Bierdeckel stand *6476534, dringend.* So begann meine Affäre, der Ehebruch beziehungsweise der Ehebruchsversuch.

Als unsere Affäre nach anderthalb Jahren endete, weil mein Bruder sich erbarmte, da hatten Gila und ich immerhin 23-mal miteinander im Bett, auf der Couch oder unter einem Baum gelegen, aber ich habe sie nie *besessen*, was ein bisschen schade war, aber sie hat auch mich nie besessen, und das zermürbte sie. Der Postarzt hatte damals Bluthochdruck bei mir festgestellt, mir Pillen verordnet und gleich gesagt: »Ihre Männlichkeit könnte durch das Medikament *leiden*, aber nicht sehr.« Gleich am Tag, nachdem ich mit Gila in der Barmbeker Dampflok gedartet hatte, wählte ich 6476534, es sollte doch wohl eine Telefonnummer sein: »Hallo?«, sagte eine *Frauengrabesstimme*, die überhaupt nicht nach Gila klang, weshalb ich fast schon wieder aufgelegt hätte, aber ich wollte unbedingt zu Gila. »Hier Tom«, sagte ich, obwohl Gila ja meinen Namen gar nicht kannte, »Gila, bist du das?« – »Nein«, sagte die Stimme, »du hast diesmal den Bierdeckel gekriegt?« – »Ja«, sagte ich, das *diesmal* beunruhigte mich, aber ich wollte die Sache nicht verderben. – »Gib mir deine Nummer«, sagte die Stimme, »spätestens in einer Stunde hörst du hörst von Gila.«

Ich gab ihr meine Nummer und wartete auf den Rückruf, der Ablauf und die Rollen in diesem Spiel erinnerten mich an Puffmutter, Freier und Hure, allerdings hatte ich noch nie gehört, dass eine Hure sich ihre Kunden beim Darten aussucht und ihnen dann einen Bierdeckel zusteckt. Nach einer Stunde und 20 Minuten glaubte ich nicht mehr an meine Affäre, dann meldete sich Gila aber doch. »Tom heißt du also«, sagte sie, »wann kannst du morgen? Ich kann's kaum abwarten, hab' eben schon wieder kalt geduscht.« Wir verabredeten drei Uhr am nächsten Nachmittag bei ihr, sie wohnte nur eine Straße von Mutter entfernt, das war bestimmt ein Schicksalszeichen, aber wofür?

Mein Bruder hatte mal behauptet, er könnte eine Frau sogar lieben, obwohl sie nicht weiß, wer Elvis und die Beatles sind, aber eine Frau, die sich für Musik von Bryan Adams oder Toto begeistert, könnte er niemals lieben, auch wenn sie sonst nur Vorzüge hätte; daran sollte ich noch denken. Nun stand ich vor dem Klinkerbau, da war Gilas Klingelschild mit ihrem Nachnamen, zweiter Stock, sie öffnet mir und hat gar nichts Hurenhaftes an sich, sie trägt die gleichen Alltagsklamotten wie gestern in der *Barmbeker Dampflok.* »Schön, da bist du«, sagt sie und küsst mich auf den Mund, aber noch ohne Zunge. »Ah, du hast schon was getrunken«, sagt sie, der Kuss hat's verraten, »möchtest du noch was trinken?« – »Ja, gerne«, sage ich, »ein Bier, keinen Wein«, ich stehe bereits im Wohnzimmer vor einer *Wohnlandschaft*, darüber hängt ein Poster der Rockgruppe Asia, und nun höre ich zu meinem Entsetzen, dass der Song *I Wanna Know What Love Is* von Foreigner aus der Stereoanlage kommt, und Asia und Foreigner sind schlimmer noch als Bryan Adams und Toto. Das Bier kann mich erstmal ablenken, Gila kauft offenbar bei einem Getränkehändler, denn kein Hamburger Supermarkt führt das *Bayreuther Zwick'l*, es gleitet so durch meine Kehle, dass ich gleich um ein zweites *Zwick'l* bitte und Gila zu dem Bier beglückwünsche, auch sie trinkt ein *Zwick'l.* Wir sitzen nun auf der Wohnlandschaft und hören, wie Lou Gramm, der Sänger von Foreigner, immer noch darum fleht, zu erfahren, was Liebe bedeutet. »Foreigner ist geil beim Sex«, sagte Gila, »was hörst du denn so beim Sex?« Am liebsten gar keine Musik, ich muss mich ja konzentrieren, aber das will ich nicht sagen; ein Stück von Rory Gallagher, könnte ich sagen, doch es wäre zu unerfreulich, wenn Gila nicht wüsste, wer Rory Gallagher ist. Sie streichelt mein Haar und mein Gesicht, was soll ich machen, ich frage wie ein Idiot: »Und dein Mann?«, während Lou Gramm jetzt singt, wie es sich anfühlt, alleine zu wandern.

»Mike ist in Flensburg und besucht Kumpels, er kommt erst übermorgen zurück. Jetzt entspann dich doch mal«, sagt Gila und tippt mit ihren Fingerspitzen auf meinen Bauch, aber sie kann nicht wissen, dass ich bei der Musik, die hier läuft, verkrampfen muss, obwohl ich, auch das kann Gila nicht wissen, daheim schon sieben Flaschen *Jever* getrunken habe, um mein *Lampenfieber* zu senken. Das heißt, ich habe einen Schwips, aber betrunken werde ich erst ab ungefähr zwölf Bier, zwei *Zwick'l* hatte ich jetzt, ergibt neun Bier; ich werde nur noch ein *Zwick'l* trinken, denn ich will doch ... ja, was eigentlich? Manchmal, zum Beispiel jetzt, muss ich dran denken, dass ich seit acht Jahren verlobt bin und immer noch nicht kenne, was diese Feministin, deren Schamhaar mein Freund Lori mal im Mund hatte, im Fernsehen als *Penetration* bezeichnen und runtermachen darf, weil die Frauen in der Scheide keine Nerven haben, wie sie sagt. Ein Verlobter wartet seit acht Jahren auf den Geschlechtsverkehr: Ist das Hamburger Rekord, deutscher Rekord, Weltrekord? Einen Roman, wenn er sich mit diesem Mangel befasst, würde ich sogar lesen, ich sollte Sören mal fragen, ob's so einen Roman gibt, aber Sören könnte dann wissen wollen, warum mich denn das Thema interessiert, und ich will ihm nicht sagen, dass ich nach achtjähriger Verlobungszeit immer noch *Jungfrau* bin. Gila ist entschlossen, mich gleich zu *nehmen*, sie ahnt nichts von den Blutdruckpillen, die zusammen mit neun Bieren eventuell das Beisammensein erschweren. »Gila«, sage ich, während sie inzwischen auf meinem Knie rumtippt,

»kannst du bitte andere Musik machen, was *Härteres?*« – ich hätt's nicht sagen sollen, denn bei Gila wird das Wort als sexuelle Anspielung ankommen.

»Okay, ich guck mal in Mikes Schrank«, sagt sie und geht aus dem Wohnzimmer, ich sehe ihren Entenhintern, der mich in der Barmbeker Dampflok noch erregt hat und mich nun kein bisschen erregt, sondern eher amüsiert. »Stones?«, ruft Gila aus dem Nebenraum, oje, denke ich und antworte: »Welche denn?«, und da ist Gila schon wieder und zeigt das Cover, *Let It Bleed*, die einzige Platte der Rolling Stones, die ich mag. »Ja, mach mal«, sage ich, die Platte läuft, und nun denkt Gila, alles in Ordnung, es kann losgehen, sie greift nach meinem Haar, schiebt die linke Hälfte hinter mein linkes Ohr und küsst mich so, wie ich's mir immer vorgestellt habe und bisher noch nie hatte; Gila schließt aber die Augen nicht und *beobachtet* mich beim Küssen, ich finde, auch sie hat plötzlich das Vogelgesicht von Prinzessin Diana, mich ernüchtert dieser Eindruck, während Mick Jagger über den *Midnight Rambler* singt. Gila hat nämlich zuerst die B-Seite aufgelegt, der *Midnight Rambler* schließt die Küchentür, singt Jagger, ich habe nie begriffen, was das soll. So abrupt, wie der *Midnight Rambler* schließlich das Tempo wechselt, beendet Gila jetzt den Kuss, sie rutscht mit den Lippen rüber zu meinem Ohr und leckt und beknabbert es, was mich schon nach fünf Sekunden ermüdet, aber ich möchte sie nicht verärgern und sage »Haha, das kitzelt«; ich entziehe ihr dann mein Ohr und frage, ob ich noch ein *Zwick'l* haben kann, und merke nun, dass Gilas Laune sich verschlechtert. Aber sie geht zum Kühlschrank und holt mir das dritte *Zwick'l* – ich bin sehr durstig vom Küssen und trinke das Bier fast in einem Zug, und da wir bisher die ganze Zeit gesessen haben, frage ich mit Recht: »Wollen wir uns nicht ein wenig hinlegen«?, und Gila strahlt und liegt sofort, die Wohnlandschaft also als Liebeslager, ich liege neben Gila, sie leckt sich die Lippen, öffnet ihre Bluse, und in diesem Moment bin ich auch schon eingenickt.

Zum Abendbrot um sechs fuhr ich wieder nach Hause, außer weiteren Küssen (nur noch auf den Mund) ist nichts Erotisches mehr vorgefallen, wir haben uns aneinandergeschmiegt, ich blieb im Halbschlaf und konnte Alkohol abbauen. Gemessen daran, wie Gila beim Darten auf mich zugeprescht war und mich wollte, muss sie jetzt doch sehr enttäuscht gewesen sein, aber sie machte mir trotzdem keine Vorwürfe und fragte nur: »Findest du mich nicht heiß? Bist du krank? Hast Du Narben und magst dich nicht ausziehen?« Doch, doch, sagte ich, sie sei heiß, und nein, nein, keine Krankheit, keine Narben, nur manchmal würde die Leere auf mich herabfallen, und dann müsse ich schlafen; das mit der Leere hat Gila sicher nicht verstanden, aber ihr reichte für den Moment, dass ich sie auch wollte und gesund war. »Holst du oft einen zweiten Mann zu dir und immer mit der Bierdeckelmethode?«, fragte ich, obwohl's mich ja nichts anging. »Höchstens dreimal im Jahr«, sagte Gila, »und Mike weiß es, wir führen *eine offene Ehe.*« Den Begriff hörte ich zum ersten Mal, aber ich ahnte, was er bedeutet – beide Partner dürfen rumschlafen, wie sie's brauchen, und dann meinte Gila wohl, sie müsste ihren Mike verteidigen, ich hätte das lieber nicht gehört. »Mike ist ein sehr guter Liebhaber«, sagte sie. »Aber wir haben keine Besitzansprüche aneinander. Mike ist Kommunist, verstehst du?« Gila hatte wohl gehofft und glaubte weiterhin, auch ich sei ein guter Liebhaber, dabei war ich nicht mal ein schlechter Liebhaber, sondern gar kein Liebhaber.

Immerhin hatte ich in einem Biologiebuch gelesen, wie

eine Frau gebaut ist, aber Rollo, als wir darüber sprachen, verunsicherte mich sehr. »Wie du bei einer Frau auf welchen Knopf drücken musst, das ist meistens Glückssache«, meinte er. »Manchmal kannst du dich *da unten totsuchen*, und die Frau dankt dir nicht mal deine Mühe.«

Mir kam der Gedanke, dass Rollo beim Suchen da unten nicht der Geschickteste war und aus Rache so über Frauen redete, aber *meistens Glückssache*, das blieb hängen bei mir. »Tom, erzähl mal, wo die Babys herkommen!«, grölte Rollo gern am Kneipentisch, und um die Anwesenden zu unterhalten, wiederholte ich dann, was ich früher Rollo erzählt hatte. Mit 15 (Rollo hatte in dem Alter bereits drei Mädchen *geknallt*) bin ich tatsächlich der Meinung gewesen, die Babys kommen bei der Frau aus dem Bauchnabel. Keine Ahnung, wie dieser Irrtum entstanden war, vielleicht hatte Mutter, geschändet und geprügelt von dem Ungeheuer Hans, mir damals den *Horror des Geschlechtlichen* noch nicht zumuten wollen und erfand deshalb den Quatsch mit dem Bauchnabel. Die Wahrheit erfuhr ich mit 18 durch Lori, der mir erzählte, er würde nie dabei sein wollen, wenn seine Freundin gebärt, denn die Vagina sei dann ja ein »Schlachtfeld mit Blutbad«, er wäre hinterher »100 Prozent impotent«, den Anblick des Säuglings, der sich da rauszwängt, wo doch der Männerpenis reingehört, nein, sagte Lori, diesen Anblick sollte kein Mann riskieren.

Die Knöpfe da unten drücken – nachdem unser drittes Beisammensein ungefähr so abgelaufen war wie unser erstes und zweites, erkannte Gila wohl, dass sie noch Geduld mit mir haben musste und mich nicht bedrängen durfte, wenn sie zum Ziel gelangen wollte. Sie hatte sich inzwischen auch ein bisschen in mich verliebt, sagte sie, und sie schwieg gerne mit mir, wenn wir nebeneinander lagen, kuschelten und uns gelegentlich küssten; einmal sagte sie: »Deine Leere stört mich gar nicht, aber Mike mit seinem Gesabbel und seinen Plänen fällt mir jeden Tag mehr auf die Nerven. Was hältst du davon, wenn ich mich scheiden lasse, und wir heiraten?« Gila lachte, das sollte ein Scherz sein, und dann schwammen ihre Augen, und sie nannte mich wieder *Schmusejesus*.

»Gila, die Rockerbraut? Ja, die kenne ich, die fickt wie der Teufel«, sagte Rollo. Er hatte gefragt, wie's mit mir und Tanja mittlerweile so laufen würde, und ich hatte geantwortet, dass ich mit meiner Verlobten Tanja in einer Wohngemeinschaft lebe, wir sehr wenig miteinander reden und auch nie streiten, außer, wenn ich einmal im Monat albern werde und, um ihren Goldfisch zu ärgern, gegen das Goldfischglas klopfe, einen Strohhalm eintauche, reinblase und Luftblasen mache. Zwischen Tanja und mir läuft nix mehr, sagte ich, Rollo fragte, ob ich denn eine Freundin hätte, und da erzählte ich von Gila, und selbstverständlich wollte Rollo dann erläutern, was es für ihn bedeutet, wenn Gila wie der Teufel fickt, aber ich sagte, keine Details bitte. Zur Probe hatte ich zwei-, dreimal an mir rumgespielt, ich wollte sehen, ob die Blutdrucksenker, wie der Hausarzt ja gesagt hatte, meine *Männlichkeit beeinträchtigen könnten, aber nicht sehr*. Doch das Blut war sozusagen auch aus dem Penis gesenkt, ich hätte Gila nicht geben können, was sie wollte und brauchte.

Im Rückblick glaube ich, dass Gila sich *das Teuflische* bei ihrem Kommunisten Mike und anderen Potenten holte, zum Ausgleich hatte sie mich, den Schmusejesus. Bei Mike hätte ich mich unter anderen Umständen bedanken müssen, denn anders als ich hörte er ab und zu aktuelle Musik, und Gila hatte eine CD gekauft, die Mike gerade ständig dudelte: Gila meinte, sie würde auch mir gefallen, da ich ja das Härtere bevorzuge. Die CD war *Rock'n'Roll* von der Gruppe The Godfathers, fünf Anzugträger aus England, der Titelsong wollte das ganze Leben in vier Stationen zusammenfassen – *Birth School Work Death*, das hat mir sofort eingeleuchtet, *Geburt Schule Arbeit Tod*, jedermanns Säulen; die Godfathers werden sich was dabei gedacht haben, die Liebe wegzulassen. *I don't know where to go*, sang Peter Coyne, der Arroganteste der Godfathers, *there's nothing in this world for me*, aber er verbat sich jedes Mitleid.

NEUNUNDZWANZIG

Die 18 Monate mit Gila gefielen und stärkten Tom, sie trafen sich alle drei oder vier Wochen, er wollte wegen ihrer *Küsskunst* nicht auf Gila verzichten; einmal saßen sie im Kino, hielten Händchen und küssten sich eine Minute, ohne abzusetzen, während es vorne auf der Leinwand um *Sex, Lügen und Video* ging und ein Impotenter es schaffte, einem Frauenausnutzer zuerst die Ehefrau und dann auch noch die Geliebte wegzunehmen. Das Mittel des Impotenten war die Wahrheit, während Tom log oder Gila doch immerhin die Wahrheit über seinen Zustand verschwieg. Zweimal stand Gila vorm Postamt und wartete auf Tom, er jobbte jetzt statt zu arbeiten, durfte wieder die Post vorsortieren und lächelte, wenn die Postboten sich ihre Posttaschen vollpackten und mit dem Fahrrad losfuhren, so wie's Tom damals zwei Wochen lang mit Carol getan hatte. Tom kommt aus dem Postamt, eine Frau umarmt und küsst ihn: ein Liebespaar, musste jeder Beobachter denken. Tom und Gila wären auf ihre Art wohl noch Jahre oder Jahrzehnte zusammengeblieben, wenn Rollo nicht seinen Geburtstag gefeiert und eine Party gegeben hätte, »30 Leute kommen mindestens, du kannst natürlich eine Frau mitbringen, meinetwegen auch Gila, ich koche extra für sie dann meinen *Pichelsteiner Periodeneintopf*, hähä«, sagte Rollo zu Tom (den Pichelsteiner-Periodeneintopf-Scherz brachte er nie in Gegenwart von Frauen). Ja, Gila hatte Lust, auf eine Party zu gehen, und sie wusste nicht, dass Tom von ihr und ihren Fähigkeiten und Rollo wusste. Rollo freute sich immer über Geschenke aus dem Sexshop – er besaß einen Blechnotfallkasten, darin lagen mehrere Handschellen, diesmal kaufte Tom aber eine *Colt-Penishülle*, sogar Rollo benötigte manchmal eine Penishülle. Auch Sören kam zu der Party, die durch ihn zur Tragikomödie wurde und kurz eine Weltsensation verdrängte.

Rollo hatte Schnittchen und Erbsensuppe von einem Partyservice anliefern lassen, er kochte nie selbst und musste zweimal täglich essen gehen, »weil ich sonst sofort abnehme«, das betonte er gerne in Gegenwart von Frauen, die ihn für seinen Stoffwechsel bewunderten und beneideten. Es war keine Freude, mit ihm zu essen, denn er schlang, »ein Mann wie ich hat bei Tisch keine Zeit zu verlieren«, sagte er ohne jede Ironie; am Tag seiner Party hatte er bereits zweimal gegessen, seine Gäste erschienen fast gleichzeitig um acht Uhr, denn sie wussten, Rollo verabscheute Unpünktlichkeit. Die meisten Gäste kannte Tom mindestens vom Sehen: Es waren mehr Frauen als Männer da, niemand von der Post, denn Rollo fürchtete, dass die Kollegen von seinem *ersten Leben* erfahren könnten und ihn dann meiden würden, weil sie Angst vor ihm hätten. Die Gäste saßen und standen im Wohnzimmer und in der Küche, ihre Mäntel und Jacken hatten sie auf Rollos Doppelbett im Schlafzimmer abgelegt, er bat seine Gäste, das Schlafzimmer nur als Garderobe zu benutzen, »keine Sauereien hier«. Vor der Heizung am Küchentisch saß Hansa und fror, er hatte wohl auch gestern sehr gefeiert – Hansa gehörte neben Tom und Sören zu Rollos Freunden *aus der wilden Zeit*, die für Hansa wohl noch andauerte. Er war inzwischen schon an die 50, sein Franz-Gans-Gesicht schien eine Grundfreundlichkeit zu spiegeln, er lächelte meistens auch dann, wenn er sich über einen *Bürger* ärgerte und ihn verprügelte. Damals musste Hansa öfter mal ins Gefängnis wegen der üblichen *Rockerdelikte*, also Schlägereien und Einbruch, Fahren ohne Führerschein und mit zweikommanull Promille; zur Legende wurde Hansa, da er auf Bewährung rauskam und sich dann von der Polizeistreife dabei erwischen ließ, wie er morgens um fünf eine Imbissbude gegenüber der Kirche knackte und einen Eimer Kartoffelsalat stahl (»Der Kartoffelsalat war nicht mal hausgemacht«, erzählte Hansa später, und alle Zuhörer jubelten).

Rollo hatte sich angewöhnt, Leute einander vorzustellen, wenn er annahm, dass sie sich nicht kannten: »Sören, das ist Gila, Gila, das ist Hansa«, wobei Hansa guckte, als wollte er sagen, Rollo, was soll das denn, bist du jetzt deine eigene Mutter? Es war in der Wohnung kein Platz zum Tanzen, deshalb brauchte Rollo auch keine Rockmusik aufzulegen, er wollte ein bisschen damit angeben, dass er sich neuerdings für New Wave interessierte, besonders aus Deutschland, seine Lieblingsbands hießen Die Radierer und Der Plan, sie spielten Elektrozeug und sangen *Angriff aufs Schlaraffenland* oder *Gummitwist* oder *Kreuze niemals deinen Weg!*, oft kaum zu entscheiden, ob's Spaß oder Ernst sein sollte. Tom hatte Hansa seit Jahren nicht gesehen und setzte sich zu ihm, Hansa erzählte – 1982 zuletzt im Knast gewesen, keine Drogen mehr außer Bier und Weinbrand, eigene Wohnung, zwei Freundinnen (»Aber nur zu Besuch, einziehen is nich«), Jobs im Hafen oder Zeitungen packen im Lager. »Ich lese jetzt Bücher«, sagte Hansa und grinste, als wäre ihm das peinlich, Tom wusste gar nicht, dass er lesen konnte. »Hol mir mal 'n Bier und paar Schnittchen, aber kein Käse drauf«, sagte Hansa, er konnte noch befehlen wie früher, Tom ging zum Wohnzimmertisch, wo das Essen stand, und griff eine Flasche *Jever* vom Balkon, unten auf der Straße feierten auch einige Leute, mitten in der Woche. Zurück zu Hansa, vor der Badezimmertür standen Sören und Gila und redeten miteinander, sie berührte Toms Haar, als er vorbeiging, es war halb elf, und Rollo sah, dass seine Gäste sich wohlfühlten; er hatte ziemlich viel *Jägermeister* getrunken, das erinnerte ihn an früher, seine *Glanzzeit*, als er allerdings auch beinahe gestorben wäre. Hansa aß die Schnittchen und trank das Bier und erzählte noch zehn Minuten, wie er damals auf die Idee gekommen war, den Kartoffelsalat zu stehlen, dann gähnte Hansa, er wollte los, »Hol mir mal meine Lederjacke«, sagte er zu Tom, der gehorchte und zum Schlafzimmer ging, Sören und Gila standen nicht mehr vor der Badezimmertür, Der Plan sang gerade das Lied *Ich hab den Jordan gesehn*, Tom öffnete die Schlafzimmertür, und zwischen den Klamotten auf dem Doppelbett lag Sören, und auf ihm saß Gila, und hinter Tom stand jetzt Rollo und lachte und feixte »Gila-Ficker, Gila-Ficker!«, und hinter Rollo stand jetzt Hansa und sagte: »Die DDR ist weg, also die Mauer ist weg.«

Hansa war eben noch auf dem Balkon gewesen, um sich eine Flasche Bier für unterwegs zu holen, er fragte die Leute unten auf der Straße, was es denn zu feiern gebe, und sie riefen, die Berliner würden gerade die Mauer abreißen, die Polizei und die Politiker der DDR hätten nichts dagegen, die DDR komme praktisch nach Hause, ja, Deutschland sei praktisch wiedervereinigt. Bei Rollo im Wohnzimmer lief jetzt der Fernseher, die Bilder aus Berlin bestätigten, was Hansa gehört hatte, Menschen standen auf der Berliner Mauer, sie schrien und weinten vor Freude, immer mehr Ostberliner fuhren oder rannten rüber nach Westberlin, das war kein Spielfilm, sondern eine Live-Sendung. Vier von Rollos Gästen sagten, sie würden sich ein Taxi teilen und nach Berlin fahren, sie wollten auch auf der Mauer stehen und die DDR-Bürger beglückwünschen, dass sie wieder zur BRD gehören, und Hansa sagte, er wolle mitkommen: »Den Quatsch da lasse ich mir nicht entgehen.« Rollo, der eben noch *Gila-Ficker, Gila-Ficker!* gerufen hatte, fragte in die Runde, was die Revolution denn nun wohl für die Deutsche Post bedeuten könnte, das sollte ein Scherz sein, aber Rollo hatte wohl wirklich Angst, dass DDRler bald auch nach Hamburg drängen und ihm seine Arbeit stehlen. Rollo und Hansa hatten jedenfalls schon vergessen, was vor zwei Minuten im Schlafzimmer passiert war, aber ich würde ein paar Jahre brauchen, um diese Szene und das *Gila-Ficker, Gila-Ficker!* zu vergessen. Mein Bruder schläft mit meiner Freundin, was wird Gila vorher wohl erzählt haben – ich sei der Schmusejesus, würde aber keinen hochkriegen? Nein, so was Gemeines sagte Gila nicht, es war nun aber das erste Mal, dass mein Bruder sich nahm, was mir gehörte; bisher hatte er immer gegeben, was ich brauchte.

Sören kam aus dem Schlafzimmer, sah mich und nickte nur, er stellte sich zu den anderen Gästen vor den Fernseher und schüttelte den Kopf: Wie immer bei Trauerfällen schwieg Sören und vermied Trostworte, und er glaubte wohl, dass er jetzt das Verhältnis zwischen mir und Gila getötet hatte; Sören trauerte auch, weil die Mauer gefallen war, ich kannte seine Ansichten über die DDR und BRD, ganz gegen seine

Art trank er drei *Jägermeister* nacheinander. Gila stolperte aus dem Schlafzimmer und ging ins Badezimmer, und natürlich musste ich jetzt phantasieren, *wie sie sich wo und wovon säubert*. Eine Minute später verließ sie dann die Wohnung, kein Blick und kein Wort für mich (was hätte sie auch sagen, wie hätte sie auch gucken sollen?).

Der Ausschnitt, den ich vorm Schlafzimmer gesehen hatte, dauerte nur drei, vier Sekunden, dann schloss ich die Tür, von meinem Bruder sah ich nur die Beine und Füße, es hätte auch ein anderer Mann sein können, aber ich erkannte sofort Sörens rechten Narbenfuß. Ganz genau sah ich nur Gilas Brüste (kleiner als vermutet) und ihr Gesicht, in dem sich Ekstase zeigte – sie hat da nicht mehr ausgesehen wie John Lennon ausgesehen hätte, wenn er eine Frau gewesen wäre; ich fand, sie sah tatsächlich aus wie John Lennon während seines Konzerts 1972 in New York, als er seinen Schicksalssong *Mother* singt, am Ende grimassiert und schreit: *Mama, don't go, Daddy, come home!*, Lennon kaut Kaugummi, es gibt ja nach seiner Beatles-Zeit kaum ein Filmdokument, das ihn ohne Kaugummi im Mund zeigt, ich glaube, er hat sich eingebildet, die Kaugummis seien Paul McCartney, und ich hätte schwören können, dass Gila, während sie auf meinem Bruder hockte, auch ein Kaugummi im Mund hatte; diese Vulgarität entsetzte und amüsierte mich.

Am nächsten Tag schien die Sonne sozusagen wieder auf Gesamtdeutschland, nach dem Postsortieren wollte ich während einer Fahrradtour so lange nachdenken, bis ich wusste, was ich jetzt von Gila, meinem Bruder und mir halten sollte. Fahrradtour bedeutete, ohne Plan durch Hamburg und an die Randgebiete radeln, ich startete um halb elf, kam um fünf wieder nach Hause und war im Norden bis nach Norderstedt gefahren, hatte rechts rum die Walddörfer erreicht, im Süden das Schlägerviertel Billstedt durchquert, an der Alster nahe Hauptbahnhof auf einer Bank gesessen und eine Freitagsfischfrikadelle gegessen; der Abschluss dieser Rundfahrt sollte der Ohlsdorfer Friedhof sein, fast ein Stadtteil für sich, dort fahren Busse, und ich erinnerte mich an meine erste Busfahrt auf diesem Friedhof, 1966: Als der Busfahrer vor dem Eingang/Ausgang hielt, da sagte er tatsächlich *Endstation*, obwohl doch ein Friedhof, der größte Parkfriedhof der Welt, die *Endstation an sich* ist, dachte ich damals in meinem Knabengehirn. Während *der wilden Zeit* sind Rollo, Sören und ich viermal jährlich, einmal zu jeder Jahreszeit auf dem Ohlsdorfer Friedhof gewesen und haben einen Kasten *Jever* getrunken, wir achteten anfangs die Totenruhe und saßen immer vor dem *Denkmal für die Zuerstbeerdigten*, 1902 errichtet. Die ersten drei Menschen erhielten ihr Grab *unter Einsenkung der Särge* am 1. Juli 1877, die Verstorbenen hießen Eva Maria Stülken, Anton Schmidt und Hans Hinrich, und wenn wir ungefähr vier Stunden diskutiert und den Kasten *Jever* geleert hatten, dann taten wir so, als ob wir die drei Erstbeerdigten wären, Sören war Eva Maria Stülken, Rollo war Anton Schmidt, ich war Hans Hinrich, wir legten uns auf ein Grab (im Frühling und Sommer ungefähr 20 Minuten, im Herbst und Winter nur kurz), guckten in den Himmel und versuchten uns vorzustellen, wie lange die Ewigkeit dauert – unser Pastor hatte erzählt, die Ewigkeit sei ein Riesenberg aus Diamanten, alle tausend Jahre komme ein Vöglein angeflogen und wetze seinen Schnabel, und wenn es den Diamantberg mit seinem Schnabelwetzen abgetragen habe, dann sei die erste Sekunde der Ewigkeit vergangen.

Jetzt, am 10. November 1989, hatte ich aber keine Lust, alleine am Denkmal der Erstbeerdigten zu sitzen und mich auf ein Grab zu legen, das Nachdenken während der Fahrt hatte mich angestrengt, ich musste mich konzentrieren, denn ständig hupten Autos, bald merkte ich, dass sie auch mich anhupten, doch ich hatte keinen Fehler im Straßenverkehr gemacht: Die Autos kamen aus der DDR, die Fahrer hupten, weil sie sich freuten und die BRD-Bürger begrüßen wollten. Die BRD-Fußgänger schienen sich auch zu freuen und winkten, ich winkte nicht und dachte daran, mit welchen Gesten und Worten wohl Sören heute auf die DDR-Leute reagierte. Während ich nun den Ohlsdorfer Friedhof umrundete und bereits fünf Stunden unterwegs war, spürte ich jedenfalls, dass keine Wut mehr auf Sören und Gila kommen würde, sie hatten nichts Unrechtes getan, und Gila hätte sich sicher nicht Sören hingegeben, wenn ich die letzten anderthalb Jahre ab und zu *funktioniert* hätte; Sören wusste von mir, dass Gila und ich alle paar Wochen zusammen einen trinken gehen, aber ich hatte auch gesagt: »Ich mag sie sehr, sie ist übrigens mit einem Kommunisten verheiratet.« Gila mag vor Rollos Badezimmertür ja traurig gewirkt haben, und Sören, der Hippie, hielt es deshalb für seine Pflicht, sie ein bisschen aufzumuntern, so war er nun mal – von mir aus also konnte das Verhältnis mit Gila weitergehen wie bisher, und meinem Bruder hatte ich nichts zu verzeihen, dieses Ergebnis würde ich gleich Gila am Telefon mitteilen. Zu Hause erwartete mich nur der Goldfisch, meine Verlobte Tanja hatte heute wie immer freitags ihren *Mädelsabend* (mir grauste vor dem Wort), ich wählte Gilas Nummer, sie ging gleich ran, ich fragte, ob ich mit ihr reden kann, sie sagte, ja, Mike ist nicht da, und nach diesem Telefongespräch, das keine drei Minuten dauerte, kriegte ich dann doch die Wut, öffnete eine Flasche *Jever* und goss das Bier auf die CD *Birth School Work Death*, obwohl die Godfathers ja nichts für Gilas Gefasel konnten.

DREISSIG

»Und, wie war's mit meinem Bruder?«, fragte ich, dann musste ich nichts mehr fragen oder sagen, und auf meine Eingangsfrage antwortete Gila zum Schluss. »Dein Bruder Sören kann gut reden, das weißt du ja«, sagte sie (*nein, wusste ich nicht, er ist wie ich kein guter Redner*). »Er sagte erst was Witziges über Rollos Erbsensuppe und die DDR, seit Honecker weg ist. Ich erzählte, dass mein Mann in der DKP war, aber jetzt nicht mehr, weil er immer wieder an der DDR rummeckerte. Sören fragte dann, ob ich weiß, welche drei Männer die Menschheit so beleidigt haben wie keine Männer vor und nach ihnen. Ich tippte auf Hitler und seine Nazipartei und auf John Lennon, der ja mal sagte, die Beatles sind bekannter als Jesus; ein dritter Mann ist mir nicht einfallen. Sören lachte und sagte, nein, nicht Hitler und Lennon, sondern Kopernikus, weil er lehrte, dass die Erde sich um die Sonne dreht statt die Sonne um die Erde. Später hat der Engländer Darwin gesagt, der Mensch war früher Affe, und Doktor Freud sagte, die Triebe würden jeden Mensch knechten und bestimmen, was er tut. Als Sören das mit den Trieben sagte, da hat's irgendwie gefunkt zwischen ihm und mir. *Ich konnte nichts dagegen machen*, wir standen vor der Badezimmertür, er hat meine Hand genommen und mich, ohne was zu sagen, in Rollos Schlafzimmer geführt. Es steckte kein Schlüssel zum Abschließen an der Tür, aber das war mir egal. Sören war's auch egal. Und dann lagen wir da zwischen den Jacken und Mänteln, wir konnten nichts dagegen machen. Es tut mir leid, dass du dann reingekommen bist, peinlich. Dein Bruder hat ja einen Ruf, wie du weißt«, sagte

Gila, und ich konnte hören, wie sie lächelt. »Aber so toll war das gar nicht. Es war ganz gut, aber nicht toll.«

Mich empörte, dass sie nun meinte meinen Bruder wegen seiner Sexualleistung kritisieren zu müssen, sie wollte mir damit vielleicht einen Gefallen tun und mein Dauerversagen beschönigen. Das Unentschuldbare war natürlich ihr *Ich konnte nichts dagegen machen* und *Wir konnten nichts dagegen machen*, mir dröhnte noch Carol in den Ohren mit ihrem ständigen *Dagegen bin ich machtlos;* ich musste ja langsam glauben, Frauen haben keinen eigenen Willen. Meine Verlobte Tanja konnte wohl auch nichts dagegen machen beziehungsweise war machtlos dagegen, dass ich nach neun Jahren Verlobtsein immer noch nicht mein Ding in sie gesteckt hatte. Mutter war vor 25 Jahren sicher machtlos dagegen, dass das Ungeheuer Hans in unser Zuhause kam und mindestens zwei Seelen ruinierte, ja, dagegen muss Mutter machtlos gewesen sein: Männer haben die Macht auf Erden, das liegt wohl daran, dass die Frauen immer sagen, sie seien machtlos gegen dies und das. Wenn ich jetzt nach dem Telefongespräch mit Gila in der Barmbeker Dampflok gewesen wäre, dann hätte ich ihr gerne einen Dartpfeil zwischen die Beine und einen Dartpfeil an den Kopf geworfen, ach nein, würde ich doch nicht machen, aber die Vorstellung gefiel mir gerade. Rollo hatte mir mal erzählt, wie mein Bruder sich auf einer Party für eine Frau interessierte und mit ihr über Alltagsdinge sprach, er fragte die Frau dann plötzlich, ob sie denn wüsste, welche drei Männer … – und eine halbe Stunde später, so Rollo, sei Sören mit der Frau weggegangen, sie nahm ihn bei der Hand und zog ihn fast. Die Masche mit den drei Menschheitsbeleidigern schien zu funktionieren, so wie andere Männer zu einer Frau sagen *Du hast so schöne Augen* oder *Du hast so traurige Augen*. Die Erde dreht sich um die Sonne, der Mensch war Affe, die Triebe beherrschen den Menschen, zack, die Frau ist willig; ich bewunderte meinen Bruder Sören mal wieder, dagegen war ich machtlos.

Den Telefonhörer aufknallen, während der Andere noch redet, das gehört sich nicht, finde ich, aber als Gila sagte, mein Bruder sei nur ganz gut statt toll gewesen, da hatte ich doch genug von ihrem Gerede und musste auflegen; fünf Minuten später klingelte das Telefon, mein Bruder war dran, aber er wollte nicht über *den Vorfall* reden und sagte: »Hast du Lust, nächste Woche ein bisschen James Bond zu gucken, ich meine *live*?« Sean Connery kam nach Hamburg, er drehte zwar längst keine James-Bond-Filme mehr, war aber natürlich immer noch James Bond, so wie Charlton Heston fast 30 Jahre nach *Ben Hur* immer noch Ben Hur war. Demnächst sollte die Krimikomödie *Family Business* in Deutschland anlaufen, die Hauptrollen außer Connery spielten Dustin Hoffman und Matthew Broderick, und obwohl ich außer Horrorfilmen manchmal sogar eine Komödie oder einen Krimi guckte, aber *niemals* Krimikomödien, habe ich sofort zugesagt – Sean Connery, den *Mann an sich*, beim Essen und Trinken beobachten zu können, welch ein Glück! In Altona, einem Hamburger Stadtteil an der Elbe, stand das Filmhaus, um die Ecke gab's einen Italiener, das Mamma Mia, kein Edelrestaurant, eher ein Pizzaschuppen, aber ziemlich italienisch, Connery, wenn er mal nach Hamburg kam, wollte ins Mamma Mia, keine geschlossene Gesellschaft, nur ein Tisch für ihn und die Hamburger Filmheinis, die Connery eingeladen hatten, um über ihn und *Family Business* zu plaudern. Sören wusste von einem Filmverleiher, dass Connery an dem November-Dienstag ab neun Uhr im Mamma Mia sitzen würde, wir betraten das Lokal, und ich dachte, Kevin Costner müsste auch da sein, denn Connery hob das Glas und strahlte wie während der Szene in dem Mafiafilm *Die Unbestechlichen*, als Connery und Costner, die fürs Schatzamt arbeiten, im Restaurant zusammenhocken und einen Sieg gegen die Schwerverbrecher feiern.

Wir saßen drei, vier Meter von Connery und seinen Gastgebern entfernt, es freute und überraschte uns, dass Connery vor dem Wein den gleichen Aperitif trank wie wir, ein *Jever* vom Fass, die Kellner schleppten viele Vorspeisen an Connerys Tisch, es sollten gar keine Hauptspeisen mehr kommen, immer nur noch Vorspeisen, seltsam. Connery hatte kein Toupet aufgesetzt, er hat früher ja nicht mal mit Toupet lächerlich ausgesehen, aber ohne Toupet gewann er noch an Autorität. Er trug einen Rollkragenpulli mit Jackett drüber, an seinem Tisch saßen zwei Frauen und vier Männer – die Männer machten sich Notizen, die Frauen betrachteten Connery und vergaßen den Weißwein und die Vorspeisen. An Connery war nichts Herablassendes, er wirkte eher scheu, senkte oft den Blick und schmunzelte ein wenig; einmal bohrte er in der Nase, na und? Sein Schnauzbart gefiel mir nicht, er erinnerte zu sehr an Wolf Biermann, der inzwischen hier in der Gegend wohnte. Gerade versuchte Tom, ein paar Satzfetzen von Connery aufzuschnappen, da sagte Sören zu ihm:

»Du wirst bald 32, sagen wir, die Hälfte ist rum. Soll dein Leben so bleiben, oder kommt da mal was Schönes?«

(*Der Kellner brachte die Pizzas, einmal Spinat-Gorgonzola für Sören, einmal Schinken-Salami für Tom, eine Flasche Valpolicella; der Kellner öffnete sie und beschnüffelte den Korken, sodass Tom ein bisschen Zeit hatte, über Sörens aggressive Frage nachzudenken.*)

TOM Schön, mein Gott. *Schön ist es auf der Welt zu sein, sagt die Biene zu dem Stachelschwein*, das weißt du doch seit Roy Black und Anita. (*alberte er, weil ihm nichts Besseres einfiel.*)

SÖREN Du trägst immer Jeans, T-Shirt, Holzfällerhemd und Turnschuhe. Du hast eine Zweizimmerwohnung mit ein paar *Ikea*-Möbeln und einem Goldfisch. Du hast keinen Beruf, nur einen Job. Du isst immer Pizza-Salami, du guckst immer Horrorfilme. Du hast eine Verlobte, die du vor mir oder anderen Leuten nie berührst. Du liest nie ein Buch, dich interessiert nicht, was andere Leute erleben oder sich ausdenken. Du hast keinen Führerschein und kein Auto, und zwar nicht, weil du die Umwelt schützen willst. Angenommen, hier würde heute außer Sean Connery auch noch der Flaschengeist *Bezaubernde Jeannie* sitzen und dir dienen – welche Wünsche hättest du an sie?

TOM Ach, was soll das denn! Als ob wünschen was helfen würde. Du hast ja nicht mal eine Verlobte, hähä.

SÖREN Du könntest doch wenigstens kriminell werden.

TOM Vergiss nicht den Einbruch bei *Spar.*

SÖREN Das werde ich bestimmt nie vergessen, Ende 1978, kurz bevor der große Schnee kam und Bauern in Schleswig-Holstein erfroren sind. Wir probten die Silvesterfete, nur Männer waren zugelassen, na ja, *Männer*, sechs oder sieben Schüler und Lori, die Mädchen sollten bei der Probe nicht stören. Wir hatten die Wohnung alleine, weil Mutter und Oma bei Tante Henni waren, es gab viel Bier, aber nur eine Flasche Schnaps – gegen Mitternacht sind die Zigaretten alle gewesen, du hast dir dann Markstücke von uns geben lassen und sagtest, du gehst mal eben rüber ins Einkaufszentrum und ziehst drei Schachteln *Reval.* Nach einer Viertelstunde warst du immer noch nicht zurück, Rollo jammerte schon, da muss was passiert sein, *dir* muss was passiert sein, und dir war dann ja auch wirklich was passiert. 20 Minuten hast du gebraucht, um die Zigaretten aus dem Automaten zu holen, aber du hattest auch zwölf Flaschen Wodka dabei, zweimal sechs Flaschen im Karton. Bei *Spar* im Sonderangebot, hast du gesagt und gelacht. Dein rechter Jackenärmel war kaputt, du hast geblutet, nicht sehr, aber genug, ein Pflaster reichte nicht. Lori hatte bei der Bundeswehr gelernt, einen Verband anzulegen, und verarztete dich, unter Mutters Bett stand ein Notfallkasten.

(*Der Schotte Sean Connery und der Regisseur Hark Bohm aus dem Filmhaus sangen jetzt die erste Strophe des schottischen Nationallieds* Auld Lang Syne *und prosteten sich zu; Hark Bohm wusste wohl, wie gern Connery dieses Lied hat.*)

TOM Ich wollte wirklich nur Zigaretten holen, aber als ich mich vom Automaten wegdrehte, da sah ich das Schaufenster, wo die Wodkakartons gestapelt waren, und ich dachte mir, jetzt mache ich mal was Irres, auch für euch. Zweimal zack! gegen das Schaufenster, ein Loch in der Scheibe, kein Alarmsignal, ich hätte auch drei Kartons tragen können, aber ich dachte, nicht übertreiben. Die Schnittwunde habe ich erst bemerkt, als ich wieder bei euch in der Wohnung war, ihr habt euch ja auch gefreut über den Wodka; ich weiß noch, wie Rollo sagte, *Tom, das wäre doch nicht nötig gewesen.* Aber ich weiß nicht mehr, wer eine Stunde später auf die Idee kam, noch mal bei *Spar* nachzugucken, wie die Lage ist.

SÖREN Auf jeden Fall hat sich außer dir niemand getraut, du hast tatsächlich Loris Parka angezogen und bist wieder rüber ins Einkaufszentrum, der Wahnsinn hatte was Heldenhaftes.

TOM Ich wollte gar nicht noch mehr Wodka holen, sondern nur noch mal das Loch im Schaufenster sehen, *mein Loch*, sozusagen. Dann standen aber schon drei Bullen vor dem Loch, daneben Herr Strunge, der Filialleiter, und ich war ja nicht völlig betrunken und sagte *Guten Abend, Herr Strunge, was ist denn passiert?*, eine blöde Frage war das. Herr Strunge sagte *Das siehst du ja, die Rocker, jeden Monat passiert hier was, jetzt zum ersten Mal bei mir.* Die Bullen beachteten mich gar nicht, und Herrn Strunge entging, dass bei mir Loris Verband aus Loris Parkaärmel rausguckte. Ich sagte *Gute Nacht, Herr Strunge, bis morgen*, die Bullen habe ich nicht gegrüßt. Die Geschichte war natürlich toll, und wir haben die Silvesterfetenprobe ausgedehnt.

SÖREN Aber Einbrecher bist du dann doch nicht geworden. Als Dealer wärst du auch gescheitert – erinnerst du dich, dass du nach Silvester noch drei Flaschen von dem Wodka übrig hattest, sie auf dem Schulhof für 3 Mark 50 verkauft hast und Markus aus deiner Parallelklasse, der noch nie Alkohol getrunken hatte, dann besoffen auf dem Schülerklo lag?

TOM (*lächelt und nickt und nimmt Sörens Pizza, er hat nur die Hälfte geschafft, Tom hat Hunger bekommen*) Mein Loch im Schaufenster, der Wodka, Herr Strunge und die Bullen; ja, wenn du mich schon fragst, das war was Schönes.

SÖREN (*trinkt einen Schluck Jever, dann einen Schluck Valpolicella, dann wieder einen Schluck Jever; eine Dame am Nebentisch sieht das und weiß nicht genau, ob sie über dieses Banausentum lachen oder den Kopf schütteln soll*) Warum findest du's schön, Horrorfilme zu gucken? Auf Video guckst du ja sogar zwei oder drei von diesen Filmen hintereinander, das ist doch langweilig. Ich meine, es muss langweilig sein, immer nur solche und keine anderen Filme zu gucken, wer außer dir guckt ausschließlich Horrorfilme? Du bist doch kein Proll. Oder doch? Ich kenne Leute, die gucken meistens Pornos oder meistens Komödien oder meistens Western, aber zwischendurch wollen sie auch mal Abwechslung und gucken einen Porno nach dem Western.

TOM Du weißt doch, dass ich nicht nur zweitklassige Schlitzerfilme oder Zombiekram gucke, sondern auch was Künstlerisches. *Der Exorzist* oder *Alien* oder *Nosferatu*, das sind mit meine Lieblingsfilme. Aber ohne mindestens ein Ungeheuer berührt mich ein Film nicht. Ich habe versucht, *Doktor Schiwago* oder *Die Feuerzangenbowle* zu gucken, diese Geschichten haben nichts mit meinem Leben zu tun. *The Untouchables* mit Connery und Costner, da hast du mich ja reingeschleppt, wäre ich sonst nicht reingegangen, hat mir aber ganz gut gefallen. Frank Nitti, der Berufsmörder im weißen Anzug, der dann auch Sean Connery erschossen hat, war ja der Teufel in Mafiosogestalt. Die Ungeheuer in Büchern erschrecken mich nicht, ich hab *Es* von Stephen King zu lesen versucht, aber ich konnte das Ungeheuer, den Mörderclown Pennywise, nicht riechen, nicht fühlen, nicht sehen. Pennywise im Film hat mich so entsetzt und ist mich so angesprungen, dass ich hinterher auf einer Matratze neben dir in deinem Zimmer geschlafen habe, weil ich nicht alleine schlafen wollte. Nachts bin ich von meinem Schrei aufgewacht, als Pennywise auf mir lag, er hat seine Clownsmaske abgerissen, mir ins Gesicht gedrückt und meine Brustwarzen gefressen.

SÖREN Erzähl das mal deiner Verlobten. Obwohl's dir völlig egal ist, sind dir schon immer *die Herzen zugeflogen*, das kann nur an deinem Aussehen liegen und daran, dass du dich nie vordrängst und keinen Schwachsinn quatschst. Du sagst ja gar nix. Du hast doch heute Abend schon mehr geredet als vorher das ganze Jahr 1989. Du hast nichts zu sagen, weißt es und sagst deshalb nichts; das ist ja an sich hochsympathisch. Du belästigst niemanden, aber eigentlich müsstest du doch im Stumpfsinn enden. Vielleicht ist er schon da, der Stumpfsinn.

TOM Meinetwegen, lieber Stumpfsinn als Heuchelei. Ich will anderen Leuten gegenüber nicht so tun, als wäre da was bei mir. Ich versuche, den Tag rumzukriegen.

SÖREN (*gereizt, verzieht das Gesicht*) Mein Gott, so redet Johannes Heesters, und der wird bald 90! Den Tag rumkriegen, das kann doch nicht dein Ernst sein. Dasitzen, Horrorfilme gucken, Rory Gallagher hören, Bier trinken und auf irgendwas warten, bis der Tag rum ist!

TOM Nein, ich warte auf gar nichts und kann mich nicht erinnern, jemals auf irgendwas gewartet zu haben. Was könnte ich da also zur *Bezaubernden Jeannie* sagen, wenn sie sagt, ich kann alles von ihr haben, und mich fragt, was ich denn Schönes haben möchte. Nichts. Oder doch – die Tage sollen schneller rumgehen, das wär' was. Aber die Zeit gehorcht nicht mal der *Bezaubernden Jeannie*. Komm, lass uns noch zwei Bier trinken, ich kann nicht mehr reden. Ein Bier schaffe ich noch.

(Der Regisseur Hark Bohm will zahlen und ruft nach einem Kellner, während Sean Connery aufsteht und zur Garderobe geht; er betupft einen Fleck auf seinem Rollkragenpullover, das bedeutet, James Bond hat gekleckert.)

TOM Ich hatte mir eingebildet, dass ich mich freue, hier heute Sean Connery anzuglotzen. Aber ich freue mich nicht. Ich bin enttäuscht von mir.

Diesen Ausnahmeabend wollte Tom mit einem Horrorfilm ausklingen lassen, Tanja schlief bereits, er wusste, was er brauchte, und suchte in seinem Videoregal unter dem Buchstaben M; *My Bloody Valentine*, *Magdalena vom Teufel besessen*, *Man-Eater Of Kumaon*, *Messiah Of Evil*, *Monkey Shines*, *Motel Hell* ... *Muttertag*, da war er, die Hülle so abgegriffen wie Pornohefte bei anderen Leuten, er hatte *Muttertag* auch schon oft verliehen, nur Rollo mochte den Film »einigermaßen«, wie er sagte und dann einschränkte: »Aber so eine Mutter gibt's natürlich nicht. Die Söhne ja, solche Irren gibt's, aber die Mutter ist erfunden.« Der Film war 1980 entstanden, die Behörden hatte ihn vier Jahre später wegen Gewaltverherrlichung beschlagnahmt, die Produktionsfirma Troma Entertainment machte nur solche Filme, auch Kevin Costner hat mit einem Troma-Film angefangen, bevor er sich zum Künstler steigerte. *Muttertag* beginnt in einem Seminarraum, die Anwesenden lauschen einem Führer vorne, er ermutigt sie schließlich, einander zu umarmen und »Ich liebe dich« zu sagen, Friede auf Erden. Eine Hippiefrau und ein Hippiemann sprechen beim Rausgehen mit einer Greisin, die ein Auto hat und die beiden Hippies nach Hause fahren will, der Gesichtsausdruck der Hippies ändert sich auf dem Rücksitz, das Böse flammt auf, während die Greisin fährt und plappert, der Mann hinter ihr holt eine Schlinge hervor und wird die Greisin gleich erwürgen, da stoppt das Auto, eine Panne, die Greisin steigt aus und öffnet die Motorhaube, und in diesem Moment sieht der Zuschauer, wie eine Axt von rechts die Scheibe zertrümmert und den Hippie köpft, sein Blut bespritzt die Hippiefrau, sie schreit, und die Greisin lacht – zwei Schwachsinnige, ihre Söhne, wie sich zeigt, quälen die Hippiefrau jetzt und wollen sie vergewaltigen, aber die Mutter küsst die Hippiefrau und erwürgt sie.

So weit die Ouvertüre, dann der Schnitt zu einer Party, drei Freundinnen beschließen mal wieder, ihr Wochenende im Wald zu verbringen, sie zelten, nachts kommen Addley und Ike, die Muttersöhne, die nun die Frauen entführen, prügeln, erniedrigen und schänden, um Mutter zu befriedigen. Die Frauen können fliehen, ein Opfer stirbt, die beiden Überlebenden überwinden ihre Furcht, der Hass siegt, das Tierhafte bestimmt auch die Frauen, sie zerstören die Söhne aufs Brutalste und ersticken die Mutter: Die Rächerinnen beerdigen ihre Freundin und beruhigen sich, es kann ja nichts mehr passieren, da bricht die Schwester der Mutter aus dem Gebüsch und überfällt die Frauen, und der Film ist zu Ende. Die Schauspieler kennt kein Mensch, aber Rose Ross, die Darstellerin der Mutter, ist ein Typ wie Ruth Gordon, die zuerst dem Teufel half (*Rosemary's Baby*) und dann einen Jüngling liebte; er findet einen Lebenssinn darin, ständig seinen Selbstmord vorzutäuschen, weil seine Mutter, ein Luxusgeschöpf, nur an sich selbst denkt (*Harold And Maude*). Die beiden Söhne in *Muttertag* sind der Meinung, jeder Tag sei Muttertag, sie wollen ihre Mutter täglich ehren und ihr was schenken, ein Opfer darbringen. Der Grundgedanke ist schön, dachte Tom, er hatte Tanja überredet, *Muttertag* mit ihm im Kino zu gucken, aber gleich nach der Ouvertüre rannte Tanja aus dem Kino und hätte fast gekotzt, sie hatte auch keine Lust, mit mir über die Mutterliebe der beiden Söhne zu reden. Zu meiner Schande muss ich sagen, dass ich dann was Gemeines getan habe, ja, es war eine Art Rache. Als Tanja eines Abends von der Arbeit nach Hause kam und sich wie immer abduschen wollte, da stand ich mit dem Rücken zu ihr am Waschbecken und beugte mich runter, sie sagte »Hallo«, und dann zitterte und kreischte sie, denn ich drehte mein Gesicht zu ihr – ich trug eine Gummimaske und sah aus wie die Kreatur des Doktor Frankenstein. Später telefonierte ich mit Rollo und berichtete ihm von meiner Aktion, da hat er sich eingenässt, so sehr musste er lachen.

Manche Dinge sind nie wieder gutzumachen, und der Geschädigte kann nicht vergeben: Der Horrorfilm *Muttertag* und meine Horrormaske als Folge davon standen künftig immer zwischen Tanja und mir, so wie später zwischen Jenny und mir stand, dass sie sich hat ausschaben und mein Kind töten lassen. Tanja ist ausgezogen und hat den Goldfisch mitgenommen, und Jenny ist eingezogen und hat ein Meerschweinchen mitgebracht, das Meerschweinchen lag jetzt unter dem Tischchen, auf dem der Goldfisch in seinem Glas geschwommen war. Es ist vielleicht ein Fehler gewesen oder sogar eine Katastrophe, wie mein Bruder meinte, dass ich sofort eine andere Frau in meine Wohnung holte, obwohl die erste Frau gerade erst weg war. Die Wohnung roch noch nach Tanja, ihrer Seife und den Materialien, mit denen sie bis zuletzt ihre Puppen bastelte; der Geruch des Goldfischfutters hing auch noch im Raum, der Goldfisch fraß sehr gerne Wasserlinsen und Mückenlarven.

Am 10. Juli 1996, stand ich auf unserem Balkon und beobachtete, wie Jenny, das Brettspiel *Trivial Pursuit* unterm Arm, in den Umzugswagen stieg, mit ihren Möbeln abfuhr und nie mehr wiederkam – sie hätte mir wenigstens das Meerschweinchen dalassen können, aber sie wollte *einen Schnitt machen*, das Meerschweinchen musste mit ihr gehen, denn sie hätte es ja ab und zu bei mir besuchen wollen und mich dann gesehen, »darauf habe ich erstmal keinen Bock«, sagte sie. Die Zeitungen schrieben, der Feldhamster sei das Tier des Jahres, und kurz überlegte ich, ob vielleicht ein Hamster geeignet wäre, nach dem Goldfisch und dem Meerschweinchen in meiner Wohnung zu leben, aber ich glaubte dann doch nicht, dass ich ohne Frau mit einem Haustier fertigwerden könnte.

Vor sieben Jahren im Restaurant Mamma Mia, als ich so viel quatschte wie nie zuvor, da hatte ich gegenüber Sören behauptet, ich würde nie auf irgendetwas warten, das stimmte wohl nicht: Wenn ich abends alleine in meiner Wohnung saß, dann wartete ich darauf, dass die Frau nach Hause kam, ihre Gegenwart genügte, sie musste weder reden noch mich zum Reden ermuntern, sie durfte auch gleich schlafen gehen. Ja, zuerst wartete ich zwölf Jahre lang zusammen mit dem Goldfisch auf Tanja, dann wartete ich immerhin vier Jahre lang zusammen mit dem Meerschweinchen auf Jenny; dieses Warten war nun vorbei, weit und breit keine Frau in Sicht, die statt Jenny in meiner Wohnung leben könnte. Ein Mann kam dafür nicht infrage, ich hatte ein paar mal die Fernsehserie *Männerwirtschaft* mit Jack Klugman und Tony Randall geguckt und kein einziges Mal über diese Komödie gelacht, zwei Männer sollten nicht zusammenwohnen, es sei denn sie sind schwul, aber zwei Heteros in einer Wohngemeinschaft erschien mir als *das Allerunnatürlichste.*

Die erste Nacht ohne Jenny und das Meerschweinchen endete gegen vier Uhr morgens, ich floh vor der Leere und schlief im Stadtpark unter dem Baum, wo Gila und ich mal nebeneinanderlagen und sie wieder wollte und ich wieder döste. Nach zwei Wochen wurde es besser alleine in der Wohnung, aber sie wirkte auf mich weiterhin wie *ein Trauersaal*, auch deshalb hatte ich dann die Idee, mal wieder zu beten, um gegen meine Einsamkeit anzugehen. Der Konfirmationsunterricht lag ein Vierteljahrhundert zurück, und ein Gebet soll ja noch niemandem geschadet haben, ich wollte aber, wenn schon, in einer Kirche beten – St. Gabriel, eine Lutherkirche, stand fast vor meiner Tür und verkündete mit Psalm 34: *Der Engel des Herrn lagert sich um die her, die ihn fürchten, und hilft ihnen heraus. Schmecket und sehet, wie freundlich der Herr ist. Wohl dem, der auf ihn traut*, und ich war bereit, zu schmecken und zu sehen, damit der Herr freundlich zu mir ist und mir wieder eine Frau schickt.

EINUNDDREISSIG

Während ihrer Zeit in Bayern hatte Mutter gelernt und uns Jungs gelehrt: »Das Wirtshaus schließt zwischendurch, das Gotteshaus hat immer geöffnet«, nun stand ich jedoch an einem Mittwochmittag vor der Kirche St. Gabriel und wollte beten, aber die Tür war abgeschlossen; die Protestanten mussten wohl andere Öffnungszeiten haben als die Katholiken, sie wollen wahrscheinlich öfter bitten und flehen, weil sie ja auch mehr feiern und sündigen. Keine Antwort auf mein Klopfen, weshalb ich wieder nach Hause ging und die Kirche anrief, am Telefon meldete sich ein Herr Jensen, offenbar Däne, denn er sprach einen Dialekt wie die Schauspielerin

Vivi Bach, die mit ihrem Mann Dietmar Schönherr früher das Fernsehquiz *Wünsch Dir was* moderiert hatte und in einem Wasserbassin aus Versehen beinahe eine Kandidatin ertränkt hätte. Herr Jensen sagte mir, dass ich am Sonntag zum Gottesdienst kommen sollte, um mit der Gemeinde zu beten, ich könnte aber auch schon morgen, am Donnerstagnachmittag um vier, alleine in der Kirche beten, er leite dann eine Tischtennisgruppe im Kirchenkeller, ich solle an der Haustür rechts neben dem Kirchengebäude klingeln – okay, beten und Tischtennis spielen, ich hatte sogar noch einen Schläger und eine Schachtel Bälle, ging am nächsten Tag zu Pastor Jensen und erschrak bei seinem Anblick, denn ich dachte, der Rockmusiker Kurt Cobain sei doch nicht gestorben, obwohl die Zeitungen vor zwei Jahren schrieben, dass er sich erschossen hat; Pastor Jensen war sein Doppelgänger, so ein schöner Mensch, dachte ich. »Ich bin Mads«, sagte er und gab mir die Hand, er erzählte, dass er noch Hilfspastor sei und sich zum Hauptpastor ausbilden lasse, wir spielten eine Stunde lang Tischtennis mit Rentnern und Jugendlichen, gegen einen Jungen verlor ich klar, gegen einen Rentner nur knapp, hinterher sagte Mads, ich könne nun ins Kirchenschiff gehen und dort beten. Ob ich denn eine Bibel brauche, ich sagte: »Nein danke, nichts zu lesen, nur Gott und ich.«

Da saß ich also vor dem Altar und faltete die Hände, wie's Betende tun, ich weiß nicht mehr genau die Worte, aber ungefähr betete ich: *Lieber Gott, ich glaube, dass der Mensch auf Deine Welt kommt, um traurig zu sein. Jesus war ja auch immer traurig. An die Leere draußen habe ich mich gewöhnt, aber in meiner Wohnung kann ich nicht alleine sein. Das habe ich erst jetzt gemerkt, seit ich alleine bin. Bitte, lieber Gott, schicke mir wieder eine Frau gegen die Leere zu Hause. Die allgemeine Leere kann bleiben, sie ist ja normal. Amen.*

Danach blieb ich noch eine Viertelstunde sitzen und ließ mein Gebet auf mich wirken, ich dachte, vielleicht kommt ein bisschen innerer Frieden, kam aber nicht. Aus dem Kirchenschiff zurück in den Keller, ich wollte meinen Tischtennisschläger wieder mitnehmen, Mads fegte den Raum, er hatte zwei Dosen Bier von oben aus seiner Hilfspastorwohnung geholt, setzte sich auf einen Klappstuhl, zeigte auf den anderen Klappstuhl und reichte mir dann eine Dose *Faxe*, ich trank dieses Dänenbier wirklich nur im Notfall oder aus Sympathie, und ich mochte diesen Mads. Er erzählte, dass er aus der Hafenstadt Kolding stamme und seit fünf Jahren in Hamburg lebe, und fragte mich, was ich so treibe, ich sagte: »Post«, er lachte und sagte, sein Vater habe Brieftauben gezüchtet und sei sehr religiös gewesen – »Wegen ihm vor allem habe ich dann Theologie studiert, und ich wäre fast Katholik geworden, nachdem ich ein paar Bücher des Philosophen Kierkegaard gelesen hatte. Schon mal gehört, Kierkegaard?«, fragte Mads und drehte sich eine Zigarette. »Ja«, sagte ich, »mein Bruder Sören hat seinen Vornamen nach Kierkegaard, weil mein Vater im Krieg immer ein Buch von Kierkegaard dabei hatte«, die Geschichte gefiel Mads, ich sagte ihm nicht, was genau mein Vater im Krieg getan hatte. Mads sagte, *jeder* Gedanke von Kierkegaard habe ihn fasziniert oder erschüttert, aber er konnte den Sprung zu den Katholiken dann doch nicht schaffen, weil er das Papsttum ablehnte. Wir kamen auf Musik zu sprechen, Mads sagte, er müsste eigentlich Bach lieben, »aber ich liebe nur Mozart, den Katholiken«, er mochte auch *Mercyful Fate*, eine dänische Heavy-Metal-Band; ich erwähnte Rory Gallagher, kannte er, »Rory Gallagher hat nachgelassen«, sagte Mads, das war die Wahrheit hier im Tischtenniskeller der St.-Gabriel-Kirche, wo ich jetzt fast jeden Donnerstagnachmittag mit Mads Jensen zuerst

Tischtennis spielte und dann über Gott, Bier und die Frauen redete, bis ich dann nicht mehr zu Mads Jensen ging, denn ich hatte ihm eine Dose *Faxe* ins Gesicht gestoßen und seine Nase gebrochen.

Das bisschen, was ich jetzt über Philosophie weiß, das weiß ich von Mads, und ich musste dafür kein Philosophiebuch lesen, immer nur Mads und ich und zwei Dosen *Faxe*, irgendwann habe ich zum Tischtennis mal zwei Sechserpack *Jever* mitgebracht und den Rentnern und Jugendlichen auch eine Flasche abgegeben. Alle Anwesenden im Tischtenniskeller duzten Mads, er war erst 30, erhob nie die Stimme und zischte nie, aber so eine Autorität wie ihn hatte ich noch nicht gekannt; niemand im Keller konnte ihn beim Tischtennis besiegen, und er musste sich nicht mal anstrengen. »Na, wo bleibt da deine Antwort!«, rief einmal ein Spieler nach einem Schmetterball, den Mads nicht mehr erreichen konnte, und Mads sagte, wobei er nur mich anguckte: »Antworten sind uninteressant. Interessant sind nur die Fragen.« Das hat mir imponiert, ich musste mir allerdings die Situation in einem Quiz vorstellen, der Quizmaster fragt: »Wer war zuerst am Südpol?«, und der Kandidat antwortet mit einer Gegenfrage. »Du musst nur vier Fragen kennen und dich jeden Tag fragen, dann kommst du ziemlich gut durch die Welt«, sagte Mads, als wir alleine waren. »Wer und was bist du? Was darfst du hoffen? Was kannst du wissen? Was sollst du tun? Auf diese Fragen wirst du natürlich keine hinreichenden Antworten finden, aber die Fragen werden dir irgendwann sagen, wer du bist, und dann weißt du auch, was du hoffen darfst und wissen kannst und tun sollst.« Da dachte Tom an seinen Rory Gallagher, der in einem Song singt *I don't know where I'm going, Don't know where I've been, the soles on my shoes are paper thin* – durch Mads würde Tom jetzt vielleicht erkennen, wohin der Weg auf papierdünnen Schuhsohlen geht.

In dem Jahr ihrer Freundschaft durfte Mads einmal am Sonntag vor der Gemeinde predigen, Tom ist hingegangen und hat zugehört und sich hinterher die Abschrift geben lassen, er hat diese Predigt bestimmt zehnmal gelesen, Markus wirkte während der Predigt auf ihn wie Moses, der gerade die Zehn Gebote von Gott empfangen hat und sie nun dem Volk vorträgt.

»Ich wünsche euch einen gesegneten Sonntag«, sagte Mads, »der Herr sei mit euch und segne euch, reden wir nun über den Propheten Jona, wie er singt im Bauch des Wals. Wir fühlen, wie die Fluten über uns zusammenschlagen; bis auf den Algengrund des Wassers loten wir mit ihm aus, Seetang und aller Schlick des Meeres ist um uns herum. Was aber lehrt uns diese Geschichte? Eine Lehre für uns alle als Sünder ist diese Geschichte deshalb, weil sie über die Sünde erzählt, über Bockigkeit des Herzens, erwachende Ängste, über Strafe und Reue, Gebete und Freude. Wie bei allen Sündern besteht Jonas Sünde darin, vorsätzlich gegen das Gebot Gottes zu verstoßen. Jona findet dieses Gebot schwer. Alles, was Gott von uns verlangt, ist für uns schwer zu erfüllen, merkt euch das! Deshalb befiehlt Gott öfter, als dass er versucht, uns zu überreden. Wenn wir aber Gott gehorchen, müssen wir ungehorsam sein uns selbst gegenüber. Genau dieser Ungehorsam uns gegenüber macht den Gehorsam Gott gegenüber so schwer. Jona wird hochgehoben wie ein Anker und ins Meer geworfen. Er sinkt und beachtet kaum den Augenblick, in dem er in den Rachen stürzt, der Rachen wartet auf ihn. Der Wal lässt seine Elfenbeinzähne zuschnappen über seinem Kerker. Da betet Jona zu Gott im Leib des Wals. Aber obwohl voll Sünde, weint Jona nicht und jammert nicht, um sofort gerettet zu werden. Nein, er spürt, dass diese furchtbare Strafe gerecht ist. Er überlässt seine Rettung ganz Gott und gibt sich damit zufrieden, trotz Schmerzen und Qualen noch aufschauen zu dürfen zu Gott. Und hier ist die treue Reue zu finden, denn der Sünder bedankt sich für die Strafe, merkt euch das! Jonas Verhalten gefällt Gott, es zeigt sich daran, dass Jona letztlich aus der See und aus dem Wal gerettet wird. Jona ist ein Vorbild für Reue. Er hat sein Ich erkannt und weiß nun, was zu tun ist. Sündigt nicht! Tut ihr es aber doch, dann achtet darauf, dass ihr so bereut wie Jona! Er hatte mit einem Schiff vor Gott zu fliehen versucht, aber Gott ist überall. Wie wir ja gesehen haben, kam Gott im Wal über ihn. Selbst dann aber noch hörte Gott den reumütigen Jona. Daraufhin redete Gott zu dem Wal, und der Wal spuckte Jona aufs Land. Da redete Gott zum zweiten Mal zu Jona, der völlig fertig war, aber tat, was Gott befahl – die Wahrheit predigen mitten ins Angesicht der Falschheit. Das war's für heute, jetzt singen wir noch ein Lied, dann geht ihr nach Hause und sagt die Wahrheit, wenigstens bis nächsten Sonntag.«

Hinterher beim Dosenbier sagte Mads, er habe die Predigt teilweise beim Film *Moby Dick* abgehört und sich zurechtgeschnitten und habe so erscheinen wollen wie der Schauspieler Orson Welles, der als Pastor dermaßen wütet, dass er an Moses mit den Zehn Gebotstafeln erinnert.

Mads, dachte Tom im Rückblick, hat wohl meistens oder immer gelogen, obwohl er doch die Menschen ständig aufforderte, in der Wahrheit zu leben, aber Tom musste zugeben: Wenn Mads sich Geschichten ausdachte, dann waren sie gut ausgedacht. Als Tom zum ersten Mal bei Mads oben in seiner Hilfspastorwohnung auf dem Sofa saß, da erzählte Mads von seiner Doktorarbeit, die er leider nicht abschließen konnte, weil die Japaner geschwiegen und ihn sogar mit dem Tode bedroht hatten. Der Titel der Doktorarbeit lautete *Ehrverlust als Selbstmordgrund*, die Hauptperson sollte Kōkichi Tsuburaya sein, er kam am 13. Mai 1940 zur Welt und starb am 9. Januar 1968, er lief erst die Mittelstrecken über 800 und 1500 Meter, steigerte sich zu den 5000 und 10 000 Metern, konnte japanische Rekorde aufstellen und Meisterschaften gewinnen, aber das Höchste für Tsuburaya war die Marathonstrecke – seine Mutter hatte ihm erzählt, sie habe mehrfach davon geträumt, dass er eines Tages in seiner Heimat über die Gegner aus allen Ländern siegt und die Goldmedaille im Marathonlauf holt; die Mutter hatte den Traum auch den Verwandten erzählt, »Kōkichi Tsuburaya ist also aufgewachsen unter dem Zwang, die Goldmedaille im Marathonlauf zu gewinnen«, erzählte Mads, nahm einen Schluck *Faxe* und einen Zug von seiner Zigarette, er rauchte *Schwarzen Krauser*, denn »wenn ich schon rauche, dann das Schwärzeste«, erklärte Mads seine Tabakwahl. *Bibleblack*, dachte Tom und musste grinsen, während Mads berichtete, wie Kōkichi Tsuburaya trainierte und sein ganzes Leben nach der olympischen Goldmedaille ausrichtete, und die Olympischen Spiele 1964 sollten in Tokio sein.

Favorit war Tsuburaya aber nur bei seiner Familie, der offizielle Favorit kam aus Äthiopien, er hatte den Marathonlauf vier Jahre vorher in Rom gewonnen und keine Schuhe getragen: Abebe Bikila, der Stolz Afrikas, der barfüßige Renngott, und diesmal trug er Schuhe. »Kannst du dir vorstellen«, sagte Mads, »wie Tsuburaya sich gefühlt haben muss, als er nach 42 Kilometern ins Olympiastadion einlief, seine ganze Verwandtschaft saß auf der Tribüne und erwartete die Goldmedaille, aber der Äthiopier war bereits vier Minuten vor ihm da gewesen und würde sich nachher die Goldmedaille umhängen lassen! Diese Schmach! Während Tsuburaya dann die letzten paar hundert Meter lief, guckte er nach rechts und sah seine Mutter weinen. Es waren aber keine Trauertränen oder Mitleidstränen, sondern *Wuttränen* und *Schandtränen*, sie schämte sich für ihren Jungen. Diese Tränen schwächten Tsuburaya, jetzt merkte er, dass noch ein Gegner hinter ihm schnaufte, dieser Engländer. Er kam immer näher, Tsuburaya konnte den Angriff nicht mehr abwehren, der Engländer überholte ihn und wurde Zweiter. Die Silbermedaille nach der afrikanischen Majestät, das wäre vielleicht noch zu überstehen gewesen. Aber nur Dritter und Bronze, wie sollte Tsuburaya da weiterleben?« Mads machte eine Pause, ein bisschen affig, diese Dramatik, fand Tom. Wenn er an Japaner dachte, dann musste er auch immer daran denken, dass sie im Krieg mit seinem Vater, dem Schwein, zusammengesteckt hatten. Tsuburaya setzte nun sein Leben auf die nächsten Olympischen Spiele, sie würden 1968 in Mexiko stattfinden, er trainierte noch mehr und ertrug den Blick seiner Mutter, aber er verletzte sich oft und konnte kaum hoffen, nun endlich ihren Traum zu erfüllen, nein, keine Goldmedaille, nicht in Tokio, nicht in Mexiko, nirgendwo, niemals – Kōkichi Tsuburaya wollte lieber sterben, als keine Goldmedaille zu gewinnen, er beging Selbstmord. »Und jetzt kommt das Beste«, sagte Mads, der ja eigentlich das Schlimmste meinte, »er hat sich nicht den Bauch, sondern *nur* die Pulsadern aufgeschnitten. Kein Harakiri, wie es sich für einen japanischen Ehrenmann gehört, sondern ein Abgang nach Art der Römer.« Die Mutter verweigerte jede Auskunft und versicherte Mads im Namen der Familie, er werde es bereuen, wenn er sich der Familie nähere. »Nun bin ich also Hilfspastor ohne Doktortitel«, sagte Mads zu Tom, der sich mal wieder fragte, warum sein Vater sich nach seiner SS-Zeit nicht umgebracht hatte und stattdessen auf den Krebs wartete.

ZWEIUNDDREISSIG

Ja, ich kann sagen, dass Mads, seit Lori aus meinem Leben verschwunden war, das Interessanteste zu erzählen hatte, und ich dachte, das Schicksal wolle mich führen, als Mads sagte: »Immer nur Tischtennis, das nervt doch auf Dauer, lass uns mal rausgehen, Minigolf spielen. Nicht Miniaturgolf, das spielen die Leute auf Campingplätzen oder in Badeanstalten. Eine Minigolfanlage gibt's an einem Rahlstedter Teich«, unglaublich, Mads meinte die Lehmkuhle und den Minigolfplatz beim Greifenberg Park, wo ich früher daran gescheitert war, einen Frosch aufzublasen. Wir nahmen die U-Bahn, und Mads erklärte, Minigolf verhalte sich zu Minaturgolf wie Tischtennis zu Pingpong, die Bahnen beim Minigolf seien länger, die Hindernisse schwieriger; eine Hausfrau könne beim Miniaturgolf schon mal eine 40er-Runde spielen, nicht aber beim Minigolf, nein, Minigolf würde ganz andere Ansprüche stellen, ohne Talent und Intelligenz und Seelenruhe und Disziplin gehe es nicht beim Minigolf!

Da standen wir dann vor der Lehmkuhle, sie hatte Wasser verloren, die Frösche saßen noch am Ufer und beobachteten die Libellen, das Wirtshaus war weg, die Trinker lagen auf den Bänken und tranken oder schliefen. Vom Minigolfplatz drangen Jubelschreie, und ich meinte sofort, Uwe Schmidts Säuferstimme rauszuhören, doch, das war Uwe Schmidt, der, sagte Rollo neulich, mit Mitte 30 bereits den zweiten Herzinfarkt ausgelacht hatte und nicht nur weiterrauchte, sondern jetzt noch mehr rauchte. Am Eingang der Minigolfanlage in der Swinemünder Straße stand nun eine Holzhütte statt einer Bretterbude, die Betreiber schienen die Bahnen und den

Rasen dazwischen zu pflegen, früher wuchs kaum Grün, und die Spieler pissten gerne in die Löcher. Wir bezahlten, erhielten zwei Schläger, zwei Bälle und zwei Karten, um unsere Ergebnisse zu notieren, gingen zur ersten Bahn, wo drei Kinder rumstocherten, da rief Uwe Schmidt von der siebten Bahn: »Das kann ja wohl nicht wahr sein, Tom, du Tränentier, was trinken wir?«

Uwe stand auf dem Hügel, die Sonne fiel auf ihn, in seiner Hand glitzerte ein Gegenstand, und ich wusste, was es war, Mads würde es nicht fassen können. Uwe trippelte zu uns rüber, sein Bauch wogte, den Minigolfschläger, einen Eigenbau, hielt Uwe in der rechten Hand, eine Schachtel Zigaretten (*Gitanes*) steckte in seiner Hemdtasche, eine Zigarette klemmte hinter seinem Ohr, in der linken Hand hielt er ein Glas mit einer brauen Flüssigkeit drin, Barcardi-Cola, das trank Uwe seit 20 Jahren vorm Minigolf und nach dem Minigolf und auch beim Minigolf.

»Das ist Uwe«, sagte ich zu Mads, »er gehört zu den Funktionären hier. Uwe, das ist Mads, mein Pastor.« Da lachte Uwe, viele Zähne hatte er nicht mehr, seine Locken hingen ihm im Gesicht, die Bartstoppeln mussten sein, ein Mann wie Kater Karlo, der Gauner aus Entenhausen, er roch nach Schnaps, und nun begriff auch Mads, dass kein Kaffee in Uwes Glas schwappte. »Uwe war dreimal Klubmeister und hält hier den Bahnrekord«, sagte ich zu Mads, der darüber lachen wollte, aber das Lachen abbrach; ich scherzte nicht, das merkte er dann doch. Mads musste seine Ansichten über Minigolf ändern, denn Uwe hatte sehr viel Talent und spielte voller Seelenruhe, aber Disziplin und Intelligenz fehlten ihm ganz. Seine Meisterschaften gewann er halbbetrunken, bei seinem Bahnrekord soll er ein bisschen gelallt haben. Mads mochte Uwe nicht, das sah ich, aber Uwe mochte alle Menschen, und alle Frauen schienen ihn zu mögen, das war schon immer so. Was sein Herz mache, wollte ich wissen, och, sagte Uwe und grinste, es schlägt, bis es aufhört zu schlagen. Er erzählte von Micki, einem Kumpel von früher, den er im Gefängnis besucht hatte – »Wusstest du, dass sich ziemlich viele Knastis umbringen?«, sagte Uwe. »Die Wärter tun ja alles, um solche Sachen zu verhindern, aber immer können sie's doch nicht verhindern. Micki sagt, ein Türke in seinem Block hat sich die berühmte Feile von seiner Verlobten reinschmuggeln lassen. Der Türke hat mit der Feile aber nicht das Fenstergitter durchgefeilt, sondern sich erstochen, das musst du dir mal vorstellen. Ich hol' mir noch einen Bacardi-Cola, du auch? Was ist mit dir, Pastor, darfst du trinken?«

Mads antwortete gar nicht, er hatte den Ball auf den Abschlagspunkt der ersten Bahn gelegt und wollte die Runde beginnen, er schwitzte vor Ehrgeiz, und als er Schwung holte, da erinnerte ich mich, dass Uwe zum Saisonende 1976 an dieser Bahn mal ein Ass geschlagen hatte, mit dem Rücken zum Loch. Die erste Bahn hat gar kein Hindernis, eine Falle, jeder Anfänger muss denken, es reicht, den Ball gerade zu schlagen, dann wird er schon reingehen, aber die Bahn neigt sich: Mads schien das zu wissen, er schlug den Ball so, dass er kurvte und tatsächlich ins Loch rollte, ein Ass vom Pastor, er grinste, aber Uwe sagte: »Okay, aber es war Glück. So darfst du den Ball eigentlich nicht spielen, er braucht zwei Banden, damit er sicher reingeht. Sonst verendet er meist irgendwo in der Ecke. Aber mit zwei Banden, das kannst du dann ewig wiederholen. Der Ball wird immer reingehen, das ist *wissenschaftlich.*«

Uwe ging zur Holzhütte, holte sich ein weiteres Glas Bacardi-Cola für sich und ein Bier für mich und beobachtete meine Versuche, ich brauchte vier Schläge, bis mein Ball endlich ins Loch eierte. Uwe nahm einen Schluck, spielte den Ball über zwei Banden, links, rechts, rein; er demonstrierte seine Wissenschaft fünfmal nacheinander, ich johlte und applaudierte, Mads nickte, freute sich aber kein bisschen. Als wir zwei Stunden später an den 18 Bahnen gewesen waren, hatte Uwe, ohne sich Mühe zu geben, immerhin eine 24-er Runde gespielt, ich leider nur eine 55 und Mads eine 37, »ausgezeichnet für einen Amateur«, sagte Uwe, aber Mads konnte das Lob nicht annehmen – sein zweitbestes Ergebnis auf dieser Anlage empfand er als Niederlage, weil Uwe (er trank noch drei Bacardi-Cola) immer wieder seine Wissenschaft vorführte, ohne jeden Hochmut übrigens, sondern wie ein Kind beim Topfschlagen. Für jede Bahn brauchte Uwe natürlich eine *Gitanes*, er rauchte ohne Gier, und ich fand, dass er auf seine Art sehr attraktiv war, die Frauen auf der Anlage beachteten ihn und missachteten Mads mit seiner Kurt-Cobain-Schönheit.

»Ich geh' mir mal die Hände waschen«, sagte Mads und guckte so arrogant wie Pontius Pilatus beim Händewaschen in Unschuld, nachdem er gerade Jesus an die Römer übergeben hatte, damit sie sich aufgeilen und ihn ans Kreuz nageln können. Uwe leerte sein Glas, seufzte und sagte: »Wie lange kennst du denn deinen Pastor? Der ist nicht gut für dich. Der hat falsche Augen.« Da Uwe inzwischen im Tran war, wollte ich nicht so ernst nehmen, was er über Mads sagte; Mads hatte viel Phantasie und *interpretierte die Wahrheit*, wie er's mal nannte, aber Hinterlist konnte ich nicht erkennen. »Am liebsten würde ich hier auf dem Platz sterben«, sagte Uwe ohne Zusammenhang. »Die Theaterschauspieler sagen ja immer, sie wollen auf der Bühne sterben. Am liebsten würde ich an der 16 sterben, wenn ich's mir aussuchen könnte.« Die 16 war *das Mauseloch*, dort schaffte auch Uwe nicht jedes Mal ein Ass, weil der Ball nach dem Hindernis rumzickte, die Bahn reagierte auf das Wetter. Nach dem Händewaschen hatte sich Mads vor die Holzhütte gesetzt, er trank einen Kaffee, rauchte seinen *Schwarzen Krauser* und stierte vor sich hin, während Uwe erzählte, dass er, gelernter Werkzeugmacher, schon lange keine Arbeit mehr bekam und auch nicht mehr arbeiten wollte. Er erhielt Sozialhilfe und ein bisschen Geld von seiner Mutter, an die Rente dachte er nie, »das Rentenalter erreiche ich ja sowieso nicht. Du wirst es kaum glauben, Tom, aber mir geht's ganz gut, jedenfalls in der Saison. Ohne Minigolf ist's langweilig, aber ich habe immer eine Frau, manchmal sogar zwei Frauen. Wir reden viel miteinander, ich vergammel nicht vorm Fernseher.«

Ein paar Monate später, im Februar 1997, außerhalb der Saison, ist Uwe an seinem dritten Herzinfarkt gestorben – Uwes Mutter informierte Toms Mutter über den Todesfall, der Leichenschmaus nach der Beerdigung hat in der Minigolfholzhütte stattgefunden, es gab Knackwürste und Bacardi-Cola, die ganze Zeit lief die CD *Undead* von Ten Years After, das zweite Stück heißt *Woodchopper's Ball* und war Uwes Lieblingslied; seine letzten beiden Frauen konnten nicht aufhören, ihn zu beweinen.

DREIUNDDREISSIG

»Komm doch mit runter, ich habe keine Lust alleine zu fahren, ich erzähle dir auch von der Hölle, sie brennt und stinkt im Universitätsviertel«, sagte Mads an einem Märznachmittag zu Tom. Für ein Wochenende wollte Mads nach Freiburg, um an einem Seminar über *Satan und seine Erscheinungsformen seit dem Mittelalter* teilzunehmen. Ja, dachte Tom, meinen Job lasse ich am Freitag ausfallen, durch den Schwarzwald würde ich gern mal wieder laufen, und Lori lebt ja inzwischen dort, Efringen-Kirchen heißt der Ort, am Schwarzen Weg wohnte Lori jetzt mit seiner Mutter; sie hatte ein Reihenhaus von einer Tante geerbt, Vater Lorius lebte nicht mehr, »Ich atme Freiheit«, sagte Lori am Telefon, er dramatisierte die Lage in einem Singsang wie Konrad Adenauer 1952 vorm Bundestag, den Adenauer'schen Tonfall konnte Lori immer schon nachahmen: »Es ist die Schicksalsfrage Deutschlands! Wir stehen vor der Wahl zwischen Sklaverei und Freiheit. Wir wählen die Freiheit!«

»Okay«, sagte Tom zu Mads, und so stiegen sie am Freitagmorgen um acht in Mads' VW-Käfer, sieben Stunden würden sie für die 750 Kilometer brauchen, die Zeit müsste Mads reichen, um die Hölle im Univiertel zu beschreiben, und vielleicht könnte er dazu noch vermuten, welche Erscheinungsformen sich Satan seit dem Mittelalter ausgedacht hatte. Bis hinter Hannover sagte Mads kaum ein Wort, seine Laune schien sich mit jedem Kilometer zu verschlechtern, aus seinem CD-Player kam eine Musiksorte, an die sich Tom nicht gewöhnen konnte – er hatte Derartiges noch nie gehört, Elektronik und Bläser, Gehämmer und Gebrüll, einige Wortfetzen auf Deutsch, Englisch und Französisch, kein Rhythmus und keine Melodie, jedenfalls nicht in Toms Ohren.

»Ja, das kriecht aus der Hölle«, sagte Mads, als eine Frauenstimme gerade gegen ein Alphorn und eine Bongotrommel ankreischte, und jetzt lächelte Mads doch. »Wer die Hölle dann wieder verlässt und auf die Erde steigt«, sagte er, »kann rechts den Philosophenturm der Universität sehen und vielleicht den Schrei hören, wenn mal wieder ein Philosophiestudent aus dem 10. Stock springt.«

Tom kannte das Hamburger Universitätsviertel kaum, er hatte dort allerdings in einem Kino mal den Horrorfilm *Eraserhead* gesehen und musste sich hinterher ein Taxi bestellen, er wollte nicht den Bus oder die Bahn nach Hause nehmen, weil er fürchtete, die Missgeburten und Bleistifte aus dem Film könnten ihn verfolgen. »Die Adresse der Hölle ist Durchschnitt, so heißt das Sträßchen zwischen Bundesstraße und Grindelallee«, sagte Mads, »und die Hölle nennt sich *Unterm Durchschnitt*, ein Kellerladen, mit Schallplatten vollgestellt. Uli Rehberg ist die Erscheinungsform, die Satan hier wählt. Es stinkt dort nach Schwefel und Aas. Manche Zufallskunden meinen, es würde nach Achselschweiß und Käsefüßen riechen, nein, nein, Schwefel und Aas, ich sage es dir, Tom. Dieser Uli Rehberg könnte durchgehen als Honeckers Sohn, aber er ist beileibe keine Witzfigur. Wenn er spricht, meistens leise, dann hast du's Gefühl, dass er mit Messern wirft. Bei ihm läuft *die Gegenmusik* zu Mozart, Bach und Schubert, also die Gegenmusik zu Gott. Ich rede nicht von Punk oder Metal Music und ihren Varianten, die angeblich dem Nichts und dem Teufel huldigen; das ist alles Mädchenzeugs. Die Stammkunden und Rehbergs Kumpane erinnern an die Bande in dem Film *Rosemary's Baby*: Auf den ersten Blick noch Normalbürger, auf den zweiten Blick bereits Gruselgestalten. Einen Andreas Hoffmann und einen Asmus Tietjens hat Rehberg zu seinen Lieblingen befördert, sie tragen Anzüge wie Bestatter, aber keine Strümpfe, auch nicht im Winter. An Weihnachten verbrennen sie viele ihrer Schallplatten und tanzen dazu. Gib mir bitte mal eine Zigarette, in dem Tabakbeutel auf dem Rücksitz stecken schon ein paar Selbstgedrehte«, sagte Mads, und während Tom nach hinten langte, wusste er plötzlich wieder, dass sein Bruder Sören auch mal den Namen Asmus Tietjens und einen Schallplattenkeller bei den Studenten erwähnt hatte – Tom erinnerte sich jedoch nicht, was passiert war, mindestens zehn Jahre her, Sören hatte jedenfalls von *einem furchtbaren Erlebnis* geredet.

Mads hatte erstmal genug geredet, er knabberte Tabakkrümel von seinen Lippen und schluckte sie, statt sie auszuspucken, wechselte die Kassette, nun lief wieder Klassik, wahrscheinlich von Mozart, Bach und Schubert, das konnte Tom nicht beurteilen. Mads fuhr sein Auto jetzt auf eine zärtliche Weise, sodass Tom einnickte und träumte, Szenen aus den Filmen *Eraserhead* und *Rosemary's Baby* quälten ihn und vermischten sich mit Mads' Bericht aus der Uli-Rehberg-Hölle: Eine Blondine grätscht auf einer Bühne, singt Lieder von Schubert, zertritt einen Bestatter und erbricht Mousse au chocolat, während zwei Radiergummis mit Messern werfen und den Philosophenturm verwunden; er blutet und trötet auf dem Alphorn, drei Studenten rennen aus dem Philosophenturm, sie tragen Seidengewänder, auf denen Raupen verwesen; die Raupen können aber trotzdem noch in die Studentengehirne eindringen, dort, am Stammhirn, sitzt Erich Honecker, bemalt eine Heizung und schnüffelt an seinen Käsefüßen, und als Tom von diesem Geruch aufwachte, da wusste er wieder, was Sören mal im Plattenladen *Unterm*

Durchschnitt erlebt hatte. Er kannte den Laden gar nicht, sah aber von außen, dass es Schallplatten gibt, und er brauchte *Punch The Clock* von Elvis Costello, also rein in den Laden – das Aroma hat Sören gleichzeitig angezogen und abgestoßen, er dachte zuerst, es käme aus der Schlachterei gegenüber, im Schaufenster lagen Gewürze auf Innereien, aber die Geruchsquelle war im Plattenladen. »Der Chef stand hinter seinem Tresen, nein, er lauerte hinter seinem Tresen und befasste sich mit einem Kunden«, erzählte Sören damals, als er ohne Elvis Costello nach Hause gekommen war. »Der Kunde hatte keine Angst vor dem Chef, das sah ich sofort. Der Kunde hatte einen Fehler gemacht, wie der Chef offenbar fand, und sollte jetzt seine Strafe kriegen.«

Später, draußen vorm Laden, hatte Sören noch kurz mit dem Kunden geredet, er hieß Theodor und nannte auch seinen Nachnamen, es war ein Monat, entweder August oder November, das wusste Tom jetzt nicht mehr, dieser Theodor August oder Theodor November hatte den Satan Rehberg jedenfalls nach der Single *Being Boiled* von der Gruppe The Human League gefragt, es sollte die 1978er Version sein, worauf Rehberg sich duckte und die Augen schloss, die Lider flatterten, und er flüsterte: »Kannibalenmusik aus den Hitparaden führe ich nicht. Geh zu Karstadt, geh mit Gott, aber geh!« Theodor, ein Jüngling mit dem Kreuz eines Profi-Schwimmers, stemmte die Hände in die Hüften, lachte über Rehberg und belehrte ihn – *Being Boiled* gehöre nicht zum Mainstream, sondern verhöhne den Mainstream, das Thema sei nicht Kannibalismus, sondern die Seidenspinnerraupe und ihr Todeskampf; die Kapitalistenknechte würden die Larven der Seidenspinnerraupen bei lebendigem Leibe kochen, um das Luxusgut Seide herzustellen. Ob Rehberg, fragte Theodor, denn Seidensocken trage und überhaupt keine Ahnung vom Buddhismus habe, alle Lebewesen seien Reinkarnationsstufen eines früheren Lebens! Wer also Raupen töte, würde praktisch die eigenen Nachkommen töten und Selbstmord begehen, und Rehberg wisse wohl auch nicht, dass die Seidenspinnerraupe keineswegs blöd sei, sondern zehn Gehirne mehr habe als er, ja, die Seidenspinnerraupe habe elf Gehirne. Inzwischen war Rehberg hinter seinem Tresen hervorgetreten, er trug keine Seidensocken, gar keine Socken, er trug Jesuslatschen, was für Satan wohl ein Spaß gewesen sein muss. Sören traute sich jetzt nicht mehr, nach seinem Hitparaden-Elvis zu fragen, Rehberg pfiff, worauf die Tür zum Lager aufging und zwei Männer in Bestatteranzügen herbeieilten, und Sören und Theodor verließen den Laden und stiegen wieder zur Erde hinauf.

Mads drückte im Auto auf einen Knopf, um die klassische Musik abzustellen, das Radio lief jetzt, Bing Crosby und Grace Kelly sangen *True Love* – was Uli Rehberg wohl zu diesem Lied sagen würde, da er doch schon *Being Boiled* für etwas ganz Hohles hielt, fragte sich Tom, und während Crosby und Kelly nun zur Stelle mit der wahren Liebe und dem Schutzengel kamen, musste Tom unter diesem Eindruck endlich fragen, was er schon lange fragen wollte: »Mads, hast du im Moment eigentlich eine Freundin, ich meine was Festes? Du bist doch ein Protestantenpastor und darfst Frauen haben.« Mads holte sofort eine Selbstgedrehte aus seinem Tabakbeutel, der inzwischen vorne lag, und änderte seinen Fahrstil, das Weiche und Zärtliche war weg, er bretterte jetzt durch Hessen und ließ sich zwei Minuten Zeit, bevor er antwortete. »Nix Festes«, sagte er, »bin ich verrückt? Ab und zu schlafe ich mit einer Frau, nicht oft, aber es ist ja gesund. Alle Frauen sind hysterisch, ist dir das klar? Ich kenne ziemlich viele Frauen, junge, alte, mittelalte, alle hysterisch; ich kenne tatsächlich keine einzige Frau, die nicht hysterisch ist. Sie sind nicht alle gleichermaßen hysterisch und auch nicht ständig hysterisch, aber hysterisch sind sie. Penisneid«, sagte Mads und lachte, und Tom lachte auch, Penisneid, dieses Wort, witzig. »Das ist kein Witz«, sagte Mads und lachte immer noch, aber er lachte wohl nicht über das Wort, sondern darüber, dass es auf jede Frau passt. »Jede Frau ist neidisch auf jeden Mann. Er hat das Ding, sie hat es nicht. Das ist der Grund für ihre Hysterie, verstehst du? Sigmund Freud hat das rausgefunden, ein Philosoph und Arzt. Übrigens, ich habe Angst vor Frauen, jeder Mann hat Angst vor Frauen, aber fast alle Männer leugnen es. Ich habe meine Angst vor Frauen immer zugegeben, ich habe nichts zu verheimlichen. Ich trinke auch nicht heimlich, sondern ganz offen.«

Was das Trinken betraf, da konnte sich Tom mit Mads einigen, aber die Sache mit dem Penisneid wollte er nicht weiter kommentieren und in Hamburg mit Sören besprechen, denn Sören hatte die Gesamtausgabe von Sigmund Freud zu Hause rumstehen und konnte sicher sagen, ob es stimmte, was Mads eben von den Frauen behauptet hatte. Nachmittags um halb vier waren Tom und Mads in Freiburg, sie würden bis Sonntag bei Armin wohnen, Mads kannte ihn aus seiner Studienzeit und sagte vorab zu Tom: »Du wirst es nicht gleich merken, Armin kann sich hervorragend verstellen, aber er hat am meisten Angst vor den Frauen. Er geht jetzt mit einer Vietnamesin, sie malt Walbilder. Du wirst es nicht glauben, genug Leute in Freiburg kaufen Walbilder, wahrscheinlich weil's in Freiburg nur Berge und Seen gibt, aber kein Meer und keine Wale. Du musst wissen, dass Armin ein lieber Kerl ist, aber er leidet an Verfolgungswahn, die milde Form. Er hat sein Staatsexamen mit einer Eins abgeschlossen und wollte als Lehrer für Philosophie und Geschichte arbeiten, aber eines Morgens erwachte er und erkannte, wozu er auf der Welt war. Nicht lehren, sondern schreiben; erst für Zeitungen, dann Bücher. Sein Ziel war Chefredakteur beim *Spiegel*, später Literaturnobelpreis. Durch Fürsprache eines Kumpels hat Armin dann ein paar Artikel in einem Stadtmagazin untergebracht, das ermutigte ihn, leider. Innerhalb von zwei Jahren schrieb er drei Romane, 70 Kurzgeschichten und 16 Theaterstücke, nur Gedichte hat er sich nicht zugetraut. Er schickte seine Schriften und Werke an über 30 Verlage, bekam entweder eine Standardabsage oder gar keine Antwort. Keine Zeitung außer dem Stadtmagazin wollte seine Reportagen drucken, aus Rache an den Verhinderern und den Mächtigen ist er dann Versicherungsvertreter geworden. Jetzt schreibt er ab und zu Reklame für die Walbilder seiner Vietnamesin. Seine Werke und Schriften habe ich gelesen, einige Passagen sind nicht so übel, der Rest ist schlecht. Er kann einfach nicht schreiben und glaubt, er sei geboren, um zu schreiben. Eine Tragödie ist das. Armin erzählt inzwischen, er habe Publikationsverbot wie Solschenizyn damals in der UdSSR. Seiner Vietnamesin hat er nun ein Kind gemacht. Er sagt, wenigstens dazu sei er in der Lage, wenigstens das dürfe er.« Ein Superversager wie ich, dachte Tom und freute sich darauf, Armin gleich kennenzulernen.

In der Nähe vom Freiburger Martinstor wohnte dieser Armin, kein Luxusappartement, aber auch kein Loch, dreieinhalb Zimmer, die Möbel wie Kraut und Rüben, aber er oder seine Vietnamesin hatten aufgeräumt und geputzt, Armin begrüßte seine Gäste mit Handschlag und grinste; Tom hätte *Heart Of Gold* summen können, unterließ es aber: Armin ähnelte Neil Young mindestens so sehr, wie Mads an Kurt Cobain erinnerte, welch ein Anblick hier in Freiburg, nebeneinander Neil Young, Kurt Cobain und Jesus. Nach

Mads' Bericht hatte Tom erwartet, dass bei Armin überall Walbilder rumstehen und rumhängen, aber es war kein einziges Walbild zu sehen; die Vietnamesin musste ein Atelier haben, oder Armin mochte keine Wale. Vom ständigen Stirnrunzeln hatte Armin jetzt eine Falte über der Nasenwurzel, weshalb er *immer* aussah, als würde er die Stirn runzeln, also wohl auch im Schlaf. Die drei Männer saßen in der Küche, es gab was zu essen und zu trinken – Billigbier und Billigkaffee, Billigwurst und Billigbrot, zwei Billigtomaten und drei Billigradieschen (im Auto hatte Mads erzählt, Armin sei früher schon geizig bis zur Karikatur gewesen, das sei *eine Waffe gegen die Welt*, begründete Armin).

Nun am Küchentisch sprachen Armin und Mads über ihre Studienzeit und fragten einander nach Bekannten und *Weibern*, wobei Armin es nur ganz kurz schaffte, Mads in die Augen zu gucken. »Und was machst du so?«, fragte Armin und drehte seinen Kopf zu Tom. »Auch in Gottes Diensten? Hähähä«, er meckerte, wenn er lachte. Tom sagte ihm, was er machte, und errötete. »Du hast jedenfalls einen Job, ich habe Berufsverbot, das weißt du sicher schon von Mads. Aber das letzte Wort ist noch nicht gesprochen, *mein* letztes Wort ist noch nicht gesprochen«, sagte Armin, pfefferte ein Stück Billigtomate und fraß es. Mads guckte Tom in die Augen und nickte, als ob er sagen wollte, *siehst du, wie ich gesagt habe!*

»Ich kaufe nur die billigsten Lebensmittel, es ist eh alles Beschiss, die Mächtigen bescheißen uns. Mich haben sie extrem beschissen und *mundtot gemacht*«, sagte Armin und wandte wieder den Kopf, nicht aber die Augen zu Tom. »Die Rumkugeln beim Bäcker zum Beispiel bestehen ja aus den Sachen, die der Bäcker nach Feierabend vom Boden zusammenfegt. Nicht von den Backblechen, sondern vom Boden.

Das ist kein Mythos, ich habe mal bei einem Bäcker ausgeholfen. Er hat die Rumkugeln vom Boden gefegt. Aber geschmeckt haben sie. Lakritze esse ich allerdings nicht mehr, sie besteht zum Teil aus Teer und Pferdeblut. Vor Pferden ekele ich mich, das sind Todesboten wie die Raben, klar.« Tom hatte jetzt das Gefühl, sogar Billigluft zu atmen; er musste nach draußen gehen, »ich lass euch mal alleine und bummel ein bisschen durch die Stadt«, sagte er, »ich werde mich auch noch mit einem Freund verabreden, aber ich komme nicht zu spät zurück, ihr seid dann bestimmt noch beim Diskutieren.«

Endlich auf der Straße, erstklassige Schwarzwaldluft – ich bin ein Versager, okay, aber die Schuld für mein Versagen habe ich immer nur mir selbst gegeben, und dieser Armin meint, nur er habe keine Schuld daran, dass er versagt hat. Die Frage ist, ob's ihm damit besser geht, die Falte über seiner Nase wirkt jedenfalls wie ein Rechtfertigungszeichen. Da drüben ist eine Telefonzelle, halb sieben, Lori anrufen, ich muss mal wieder mit einem vernünftigen Menschen reden.

VIERUNDDREISSIG

STIMME Führerhauptquartier, General Lorius am Apparat.

TOM Lori, den Scherz habe ich seit Jahren nicht gehört, ich bin's Tom, ich bin in Freiburg. Und wenn jetzt jemand anders angerufen hätte?

LORI Tom, ich freu' mich, ich wusste, das bist du, außer dir ruft hier nie jemand an, verstehst du, Alter, nie! Wie lange bist du in Freiburg, wie geht's deinem Bruder und deiner Mutter und deiner Oma, fragt sie nicht manchmal nach meinen Eukalyptusbonbons? Ich muss dir gleich sagen, heute kann ich mit dem Hund nicht mehr raus und morgen nur zwischen vier und sechs. Ich kann immer nur zwischen vier und sechs, glaubst du, dass der FC Freiburg wieder in die erste Bundesliga aufsteigt? Ich meine, die Truppe spielt immer noch so wie Gladbach 1971, Dirk Dose hat sich mit seinem Vater versöhnt, wusstest du das?

TOM Nein, ich habe vor Monaten über Dirk gehört, dass er jetzt einen Bart und Augen wie Bhagwan hat und sein Leben ändern wollte, Flaschenbier statt Dosenbier. Aber Rollo hat das erzählt, es stimmt also vielleicht nur ungefähr. Was machen wir morgen Nachmittag, gehen wir 'n paar Bier trinken und eine Wurst essen? Darf ich dann deinem Hund auch eine Wurst kaufen?

LORI So ein liebes Tier. Kannst du nicht rüberfahren zu mir, du nimmst die Bummelbahn, dauert 45 Minuten, ich gehe hier nicht so gern in Kneipen, wegen der Leute. Die Leute hier sind ein Problem für mich. Ich lebe eigentlich gern hier, obwohl ich manchmal meine Reeperbahn vermisse. Aber die Leute, ich kann dir sagen. Also, Schwarzer Weg 17, du klingelst, ich komm raus, du musst ja nicht reinkommen.

TOM Okay, aber deine Mutter möchte ich wenigstens kurz begrüßen, das wirst du ja wohl erlauben. Deine liebe Mutter! Also bis morgen, ich gehe jetzt ins älteste Wirtshaus Deutschlands, warst du da schon mal?

LORI (*verächtlich*): Der Rote Bär, ja, einmal bin ich drin gewesen, ganz am Anfang. Hundefeindlich. Die Leute haben mich angestarrt; ich habe mich gefühlt wie die Putzfrau

Emmi, als sie in Fassbinders *Angst essen Seele auf* zum ersten Mal in diese Münchner Araberkneipe kommt, du weißt, was ich meine. Tschüss.

Der Rote Bär ist fast 700 Jahre alt, nur ein paar hundert Meter von Billigarmin entfernt, eine andere Sehenswürdigkeit interessiert mich in Freiburg gar nicht, der Rote Bär steht an den Oberlinden, und die Freiburger hören nicht so gerne, dass womöglich ein Fluch auf dem Roten Bären liegt, so ähnlich wie in dem Film *Shining.* Da steht das Hotel Overlook auf einem Indianerfriedhof, die Indianer rächen sich mit Manitu. Der Rote Bär soll mal Toter Bär geheißen haben – eine Spelunke, in der Ritter hausten und hurten und soffen und Tanzbären so lange quälten und demütigten und schändeten, auch sexuell, bis die Bären nicht mehr fraßen und nicht mehr tranken, sich die Zunge abbissen und verbluteten.

Eine Kneipe mit so einer Tradition haben wir nicht mal in Hamburg auf St. Pauli, aber dann stehe ich vorm Roten Bären und sehe, das ist gar kein Wirtshaus, sondern ein Hotelrestaurant – ich wollte nur zwei, drei *Tannenzäpfle* trinken, das Kuschelbier aus dem Schwarzwald, ich gucke durch ein Restaurantfenster, da sitzen feine Leute, natürlich haben Lori und sein Hund hier nicht reingepasst, ich würde da drin auch auffallen, egal, ich will jetzt *Tannenzäpfle.* Hinten rechts am Tisch erkenne ich plötzlich Volker Finke, den Trainer des SC Freiburg, das bedeutet, ich muss in den Roten Bären gehen und endlich eine Sache klarstellen. Volker Finke trainierte früher den 1. SC Norderstedt, einen Amateurverein am Rande von Hamburg, in einer Lokalzeitung verkündete Finke damals, dass er für die Grünen ist und Petra Kelly unterstützt, aber die Fundis ablehnt, besonders Thomas Ebermann, den Linksradikalen; dieser Thomas Ebermann war sogar Sprecher der Grünen im Bundestag und ist immer noch der einzige Mann, den ich zum Bundeskanzler wählen würde, wenn das ginge. Ebermann, der Leidenschaftliche, erzählte mal in einer Kneipe auf St. Pauli, was es heißt, ein St.-Pauli-Fan zu sein: Ein Dezembersonntag, der FC St. Pauli spielte in der Regionalliga beim SV Meppen, 250 Zuschauer, die zehn St.-Pauli-Fans inklusive Ebermann mit dem Bus angereist, Stehplätze, minus 1 Grad, Eisregen, das Spiel endete 0:0, und Ebermann sagte, Pech, aber Solidarität! Wenn ich jetzt im Roten Bären einkehre und ein paar *Tannenzäpfle* trinke, dann habe ich wahrscheinlich den Mut und gehe zu Finke und sage ihm, dass er doch nur ein Trainerfuzzi ist im Vergleich zum großen Ebermann, aber Finke kann reden, kann ich nicht, ich würde mich wieder blamieren; deshalb werde ich nicht in den Roten Bären zu Finke gehen, sondern zu Billigarmin und Mads zurückschleichen.

»Nein, die BRD hat ihn erst zum Arschloch gemacht, so hat sich die DDR noch nach ihrem Tod an ihm gerächt«, sagte Armin und guckte Mads tatsächlich in die Augen, das musste am Thema liegen. Armin und Mads diskutierten darüber, wie beziehungsweise ob sich Wolf Biermann verändert hat, seit er in Hamburg an der Elbchaussee wohnte; die DDR hatte ihn 1977 ja rausgeschmissen: Biermann gehörte inzwischen zu den Gesellschaftsspitzen der BRD, »er könnte jetzt bei der CDU mitmachen«, meinte Armin, »und dann hat er auch noch den Büchnerpreis bekommen, das musst du dir mal vorstellen, ein Bänkelsänger, ein Kneipenbarde kriegt den wichtigsten deutschen Literaturpreis. Womöglich gewinnt Biermann in zehn Jahren sogar den Literaturnobelpreis«, sagte Armin und meckerte sein Lachen. Da dachte Tom daran, dass Armin selbst mal vorhatte, den Literaturnobelpreis zu gewinnen, Biermann hatte schon den Büchnerpreis, das musste Armin aufregen, denn er hatte ja Publikationsverbot und lebte von den Walbildern seiner Frau.

»Nein, nein«, sagte Mads, »der Biermann war immer ein Poseur, damals schon in Ostberlin, ich bin immer für Franz Josef Degenhardt gewesen, seinen Rivalen, ein wahrer Kommunist, kein Egomane und dem Biermann auch als Gitarrist überlegen. Wenn Biermann sang *Die hab' ich satt*, dann wusste ich jedes Mal, wie satt ich doch *ihn* hatte. Tom, sag auch mal was zu Biermann, du wirst doch wohl eine Meinung zu ihm haben«, sagte Mads und trank einen Schluck von dem Billigbier, das Tom auf keinen Fall trinken würde, es gab Grenzen, die er nicht unterschreiten konnte (*Hoffmanns Pils* hieß das Bier, *Hoffmanns* hieß ja auch ein Gardinenwaschmittel). Nun erinnerte sich Tom, wie sein Bruder mal versucht hatte, ihm Wolf Biermann beizubringen, ein Lied gefiel ihm – Biermann empfahl seinen Zuhörern *Lass dich nicht verhärten in dieser harten Zeit, lass dich nicht erschrecken in dieser Schreckenszeit*, das berührte Tom, aber sein deutsches Lieblingslied war tatsächlich von Franz Josef Degenhardt.

Ich möchte Weintrinker sein, mit Kumpanen lachend ein paar Lieder singen, die sich um Trinken, Mädchen und um Liebe dreh'n, sang Degenhardt, und ich habe verdammt noch mal Weintrinker werden wollen, weil ich immer wieder gesehen habe, dass Weintrinker mehr Chancen bei den Klassefrauen haben als Biertrinker; die Schnapssäufer sind natürlich das Allerletzte. Aber mir schmeckt kein Wein, kein Roter und kein Weißer und schon gar nicht dieses Mittelding, und es wirkt auch falsch, wenn ich an einem Wein nippe: Meine Schaufelhände und ein Weinglas, das passt doch gar nicht.

»Ich kann nur Gitarristen akzeptieren, die Gitarre spielen können«, sagte ich zu Mads, während Armin jetzt wieder die Tischkante anstarrte, die Falte über seiner Nase rieb und was Unverständliches grummelte. »Biermann kann überhaupt nicht Gitarre spielen, aber er spielt trotzdem, das entschuldige ich nicht. Degenhardt ist ein ziemlich guter Rhythmusgitarrist, ich könnte mir vorstellen, dass er in der Band von Johnny Cash mitmacht. Zu einigen von Degenhardts Lieder könnten die Leute sogar tanzen, aber das würde Degenhardt ablehnen, denn wer tanzt, will ja nicht zuhören.« Mads nickte, mein Vortrag hatte ihm gefallen, diese Kompetenz hatte er nicht erwartet. Armin schien über meine Worte nachzudenken und hatte die Augen kurz geschlossen, dachte ich, aber dann merkte ich, er war eingenickt – Mads hatte im Auto erzählt, dass Armin nach drei, vier Flaschen Bier bereits abbaute, einmal saßen Armin und Mads in einer Kneipe, und für sein letztes Bier, das fünfte, brauchte Armin fast zwei Stunden, »eine Quälerei war das«, sagte Mads, aber aus Höflichkeit hat er so lange ausgehalten, bis Armin ausgetrunken hatte. Da Armin nun zu schnaufen begann (noch kein Schnarchen), durfte ich wohl aufstehen und mich zurückziehen, auf der Sperrmüllcouch im Wohnzimmer sollte ich schlafen, »bis morgen Abend dann«, sagte ich zu Mads, »wir können dann ja mit Armin darüber reden, in welcher Form sich Satan seit dem Mittelalter zeigt, viel Erfolg in deinem Seminar. Ich fahre morgen Nachmittag rüber nach Efringen-Kirchen, einen Freund besuchen, er hat sein Leben dermaßen in die Grütze geritten, du solltest für ihn beten, er heißt Lori.«

Ich hab' Ehrfurcht vor schneeweißen Haaren, sie verschönern der Mutter Gesicht. Denn sie krönen die Arbeit von Jahren und ein Leben in Treue und Pflicht: Genauso wie diese Mutter, besungen von Heino, stand Frau Lorius jetzt vor mir, als ich in Efringen-Kirchen eingetroffen war und klingelte, damit Lori rauskommt und ich nicht reinzukommen brauche. »Herr Tom«, sagte Frau Lorius, und ich musste eine Träne unterdrücken, weil Frau Lorius so schön aussah und mich mit Herr und Tom angesprochen hatte. »Herr Tom, da freue ich mich aber, das ist ja ein Menschenalter her, dass Sie bei uns waren und mit uns gegessen haben, damals in Hamburg. Mein Mann lebte ja noch! Er war unfreundlich, das weiß ich noch. Herwig hat mir gesagt, dass Sie hier sind und ihn abholen, da freue ich mich aber. Er hat hier ja niemanden, nur den Hund und mich. Die Leute, wissen Sie. Wollen Sie nicht einen Augenblick ...« Während Frau Lorius für mich zur Seite trat und ihren Satz beenden wollte, drängte ihr Sohn durch die Tür – »Schon gut, Mama«, sagte er, »wir haben nicht so viel Zeit«, ich konnte Frau Lorius weder begrüßen noch ihr sagen, wie gut sie aussah, denn Lori hatte die Tür schon geschlossen, ich konnte noch hören, wie Frau Lorius sagte »Aber zum Abendbrot ...«, dann waren wir zu dritt vor dem Reihenhaus im Schwarzen Weg.

»Das ist George«, sagte Lori, er hatte seinen Dackel natürlich nach dem Iren George Best benannt, Europas Fußballer des Jahres 1968, der erste Weltklassehippie der Fußballgeschichte, er hatte lange Haare mit Seitenscheitel und einen Vollbart wie Lori, aber George Best spielte für Manchester United und gewann den Europapokal der Landesmeister, während Lori nur beim Meiendorfer SV in der Hamburger Amateurklasse gespielt, aber immerhin mit der berühmtesten Feministin des Landes geschlafen hatte. »Die Leute hier sagen Georg zu George, sie können den Namen George nicht aussprechen. Der Dialekt der Schwarzwälder macht mich am meisten fertig; der Dialekt ist unmenschlich«, sagte Lori und tätschelte George, der jaulte, als ob er die Worte seines Herrn bestätigen wollte.

Lori trägt eine Plastiktüte von Aldi, »Ich hab' Bier und

was zu essen, wir gehen in den Wald, nicht in die Kneipe«, sagt er und fängt an zu reden, und als ich zwei Stunden später wieder mit der Bummelbahn nach Freiburg fahre, hat Lori geredet, wie ein Verdurstender trinkt. »Hier«, hat er auf der Bank im Wald gesagt, vier Brote mit Wurst und Käse hingelegt (von Mama geschmiert) und den Sechserpack *Ganter Pilsner* hingestellt, »vier für dich, zwei für mich, wie früher. Ich trinke immer noch nicht mehr als zwei Flaschen am Tag. Manchmal teile ich eine Flasche mit meiner Mutter, sie kippt Zitronenbrause rein. George mag auch Zitronenbrause, so ein liebes Tier. Guck mal, seine Schnauze, hast du schon mal so was Goldiges gesehen?« Das *Ganter Pilsener* schmeckt mir, die Süddeutschen brauen besser als die Norddeutschen, das kann ich als Hamburger anerkennen, aber das beste Bier der Welt, mein *Jever*, kommt nun doch aus dem Norden. »Meine Wespentaille habe ich nicht mehr«, hatte Lori am Telefon gesagt, als ich fragte, ob er sich denn verändert habe; er ist jetzt ungefähr 50, sein Schlapphut wirkt am Kopf festgewachsen wie bei Udo Lindenberg: Eine Freundin von Sören war mal mit Udo Lindenberg im Bett, er hat dann tatsächlich den Hut abgenommen, und die Frau hätte fast gesagt, Udo, kannst du bitte den Hut wieder aufsetzen, aber sie wollte Udo nicht verärgern.

»Ich habe einen Tagesplan, von dem ich nie abrücke«, sagt Lori. »Mich beruhigt das, es gibt mir Struktur.« Am Telefon hatte Lori gesagt, dass er frühmorgens Zeitung austrägt, die *Badische Zeitung*, das ist die Regionalzeitung für die Leute hier, und nach der *Badischen Zeitung* richtet sich sein Rhythmus. »Morgens um vier geht's los«, sagt Lori, »meine Mutter macht das Frühstück für mich und George. Dann gehe ich mit ihm *die Badische* austragen, spätestens um zehn bin ich zu Hause und schlafe bis nachmittags, um sieben Abendbrot mit meiner Mutter. Dann Fernsehen mit ihr, bis sie ins Bett geht. Dann gucke ich alleine Fernsehen bis um vier, dann wieder *die Badische*, alles geregelt.« Lori beugt sich zu George und gibt ihm ein bisschen vom dem Käsebrot – »Er mag keine Leberwurst, so ein liebes Tier«, und zu meinem Entsetzen sehe ich, dass Lori weint, ganz wenig, aber er weint. *It's so hard to picture dirty tramps as young boys. But if you see a man crying, hold his hand, he's my friend*, heißt es in einem Lied von Dexys Midnight Runners, und jetzt nehme ich tatsächlich Loris Hand, aber Trostworte habe ich nicht für ihn.

Lori lässt mir dann seine Hand, aber nicht lange, er streichelt George, der gerne den Käse vom Käsebrot frisst und das Brot ausspuckt, aber als George merkt, dass kein Käse nachkommt, nimmt er auch das Brot. Um was zu sagen und die Lage zu entdramatisieren, sage ich zu Lori: »Was verdienst du denn durchs Zeitungsaustragen, wie viel brauchst du denn? Ich meine, du zahlst ja wohl keine Miete, deine Mutter bekocht dich und den Hund, da hast du doch keine Sorgen.« Jetzt kommt Lori wieder hoch mit dem Kopf und reibt sich die Augen, er will seine Tränen vertuschen, er könnte ja auch Blütenstaub ins Auge gekriegt haben oder Dreck von Georges Fell. »400 Mark im Monat verdiene ich bei der *Badischen Zeitung*«, sagt Lori, als würde er dazugehören, »es stimmt, dass ich an meine Mutter nichts abgeben muss. 200 Mark brauche ich für Zigaretten und ein paar Flaschen Bier und Extrafutter für George. 200 Mark jeden Monat spare ich. Für später.« Natürlich könnte ich jetzt fragen, worauf genau Lori spart und wann genau *später* sein soll, aber ich schone ihn und frage stattdessen, wieso er denn mit den Leuten hier in Efringen-Kirchen und Freiburg nicht klarkommt. »Ich rieche nach Hafen und Kiez«, sagt er, »das ertragen die Schwarzwaldspießer nicht. Guck mal, wie ich aussehe! Niemand hier ähnelt mir. Dass ich überhaupt noch lebe! Du kennst diese Horrorgeschichten – kommt ein Fremder in die Provinz, er ist der Eindringling, die Einheimischen fürchten und beseitigen ihn. Mich grüßt hier kein Mensch, es gibt hier Gerüchte, dass ich mit meiner Mutter verkehre, also Inzucht treibe; ein anderes Gerücht besagt, meine Mutter ist gar nicht meine Mutter, sondern meine Freundin, also Geliebte, verstehst du? Meine Mutter weiß nichts davon, ich versuche sie von dem Dorf abzuschirmen.«

George hat sich unter die Bank gelegt, sein Dackelköpfchen kann ich sehen, er wirkt so deprimiert wie sein Herr, der ihm wohl schon oft erzählt hat, was er jetzt mir erzählt. »Nur der Dorftrottel hier hat sich einmal mit mir unterhalten«, sagt Lori. »Eigentlich ist er nicht der Dorftrottel, sondern der *Dorfteufel*: Er schreibt Leserbriefe an die *Badische Zeitung* und beschimpft und verleumdet normale Leute wie dich und mich und Politiker. Er benutzt falsche Namen, das weiß ich aus der Redaktion, er ist feige. *Die Badische* druckt manchmal einen Brief von ihm, entschärft ihn aber, auch das weiß ich aus der Redaktion. Er hat sich vor zwei Wochen neben mich gesetzt, auf diese Bank hier. Er ist Mitte 40, hat einen Schiefhals und ein Gesicht wie der Butt auf dem Buch von Günter Grass. *Guten Tag, Herr Lorius, ich habe von ihnen gehört, ich heiße Stephan Alexander Timm*, sagte er im rheinischen Dialekt, *ich bin aus Köln und habe einen Doppeldippel, wissen Sie überhaupt, was das ist, ein Doppeldippel?* Meine Mutter wusste es sofort, Doppeldippel bedeutet zwei Diplome. Er sei in der Kinobranche gewesen, zuständig fürs Geld, sagte Timm, die Stadt Köln habe sein Kino dichtgemacht und damit auch ihn selbst dichtgemacht. Er habe dann mit geschlossenen Augen auf eine Deutschlandkarte getippt, Freiburg, also ist er hierher gezogen, seine Ersparnisse würden zehn Jahre mindestens reichen; auch sein Hass auf Deutschland und die Deutschen würde noch zehn Jahren reichen. *Wenn ich meinen Hass und meine Ersparnisse nicht hätte, dann könnte ich mich ja gleich umbringen*, sagte dieser Stephan Alexander Timm. Ein schlechter Mensch, finde ich«, sagte Lori. »Aber ich, was bin ich eigentlich für ein Mensch? Wer nix tut, ist niemand. Ich tue nix – Stephan Alexander Timm, die Arschgeige, hasst wenigstens; Tom, du kennst mich, ich bin St.-Paulianer und kann nicht mal den HSV hassen.«

Wer nix tut, ist niemand, ja, da ist viel Wahrheit dran. Wenn Lori jetzt so redet, nachdem er gerade seine Tränen leugnen wollte, dann muss ich doch annehmen, er kann sich selbst beurteilen, also frage ich, was ich neulich auch mal Mutter gefragt habe: Welche Dinge bereust du denn in deinem Leben, was würdest du anders machen? Mutter antwortete so, dass ich dachte, Sören würde ihr gleich den Kaffee ins Gesicht schütten. »Keine Kinder«, sagte Mutter und lächelte. »So blöd wäre ich nicht noch mal. Spaß haben statt Kinder kriegen und Kinder aufziehen.« Lori könnte nun zum Beispiel sagen, er würde arbeiten, wenn er noch mal anfangen dürfte; er würde sich die Haare abschneiden, um Bundesligafußballer zu werden; er würde seine einzige Liebe, das Mädchen aus Aschaffenburg, für sich gewinnen wollen statt ständig Huren zu besuchen. »Ich bereue nix«, sagt Lori jedoch, »ich hatte ja keine andere Wahl. Es war mir nicht anders möglich. Die Verhältnisse waren so und nicht anders.« Er beißt in ein Mettwurstbrot, nimmt einen Schluck Bier, schüttelt den Kopf, nickt und schüttelt wieder den Kopf, als würde er mit sich selbst debattieren. »Ich habe mir nichts vorzuwerfen«, sagt er, dieses Urteil enttäuscht mich, und dann sagt

Lori auch noch das Allerschlimmste. »Immerhin, *I did it my way*«, sagt er und benennt dadurch Frank Sinatra und Harald Juhnke als seine Zeugen, und jetzt weiß ich, dass Lori verloren ist. Er redet noch eine Stunde lang über *damals* und *früher* – die letzte Fußball-WM und Effenbergs Stinkefinger und wie der Trainer Berti Vogts unterging, die vorletzte Fußball-WM, das Foul an Völler im Finale, der Elfmeter von Brehme eigentlich ein Witz, die nächste WM in Frankreich kann für die Deutschen nur die *katastrophalste Katastrophe* werden, und im Übrigen sei Lori der Meinung, dass Harald Schmidt noch größer werden wird als Thomas Gottschalk und Rudi Carrell.

Zum Abschied umarmten wir uns, das hatten wir noch nie gemacht, Lori lag im Sterben, er würde vielleicht noch 20, 30 Jahre leben, aber das war ja kein Leben. Ob ich es wagen sollte, ihn um einen Gefallen zu bitten? Kurz den Hut abnehmen? Er war's mir schuldig, fand ich, aber da er ja eben gesagt hatte, er würde sein Leben noch mal so leben und nichts bereuen, hätte er wohl auch keinen Grund, den Hut abzunehmen. George, dem lieben Hund, streichelte ich über den Kopf, noch nie hatte ich so viel Sympathie für ein Tier wie jetzt, er legte mir kurz eine Pfote auf die Hand, dann ging ich zum Bahnhof und dachte die ganze Zeit daran, was Lori über die nächste Fußball-WM und Harald Schmidt gesagt hatte; Lori war gut im Prophezeien, schon immer.

FÜNFUNDDREISSIG

Armin aß ein Stück Butter, ohne Brot, er stopfte sich das Stück Butter in den Mund, vor ihm auf dem Küchentisch lag Billigbutter, wie ich an der Packung erkannte, ein halbes Pfund war's nicht mehr, Armin aß ja davon. »Tom, nicht erschrecken«, sagte Mads, als ich aus Efringen-Kirchen zurück war, »wir wiederholen unsere Wette aus der Studentenzeit. Wer's schafft, eine Packung Butter in einer Stunde zu fressen, kriegt zehn Mark. Zuletzt, vor 100 Jahren, habe ich versagt und vorzeitig gebrochen und keine zehn Mark gewonnen. Jetzt ist Armin dran. Armin, 20 Minuten sind schon um, und du hast erst 50 Gramm höchstens gegessen, du musst jetzt sprinten, haha.« Zwei Flaschen Sherry standen auf dem Tisch, aber kein Billigsherry, sondern *Sandeman extra dry* – Mads musste die Flaschen gekauft haben, Sherry gehörte wohl zum Ritual. »Wir trinken immer Sherry zur Butter«, sagte Mads, »die Idee für diesen Schwachsinn hatte damals übrigens eine Frau, mit der wir Jungs gerne geschlafen hätten, aber sie hat niemanden rangelassen und lacht wahrscheinlich heute noch wegen der Butter. Sie hat das halbe Pfund Butter in 35 Minuten bewältigt.« Noch immer schwieg Armin, er konzentrierte sich, nahm ein Messer und schnitt ungefähr ein Drittel von dem Butterblock, also ungefähr 70 Gramm, trank einen Schluck Sherry aus der Flasche, öffnete den Mund und sagte: »Die verdammten Weiber.«

Er hatte die zehn Mark am Ende gewonnen, und ich fand, Armin, der Verkannte und Mundtotgemachte, könnte über die Butterfresserei auch mal ein Theaterstück schreiben, ich würde es sofort lesen, obwohl ich doch sonst kein Leser bin.

Mads legte einen Zehn-Mark-Schein auf den Tisch, aber Armin konnte seinen Triumph nicht genießen, er wirkte wie ein Mann, der gerade viel zu schwer gegessen hat und sich nach einer Frau sehnt, er sollte einen Schnaps statt Sherry und Bier trinken, aber Armin wollte ruhen, er tapste in sein Schlafzimmer. Eine Flasche Sherry hatten Armin und Mads geleert, jetzt holte Mads auch noch eine Flasche Wein vom Küchenregal und sagte: »Spätburgunder vom Kaiserstuhl, die Flasche hat fast 50 Mark gekostet. Armin hat keinen Durst mehr, Butter schwimmt ja auch nicht in Spätburgunder, hähä. Komm, Tom, wir trinken die Flasche jetzt zusammen, der erste gute Wein deines Lebens.« Der Wein war nicht lieblich, das konnte ich sofort sagen, er schmeckte ganz anders als früher der Lambrusco aus der Zweiliterflasche mit Schraubverschluss, ich freute mich, dass Mads jetzt so einen Festwein ausgab. Mads boxte mich gegen meine Schulter, wie's Freunde tun; erzähl mal vom Satanseminar, sagte ich. »Satan erscheint nicht mehr als *Weltstar*«, sagte Mads. »Er ist nicht mehr Papst oder Hitler oder Margaret Thatcher oder Barry Gibb, er hat sich aufgespalten in *viele kleine Satans*. Bei den Politikern bedeutet das zum Beispiel, dass er nicht mehr im Bundestag oder auf der Regierungsbank sitzt, sondern in die Ortsvereine geht – oder in die Kirchen. Wenn ich also am Sonntag vorm Altar stehe und predige und meine Gemeinde vor mir habe, dann muss ich davon ausgehen, dass vorne vor mir sich die Satans über mich amüsieren.«

Mads, wie mir auffiel, nippte nur an seinem Glas mit dem Spätburgunder, mir schmeckte das Zeug, ich trank schon das dritte Glas, während Mads ohne Übergang von dem Song *Ode To Billie Joe* sprach; die Sängerin Bobbie Gentry hatte damit 1967 einen Nummer-eins-Hit. »Da hat Satan mitgetextet«, sagte Mads. »Der Song handelt davon, wie eine Familie in den Südstaaten abends am Tisch sitzt und frisst und gleichzeitig über einen Selbstmörder *plaudert*. Da muss Satan mit am Tisch gesessen haben. Das Allergewöhnlichste, nämlich das Abendbrot, hat den gleichen Wert wie das Allerschlimmste, der Selbstmord, verstehst du?« Der Spätburgunder wirkte, immerhin hatte ich vorhin ein paar Biere mit Lori getrunken, »ja«, sagte ich zu Mads, »da hat Bobbie Gentry wohl einen Fehler gemacht«, ich stand auf und ging zur Toilette, dort war ich der Meinung, dass Mads sich im Selbstgespräch verheddert, und als ich zurückkam, hatte er den Platz gewechselt: Er saß mir nicht mehr gegenüber, sondern neben mir. »Bobbie Gentry ist an ihrem Song kaputtgegangen«, sagte Mads und füllte mein Glas zum vierten Mal mit dem Spätburgunder – ich musste jetzt zwischendurch was Kaltes trinken, ging zum Kühlschrank, da war noch eine Dose Billigbier, ich nahm und öffnete sie, Mads drückte mich in den Stuhl und boxte mich nun nicht gegen die Schulter, sondern drückte meine Hand, wofür, wie ich fand, es gar keinen Grund gab, denn ich war ja nicht Bobbie Gentry. Der Spätburgunder, das Billigbier und Mads' Gerede betäubten mich, ich war auch müde, Mads drehte sich eine Zigarette und krümelte, Krümel fielen auf meine Jeans, macht ja nix, Mads rieb die Krümel von meiner Jeans, aber als keine Krümel mehr auf meiner Jeans waren, da lag Mads' Hand immer noch auf meiner Jeans, sein Mund redete nicht mehr, er hatte jetzt Augen wie Marlene Dietrich.

Die Redensart *schlagartig nüchtern werden*: Quatsch, das geht gar nicht, wie soll das gehen? Uwe Schmidt, der Minigolfer, behauptete mal, er könne durch Willenskraft sogar seinen Blutdruck senken, das habe ich auch nie geglaubt. Halbbetrunken begriff ich nun immerhin, dass ich in Gefahr war, wie schon mal vor 30 Jahren, als ich zu klein gewesen bin, um mich wehren zu können, und das Ungeheuer zu mir kam, am helllichten Tag. Aber Mads war doch kein Ungeheuer, er streichelte mich, den Oberschenkel oben, den Oberschenkel außen, dann den Oberschenkel innen, gar nicht so unangenehm, ja, ich muss sagen, fast bedauerte ich, dass ich nicht mitmachen konnte und Mads abwehren musste.

In meiner Bierdose ist noch genug Bier, ich schütte ihm jetzt das Bier über den Kopf, denke ich, das wird ihn *abkühlen und zur Vernunft bringen.* Sein Gesicht, seine Augen, seine Lippen an meinem Gesicht, meinen Augen, meinen Lippen, er sieht aus wie ein Idiot – drittklassiger Liebesfilm, ich drücke die Bierdose in meiner Hand, schütten oder nicht, ich könnte ihn ja auch anbrüllen oder ohrfeigen oder auslachen, aber ich entscheide mich dann doch ganz anders, greife die Bierdose unten (ein bisschen Bier schwappt raus) und ramme sie in Mads' Visage, ich treffe halb die Nase und halb den Mund, es knirscht, Nase oder Zähne kaputt, Blut kommt, Mads sagt kein Wort, ich höre auch keinen Schmerzensschrei, er hält sich nicht mal die Nase oder den Mund, er steht auf und setzt sich wieder mir gegenüber und senkt den Kopf; kann sein, denke ich, dass Mads gleich eine Predigt hält und noch überlegt, wie er anfangen soll.

Blut tropft auf den Tisch, ich denke, manch russischer Offizier hätte sich vor 100 Jahren in dieser Situation wahrscheinlich erschossen, aber nach ungefähr einer Minute (ich habe mir noch ein Glas Sherry eingeschenkt) hebt Mads den Kopf. Er versucht zu grinsen oder zu lächeln, es gelingt nicht, er schlägt sich an die Stirn, eine Geste, die wohl sagen soll, dass hier jemand spinnt, er oder ich, und dann sagt Mads: »Der Schwule, wenn er gut, ist besser, und wenn er schlecht, ist er schlechter als der Hetero.« Bevor ich versuche, den Inhalt dieses Satzes zu begreifen, weiß ich doch gleich, dieser

Satz stammt aus einer anderen Zeit, so reden die Leute heute nicht mehr. Mads gießt Sherry in das andere Glas, trinkt und verzieht das Gesicht, ja, ja, es tut weh, aber er guckt nun nicht wie ein Verlierer. »Das ist von Heinrich Heine, was ich eben gesagt habe«, sagt er. »Das heißt, im Original sagt Heine genau das über Juden und Christen, ich hab's abgewandelt. Heinrich Heine und ich. Weißt du überhaupt, wer Heinrich Heine ist, du dumme Sau? Nein, du liest ja keine Bücher.« Stimmt nicht, in der Schule musste ich mal was von Heinrich Heine lesen, *Das Buch der Lieder*, da ging's aber nur um Mann und Frau und nie um Mann und Mann oder um Juden und Christen. Aber Mads hat nun was Schlaues sagen wollen, um die Situation für sich zu retten; natürlich könnte ich jetzt sagen, doch, ich kenne Heinrich Heine und sein *Buch der Lieder* – nein, ich will nie wieder mit Mads reden, und wenn ich ehrlich bin, dann würde ich gern mit der Bierdose noch mal zustoßen, noch mal rein in die Nasenwunde und Mundwunde, aber ich stehe auf, verlasse die Wohnung und gehe zum Bahnhof. Ein Liebespaar kommt vorbei, die Frau küsst den Mann auf den Hals, sieht mich und lacht.

SECHSUNDDREISSIG

Als Tom nach dieser Madskatastrophe wieder in Hamburg war, dauerte es noch dreieinhalb Wochen bis zur Katastrophenfrau, seiner Lebensliebe. Er erzählte Rollo von dem Übergriff am Freiburger Küchentisch und wollte wissen, ob er sich schämen sollte für seine Reaktion, nein, wieso, sagte

Rollo, *einen Betrunkenen anschwulen*, das sei ja wohl das Gemeinste überhaupt, Rollo würde Mads jetzt anzeigen, er dürfe nicht länger Pastor sein; die Tischtennisgruppe im Kirchenkeller nutze er wahrscheinlich, um sich von den Kindern und Jugendlichen befriedigen zu lassen, *und Gott tut nichts*, sagte Rollo, der sich ereiferte, obwohl er sonst immer wieder sagte, er glaube höchstens an den HSV, und jetzt kam er mit Gott. Auf keinen Fall anzeigen, dachte Tom, denunzieren, niemals, und wenn er jetzt in seinem Supermarkt zur Getränkeabteilung ging, vor den Bieren stand und sich seine *Jever*-Flaschen griff, dann vermied er, die Dosen anzugucken – er konnte auch nicht mehr an Dirk Dose denken, ohne an Mads und sein Blut und Heinrich Heine zu denken. Mads und die Kirche als Ruhepunkt fehlten Tom, jetzt war *mal wieder nichts*, und nun starb auch noch Professor Hastig aus der *Sesamstraße*, das heißt, der Schauspieler Günther Jerschke starb am 6. Mai in Hamburg. Er hatte den Professor gesprochen und ihm lange seine Scheißegalstimme gegeben; der Professor, gerne vorgestellt vom Frosch Kermit, konnte *alles* erklären, sogar die Gefühle der Menschen, aber während seiner Vorträge muss er wohl von sich selbst gelangweilt gewesen sein und ist eingeschlafen, fast verstorben, aber dann doch wieder aufgeschreckt.

»Du kannst immer zu mir kommen«, sagte Sören zu seinem Bruder Tom, »du störst mich ja nie, du sitzt oder liegst da und redest nur, wenn dich jemand was fragt. Oft nicht mal dann, haha.« Sörens Gegenwart beruhigte Tom, in Sörens Wohnung guckten sie zusammen zwei, drei Horrorfilme oder spielten *Go*, das Brettspiel hatte Sören von der Kellnerin des japanischen Restaurants Akari gelernt und Tom beigebracht: Steine, Schnittpunkte, Linien, Ketten, Augen, ziemlich schwer zu begreifen, wobei Tom noch genauer zuhörte, wenn Sören über die Philosophie des *Go* redete; der Charakter des Spielers würde sich verbessern, Frau und Mann seien symbolisiert wie im Taoismus. Also ging's hier auch um *Onanie nie*, wie Herr Hirtz, der Nachbar, damals stundenlang verkündet hatte. »Verzichte, und du wirst erleuchtet, die Logik rettet dich nicht«, sagte Sören, um das *Go* zu erklären – manche Schachweltmeister sagen, *Go* sei das Logischste und Intelligenteste im Weltall. Die Spieler müssen vorher vereinbaren, ob sie einander den *Selbstmord gestatten* oder nicht, Steine können Selbstmord begehen, so verrückt sind die Asiaten, dachte Tom.

»Lieber *Mensch ärgere Dich nicht* spielen, da könnt ihr nur verzweifeln, aber euch nicht umbringen«, sagte Andrea, die hinter Tom stand und die Haut von einem halben Hähnchen lutschte. Andrea war Sörens Neue, woher kriegt er immer nur diese schönen Frauen, dachte Tom, dieser Glatzkopf mit den O-Beinen und den Segelohren, mein geliebter Bruder. Aus Aachen kam sie, Karnevalistin, aber derart, dass auch Hanseaten fanden, Karneval ist doch gar nicht so schlecht; sie arbeitete beim Radio und klang wie Hildegard Knef. »Die Wohnung habe ich bekommen, Tom, am 31. Mai ist Party. Die Getränke sind da, aber ihr müsst was zu essen mitbringen. Deine Mutter macht ihre berühmten Frikadellen, dein Bruder wird immerhin Eier kochen, und du?« Gazpacho, dachte Tom, diese Suppe kann ich, eigentlich kann ich nur diese Suppe, ich bin 39 Jahre alt und kann nichts anderes als eine kalte Gemüsesuppe zubereiten.

»Sehr gut, deine Gazpacho«, sagte Andrea beim Probekochen, ich wollte mich und sie vor ihren Gästen ja nicht blamieren, Andreas Urteil bedeutete mir was, denn sie hatte ein Jahr in Spanien gelebt und dort viele Gazpachos gegessen. Einmal, bei Sören, telefonierte sie mit einer Spanierin und sprach Spanisch, mein Gott, diese Sprache klingt, als wäre sie von einem tragischen Clown erfunden. Besonders wenn Andrea lispelte, die Spanier haben ja *ein Tieäitsch* wie die Angelsachsen, kamen mir fast die Tränen, ich hätte ihr über die Haare streichen können, aber das ging natürlich nicht, die Freundin meines Bruders!

Er hatte sie in einem Kneipenrestaurant kennengelernt, am Rande von Hamburg-Winterhude, dort wohnten Künstler und noch mehr Leute, die Künstler sein wollten und als Künstler gescheitert waren. Das Arizona Kitchen behauptete, Südstaatengerichte anzubieten, oft gab's dann doch nur Nackenkarbonade oder Scholle; es schmeckte Sören aber, er kam oft mittags, blieb zwei Stunden, las seine Tageszeitungen, trank zwei Bier und eine Flasche Rotwein, wie's seine Art ist, um drei Uhr war er alleine mit dem Wirt Harris, einem Kosovo-Albaner, der nun seinen Laden abschloss, bis um sechs das Abendgeschäft begann. Harris hatte eine Idee – er wollte auch nachmittags seinen Laden öffnen und brauchte einen Anreiz, damit die Leute von der Straße reinkamen. »Du sitzt hier, kriegst Bier von mir«, sagte Harris zu Sören, abgemacht. Sören musste allerdings seine Baskenmütze aufbehalten und weiter Zeitung lesen, »ist guter Eindruck«, sagte Harris, und so saß Sören dann drei Stunden lang bei Freibier am Fenster des *Arizona Kitchen*, las *Die Zeit*, den *Playboy* oder die *Brigitte*, zupfte ab und zu an seiner Baskenmütze und machte Eindruck. Die Leute kamen nun auch nachmittags, und dann stand eine ziemlich große Frau vor Sören und sagte: »Du hockst hier jeden Nachmittag, als würdest du dafür bezahlt.« So haben sich Sören und Andrea kennengelernt, zwei Wochen lang saßen sie jetzt gemeinsam nachmittags im Arizona Kitchen, der Wirt gab auch Andrea umsonst was zu trinken, und als das Nachmittagsgeschäft dann lief, gingen Andrea und Sören nachmittags lieber schlafen.

»Du bist ja eher der Griesgram«, sagte Andrea zu Tom, während sie noch ein bisschen Salatgurke in die Gazpacho schnippelte. »Zur Party kommen drei von meinen Freundinnen aus Aachen, die sind wie ich, der Frohsinn in Person. Ob du das wohl aushalten kannst?« Versuchen wollte ich's, aber eigentlich interessierte mich nur ein Marc Fischer: Mein Bruder wollte ihn mitbringen und beschrieb ihn als den *auferstandenen Louis de Funès*, meinen Lieblingskomiker; dieser Fischer reiste als Zeitungsreporter durch die Welt und *brach die Herzen der stolzesten Frau'n*, um es mit Heinz Rühmann zu sagen. Andrea hatte ein Zelt, zwei Bierbänke und Tische hingestellt, der Hausmeister erlaubte die Feier im Park vor dem Mietshaus, eine Rentnerin protestierte gegen den Krach, kriegte zwei Frikadellen und gab Ruhe. Außer Marc Fischer (»Er ist auf dem Rückweg aus Kapstadt«, sagte Sören) kamen die Gäste pünktlich gegen sieben, 20 Hamburger und vier Rheinländerinnen und ein Rheinländer, denn Eva hatte ihren Freund mitgebracht, einen Architekten, der nach einer halben Stunde schon drei Flaschen Bier getrunken hatte und die Gazpacho ebenso ablehnte wie alle anderen Speisen und stattdessen einen Schokoriegel aß (*Lion*).

»Das ist Eva, meine beste Freundin«, sagte Andrea zu Tom und Sören, »sie wird Ärztin, habt ihr irgendwelche Beschwerden?« Ja, dachte Tom, meine *Lipome* auf dem Rücken drücken mich – ich zeige Eva nachher meine Lipome, aber ihr Architekt muss weg.

SIEBENUNDDREISSIG

Wer Mitleid haben und sagen will, guck mal, das tut weh, ich habe Tumore und muss vielleicht bald sterben: Wer so ist, kann froh sein, wenn Lipome unter der Haut zu sehen sind. Lipom bezeichnet eine Fettgeschwulst, die wie eine Beule aussieht und harmlos ist, Tom hatte ein paar dieser Dinger auf dem Rücken und erwähnte und zeigte sie nie, aber nun konnten die Lipome von Vorteil für ihn sein. Eva war eine jener Frauen, über die es heißt (und wahrscheinlich stimmt's), dass 90 Prozent aller Männer sich so eine Frau wünschen – dünn, aber mit genug Busen, lange blonde Haare und ein Gesicht, das die meisten anderen Frauen gerne hätten; alles okay in diesem Gesicht wie bei, sagen wir, Cindy von Cindy & Bert. Es war für Tom keine Liebe auf den ersten Blick, diese Liebe hatte er sich immer gewünscht; es war gleichzeitig *Begehren und Sympathie auf den ersten Blick*; ja, eine Frau zum Heiraten. Obwohl Eva aus Mönchengladbach stammte (und Sören später sagte, was willst du denn von der, die sieht doch aus wie Günter Netzer), hatte sie doch was Stolz-Hanseatisches.

Während ihr Architekt alleine auf der Bierbank saß und trank und rauchte und seine Außenseiterrolle nicht zu bedauern schien, unterhielt sich Eva jetzt mit Marc Fischer, das heißt, er unterhielt sie (*entertainen*, wie er immer sagte, *die Frauen wollen entertained sein*). Louis de Funès, der Vergleich stimmte nicht ganz, Marc zappelte, zuckte und hüpfte zwar beim Sprechen und hätte auch als Pantomime arbeiten können, aber anders als Louis de Funès grantelte und wütete er nicht. Seine Halbglatze und Vogelnase schimmerten im

Kerzenlicht, aus der Stereoanlage schepperte gerade *The Boy In The Bubble* von Paul Simon, er hatte die CD *Graceland* mit Musikern aus Südafrika aufgenommen – Marc war ja gerade in Kapstadt gewesen und erklärte Eva nun den Zusammenhang zwischen Apartheid, *Graceland* und Paul Simons Toupet, worüber Eva lachte und die Haare zurückwarf; die meisten Partygäste hatten sich um Marc und Eva versammelt, Marc beherrschte jede Party.

Aber Marc konnte nicht lange bleiben, er musste morgen nach London fliegen, um die Schauspielerin Jennifer Lopez zu interviewen, er wollte sie gleich am Anfang fragen, ob er mal, während sie steht, den Aschenbecher auf ihrem Hintern abstellen kann. Sören saß jetzt neben Tom und sagte ihm, alle Anwesenden würden seine Gazpacho loben, Andrea kam und bat Sören, mit Eva ein bisschen spazieren zu gehen, sie wollte ans Alsterufer, ist doch nur zehn Minuten entfernt: »Nö«, sagte Sören, »bin nicht so der Spaziergänger, lass Tom das machen, Tom geh bitte mit der Ärztin und zeig ihr mal unsere Alsterschwäne!« Der Architekt biss gerade wieder in einen Schokoriegel (*Nuts*), als seine Eva und Tom aus dem Park verschwanden, eine Hauptstraße überquerten, dadurch den Stadtteil Barmbek-Süd verließen und den Stadtteil Uhlenhorst betraten – zweieinhalb Stunden später, um ein Uhr, kamen sie wieder, Eva setzte sich sofort zu dem Architekten und flüsterte mit ihm, Tom trank zwei Bier und ein Gläschen Wodka innerhalb von zehn Minuten und lächelte auf eine Art, die ihn ein bisschen *behämmert* wirken ließ. Der Architekt hatte Andrea begrüßt und sonst den ganzen Abend mit keinem Menschen geredet, jetzt die Flüsterei, er schien Eva auch anzuzischen, und sie zischte zurück; Tom hätte gerne gehört, was Eva genau sagte, aber er wusste es ja eigentlich, Eva würde ihr Versprechen halten. Das gibt's doch gar nicht, so ein Glück, dachte Tom, ich hab nix, kann nix, bin Postaushilfssortierer und imponiere einer Ärztin.

»Wir gehen schlafen, sind müde. Gute Nacht und danke für den Abend«, sagte Eva zu Andrea, sie wollte mit dem Architekten nach oben in Andreas Wohnung, der Architekt latschte ein paar Meter hinter ihr, bei den Türken und Arabern ist es ja umgekehrt – der Mann, um seine Macht zu zeigen, geht da vor der Frau, die in Demut zu folgen hat. Der Architekt hieß John, gesprochen *Joohn*, so hatten seine Eltern ihn getauft, sie kamen aus Norddeutschland, er hasste seinen Namen mit dieser Aussprache und ließ sich, als er mit 13 schon nach den Mädchen guckte, natürlich John nennen, wie John Lennon und John F. Kennedy; jetzt, auf Andreas Party, trug er ungefähr Kennedys Frisur und eine Nickelbrille, die auch John Lennon im Revolutionsjahr 1968 aufsetzte. Aber John, der Architekt, mochte John Lennon und die Beatles nicht besonders, seine Idole waren Udo Jürgens und Mick Jagger, auch wegen der Musik, aber viel mehr wegen der Frauen, denn Udo Jürgens soll doch nach jedem Konzertende im Bademantel mindestens drei Frauen aufs Hotelzimmer mitgenommen haben, und Mick Jagger hatte bisher ungefähr 8000 Frauen, sagte er, es könnten auch 7900 oder 8100 gewesen sein, *who cares*? John war jetzt 43 Jahre alt und hatte immerhin schon 170 Frauen gehabt, er wusste die Zahl ziemlich genau, plus/minus fünf Frauen, aber bei Eva wollte er bleiben, seit sieben Jahren bereits; er hatte sie nur fünf- oder sechsmal hintergangen und ihr auch nie was vorgemacht: »Ich brauche das zweimal am Tag, ich kriege sonst Kopfschmerzen. Du willst doch wohl nicht, dass ich Kopfschmerzen kriege?«, sagte er zu Eva, wenn sie mal keine Lust hatte, aber dann hatte sie doch wieder Lust. »Er ist ein toller Liebhaber, das muss ich sagen. Aber er kann mich nie mal in

Ruhe lassen, das ist schon eine Belastung. Ich bin doch keine Maschine«, sagte Eva zu Tom – sie kannten sich da eine Woche, und Tom, nachdem Eva das mit dem *tollen Liebhaber* gesagt hatte, musste eine halbe Flasche Wodka trinken, um Evas Auskunft zu bewältigen. Warum hat sie gesagt, John sei ein toller Liebhaber, das kann doch nur ein Vorwurf an mich gewesen sein oder eine Ermahnung oder ein Ansporn, alles gleich furchtbar.

Eva erzählte Tom, wie sie und Andrea nach der Party morgens um neun aufwachten, da war John schon weg und nach Aachen gefahren, er hatte einen Zettel auf die Kommode gelegt, Eva sah ihn sofort, da stand: *Wie Du willst. Du spinnst doch. Du kommst zurück. Gekrochen. Und ich werde Dich reinlassen. Weil ich Dich liebe.* – »Schlechte Nachrichten?«, fragte Andrea, und Eva sagte: »Morgen ist Montag, da habe ich frei, ich werde erst abends wieder zurückfahren. Bis dahin bleibe ich bei Tom, ich bin verliebt in ihn. Ich glaube, ich liebe ihn. Er ist das Gegenteil von John. Zwei Extreme. Ich kenne ein paar Männer, wie du weißt, aber so einen Mann wie Tom habe ich noch nie getroffen. Du bist doch mit seinem Bruder zusammen und musst ihn kennen, ist dir noch nie aufgefallen, was das für ein besonderes Mann ist? Ich werde mich von John trennen und nach Hamburg ziehen, bei meinen Zeugnissen bekomme ich auch in Hamburg sofort eine Stelle in einem Krankenhaus. Ich werde auch bei Tom einziehen, seine Wohnung ist groß genug.« Andrea umarmte Eva und sagte »Gut!«, Andrea hat diesen John nie sonderlich gemocht, weil sie spürte, dass er sich Eva *geschnappt und untertan gemacht* hatte. Das sagt Andrea zu mir, als Eva am Montagabend zurückgefahren war und ich mit Andrea und Sören beim Griechen saß und mich zu meiner Freundin Eva beglückwünschen ließ; ich muss wohl die ganze Zeit gegrinst haben. »Ja, ja, wunderbar«, sagte Sören, »eine Ärztin, wer hätte das gedacht. Aber du kannst doch nicht schon wieder eine Frau bei dir einziehen lassen, deine Nachbarn denken doch schon, du bist ein Zuhälter. Wahrscheinlich sagst du gleich noch, dass sie auch ein Tier mitbringen wird. Nach Goldfisch und Hamster jetzt ein Hund, eine Katze, eine Schlange?« – »Kein Haustier, nur Eva«, sagte ich, »sie kommt zu mir nach Hause, und dann bin ich endlich zu Hause. Sie ist nämlich mein zuhause.«

Am Tag nach der Party ist sie tatsächlich geblieben, wegen mir, wir trafen uns da, *wo alles begann*, wie es heißt, am Alsterufer, aus der ganzen Welt kommen die Leute nach Hamburg, um auch die dumme Alster zu besichtigen, diesen Binnensee, der Hamburg angeblich zum *Venedig des Nordens* macht; ich fand immer, die Lehmkuhle am Minigolfplatz in Berne hat mehr Charakter als die Alster mit all den Dauerläufern um sie herum, die jetzt *Jogger* hießen, sie joggten zu Hunderten um die Außenalster und störten die Idylle, der Bürgermeister duldete es. Auf meiner Stammbank gegenüber dem *Affenfelsen*, der weltberühmt wurde, weil die dort sitzende Zeitschrift *Stern* sich irrte und Hitlers Tagebücher veröffentlichte – dort mit Blick auf den *Affenfelsen* sah ich immer wieder Prominente vorbeijoggen, oft den Moderator Reinhold Beckmann, er wirkte ja schon im Fernsehen so, als würde er nur Haferschleim frühstücken und die anderen Mahlzeiten meistens auslassen. Einmal joggte Beckmann an meiner Bank vorbei, ich wollte ihm was Gehässiges hinterherrufen, aber da folgten ihm schon zwei Frauen, offenbar Freundinnen, sie redeten miteinander und trabten, obwohl die Jüngere wohl gern galoppiert wäre, aber die Ältere bremste sie, ungefähr 100 Kilo Übergewicht, zu spät, um sie wegzutraben. Die Jüngere, ein Abbild der Hochspringerin

Ulrike Meyfarth, guckte so stolz, als sei's eine Olympialeistung, um die Alster zu joggen und dünner zu werden. Tom rief und schämte sich schon, während er es rief: »Rechts abbiegen, da ist die Wurstbude!«, worauf die Jüngere stoppte (die Ältere lief noch ein Stück weiter, bis sie wahrnahm, dass ihre Freundin nicht mehr neben ihr war), zu Tom ging, ihn ohrfeigte und sagte: »Halt doch dein Maul, du Bankdrücker, du Schwabbelleiche.«

Auf diese Bank, nach der Niederlage gegen diese Joggerin vor einigen Monaten, war ich in der Partynacht mit Eva zugelaufen, wir hatten die Party gemeinsam verlassen, weil mein Bruder es abgelehnt hatte, mit Eva zu gehen, und ihr Architekt wohl keine Lust hatte, mit ihr zu gehen – ich war dritte Wahl, das kannte ich ja schon. Während der Viertelstunde zur Alster redete Eva, ich schwieg gerne, was sollte ich auch sagen zu so einer Frau außer *ja* und *wirklich?* und *stimmt!*? Welche Sorte Ärztin, fragte ich dann doch, Kinderärztin, sagte Eva, sie könne sich nichts Schöneres vorstellen als die Freude in Kinderaugen, wenn die Krankheit überwunden ist. Jetzt sage ich's, dachte ich, der Zusammenhang ist da, Krankheit, ein anderer Zusammenhang kommt vielleicht gar nicht mehr, wir hatten jetzt die Alsterbank erreicht, und ich sagte: »Ich habe Lipome, seit ich ein Kind war. Sie tun nicht weh, aber sie sind immer da. Wie die Angst, die auch nicht wehtut. Dafür gibt's ein anderes Wort, aber ich kenne es nicht.«

Eva guckte mir in die Augen, bestimmt zehn Sekunden lang; so lange hatte mir noch kein Mensch in die Augen geguckt, nicht mal Mads, als er sich bei Billigarmin an mich rangemacht hatte. »Ich habe auch Angst«, sagte Eva. »Ich bin gefangen, und das schon mit 27, ich meine, irgendwann sind wir ja alle gefangen. Aber so früh, nein, das ist zu früh.«

Mir war nicht ganz klar, was sie meinte, gefangen in ihrem Berufsehrgeiz oder mit dem Architekten, aber da nahm Eva schon meine Hand – und küsste sie! In Kinofilmen hatte ich gesehen, wie Sklaven vor ihren Herren knien und deren Ring küssen, aber diese Frau hier küsste meine Hand, und ich war ja nun wirklich kein Herr. Sie lehnte sich auf der Bank zurück, kniff einen Zweig, der vom Baum runterhing, stieß die Hackenschuhe von ihren Füßen und sagte: »Okay, dann mach dich mal frei.«

Die Collegejacke und das T-Shirt ausgezogen, ich entblößte mich tatsächlich vor Eva, damit sie sich meine Gnubbel anguckt, sie befühlte meinen Rücken, aber das war doch eher ein Streicheln und keine Doktorei, fand ich. »Das Lipom entspricht in gewisser Weise dem Myom«, sagte Eva und schwieg, sie überlegte wohl, wie sie's weiter erklären wollte, ich nutzte meine Chance und sagte: »Jaja, gutartige Wucherungen der Gebärmutter, die meisten Frauen kriegen irgendwann mal ein Myom, brauchen sich aber keine Sorgen zu machen. Die Gebärmutter kann weiterhin einwandfrei arbeiten.« Eva kräuselte die Nase, das würde sie immer tun, wenn sie staunte, ich hatte ihr eben gezeigt, dass auch ein Posthilfssortierer sich ein bisschen Spezialwissen über Medizin aneignen kann; Mutter hatte mal ein Myom, aber Lipome hatte niemand in unserer Familie. Ob die Lipome stören und mich behindern, fragte Eva jetzt, es sei *technich* nämlich ein Klacks, die Lipome zu entfernen, und nun musste ich doch schon an Günter Netzer denken, bevor Sören viel später mit dem Netzer-Vergleich kommen würde, einem ganz anderen Vergleich allerdings. Am Beispiel Netzer hatte ich am Fernseher gelernt, dass Rheinländer unfähig sind, das Wort *technisch* auszusprechen, sie sagen *technich* und wirken wie Idioten in dem Moment, aber aus Evas Mund hatte das Wort gar nix Idiotisches: Es klang süß, sie hätte nacheinander zehn Sätze mit dem Rheinländerwort *technich* sagen können, ich wäre entzückt gewesen. »Die Lipome bleiben, wenn du einverstanden bist«, sagte ich – der Satz war fast schon ein Heiratsantrag, ich bereute beinahe, ihn ausgesprochen zu haben, aber dann rückte Eva näher, seufzte »Ach du«, griff mir in den Nacken und zog mich zu sich. Was soll ich sagen, der Kuss war *technich* wahrscheinlich nicht zu verbessern, ich hatte das Gefühl, dass im Mund und auf den Lippen genau das Richtige passierte: Eva führte, und ich gehorchte und folgte, und als der Kuss dann endete, da wusste ich, jetzt kann ich küssen.

»John hat oft mit anderen Frauen geschlafen, seit wir zusammen sind«, sagte Eva, sie sprach zur Alster. »Er hat es nie verheimlicht. Er ist ein Wahrheitsfanatiker. Er braucht das mit den anderen Frauen. Er kriegt sonst Kopfschmerzen und sogar Depressionen. Einmal hatte ich Grippe mit 39,5 Grad Fieber, ich konnte wirklich nicht mit John schlafen. Er hat es dann auch eingesehen. Er will jeden Tag mit mir schlafen, oft auch zweimal. In *Spitzenzeiten* dreimal. Es wird mir langsam zu viel. Du bist der erste Mann, mit dem ich trotz John was anfange. Mal sehen, was John dazu sagt. *Diese* Wahrheit wird ihm vielleicht nicht so gefallen. Ich sage ihm nachher, dass er alleine zurück nach Aachen fahren soll, ich bleibe hier bei dir, bis Montag, am Dienstag muss ich wieder arbeiten. Ich mag dich sehr, du hast so ein sanftes Wesen, aber ein Weichling bist du nicht. Das habe ich sofort erkannt, ich habe dich den ganzen Abend beobachtet, hast du das gar nicht bemerkt?« Nein, hatte ich nicht bemerkt, aber sie musste doch eigentlich bemerkt haben, dass ich ständig in ihre Richtung glotzte; nein, hatte sie nicht bemerkt, sagte sie und küsste mich kurz auf die Nase, wie's Mütter mit ihren Babys machen. John erinnerte Tom immer mehr an Berthold, den Schlagzeuger und Superficker aus dem Saarland, der Mutter sehr liebte, aber zu sehr begehrte und sie sofort von hinten nehmen wollte, wenn sie sich bückte, um den Staubsauger einzuschalten. Tom fror jetzt ein bisschen, die Lipome waren ausdiskutiert, er konnte sein T-Shirt und die Jacke wieder anziehen – nachher das T-Shirt wechseln, aber ich glaube, ich werde nie wieder eine andere Jacke tragen, ich muss natürlich erstmal meinen Bruder fragen, er hat mir doch die Jacke nur geliehen, dieses Secondhand-Teil in Rotblau, aber er schenkt sie mir bestimmt, sie ist doch jetzt meine Glücksjacke, *die Evajacke.*

»Ich möchte todesgern mit dir schlafen, aber wir machen's erst, wenn ich mich von John getrennt habe. Das verstehst du doch?«, fragte Eva, und ich nickte, obwohl ich eigentlich den Kopf schütteln wollte, auch wegen des *todesgern*, aber gerade am Anfang einer *Beziehung* soll es ja darauf ankommen, den Partner bei Laune zu halten. Am Sonntagnachmittag kam Eva dann in meine Wohnung, ich hatte ein bisschen geputzt und gewischt, aber wenn ich ehrlich war, dann roch die Wohnung immer noch nach zwei Frauen und dem Hamster und dem Goldfisch, es stimmte wohl, was Sören sagte – ein Fehler, damals nach der ersten Frau sofort eine zweite Frau in die Wohnung zu holen, und jetzt holte ich sogar die dritte Frau, aber es ging ja nicht anders, und da klingelte es auch schon. Eva stand vor der Tür, sie hatte eine Flasche und eine Schachtel mitgebracht, und als Eva mich dann im Flur umarmte und mich fast noch besser küsste als auf der Alsterbank und ich beim Küssen blinzelte, da sah ich eine Videokassette in ihrer linken Hand und eine Flasche Prosecco in ihrer rechten Hand. »Nach einer Party muss ich es immer gemütlich haben«, sagte Eva, »lass uns einen Film gucken.

Eigentlich wollte ich mit John gucken, er kennt Christian Redl, den Hauptdarsteller, ist Hamburger, glaube ich. Hol doch mal zwei Prosecco-Gläser.« Das würde jetzt die erste Blamage werden, denn ich hatte noch nie diesen italienischen Sekt getrunken, ich besaß auch nur Biergläser, zehn Stück, zwei Humpen, drei 0,3-Gäser und vier 0,4-Gläser, meine Favoriten, denn die 0,3-Gläser hatten was Damenhaftes, und die Humpen erinnerten an die Tresenhocker in Eckkneipen, aber wenn früher Kumpels bei mir zechten, dann sind die 0,3-Gläser und die Humpen doch sehr beliebt gewesen. Drei Alibi-Wassergläser standen noch in der Küchenschrank-Ecke, zwei dieser Gläser brachte ich zu Eva, die bereits auf meinem Bett vorm Fernseher lag, die Kassette eingeworfen und die Proseccoflasche geöffnet hatte, und bevor ich wegen der falschen Gläser rumdrucksen konnte, sagte Eva nur: »Angst«.

ACHTUNDDREISSIG

Angst, so hieß der Videofilm, der Titel klang nach Krimi oder Horror, der Vorspann lief, Eva nahm die beiden Wassergläser, ohne zu murren, goss das Zeug rein, gab mir ein Glas, sagte *Auf das Leben!*, wir tranken einen Schluck. So was Abscheuliches mit Alkohol hatte ich noch nie getrunken, aber ich würde mich daran gewöhnen, wenn Eva es wünschte. Der Vorspann des Films lief, und dann kam sofort der Tod; er hieß Herwig, dargestellt von Christian Redl, ich erkannte ihn jetzt auch gleich, er hatte vor Jahren mal den *Ham-*

mermörder gespielt, der Hammermörder raubt und mordet, um seine Familie durchzubringen, am Ende tötet er auch seine Kinder. Jetzt also Herwig, ein Gewaltmensch, gerade aus dem Knast entlassen, zurück zu seiner Frau und seiner Tochter, die ein Kind hat, und bald zeigt sich, dass Herwig lieber mit seiner Tochter verkehrt als mit seiner Frau – er hat seiner Tochter ein Kind gemacht, er misshandelt, beschimpft und demütigt die beiden Frauen, er ist der *Terror in Person*, ein Tier im Unterhemd, *ich bestimme, wann euer Leben endet*, sagt er, und als er dann wieder seine Tochter vergewaltigt und bei seiner Frau keinen hochkriegt, da verkrampfe ich und will Eva sagen, der Film gefällt mir nicht, lass uns doch einen anderen Film gucken, über 100 Filme habe ich zur Auswahl, aber ich merke, dass ich nicht sprechen kann, während Eva auf den Fernseher starrt, an ihrem Scheißprosecco nippt und sagt: »Guck mal, dieses Arschloch, der Redl bringt das großartig«, und ich sage, ich komme gleich wieder, Zigaretten holen, ich solle mich beeilen, sagte Eva, sonst verpasse ich was Wichtiges in dem Film, aber ich weiß ja *alles*, obwohl ich den Film noch nie gesehen habe.

Als wir später im Bett lagen (Löffelchen, ich mit dem Rücken zu ihr, wollte sie so) sagte Eva noch: »Das wird gut mit uns. Es wird schwer, aber gut. Schlaf gut, mein Sanfter«, und schon, fast in derselben Sekunde, war sie eingeschlafen, während ich gar nicht schlief, doch, zwei Stunden wohl im Morgengrauen, ich dämmerte, kein richtiger Schlaf, ich wollte möglichst wenig Realität verpassen – diese Frau, die doch *in einer ganz anderen Liga spielte* als ich, würde morgen zwar wegfahren, aber bald wiederkommen und einen Architekten und *Extrempotenten* wegen mir verlassen haben. Am nächsten Tag wollte Eva dann den Hafen und den Ohlsdorfer Friedhof sehen, »alle Ärzte gehen regelmäßig auf

Friedhöfe«, sagte sie, »im Krankenhaus verlernen wir, den *Tod als Majestät* zu sehen. Der Tod im Krankenhaus ist *zu technich.*« Ich nickte und schwieg, was hätte ich auch sagen sollen, der Unterschied zwischen Friedhof und Krankenhaus hat mir aber eingeleuchtet, auch die Sache mit der Technik und Majestät konnte ich einsehen. Wir saßen mittags an den Landungsbrücken und guckten auf die Elbe, ich trank ein Bier, während Eva an ihrem Eis lutschte (»Immer Erdbeer und Vanille, da bin ich ganz spießig«) und mich fragte, ob ich wüsste, dass Hitler sich 1939 für den Hamburger Hafen schon was Amerikanisches ausgedacht hatte, eine Brücke wie die Golden Gate Bridge in San Francisco und Hochhäuser, die noch höher als in New York sein sollten; nein, wusste ich natürlich nicht, aber wenn Eva, die Rheinländerin, mich sogar über mein Hamburg belehren konnte, dann musste ich erwarten, allgemein bei ihr in die Lehre zu gehen, und ich freute mich darauf.

Am Nachmittag bevor Eva nach Aachen fahren musste, aßen wir zu viert beim Chinesen in Andreas Straße, eines der ganz wenigen Hamburger Restaurants, wo, wer wollte, chinesische Originale bekommen konnte – Sören hatte Eva, Andrea und mich eingeladen, wir bestellten dreimal Standards (Huhn mit Erdnüssen, Bratnudeln mit Garnelen und Rind mit Morcheln), aber Eva nahm die Fischblase mit Paprika und Koriander, tja, mein Bruder, du mit deinen Bratnudeln, meine Frau wagt sich an eine Fischblase! Wir redeten über die Party und Marc Fischers Entertainerqualitäten, dann begann Sören mit einem Verhör, er wollte von Eva wissen, wie's denn nun weitergehen sollte mit ihr und mir, ihre Arbeitssituation, unsere Wohnsituation, dem Architekten, ob das nicht alles ein bisschen zu schnell gehe, und Eva (ich liebte sie sehr in diesem Moment) nahm ein Stück von ihrer Fischblase, kaute sechs, sieben Sekunden, schluckte und sagte: »Liebe fragt nicht nach Tempo. Das ist jedenfalls meine Meinung, und Tom sieht das genauso.« Ich nickte und schwieg, und mit ein wenig Schadenfreude bemerkte ich, dass Sören nicht wusste, was er auf Evas Antwort antworten sollte. Andrea wechselte das Thema und sagte, sie würde gegen ihre Nachbarin vorgehen müssen, eine Rentnerin, die sich wohl jede Nacht betrinkt und stundenlang immer nur zwei Lieder dudelt, *Hundert Mann und ein Befehl* von Freddy Quinn und Ludwig Hirschs *Komm, großer schwarzer Vogel.* »Da werde ich langsam depressiv«, sagte Andrea, »die ganze Nacht diese beiden Schlager über Krieg und Tod. Einmal, morgens um halb vier, habe ich angerufen und gesagt, Frau Naleppa, bitte machen Sie doch ihre Musik leiser, und sie hat gesagt, was, ich kann Sie nicht verstehen, Augenblick, ich muss die Musik mal leiser stellen!« Andrea lachte jetzt, »das ist ja wie im Witzfilm«, sagte sie und nippte an ihrem Reiswein, ich trank nichts, ich hätte gern ein Bier gehabt, aber es gab nur *Tsingtao*, ich war nicht so tief gesunken, um chinesisches Bier zu trinken. »Die Rentnerin hört ihr Leben«, sagte Eva. »Aber nur noch, was war, der Krieg, und was sein wird, der Tod. Die Rentnerin hört ihre beiden Schallplatten und wartet auf den Tod. Das kannst du ihr doch nicht verbieten. Das wäre herzlos.«

Eva hat sich, wie versprochen, noch am Montagabend von dem Architekten John getrennt, *Schluss gemacht*, wie Tom dann rumerzählte, John ist gleich am nächsten Tag ins Hotel gezogen, Eva war jetzt *frei* für Tom, er berichtete Mutter am Dienstag. »Ach. Ja. Eva heißt sie. Zeig sie doch mal, ich koche für uns, was mag sie denn? Ärztin, bestimmt *krüsch*«, sagte Mutter. »Brat deine Frikadellen«, sagte Tom, »dazu Soße und Kartoffeln, das mögen doch alle Deutschen, die

Hamburger genauso wie die Rheinländer«, er werde die Getränke mitbringen. Warum das?, seit Jahrzehnten schleppte Mutter regelmäßig die Sechserpacks *Jever* zu sich in den dritten Stock, sie selbst hatte noch nie einen Schluck reines Bier getrunken, nur mit Zitronenlimonade gemischt, und sie hatte auch noch nie irgendwas von *McDonald's* gegessen: Das erzählte sie gerne, um zu betonen, dass sie *eigen* sei und nicht tue, was *man* tut.

»Sehr sympathisch ist Eva, das freut mich für dich«, sagte Mutter dann einen Tag nach dem Kennenlernabend, als sie mit Tom telefonierte. »Überhaupt nicht von oben herab. Dabei ist sie ja was Besseres. Gute Figur. Gepflegte Haare. Den Rock fand ich zu kurz, aber das ist ja Geschmackssache. Das tragen die jungen Frauen heute wohl so. Tanja und Jenny haben ja immer Hosen getragen. Wieso trinkst du jetzt diesen italienischen Sekt? Du hast früher immer gesagt, Sekt ist nur was für Frauen und Schiffstaufen. Du hast nur *ein* Bier getrunken. Du hast sonst immer mindestens fünf Bier getrunken. Ist was?« Tom hatte drei Flaschen Prosecco mitgebracht, nicht den Billigstoff von Aldi – er war zum Weinhändler gegangen und hatte gesagt, er wolle Prosecco *für eine Frau mit Stil*, die Flasche dürfe ruhig ein bisschen mehr kosten; eine halbe Flasche trank Tom zu den Frikadellen, den Rest hinterher, während Mutter und Eva sich *beschnupperten*, sie teilten sich eine Flasche, und Tom fand, dass er gegenüber dem Prosecco bisher ein bisschen unfair gewesen war, das Zeug schmeckte doch.

Tom streichelte Eva am Nacken und hinter den Ohren, seit dem Beginn auf der Alsterbank wusste er, dass Ohren und Nacken bei ihr reagierten. Eva schlief, Tom ging in die Küche, setzte sich an den Tisch und weinte, achtete aber darauf, kein Geräusch zu machen. Er hätte schon gern geweint, als er vorhin mit Eva intim war, aber wie hätte sie dann wohl von ihm gedacht? Was da zwischen ihm und Eva in seinem Bett passierte, so hatte er sich *die Liebe* zwischen Mann und Frau immer vorgestellt. Er erinnerte sich mal wieder an den Film *Wenn die Gondeln Trauer tragen*, die Nummer fünf in seiner Rangliste aller Horrorfilme, etwas völlig Unerwartetes geschah da, Liebe ereignete sich: Die beiden Hauptfiguren, ein Ehepaar aus England, reisen nach Venedig, um den Unfalltod ihrer Tochter zu überwinden, er restauriert Kirchen, sie verfällt der Spökenkiekerei, am Ende wackelt ein Zwerg und ermordet ihn, aber die Szene in der Filmmitte zeigt die Frau und den Mann, wie sie miteinander schlafen, sie wollen eigentlich ausgehen und blättern auf dem Bett noch in einer Zeitschrift, die Frau berührt den Mann nebenbei, er berührt sie nebenbei, sie küssen sich, und es wird dann immer mehr Liebe und Leidenschaft, ziemlich gewagt für 1973 – Donald Sutherland und Julie Christie, die beiden Schauspieler, haben angeblich gar nicht gespielt beziehungsweise sollen nach dem Film noch berauscht voneinander gewesen sein. Ja, Eva war Julie Christie, und Tom war Donald Sutherland, aber beim Filmpaar glückte der Sex, weil beide Partner *gleichwertig* waren; Eva hatte Tom aber geleitet und mitgerissen, sie hatte *Alles* gemacht, und als sie dann neben ihm lag und zur Ruhe kam und er an ihrem Herzen horchte, da dachte er selbstverständlich, dass John, der Superficker, jetzt über ihn lachen würde.

NEUNUNDDREISSIG

Zwei Monate später, meine *Seligkeit* mit Eva würde ewig sein, dachte ich, da musste ich dann erfahren, dass wohl die ganze Welt über mich lachte, mein Bruder meinte mich darüber aufklären zu müssen; er hatte mir in letzter Zeit öfter mal einen Vogel gezeigt oder den Kopf geschüttelt und gelacht, ohne was zu sagen, er deutete dabei auf die vielen Proseccoflaschen, aufgereiht an meiner Küchenwand. Nun kam er an einem Sonntagnachmittag zu mir, wir waren nicht verabredet, ich freute mich wie immer, ihn zu sehen, Eva hatte ich vor zwei Stunden zu ihrem Auto gebracht, sie musste am Montag arbeiten, und Sören stand jetzt da auf der Fußmatte und senkte den Blick wie ein Unglücksbote oder Überbringer einer Todesnachricht: Er habe den Brief nicht mit der Post schicken wollen, sagte er, und gab mir den Brief, *Von Sören an Tom* hatte er draufgeschrieben in seiner Schönschreibschrift, mit schwarzer Tinte aus seinem Füller.

»Ist es was Unangenehmes?«, fragte ich wie ein Idiot, der ich ja auch war, und Sören nickte, küsste mich auf die Schläfe (was er oft tat, ich mochte diese Geste) und ging wieder die Treppe runter. Einen Brief mit dieser *Bedeutungsschwere*, das ahnte ich, hatte ich noch nie erhalten, ich legte ihn auf den Küchentisch zwischen Flaschenöffner und Blumenstrauß in der Vase (seit Eva regelmäßig hier war, standen Blumen in jedem Zimmer, denn »Blumen sind das Lächeln der Erde«, sagte Eva. »Das hat Emerson gesagt.«). Den Brief werde ich erst morgen öffnen, ich will nicht heute Nacht über den Inhalt nachdenken, sagte ich mir und ging duschen – unter der Dusche summte ich das Lied *The Letter* und grinste, hatte dabei aber nicht Joe Cockers Stimme im Kopf, sondern die Stimme des Amerikaners Alex Chilton, der das Original mit seiner Gruppe The Box Tops rausgebracht hatte.

Am Abend noch den *Tatort* gucken, *Der Tod spielt mit* heißt die Folge, die Kommissare aus Leipzig jagen einen Brandstifter, am Ende sind's vier Leichen, die Geschichte ermüdet mich, in der Mitte des Films zucke ich zusammen, weil mir der Brief wieder eingefallen ist, ich hatte ihn tatsächlich vergessen. Nach dem *Tatort* trinke ich noch ein Bier auf dem Balkon und warte auf Evas Anruf, er kommt dann auch, wir gehen jetzt beide schlafen, ich liebe dich, ich liebe dich auch, gute Nacht. Als ich um halb zwei aufwache, ohne Grund, kein Alptraum, kein Harndrang, keine Unruhe, gehe ich in die Küche, setze mich an den Tisch, öffne den Brief und lese bei Kerzenlicht, was da steht *Von Sören an Tom*:

Mein lieber Bruder,
Du hast Dich sehr verändert, das muss nix Schlechtes bedeuten, endlich passiert mal was in Deinem Leben, und ich gönne Dir natürlich Deine Liebe zu Eva. Es ist ja wohl Liebe. Was zwischen euch passiert, wenn ihr alleine seid, das will ich gar nicht wissen, aber ich halte es für meine Bruderpflicht, Dir zu sagen, wie ihr in der Öffentlichkeit wirkt – wobei Eva sich zurückhält und die Passive ist; Du bist der Aktive. Es geht noch in Ordnung, finde ich, dass Du ständig ihre Hand hältst, aber weißt Du, wie es aussieht, wenn Du ständig einen Kussmund machst und sie ständig anguckst, als ob Du nicht ganz dicht bist oder eine Schwulenszene nachspielst? Ich vermute, auch Eva findet das peinlich, aber sie sagt's Dir nicht, Du bist ja Jesus. Wieso

trinkt Jesus jetzt ständig Prosecco? Du hast Prosecco immer gehasst. Deiner Eva zuliebe trinkst Du jetzt das Hassgetränk, was soll das denn! Das will sie doch gar nicht. Trink weiter Dein Bier, das ist Deine Natur. Ich wette, sie hat nie gesagt, och, lass doch das Bier, trink Prosecco mit mir. Du machst Dich dermaßen lächerlich, Eva wird sich deshalb von Dir abwenden, das garantiere ich Dir.

Mein Bruder Sören war als Zeitungsschreiber vor allem deshalb bekannt geworden, weil er sehr gut Prominente runtermachen und *mit Worten töten* konnte. Das hatte mir immer gefallen, jetzt aber bin ich das Opfer, dachte ich, mein Bruder demütigt mich und Eva, eine Katastrophe.

Normalerweise müsste ich jetzt was trinken, viel trinken, kein Bier, sondern Schnaps, aber ich registriere, dass ich mich noch selbst überraschen kann, denn ich will bei voller Nüchternheit auf mich wirken lassen, was mein Bruder da über mich sagt, wie er mich sieht und verachtet. Kurz überlege ich, Eva anzurufen, sie soll sofort von dem Skandal erfahren, aber sie muss um sechs aufstehen und braucht ihren Schlaf. Sie hat heute Dienst in der Notaufnahme, und ich möchte auch lieber alleine mit dem Schock fertig werden.

Sören schreibt weiter:

Ich würde gar nichts sagen, wenn ich vermuten müsste, dass ich nur meine Privatmeinung ablasse, mein Eindruck könnte ja falsch sein, ich könnte mich irren. Aber Mutter und Andrea sagen das Gleiche, und ich brauchte sie gar nicht darauf hinzuweisen. Sie kamen zu mir *und sagten, was ist denn mit Tom los, der ist ja völlig besoffenen von Eva, er redet ihr nach dem*

Mund, er sagt kaum noch Ich, sondern ständig Wir. Tom, Du erinnerst Dich, wie wir damals über Piet gelacht und gelästert haben, als er mit Birgit zusammenkam und Kuhaugen kriegte und sie ständig betatschte – Liebeskasper *nannten wir ihn hinter seinem Rücken. Sogar Gianni, dem Wirt in meiner Stammtrattoria, ist was an Dir aufgefallen, als wir vor zwei Wochen mit Eva bei ihm waren; Gianni kann nicht so gut Deutsch und sagte* Deine Bruder hat Pantoffel, no?, *Du verstehst, er wollte sagen, dass Du unterm Pantoffel stehst. Aber das trifft die Situation gar nicht, Eva hat gar kein Interesse, Dich zu beherrschen oder umzudrehen. Das denkst Du nur, falls Du überhaupt noch was denkst in ihrer Gegenwart. Du glaubst, Eva sei was Besseres als Du, sie die Ärztin, Du der Hilfsarbeiter, so denkt sie aber nicht, das passiert alles nur in Deinem Kopf. Ich glaube, sie liebt Dich wirklich für das, was Du bist.* Du *hältst Dich für ein Nichts, für sie bist Du aber was Großes. Hör auf mit der Proseccotrinkerei, das hat ja fast schon was Tuntiges! Sei Du selbst, dann wird Eva Dich immer mehr lieben.*

Dein Bruder Sören.

Das war's, ich habe den Brief fünf- oder sechsmal nacheinander gelesen und bin nicht mehr ins Bett gegangen, sondern am Küchentisch sitzengeblieben, um nachzudenken – in meiner Wut auf meinen Bruder hätte ich gern gedacht, dass er jetzt *für mich gestorben ist*, aber ich liebte ihn natürlich viel zu sehr, um ihn sterben zu lassen. Er hatte immer *Alles* für mich getan, ohne ihn wäre ich schon seit 20 Jahren tot oder schwerbehindert, denn er schüttete die Milch in mich rein, damit ich sofort kotzen musste, nachdem ich Abflussfrei verdünnt und getrunken hatte; *Wenn der Abfluss mal verstopft ist, na, was ist denn schon dabei? Da nimmt man Abflussfrei, das macht den Abfluss frei!*, so ging mal das Reklamelied. Ich wusste jetzt nicht mehr, wann ich zuletzt einen Brief geschrieben hatte, aber ich wusste genau, die einzige Form, auf den Brief meines Bruders zu reagieren, war ein Antwortbrief. Ich musste erstmal in Schubladen suchen, bis ich einen Kugelschreiber, Papier und einen Umschlag fand, jetzt öffnete ich doch eine Bierflasche, trank die Hälfte und schrieb:

> *Mein lieber Bruder,*
> *danke für Deine Mühe, aber Du hättest mich nicht belehren müssen. Eva und ich können selbst entscheiden, wie wir miteinander umgehen müssen. Habe ich vielleicht schon mal was Negatives über Dich und Deine Frauen gesagt? Da hat mir auch nicht alles gefallen, aber ich würde mich da niemals einmischen. Du weißt manchmal nicht, was sich gehört. Ich bin auch nicht Thomas Gottschalk oder Hillary Clinton, die Du für Deine Zeitungsleser beschimpfen kannst. Was Mutter und Andrea über mich und Eva sagen, ist mir auch egal. Wenn ich nun ein Liebeskasper bin, wie Du andeutest, dann bin ich gern und freiwillig ein Liebeskasper. Und jetzt lass mich mal in Ruhe.*
> *Dein Bruder Tom.*

Den Brief an seinen Bruder schickte Tom mit der Post, er, der Hilfspostsortierer, wollte keinen Brief mehr überbringen; Tom, wie's sich für ihn anfühlte, hörte dann sieben Jahre nichts mehr von Sören, aber es waren dann wohl doch nur sieben Monate.

»Es stimmt nicht, was dein Bruder geschrieben hat«, sagte

Eva zu Tom, als sie am Wochenende nach der Briefübergabe wieder in Hamburg war und den Brief gelesen hatte, »aber er meint es ehrlich und sorgt sich um dich, dafür verdient er doch wohl Respekt. Geh mal zu ihm und klär die Sache, das ist doch alles ein Missverständnis.« – »Mal überlegen«, log Tom: Er überlegte nicht und wollte lieber geklärt haben, warum Eva in Aachen ab und zu noch mit John telefonierte und einmal sogar einen Kaffee mit ihm getrunken hatte. Eva erzählte das ganz offen, keine Geheimnisse, das beruhigte Tom, aber es störte ihn, dass sie, wenn er von ihr lernte, John immer wieder erwähnte oder zitierte. »Ich wäre gern so religiös wie Andrea«, sagte Eva, als sie über ihre Freundin redete, »ich bin zwar auch katholisch und mag den Papst wie alles Polnische, aber zu seinem Gott habe ich noch nicht gefunden, leider. Wie siehst du das mit Gott?« Keine Ahnung, dachte Tom, aber so was Ungefähres wollte er jetzt nicht antworten, er erinnerte sich, dass Sören mal was Schlaues zum Thema gesagt hatte – mal sehen, ob er das jetzt noch einigermaßen wiederholen konnte. »Ich finde, zu sagen, ich glaube an Gott, ist genauso seltsam wie zu sagen, ich glaube nicht an Gott«, sagte Tom und versuchte so zu gucken, als sei ihm dieser Gedanke gerade gekommen. »Außer Jesus ist ja noch kein Mensch aus dem Tod zurückgekehrt. Die Zombies, die Untoten aus den Horrorfilmen sind ja eigentlich Witzfiguren. Das kann ich nun wirklich beurteilen, ich kenne sie fast alle, die Zombies.«

Das sei interessant, sagte Eva und streichelte Toms Zeigefinger, würde aber ins Leere führen. »John«, sagte sie, »hat alle Religionen immer als Wahnideen abgelehnt, aber jetzt betreibt er buddhistische Meditation nach einer tibetischen Linie. Das hat nichts mit dem Dalai Lama zu tun, sagt John, der Dalai Lama und seine Schule sind unsere Gegner. Da muss ich noch mal nachfragen, wie John das meint. Er macht diese Meditation, weil er jetzt die Wiedergeburt für wahrscheinlich oder sogar unausweichlich hält. John sagt, die Wiedergeburt sei *streng rational herleitbar*, wie Dinge in der Mathematik oder den Naturwissenschaften, das musst du dir mal vorstellen! Ich dachte, bei Religion geht's um Glauben statt Wissen, und nun sagt John, die Wiedergeburt sei praktisch zu beweisen, das finde ich faszinierend. John sagt, er will nicht als Thunfisch oder Schlachtschwein wiedergeboren werden und auch nicht als Frau unter Moslems – also will er jetzt Maßnahmen ergreifen, um genau dies zu verhindern. Was sagst du dazu?«

Das ist doch alles Quatsch, das fällt mir auf die Nerven, dachte Tom, er trank einen Schluck Prosecco, versuchte einen Witz als Antwort und sagte: »Schlachtschwein auf keinen Fall, aber Thunfisch geht doch noch.« Eva lachte, was Tom erleichterte, aber die Prüfung war noch nicht vorbei.

»John hat früher regelmäßig gemalt, gerne Fische, aber auch Landtiere, jetzt spielt er wieder mehr Gitarre. Mein Urteil bei Musik ist gut, würde ich behaupten, aber bei Malerei kann ich immer nur sagen, gefällt mir oder gefällt mir nicht. Das ist natürlich zu wenig, deshalb äußere ich mich nie über Malerei. Wie ist das bei dir, welche Maler magst du?«

Walt Disney, aber nur die Enten und Gänse, nicht die Mäuse, dachte Tom und erinnerte sich an sein Jugendzimmer. »Als Schüler hat sich Sören das Bild *Guernica* von Picasso an die Zimmerwand gehängt, Sören wollte damit ausdrücken, dass er gegen Krieg und Faschismus ist. Ich hab' mir dann auch *Guernica* an die Wand gehängt und daneben ein Foto von Humphrey Bogart im Trenchcoat; das sollte ein *Statement* sein, aber ich habe vergessen, welches.« Eva lachte wieder, aber es kam nicht mehr so von Herzen.

»Ich sterbe vor Hunger, lass uns was essen«, sagte Eva, »am liebsten was Einfaches vom Thai. Wir bestellen außer Haus, du hast doch bestimmt einen Bringdienst hier in der Nähe, ich nehme Huhn mit Erdnuss und Gemüse, das kann jeder Idiot kochen«. Ja, sagte Tom, er bestelle ab und zu bei *Mister Phra* und nehme fast immer Tintenfisch mit Ananas; er wollte gerade zum Telefon und anrufen, da sagte Eva: »Bitte keinen Tintentisch, ich bin *traumatisiert*, bei Tintenfisch schüttelt's mich. Ich sage dir, warum, du wirst es nicht glauben. Wir haben einen Chirurgen im Krankenhaus, er heißt Dabashi und kommt aus dem Iran, er hat mir und noch zwei Kollegen erzählt, dass er nebenher Beschneidungen durchführt. Er kriegt 150 Mark für eine Beschneidung, für Freunde macht er es auch umsonst. Die Jungs sind oft keine Babys mehr, sondern schon zehn Jahre alt, sie haben natürlich Angst, sie wissen, was passieren wird. Aber Dabashi wirkt beruhigend auf sie, wenn er vor ihnen sitzt mit seinem *Beschneidungsmesser* und der *Beschneidungsglocke*. Er hat mich auch immer wieder beruhigt, wenn ich aufgeregt war – der Mann ist ein Phänomen. Wir haben oft unsere Späße gemacht und gesagt, die vielen Penisvorhäute, die du da abschnibbelst, was machst du damit, wegschmeißen oder sammeln? Oder wollen die Eltern der Jungs etwa die Vorhaut als Andenken? Ja, wir haben oft gelacht über und mit Dabashi, und eines Tages sitzen wir drei Eingeweihten nach Dienstschluss in der Krankenhausküche, da kommt Dabashi, setzt sich zu uns, sagt *Allahu akbar*, Gott ist groß, und holt eine Plastiktüte aus seiner Ledertasche. Aus der Plastiktüte holt er dann zwei Handvoll Fleisch, in Plastikfolie eingewickelt, legt das Fleisch auf den Tisch und entfernt die Plastikfolie.«

Tom ahnte, was nun kam, mochte Eva aber nicht die Pointe verderben. »*Bist du eigentlich beschnitten?*, fragt Dabashi, er meint unseren Urologen Gerald, der nicht antworten kann, denn er starrt auf das Fleisch. Es hätte Tintenfisch sein können, blutig, ich habe beim Fischhändler schon oft Tintenfisch gekauft. Aber Dabashi hat Vorhäute der Jungs, also tote Penisteile auf den Tisch gelegt. *Den Abfall wolltet ihr doch mal sehen*, sagt Dabashi. *Ich könnte mit keinem Mann schlafen, wenn er unbeschnitten wäre*. Das ist doch eine unglaubliche Geschichte«, sagte Eva zu Tom, er könne doch wohl verstehen, dass sie nie wieder Tintenfisch essen kann: Okay, Tom bestellte bei Mister Phra dann zweimal das Huhn mit Erdnuss und Gemüse. »Es ist mir eigentlich egal, ob ein Mann beschnitten oder unbeschnitten ist«, sagte Eva, als sie später das Huhn aßen. »John hat sich mit 25 beschneiden lassen, weil er fand, dass es besser aussieht. Wusstest du, dass es hygienischer ist ohne Vorhaut? Weißt du, was *Smegma* ist? Smegma ist Vorhauttalg, also der Dreck unter der Vorhaut bei Männern, die sich nicht waschen. Ohne Vorhaut kein Smegma. Ich kenne selbstverständlich auch Beschnittene, die sich nicht waschen. Ist auch Dreck, aber kein Smegma. Ich habe von Paaren gehört, da muss der unbeschnittene Mann alleine verreisen, die Frau hat Angst, dass er mit anderen Frauen rummacht – er wäscht sich nicht und lässt sein Smegma stehen und zeigt es nachher seiner Frau, damit sie sicher sein kann, dass er ihr treu geblieben ist! Krank, oder?«

Sören ist beschnitten, dachte Tom, während er am Huhn rumschnitt und Erdnuss abkratzte, denn er mochte keine Erdnuss. Die Vorhaut musste weg bei Sören, er war neun oder zehn und hatte eine *Phimose*, Vorhautverengung, tat weh, und Tom erinnerte sich, wie er lachte über seinen Bruder und den verwundeten Schwanz nach der Operation; jetzt, 30 Jahre später, musste Tom wohl zugeben, dass ein Beschnittener im Vorteil war.

VIERZIG

Die Sache mit der Vorhaut war aber nicht das Wichtigste, obwohl ja Alles mit Allem zusammenhängt, wie Sören immer sagte. Ich musste jetzt erstmal die Praxis verbessern, ich kann nichts und weiß nichts; ich brauche einen Ratgeber, also Rollo fragen, wen sonst?

»Es bringt dir weniger, wenn ich erzähle. Ich bin kein Lehrer«, sagte Rollo. »Hier, nimm dieses Video, ich hab's mir vor Jahren aus Interesse gekauft. Es sagte mir natürlich nix Neues, aber das Entscheidende ist gut dargestellt und beschrieben. Kein Porno, sondern Wissenschaft. Seriös. Für Männer. Es gibt auch noch eine Kassette für Frauen, die lernen sollen, wie sie im Bett mit ihren Männern umgehen müssen. Das ist aber nur Unsinn, musst du nicht gucken.« 35 Minuten Laufzeit, das gefiel mir, ich hätte mich nicht zwei Stunden auf die Sachen konzentrieren können: *Wie Sie Ihre Frau wirklich befriedigen* stand auf der Kassette, die Wissenschaftlerin hieß Karin Stiekel, das klang nicht nach Porno. Frau Stiekel war nie selbst im Bild, sie sprach aus dem Hintergrund mit einer Stimme, die an Dagmar Berghoff aus der *Tagesschau* erinnerte. Es gab Grafiken und einen Mann und eine Frau aus dem Computer – keine echten Menschen, sie zeigten Sexpositionen und Stellen an der Frau, wo ein Mann küssen, reiben, lecken soll, damit die Frau sich freut. Druck und Tempo, darauf schien's anzukommen. »Ohne die Klitoris läuft gar nichts«, betonte Karin Stiekel, das wollte ich mir besonders merken. »Jeder Mann muss wissen, dass die Frau oft nur so tut, als würde sie einen Orgasmus erleben. Diese Lüge resultiert aus der Enttäuschung, wenn der Mann es nicht schafft, die Frau zu befriedigen. Eine unbefriedigte Frau wird ihren Mann nie richtig lieben können.« Sagte Karin Stiekel. Mir hat sofort eingeleuchtet, was sie sagte.

Ich fragte Eva nie: *Wie war's für dich? War ich gut? Bist du wirklich befriedigt?*, sie wirkte immer befriedigt, ihre Augen strahlten, eine Frau kann doch wohl nicht so tun, als würden ihre Augen strahlen. Wie im Horrorfilm, bevor das Monster kommt, rauchte Eva meistens eine Zigarette hinterher und begann Episoden aus ihrem Leben zu erzählen – ihre Vorliebe für Seide hatte sie vom Opa, einem Schneider, erst da ist mir klargeworden, dass Eva immer Seidenhöschen trug. Ja, alle ihre Höschen waren aus Seide, das hätte ich auch eher wahrnehmen können, keine Baumwolle, keine Microfaser, kein Hanf, immer Seide. Ich wollte es nach der Liebe nicht sagen, aber ich sagte es dann doch, wahrscheinlich um aufzutrumpfen. Sie würde nicht wissen, was ich von Sören wusste: »Weißt du eigentlich, dass die Seidenspinnerraupe zehn Gehirne mehr als wir Menschen hat? Sie hat elf Gehirne, wusstest du das?«

Eva nahm den letzten Zug ihrer Zigarette, drückte sie in den Aschenbecher, schmiegte sich an mich und gähnte. »Ja«, sagte sie, »das wusste ich. Biologie-Leistungskurs. Der Lehrer hat zu oft den Witz gemacht, die Seidenspinnerraupe sollte uns ein paar von ihren Gehirnen abgeben, um das Niveau im Kurs zu steigern.« Eva schwieg nach dieser Auskunft, die ich nicht erwartet hatte, sie schien bereits wegzudriften, ich spielte mit einer Haarsträhne über ihrem Ohr.

»An der Seidenspinnerraupe ist nichts Witziges«, sagte ich. »Habt ihr damals im Biologie-Leistungskurs untersucht oder euch wenigstens gefragt, ob sich die Gehirne ergänzen oder ob nur ein Gehirn arbeitet und die anderen zehn Gehirne so überflüssig wie ein Blinddarm sind? Angenommen, die Raupe verliert fünf der elf Gehirne, ist sie dann nur noch halb so klug? Welches der elf Gehirne speichert, was die Raupe an Niederlagen und Demütigungen erlebt hat?« Eva öffnete die Augen, sie hatte meine Fragen wohl doch gehört, sie küsste mich von unten aufs Kinn und gurrte. »Du bist süß«, sagte sie, zehn Sekunden später war sie eingeschlafen.

Eva hatte ihre Schwächen, sie konnte nicht abwaschen, besonders die Gläser hat sie nicht sauber bekommen, ich wollte mich über solche Kleinigkeiten aber nicht beschweren, ich wollte Eva *entdecken*. Einmal, beim Fernsehgucken, fragte ich wie nebenbei (ich hatte lange trainiert, es wie nebenbei klingen zu lassen): »Hast du eigentlich einen G-Punkt?« Sie musterte mich, als hätte ich gefragt, ob sie nur durch den Mund oder auch durch die Haut atmet. »Ja klar, jede Frau hat einen G-Punkt«, sagte Eva, »ich weiß, wo er ist, und kann ihn fühlen. Die wenigsten Männer wissen von diesem G-Punkt. Manche Männer wissen, dass es ihn gibt, wissen aber nicht, wo er sitzt. Manche Männer wissen, wo er sitzt, finden ihn aber trotzdem nicht. Das kann ziemlich frustrierend sein. Ich kannte mal einen Mann, der stand auf Nasenschleim, er hatte aber keine Ahnung, wo sich die Klitoris versteckt.« Nun hatte ich schon wie nebenbei nach dem G-Punkt gefragt, da konnte ich hinterher doch auch wie nebenbei fragen: »Wie viele Männer hattest du, *ungefähr*?«

Eva lachte so laut, dass ich zusammenfuhr – sie lachte eine halbe Minute, ich hatte also genug Zeit, mich vor ihrer Antwort zu fürchten. »17«, sagte sie, »ich hatte 17 Männer, das wird dich jetzt schockieren oder enttäuschen. Ich erinnere mich noch an jeden Namen und daran, welcher Mann was gemacht und nicht gemacht hat. Drei von diesen 17 Männern haben mir etwas bedeutet, zwei der Männer habe ich geliebt oder liebe ich; John habe ich geliebt, dich liebe ich jetzt. Bist du nun erstmal zufrieden, oder interessiert dich auch noch das Abseitige? Als ich 24 war, habe ich mit einer Frau geschlafen, einer Gemüsehändlerin, bei der ich schon jahrelang meine Kartoffeln gekauft hatte. Wir begegneten uns eines Nachts in der Disco. Wir tanzten vier Stunden und sind zusammen zu ihr gegangen. Ich habe den Sex nicht genossen, es lag am Geruch. Ich rieche lieber Männer. Komm mal her.« Dann tat Eva, was ich für unmöglich gehalten hatte.

Mir war selbst klar, dass ich wegen Eva viel weniger ausging, ich war sehr gern mit ihr allein in meiner Wohnung, und wenn sie in Aachen arbeitete, dann saß ich allein am Küchentisch und dachte an Eva und unsere gemeinsame Zukunft; eine Zukunft konnte ich mir ohne Eva gar nicht mehr vorstellen, *ich setzte alles auf eine Karte*. Zu Mutter ging ich nicht mehr jeden Tag, sondern nur noch drei-, viermal die Woche, natürlich fragte Mutter, ob's mir nicht mehr schmeckt bei ihr, »Eva kocht besser, das wird's sein«, sagte sie, »nein«, sagte ich, »mein Bauch soll weg, ich will abnehmen.« Rollo beschwerte sich, ich hatte kaum noch Zeit für ihn und auch wenig Lust, mit ihm zu reden, die Gespräche mit Eva waren nun mal viel aufregender: Kein Satz, den sie jemals zu mir sagte, hat mich gelangweilt, sie hat da sogar Sören und Lori übertroffen. Sie werde mich nie anlügen, sagte sie, auf jede meiner Fragen werde sie immer die Wahrheit sagen, und ich wollte die Wahrheit aushalten.

Es störte mich allerdings, dass Eva anfing, sich mit Andrea zu treffen, und zwar ohne mich – Andrea mochte mich, das wusste ich, und ich mochte sie, von Sörens Frauen gefiel sie mir am besten, aber Sören hatte ihr bestimmt von seinem Brief an mich erzählt. Sie betrachtete mich jetzt vielleicht auch als Liebeskasper und könnte Eva fragen, ob sie nicht auch findet, dass ich mit dem Händchenhalten übertreibe und ein Liebeskasper sei.

»Was macht ihr denn, wo wollt ihr denn hin?«, fragte ich an einem Sonnabendnachmittag, während Eva vorm Spiegel stand, ihre Haare bürstete und die ganzen Frauensachen ins Gesicht tat. *Das* ist übertrieben, dachte ich, sie trifft ihre Freundin, zeigt mir aber, wie sie sich schönmacht, als hätte sie ein Rendezvous. »Wir gehen ins Lindtner, uns ist nach Kaffee und Kuchen, die Torten dort sollen ja der Hammer sein. Andrea hat eine Aachenerin beim Sport kennengelernt, sie heißt Fanny und kommt wohl auch. Drei Aachenerinnen sind besser als zwei Aachenerinnen, haha! Ich muss los. Bis nachher, es wird nicht spät.« Eva küsste mich auf die Nasenspitze, ich mochte diesen Kinderkuss nicht, weg war sie. Fanny also, ich nicht, aber Fanny. Ich tippte mir an die Stirn, ging zum Kühlschrank, holte eine Fischfrikadelle raus, biss rein und merkte sofort, dass ich überhaupt keinen Appetit auf was Pikantes hatte; jetzt ein Stück Marzipantorte, das wär's.

EINUNDVIERZIG

Drei Frauen, drei Torten sah Tom durchs Schaufenster des Lindtner, drei Torten essen Torten, dachte er und grinste – damals, besonders in den Siebzigern, sagten die Rocker nicht nur *Braut* zu ihrer Freundin, sondern auch *Torte*, »Ey, lass meine Torte in Ruhe, sonst kriegst du dermaßen auf die Schnauze!« Eine halbe Stunde hatte Tom auf der Bank vor seinem Mietshaus gesessen, sie stand gegenüber der Bushaltestelle, er konnte von seinem Balkon sehen, ob die Bank besetzt war, oft saßen da dieselben drei Vagabunden, tranken das Bier von *Aldi* und aßen Kartoffelchips, sie stritten manchmal über Fußball, Liebe und Weltpolitik; der Wortführer könnte in seinem vorherigen Leben wohl ein Geistesmensch gewesen sein, er sagte Sätze wie »Ich konnte, weil ich wollte, was ich musste, aber das ist vorbei, jetzt muss ich nix mehr!« Die beiden anderen Männer nickten und lachten, ja, sie mussten auch nix mehr, einverstanden. Der Wortführer griff in die Kartoffelchipstüte, nahm eine Faust voll Chips und fraß sie, dann sagte er zu seinen Kumpels: »Und ihr immer mit eurem Gerede vom Sterben, bald ist alles vorbei, schnell soll es gehen. Schiss habt ihr. Braucht ihr gar nicht zu haben. Den Tod erlebt ihr doch gar nicht, ihr Blödmänner. Der Tod gehört doch gar nicht zum Leben. Alle Leute sagen immer, der Tod gehört zum Leben, aber das ist gelogen. Versteht ihr nicht, weiß ich.«

Jetzt, nachdem Eva zum Café gefahren war, saß niemand auf der Bank, ich muss noch mal 20 Minuten nachdenken, dachte Tom, nahm zwei Flaschen Bier aus dem Kühlschrank und ging runter zu seiner *Jeverbank*, er hatte dort bisher immer alleine gesessen und versucht, *einen Plan zu machen*, für den Tag, den nächsten Tag oder sogar die nächste Woche, weiter konnte er nicht planen.

Könnte ein Fehler sein, wenn ich in das Café gehe, könnte so aussehen, als hätte ich kein Vertrauen zu Eva und würde ihr hinterherschnüffeln, ja, das könnte sie glauben. Aber ich muss da hin, sonst kommen Gedanken, die ich auf keinen Fall denken will. Es kann ja auch nicht so furchtbar für sie sein, ich sage hallo, setzte mich dazu, rede ein bisschen mit Eva, Andrea und dieser Fanny, esse ein Stück Kuchen und verschwinde wieder; was aber auf der *Jeverbank* so klar erschien, das war jetzt vorm Lindtner nicht mehr so klar: Wie die drei Frauen da die Köpfe zusammenstecken und schwatzen, da bin ich doch der Eindringling, wenn ich jetzt reingehe und frage, ob ich mich dazusetzen darf. Andererseits hat sich noch niemand jemals über meine Anwesenheit beschwert, ich kann doch da mal kurz reingehen.

Tom geht rein und nähert sich dem Vierertisch, wo Fanny gerade über einen Apotheker redet, sie stoppt mitten im Satz, weil sie sieht, dass Eva und Andrea sich von ihr abwenden und die Stirn runzeln. »Hallo«, sagt Tom, »ich war hier mit dem Rad unterwegs und dachte, ich guck mal rein und esse auch ein Stück Kuchen. Kann ich mich kurz zu euch setzen? In zehn Minuten bin ich wieder weg, ich will nicht lange stören.« Andrea guckt auf ihre Walnusstorte, während Fanny lächelt und Tom anguckt und Eva sich auf die Lippen beißt. »Ja klar«, sagt sie, »setz dich, es gibt aber kein *Jever*, wahrscheinlich gibt's gar kein Bier. Wer will schon Bier zur Torte?«

Ein Kellner eilt vorbei, Tom sagt: »einmal Marzipantorte, bitte«, und setzt sich, Eva sagt, Fanny, das ist mein Freund Tom, erzähl jetzt mal weiter, und Fanny erzählt dann auch von dem Apotheker Hanjo – sie hat ihn über eine Kontaktanzeige kennengelernt, er kifft jeden Morgen, bevor er zur Arbeit geht, unglaublich, ein Apotheker, der behascht Medikamente ausgibt! Eva hat ihren Käsestreusel aufgegessen, das Stück Marzipantorte kommt, bitte sehr, der Herr, aber Tom nimmt nicht die Kuchengabel, sondern greift nach Evas Hand und streichelt sie.

Andrea aß nach zehn Minuten auch meinen Kuchen, ich hatte ihn ganz vergessen, merkte aber auch, dass die Stimmung kippte. Eva ließ mir zwar ihre Hand, machte jedoch keinen Druck, bewegte die Finger nicht, ich hatte das Gefühl, totes Fleisch zu streicheln. Nach weiteren fünf Minuten verließen wir dann das Lindtner, draußen verabschiedete sich Fanny mit Handschlag von mir, Andrea sagte Tschüss, vermied aber den Blickkontakt mit mir und bedankte sich auch nicht für das Stück Marzipantorte, das ich bezahlt hatte.

»Musstest du hierher kommen und dich verhalten wie ein Kind, das an Mutters Rockzipfel hängt?«, fragte Eva, sie schien sich sehr über mich zu ärgern, vielleicht war's noch mehr als Ärger. »Du bist auch nicht mit dem Rad *unterwegs* gewesen und hast *zufällig* gesehen, dass du vorm Lindtner stehst. Du bist mir gefolgt, du hast mich *ver*folgt. Ich hasse so was.«

Ich entschuldigte mich sofort, obwohl ich fand, dass ich nichts Unrechtes getan hatte: *Mehr als zwei sind eine Gruppe*, wie Reinhard Mey schon sang, ich wäre weggeblieben, wenn Eva nur mit Andrea im Lindtner gesessen hätte, aber durch diese Fanny änderte sich die Situation. Was ich dachte, wollte ich aber Eva nicht sagen, denn mit ihr war jetzt nicht zu reden. Ohne ein weiteres Wort stieg sie in ihr Auto und fuhr los, ich radelte zur Tankstelle, kaufte zwei Flaschen *Jever*, radelte weiter zur *Jeverbank* und *jeverte*. Das Wort hatte ich mir selbst ausgedacht, Sören erzählte mal, dass der Fischhändler Gosch auf Sylt inzwischen sogar in die Alltagssprache eingegangen ist – *ich gosche, du goschst, er/sie/ihr goscht, wir/sie goschen, heute schon gegoscht? Gosch gefälligst!* Meine zwei Flaschen jeverte ich innerhalb von zehn Minuten, ich hatte Sehnsucht nach Eva und wollte mit ihr über ihren Missmut reden, aber als ich in meine Wohnung kam, da schlief Eva bereits, weshalb ich mich auszog, sofort an Evas Rücken lag und sie wie immer umklammerte; Andrea würde mir später mal erzählen, Eva habe ihr gesagt, kein Mann habe sie beim Schlafen jemals so gehalten und gedrückt.

Die Sache bei Lindtner hat unserer Liebe geschadet, das muss ich im Rückblick sagen, aber ohne Sörens Brief wäre Lindtner zu bewältigen gewesen, wenn wir »daran gearbeitet« hätten, diese Redensart verwendete Eva öfter. Ich dachte jetzt, wenn ich an Eva und mich dachte, wie es vor Lindtner war und nach Lindtner ist, aber eigentlich ging es doch darum, wie es vor Sörens Brief war und nach Sörens Brief ist. Eva kam jetzt nicht mehr jedes Wochenende zu mir, nur noch an drei Wochenenden im Monat, »zu viel Arbeit«, sagte sie, ich fragte, ob sie mich denn noch liebt, »ja klar«, sagte Eva, »so schnell geht das Gefühl bei mir nicht weg«.

Im November 1997 planten wir für Silvester, »lass uns auf eine Nordseeinsel fahren«, sagte Eva, »aber nicht Sylt«, sie war für Amrum, weil der Strand dort an eine Mondlandschaft erinnert, Silvester auf dem Mond, das wollte Eva, »okay, also Amrum«, sagte ich. Mutter fragte mich zu der Zeit, wann ich denn endlich mal wieder mit meinem Bruder sprechen würde, er frage am Telefon oft nach mir, ich sagte, »an Weihnachten noch nicht, er muss sich bis Ostern gedulden«; das sollte ein Scherz sein, ich wusste selbst nicht so genau, was daran lustig war.

Eva schlief genauso oft und auf die gleiche Weise mit mir wie vor Lindtner und vor dem Brief, und als es an einem Sonntagmorgen besonders schön gewesen war und Eva ihre Zigarette rauchte, da wagte ich dann das Äußerste und fragte sie, ob John im Bett denn auch mal was *Abseitiges* oder gar *Perverses* von ihr verlangt habe. Eva lachte, verschluckte sich an dem Zigarettenrauch und sagte: »Ja, er hat meine Brustwarzen einmal mit Champagner eingerieben und dran geleckt, weil er gehört hatte, dass der Sonnenkönig Ludwig vor drei Jahrhunderten mit seinen Huren genau das machte. Und jetzt kommt, was du nicht hören willst – mir hat's gefallen, das soll jetzt aber nicht heißen, dass du losrennst und Champagner kaufst, haha!« Wie sie über mich lachte! Da wusste ich, in der nächsten Woche würde ich zu ihr nach Aachen fahren und sie überraschen.

ZWEIUNDVIERZIG

Im Zug nach Aachen sitze ich zwei Männern gegenüber, einem Älteren mit Fliege um den Hals und einem Jungen mit einem Karl-Marx-Bart: Sie erinnern mich an einen Latein- und einen Geschichtslehrer, die damals in der Pause über den Schulhof schlenderten und sich auf Latein unterhielten, um uns Schüler zu beschämen. »Die Pataphysik steht zur Metaphysik wie die Metaphysik zur Physik«, sagt die Fliege. »Das kann doch nicht so schwer zu begreifen sein.« Marx kratzt sich den Bart, kurz meine ich, da krabbelt ein Käfer im Bart, aber ich muss mich täuschen. Marx sagt, das mit den drei Physiken sei ihm zu theoretisch, er brauche was Handfestes, möglichst zum Anfassen, nicht nur tote Wörter. »Meinetwegen«, sagt die Fliege, »nehmen wir also deinen Bruder, er isst ja so gerne Käse. Dein Bruder und Käse, handfest genug? Kannst du anfassen, deinen Bruder und seinen Käse. Die Physik behauptet, du hast einen Bruder, und er mag Käse. Die Metaphysik erwidert: Wenn du einen Bruder hast, dann mag er Käse. Jetzt kommt die Pataphysik und sagt, du hast *keinen* Bruder, und er mag Käse. Verstehst du jetzt?« Marx staunt, lächelt und nickt, ja, er hat begriffen, der nicht existierende Bruder mag Käse, das ist mal eine Ansage. »Das führt dann zu Hemingway«, sagt die Fliege, »du kennst seine Kurzgeschichte mit den beiden Kellnern und dem Reichen, der einen Selbstmordversuch gemacht hat, spät in dem Lokal sitzt und nicht nach Hause will. Der eine Kellner mag den Reichen und verwandelt später das Vaterunser in eine Anbetung des Nichts. *Our nada who art in nada, nada be thy name thy kingdom nada thy will be nada in nada as it is in nada. Give us this nada our daily nada and nada us our nada as we nada our nadas and nada us not into nada but deliver us from nada.*« Die Fliege hat das Gebet auswendig gelernt, alle Achtung. Die beiden Physiker wollen ins Hotel Krautkrämer zu einer Weinprobe, wie ich später durch ihr Gespräch erfahre, in Münster müssen sie deshalb aussteigen – schade, ich würde ihnen gerne noch länger zuhören; die Sache mit dem Bruder und dem Käse und dem Nichts-Gebet wird mich ein paar Tage beschäftigen.

Nachmittags in Aachen angekommen, musste ich sofort was trinken und essen, der Italiener am Hauptbahnhof hieß Da Salvatore, ich bestellte Bandnudeln mit Kalbsfleisch und ungern ein *Veltins Pilsener*, es war nichts anderes da. Ich biss gerade auf einen Knorpel, als mir einfiel, wie Sören mal an meinem Küchentisch mit seiner Andrea geschimpft hatte, denn sie ist ziemlich eifersüchtig, und Sören meinte, Eifersucht sei praktisch das Gleiche wie Neid und Geiz, worauf Andrea weinte und sagte, sie würde sich selbst hassen wegen ihrer Eifersucht, könne sie aber nicht abschalten. Mir hat Andrea sehr leidgetan, mein Bruder fiel mir auf die Nerven mit seiner Arroganz, wieso brachte er denn seine Liebste zum Weinen? »Ich war noch nie eifersüchtig und werde nie eifersüchtig sein«, tönte er und griff sich an die Glatze; auf mich wirkte er jetzt wie ein Theaterschauspieler. »Ich werde nie eine der großen Parteien wählen, ich werde nie eine Platte von Marius Müller-Westernhagen kaufen, ich werde nie ein Flugzeug besteigen, und ich werde nie eifersüchtig sein, weil ich nicht eifersüchtig sein will«, sagte er und schien sehr zufrieden mit sich zu sein. Immerhin nahm er Andrea jetzt in den Arm und zog an ihrem Ohr, sie weinte weiter, die größten Tränen, die ich jemals gesehen habe.

Die Kellnerin im Da Salvatore brachte das zweite *Veltins*, ich dachte, dass ich auch nie eifersüchtig gewesen war, ich hatte nie einen Grund dazu: Eifersucht kannte ich so wenig wie Hass oder Ehrgeiz. Das hatte sich wegen Eva nun wohl geändert, ja, ich war eifersüchtig und hasste John, mein Ehrgeiz bestand darin, der Bessere für Eva zu sein, der Beste. Sie sagte mir immer die Wahrheit, manchmal war das brutal, aber sie würde mich nie anlügen und auch nichts verschweigen. Das Undenkbare, Eva wieder mit John – sie würde mir's sagen. Ich war nicht nach Aachen gefahren, um sie zu überraschen, ich wollte sie ertappen. Ich war ein Arschloch und schämte mich, aber noch war nichts passiert. »Zahlen, bitte«, zwei Bier und die Nudeln, ich ging noch zur Toilette, guckte beim Händewaschen in den Spiegel und mochte mich, dann nahm ich den nächsten Zug nach Hamburg.

»Einen Tag vor Heiligabend hat sich ein Mann auf unserer Station umgebracht«, sagte Eva, während sie und Tom auf dem Mond spazieren gingen, es war eine halbe Stunde vor Mitternacht, das Jahr 1997 war fast vorbei. Sie hatten ein Zimmer in Wittdün auf Amrum genommen, Tom kannte Strände an der Ostsee und auf Föhr, aber so was hier hatte er sich als Strand nicht mal vorstellen können: Strand, Strand, Strand, aber nicht in die Länge, sondern in die Breite, sie mussten 20 Minuten laufen, bis der Strand endete und die

Nordsee begann. Sie würden morgen an Neujahr schon wieder abreisen, Eva hatte Schicht am 2. Januar, in Hamburg hatte Tom nur einen Silvesterartikel gekauft, eine Monsterrakete, 20 Mark kostete das Ding – er hatte *Eva und Tom* mit Filzstift draufgeschrieben, er würde die Eva-und-Tom-Rakete gleich abfeuern und sich das Schönste wünschen, wie beim Anblick einer Sternschnuppe. Der Mann im Krankenhaus hat eine Überdosis Tabletten geschluckt oder ist aus dem Fenster gesprungen, dachte Tom, das war das Naheliegende. »Er hat sich erhängt«, sagte Eva, »gleich nach dem Frühstück in seinem Einzelzimmer. Er hat tatsächlich noch gefrühstückt und auch den kleinen Schokoladenweihnachtsmann gegessen. Herr Schildt, 81 Jahre alt, sah aus wie Richard Nixon in sympathisch; völlig fit im Kopf, hat ständig gescherzt, aber mit Geist, kein Witzbold. Er hat alleine gelebt, war früher Finanzbeamter, ist beim Putzen oder Wischen in der Küche gestürzt. Platzwunde, Gehirnerschütterung, den Oberschenkel geprellt, nichts Dramatisches, wir hätten Herrn Schildt nach Weihnachten entlassen. Unsere Oberschwester erzählte, sie hätte ihm gesagt, dass er noch Glück hatte bei dem Sturz, da sagte er, er sei sein ganzes Leben lang gestürzt, aber jetzt habe er zum ersten Mal dabei geblutet. Dann lachte er, und dann hat er sich nach dem Frühstück erhängt.«

Tom hatte noch nie gehört und auch nie in einem Film gesehen, dass ein Mensch sich im Krankenhaus erhängt; die Erhängten hingen am Galgen wie bei Clint Eastwood oder Charles Bronson, der Selbstmörder geht in den Keller oder auf den Dachboden, um sich aufzuhängen. »Herr Schildt hing von der Zimmerdecke oder am Fenster?«, fragte Tom, und Eva sagte: »Er hing gar nicht, er kniete. Ich wusste vorher auch nichts von dieser Methode. Jetzt weiß ich allerdings, erhängen geht sogar im Liegen.«

Ein Selbstmörder auf Knien, dachte Tom, steckt seinen Kopf in den Backofen. Der Japaner, wenn's die Ehre verlangt, kniet und rammt ein Schwert in seinen Bauch, wie's dieser Marathonläufer getan hat, weil er bei Olympia nur Dritter geworden war. Juden mussten niederknien, dann kam ein Nazi und schoss ihnen in den Kopf. Der Henker köpft einen Knienden, aber ein Erhängter muss doch wohl baumeln.

»Herr Schildt hat seinen Hosengürtel an der Heizung befestigt, sich hingekniet, den Gürtel um seinen Hals gelegt und sich nach vorne fallen lassen«, sagte Eva. »Das funktioniert, der *Sterbewille* muss sehr groß sein bei diesem atypischen Erhängen. Das Gewicht des eigenen Kopfes genügt – es fließt kein Blut mehr zum Gehirn, der Selbstmörder verliert das Bewusstsein und stirbt. Alte und Gebrechliche wählen dieses Erhängen offenbar, wenn sie keine Kraft mehr haben, sich auf einen Stuhl zu stellen. Herr Schildt hätte diese Kraft gehabt, aber er wollte knien. Seine Frau lebt nicht mehr, er hatte keine Kinder, bekam jedoch täglich Besuch von Verwandten. Er war ziemlich gesund für sein Alter und hatte bestimmt keine Geldsorgen, aber nach dem Frühstück hat er sich hingekniet und erhängt. Schenk mal ein.«

Sie hatten eine Flasche Prosecco und zwei Gläser mit an den Strand genommen, Tom goss den Prosecco in die Gläser und dachte daran, dass er vor einigen Stunden in der Wittdüner Kirche überlegt hatte, vor Eva auf die Knien zu fallen, um sie zu fragen, ob sie hier auf Amrum seine Frau werden wolle.

»Ja, das kann ich mir vorstellen«, sagte Eva und küsste Tom auf den Mund, aber nur ganz kurz, was ihn enttäuschte wie ihre Antwort, aber immerhin, sie hätte ja auch lachen und sagen können *Du spinnst wohl, heiraten kommt ja wohl ein bisschen früh!* Die Wittdüner Kirche ist eine Kapelle, also was Niedliches und der Gegenentwurf zu einem Dom,

»komm, lass uns mal reingehen, wir müssen ja nicht beten«, sagte Tom zu Eva, die aus einer Katholikenhauptstadt stammte, aber als Wissenschaftlerin nur an das Beweisbare glaubte; einmal sagte sie jedoch zu Tom, dass sie, die ziemlich viele Leichen gesehen hatte, immer wieder darüber staunte, wie sich der Gestorbene veränderte, nach Minuten und Sekunden bereits, nicht erst Stunden später, wenn der Körper sich zu zersetzen begann. Eva leugnete die Seele, die aus dem Körper in den Himmel fliegt oder in die Hölle, aber »jeder Leiche fehlt was«, das musste sie zugeben. Ein Kollege von Eva wollte vor ungefähr 100 Jahren in Amerika gemessen haben, dass jeder Mensch genau 21 Gramm verliert, sobald der Tod eintritt, die Seele wiege also 21 Gramm bei jedem Menschen, darüber lachte Eva natürlich auch: Das Göttliche und Ewige, falls es so was gibt, könne doch kein Gewicht haben, ein Kolibri wiegt 21 Gramm, aber doch nicht die Seele, so ein Quatsch! In der Wittdüner Kapelle standen Eva und Tom vor dem Altarbild, das Gemälde links zeigte ein Schiff, das auf dem Meer unterging, darüber das Kreuz Jesu, darunter der Spruch *Rufe mich an in der Not, so will ich dich erretten, so sollst du mich preisen*, und Tom sagte zu Eva: »Ich wäre auch beinahe untergegangen, aber dann bist du gekommen und hast mich gerettet« – er hätte fast *er*rettet gesagt wie auf dem Gemälde, aber das wäre dann wohl doch zu feierlich gewesen.

Zwischen Weihnachten und Silvester musste Tom mit Eva ausgehen, Rollo hatte zu sehr gedrängelt, er wollte Eva jetzt endlich mal sehen, *das Superweib*. Der Abend in der Kneipe, wo die Leute auch Schach und Halma spielten, war kein Erfolg, denn Eva und Rollo mochten sich nicht, Rollo redete sehr wenig für seine Verhältnisse und sah, wie sein Freund Tom nicht nur Prosecco statt Bier trank, sondern vor jedem

Schluck aus der Proseccoflöte mit Eva anstieß und ihr ein Küsschen gab. Tom spitzte die Lippen, worauf Eva lächelte und sich auf das Küsschen einließ; ungefähr 15 Küsschen, verteilt auf zweimal zwei Gläser Prosecco. Nach einer halben Stunde und drei Gläsern Bier sagte Rollo, er habe Bauchweh und müsse morgens früh raus, er zahlte die Rechnung und tippte sich mit der Hand an die Stirn, es konnte ein Abschiedsgruß sein, aber vielleicht auch eine Geste, die Tom sagen sollte, dass er nicht mehr ganz dicht ist. *Niemand hat größere Liebe denn die, dass er sein Leben lässet für seine Freunde* stand rechts am Altar in der Wittdüner Kapelle – daran erinnerte sich Tom jetzt, als er eine Minute vor Mitternacht am 31. Dezember 1997 an der Eva-Tom-Rakete rumfummelte und sie startklar machte. Rollo, Lori, sein Bruder, die Freunde seines Lebens, waren wohl verloren für ihn, und Mutter schien sich wegen Eva auch von ihm abzuwenden. Wenn unser erstes Kind kommt, dann werde ich doch den Führerschein machen und ordentlich Geld verdienen, um meine Familie ernähren zu können, dachte Tom, während er die Lunte der Rakete anzündete und Eva sich neben ihn in den Sand hockte. Die Rakete zischte nach oben, explodierte und machte Eindruck am Himmel. Das wird unser Jahr, sagte Tom, und Eva sagte: »Die Sache mit John ist noch nicht vorbei.«

Tom ging ein paar Schritte nach rechts, kniete sich hin und kotzte zwei Minuten, so hatte er zuletzt vor zehn Jahren gekotzt, nachdem er mit Rollo in der Haifischbar an der Elbstraße gewesen war, sie hatten White Russians, Kümmel und Bier getrunken. Rollo hatte Liebeskummer wegen einer Hure, am Ende heulte er vor Wut; aus Solidarität hatte Tom mitgetrunken, obwohl er sich vor Cocktails ekelte und von Magenbitter meistens Magenprobleme bekam. Eva war Tom am Wittdüner Strand nicht hinterhergegangen und hatte ihm beim Kotzen nicht den Kopf gehalten, zum Glück, dachte Tom, als das Würgen nachließ. Er ging zurück zu Eva, sie starrte ins Leere oder auf die Nordsee, der Silvesterhimmel interessierte sie nicht.

TOM Du liebst dieses Arschloch noch? Du hast doch hundertmal gesagt, dass du mich liebst. Was ist passiert, hat er wieder deine Brustwarzen mit Champagner eingerieben und dran gelutscht? Du wolltest mir immer die Wahrheit sagen und mir nichts verschweigen. Ich wollte neulich mal nach Aachen kommen und dich überraschen, ich ahnte irgendwas. Nein, stimmt nicht, ich *wollte* nicht nach Aachen, ich *war* in Aachen, aber ich bin gleich wieder nach Hause gefahren, weil ich dir dann doch vertraut habe. Und jetzt das. (*weint*)

EVA Es ist nichts passiert, das heißt, es ist doch was passiert, aber nicht mit John. Ich liebe ihn nicht mehr, ich liebe dich, immer noch. Ich habe mit John nicht mehr geschlafen, seit ich mit dir zusammen bin. Das könnte ich nie, mit zwei Männern zusammen sein, ich bin kein Flittchen. Aber ich muss John helfen, er verzweifelt, er versteht nicht, warum ich so plötzlich nicht mehr ihn wollte, sondern dich – wie *Kai aus der Kiste*, sagt er. Er sagt, du bist Kai aus der Kiste.

Der Liebeskasper und Kai aus der Kiste, denkt Tom, das also soll ich sein, das bin ich wohl, er weint nicht mehr, ihm wird wieder übel, er nimmt einen Schluck Prosecco aus der Flasche, er möchte Eva schlagen oder anders wehtun, mit Worten, aber er kann das nicht und müsste lachen, wenn er's versuchen würde.

TOM Wie willst du ihm helfen, welche Hilfe verlangt er denn? Der will doch nicht nur reden, der ist sexbesessen, der ist besessen von dir. Der will dich zurückhaben und macht jetzt auf kleiner John, der nach Mama Eva ruft. Darauf kannst du doch nicht reinfallen! Was ist mit mir – wie soll ich reagieren, wenn du sagst, die Sache mit John ist noch nicht vorbei? Du musst aufpassen, dass es mit uns nicht vorbei ist, wenn du mir so was zumutest.

EVA (*weint*) Er hat gesagt, dass er sich vielleicht was antun könnte, wenn ich ihm nicht genau erkläre, wie es zu der Katastrophe für ihn kommen konnte. Tom, er will verstehen, warum ich nicht mehr mit ihm, sondern mit dir zusammen sein will. Er hat ein Recht darauf, dass ich ihm sage, wie es war und ist. Ich werde mich ein paarmal mit ihm treffen, nicht oft, immer auswärts, in Restaurants oder Kneipen. Das kannst du doch nicht so schlimm finden. Ich liebe dich doch, du hast dich verändert, aber ich lieb dich noch. Komm mal her.

TOM (*rührt sich nicht*) Was ist das denn für ein Gerede von ihm? *Könnte* sich *vielleicht* was antun? Mit Selbstmord drohen, das Allerletzte, das Allererbärmlichste, und dann auch noch *könnte vielleicht*. Was findest du eigentlich an dem, wie konntest du so einen mal lieben? Liebst du ihn noch?

EVA Nein, aber wenn du so bist wie jetzt, dann habe ich auch für dich kein Gefühl der Liebe. Im Moment habe ich sogar Angst vor dir. Ich möchte ins Bett und schlafen; du schläfst bitte auf der Couch. Versuch gar nicht erst, mich von hinten zu umklammern.

Es ist aus, dachte Tom, mit mir ist's aus. Mein Postgirokonto hatte ich inzwischen um 4000 Mark überzogen, ich kaufte immer Delikatessen für Eva, wenn sie bei mir war, sie hatte wenig Geld, da sie den Arztberuf ja noch lernte, und ich kaufte mir auch eine Armbanduhr für 500 Mark, weil Eva sagte, eine Mann ohne Armbanduhr, das geht nicht; ich hatte noch nie eine Uhr am Arm, auch Mutter sagte: »Seit wann hast du denn eine Armbanduhr, was soll das denn? Du und dein Bruder, ihr hattet noch nie eine Armbanduhr. So was am Arm habt ihr immer affig gefunden.« – »Die Uhr habe ich auf der Straße gefunden«, sagte ich, »in einem Etui als Geschenk eingepackt, ich trage die Uhr mal zur Probe, nur so« – ich wollte Mutter lieber nicht erzählen, dass ich jetzt wegen Eva eine Armbanduhr trug, um ein Mann zu sein.

Am 2. Januar sagte Eva, sie brauche ein bisschen *Abstand* von mir, auch, um die Dinge mit John zu klären; Abstand in der Liebe, das hatte ich noch nie verstanden, ein Mieter will Abstand vom Nachmieter für die Einbauküche, der Fußballschiedsrichter achtet darauf, dass die Freistoßmauer genug Abstand vom Schützen hat, aber Evas Abstandsgerede bestätigte doch nur, was ich in der Silvesternacht dachte: Sie plant ihre Rückkehr zu diesem Jammerlappenjohn und will's mir in Raten mitteilen, hier ein bisschen Abstand, dort ein bisschen Abstand, bis sie ganz weg ist. Am Telefon klang Eva allerdings wie immer, wir telefonierten nur noch zweimal die Woche statt jeden Tag, wenn sie werktags in Aachen war, sie wollte erst irgendwann im Februar wieder zu mir nach Hamburg kommen, ziemlich viel Abstand. Ich fragte sie nicht mehr, ob sie mich liebt, sie sagte es von sich aus, und ich wollte es glauben, aber konnte es meistens nicht glauben, manchmal dann doch.

»Nun lass mal gut sein, eine Frau kann uns ja wohl nicht

auseinanderbringen«, sagte Sören am Telefon, er hatte mich angerufen, und es gefiel mir nicht, was er da sagte, es ging ja gleich wieder gegen Eva. Aber ich freute mich, von ihm zu hören, ich sagte es ihm, und er verkündete sofort die Sensation: »Ich habe Arbeit für dich, kein Job, sondern was Festes, es gibt 1800 Mark netto. Du musst nur lesen. Ja, ich weiß, lesen ist nicht deine Stärke, aber du sollst kein ganzes Buch lesen, sondern Fernsehprogramme. Du guckst doch sowieso jeden Tag in deine Programmzeitschrift, und jetzt würdest du sogar Geld dafür kriegen. Rechtschreibung und Kommas, das war doch das Einzige, was dich während der Schulzeit interessierte, du bist der richtige Mann für diese Aufgabe.«

Es stimmte, Wörter korrekt schreiben und Zeichen korrekt setzen, das konnte ich früher und konnte es immer noch. Bei einer Firma, die Fernsehzeitschriften mit Texten belieferte, sollte ich, wie Sören erklärte, die Kleintexte auf Fehler durchsehen und sie berichtigen; die 500 Mark monatlich, die Subvention, würde ich von Sören weiterhin bekommen, sagte er – insgesamt 2300 Mark netto jeden Monat, ich zweifelte, ob Rollo als Postbeamter auch so viel verdiente, eine Irrsinnssumme, fand ich.

»Mit dem Personalchef, er heißt Sonne, habe ich vorab schon geredet, ein netter Mensch, er lässt fragen, ob du übermorgen um elf zu einem Gespräch in sein Büro kommen kannst«, sagte Sören. »Es gibt Kaffee und Kekse.« Und vorher zwei Flaschen *Jever* oder auch drei, ich würde sonst dieses Gespräch nicht durchstehen. »Andrea und ich werden dich hinfahren, in der Kantine auf dich warten und dich zurückfahren. Auf dem Rückweg bist du schon Korrekturleser und brauchst bei der Post keine Briefe mehr zu sortieren«, sagte mein Bruder Sören, der jetzt wieder ganz bei mir war und für mich sorgte. Die Prüfung bei Herrn Sonne wollte und musste ich bestehen, er würde mich wahrscheinlich ein Deutschdiktat schreiben lassen, um beurteilen zu können, ob ich als Korrekturleser geeignet bin. Meine Bierfahne könnte das Hauptproblem sein.

DREIUNDVIERZIG

Halb elf am Morgen, sie brauchten 20 Minuten zu der Firma im Hamburger Süden, am Steuer ihres Mercedes-Benz saß Andrea, neben ihr Sören, auf dem Rücksitz jeverte Tom schon die zweite Flasche, er hatte sich ein Jackett von Sören geliehen und seine Halbschuhe sogar zweimal geputzt. Als Andrea vor der Firma hielt, hatte Tom gerade die dritte Flasche geleert und steckte sich zwei *Fisherman's Friends* in den Mund, links an der Kreuzung begann der Straßenstrich, zwei Huren warteten auf frühe Freier.

»Nicht verkrampfen«, sagte Sören zu Tom, »na ja, die drei Biere müssten dich eigentlich entspannt haben. Wenn Herr Sonne kommt, dann geht der Regen, sagen die Leute im Büro über ihn. Dir kann nix passieren.« Es war sechs vor elf, ein bisschen Schnee fiel, Tom und Sören stiegen aus dem Auto – »Los jetzt«, sagte Sören, »geh da rauf, wir trinken einen Kaffee in der Kantine und erwarten einen Sieger.«

Eine halbe Stunde später: Tom betritt die Kantine, er schlurft nicht wie sonst, sein Gang federt, fast ein Richard-Gere-Gang, die Frühstücker in der Kantine beachten ihn; er raucht eine Zigarette, sein Grinsen erinnert an Kindertage, da er mit seinem Bruder unterwegs war, um *was auszufres-*

sen. Tom setzt sich zu Andrea und Sören an den Tisch, die beiden trinken Tee und lesen Zeitung (*Rockabilly-Star Carl Perkins gestorben. Er trug seine »Blue Suede Shoes«, als der Tod kam*). Es habe geklappt, sagt Tom, schon nächste Woche könne er anfangen, zwei Wochen Probezeit, natürlich. Herr Sonne sei der erste Chef, der sich nicht als Chef aufspielt, ein Kumpeltyp. Er wollte wissen, warum Tom denn glaube, für die Arbeit geeignet zu sein, und Tom habe es ihm gesagt. Herr Sonne habe genickt und noch betont, wie sehr er doch Sören und sein Urteil seit Langem schätzen würde. Am Wochenende fahre ich nach Aachen und überrasche Eva mit der Neuigkeit, denkt Tom, jetzt könnte mit uns doch noch alles gut werden.

Abends am Aachener Hauptbahnhof nahm ich ein Taxi, es fuhr zehn Minuten bis zur Karlstraße, ich guckte auf meine Männeruhr, es war kurz nach sieben; ich klingelte bei Eva, sie öffnete *sofort* und hatte wohl Besuch erwartet, aber nicht mich. Drei Treppen hoch, da stand sie im Bademantel und schien überrascht zu sein, aber nicht so überrascht, wie ich erwartet hatte. Ihr Blick sagte eher: *Ach so, jetzt ist es so weit, musste ja so kommen.* »Es ist was Unglaubliches passiert, ich wollte dir's nicht am Telefon erzählen«, sagte ich, Eva lächelte eine halbe Sekunde. »Ich war in der Badewanne und wollte schlafen gehen, morgen Frühschicht«, sagte sie, als sie hinter uns die Wohnungstür schloss und mich kurz an der Schulter berührte. »Willst du was trinken? Ich hab' aber nur Weißwein und Radler da«, und so saßen wir in Evas Wohnzimmer, sie trank ein Glas Weißwein, ich nippte an dem Radler, in Hamburg heißt er Alsterwasser, was viel eher die Wahrheit über dieses Getränk sagt, denn wer will schon Wasser aus einem Schmutzsee trinken?

In der Ecke auf dem Teppichboden lag ein gerahmtes Foto,

60 Zentimeter lang und 40 Zentimeter breit, das Foto zeigte eine Bank mit Blick auf die Alster, *unsere Bank*, dort hatte unsere Liebe begonnen, und hier lag das Foto auf dem Boden – das bedeutete, Eva hatte das Foto nie an die Wand gehängt, oder sie hatte es schon wieder abgehängt; ich wusste nicht, was ich gemeiner finden sollte. Trotz meines Schocks berichtete ich nun, dass ich endlich was Vernünftiges machen, als Korrekturleser anfangen und für Fernsehzeitschriften arbeiten werde, vielleicht auch für die Fernsehzeitschrift, die bei Eva auf dem Couchtisch lag. 1800 Mark netto, sagte ich, das ist überdurchschnittlich. »Meine Freundin Linda hat mal bei der *Hörzu* in Hamburg gejobbt«, sagte Eva, »spannende Arbeit, fand sie. Eine Redakteurin hatte einen Hund, der fraß gerne Meisenknödel, die Schlaufe hing aus seinem Mund wie ein Tamponfaden. Wenn das nicht komisch ist!« Ja, über diesen Meisenknödelhund musste ich auch lachen, dann sagte Eva: »Du kannst natürlich ausschlafen, aber danach fährst du bitte zurück nach Hamburg. Wenn ich am Nachmittag nach Hause komme, und du bist noch hier, dann war's das mit uns.«

Tom schlief auf der Couch und verließ die Wohnung um fünf Uhr morgens, eine Stunde, bevor Eva aufstehen wollte, er legte einen Zettel neben die Fernsehzeitschrift und hatte draufgeschrieben: *Deinen Abstand kannst Du jetzt gerne haben, meinetwegen bis Ostern.* Ziemlich souverän, der Satz, dachte Tom, als er aus der Wohnung ging, aber zehn Minuten später, auf dem Fußweg zum Bahnhof, fragte sich Tom bereits, ob Eva über den Satz so empört sein würde, dass sie sofort wieder mit John gehen wollte. Der Satz war eigentlich eine Unverschämtheit, meinte Tom nun, denn er hatte Eva eher überfallen als überrascht, was seinen Rausschmiss rechtfertigte. Tom könnte jetzt zurückgehen, klingeln und unter einem Vorwand (*Ich habe meine Rückfahrkarte vergessen*) noch mal in die Wohnung gelangen, um diesen *Unglückszettel* wegzunehmen, aber es konnte ja auch sein, dass Eva bereits aufgestanden war und den Zettel schon gelesen hatte. Dann würde sie in ihrer ersten Wut sofort Schluss machen mit Tom – nein, er konnte nicht zurück, ein paar Tage mal gar keinen Kontakt, das musste er aushalten, er würde sich dann bei Eva entschuldigen, Abstand bis Ostern, ein Quatsch, haha, Eva solle und dürfe entscheiden, wie lange der Abstand dauert.

Sie lügt ja nicht, sie lügt nie, das hat Andrea zu Sören gesagt, und er hat's mir gesagt. Wenn sie mit dieser Witzfigur John noch was zu klären hat, bitte sehr, sie hätte mir doch diese Absicht verschweigen können, aber sie sagte mir, was sie vorhat, und dazu braucht sie eben ihren gottverdammten Abstand. Sie liebt mich, sagt sie, das würde sie nicht sagen, wenn's nicht mehr wahr wäre, und dieses Foto von der Alster und der Bank muss ja nicht unbedingt an ihrer Wand hängen; es hängt dann an meiner Wand, an unserer Wand, wenn Eva zu mir gezogen ist.

Tom hatte keinen Vertrag mit der Post, die Sortiererei konnte jederzeit enden, wenn er nicht mehr wollte oder die Post ihn nicht mehr benötigte, aber Tom ließ sich von seinem Chef beschwatzen – »Tom, so schnell finden wir doch keinen Ersatz für dich, komm und sortier noch vier Wochen, bitte, kriegst 100 Mark drauf.« Okay, sagte Tom und hatte den nächsten Fehler gemacht, denn er sortierte nun weiter die Briefe von sechs Uhr morgens bis zehn und radelte dann eine Dreiviertelstunde runter zum Straßenstrich, wo Herr Sonne in der Firma auf ihn wartete und die Korrekturleserei um elf Uhr begann. Er sei tot, wenn er bei Herrn Sonne anfängt, sagte Tom nach vier Tagen zu Sören, aber die Arbeit gefalle ihm, und nach einer Stunde komme auch wieder Leben in ihn, und er habe genug Kraft, um die Kleintexte auf Ausdrucken so zu berichtigen, wie die Redaktionsleiter es von ihm erwarteten; die Korrekturleser arbeiteten nicht am Computer, die Redakteure mussten ihre korrigierten Texte selbst in den Computer eingeben. Es dauerte drei Wochen, da sagte Tom zu Sören, er sei *tot*, wenn er um elf die Redaktion erreicht, er sei *toter*, wenn er abends oder nachts die Redaktion verlässt, und er sei *am totesten*, wenn er morgens um fünf aufsteht, weil er zur Post muss. Er telefonierte abends wieder mit Eva, hatte sich für seinen Zettel entschuldigt, sie verzieh ihm, und während der vierten Woche mit Doppelarbeit vergaß er sogar einmal, dass er mit Eva zum Telefonieren verabredet war.

»Was liest du denn da am Straßenstrich?«, fragte Mutter an einem Sonntag, als Tom zum Mittagessen bei ihr war und zwei Kohlrouladen aß. Mutter las die *Hörzu*, seit es Fernsehen gab, und Tom zeigte ihr ein paar Kleintexte im Programmteil, nur mit ihnen musste er sich beschäftigen, »die Minischrift geht auf die Augen«, sagte Tom. »Nimm doch meine Lupe« sagte Mutter und ging zur Fensterbank, dort lag eine Lupe zwischen ihren Topfpflanzen, mit der Lupe suchte Mutter regelmäßig nach Insekten, die ihren Geldbaum befielen. Also saß Tom künftig mit Mutters Insektenlupe über den Kleintexten und las, beispielsweise: *Kopfgeldjäger Joe Kid (Clint Eastwood), soll für einen Landbesitzer mexikanische Kleinbaurn vertreiben doch er wechselt die Seiten. Ein Revolvermeilenstein von John Sturgis.* Ein Komma zu viel, ein Komma zu wenig, ein Rechtschreibfehler, zusätzlich guckte Tom in ein Filmlexikon und sah, dass die Namen Kidd und Sturges falsch geschrieben waren. Ungefähr jeder dritte Kleintext enthielt solche Fehler, weshalb Tom sich dafür zu interessieren begann, welche Deppen in der Redaktion rumschlampten und kein Deutsch konnten.

Die meisten Texte, die Tom zu korrigieren hatte, kamen von einem Friedhelm, früher mal Mathematikstudent, acht der zehn Redakteure hatten ihre Arbeit nicht gelernt, keine Journalisten, sie waren hier *irgendwie untergekommen.* Friedhelm schrieb seine Programmtexte schon seit sechs Jahren, es war auf den ersten Blick zu erkennen, dass er seine Arbeit verachtete. Friedhelm sollte jetzt eine Inhaltsangabe über einen Experimentalfilm aus Frankreich schreiben, Tom las Friedhelms Text dann: *Pierre will die Supermärkte revulutionieren! Es wäre dem 45-jährigen zuzutrauen, denn der Normanne hat schon mehrfach gezeigt, daß er andere Wege geht. Der Pudelmützenträger hat einen Discounter in Italien geleitet, siebenunzwanzig Strafanzeigen provoziert, und dadurch den Discounter erledigt. Was wird der Einarmige jetzt anstellen? Gerüchten zufolge, wird der Sohn einer bulgarischen Feuerschluckerin künftig jeden Supermarktartikel vorher probieren oder aus probieren. Was verspricht sich der sechsmal Geschiedene davon? Der ehemalige Busfahrer hat Erfolg mit seiner Methode, bis zu seinem tragischen Kältetod.* Die Rechtschreib- und Kommafehler korrigierte Tom, mehr sollte ihn nicht interessieren, aber er ging doch rüber zu Friedhelm, entschuldigte sich für die Störung und fragte, warum Friedhelm in der Inhaltsangabe nur einmal den Namen des Helden nenne, Pierre, danach heiße er nacheinander der 45-jährige, der Normanne, der Pudelmützenträger, der Einarmige, der Sohne einer bulgarischen Feuerschluckerin, der sechsmal Geschiedene und der ehemalige Busfahrer; das sei komisch sagte Tom (er meinte lächerlich), was Friedhelm sich denn dabei gedacht habe? Friedhelm guckte weiter auf seinen Computer und belehrte Tom nebenbei: »*Der Spiegel* macht das auch so.« Tom hat nie wieder mit einem Redakteur über dessen Texte geredet und sich nur noch um die Fehler gekümmert; Friedhelm grüßte Tom nicht mehr, nachdem Tom gegen Friedhelms Stil aufgemuckt hatte.

Die Briefsortiererei bei der Post endete, ich konnte durchschnaufen, es konnte nur ein paar Tage dauern, höchstens eine Woche, dann wäre ich erholt, denn ich musste nicht mehr um fünf aufstehen, sondern konnte bis neun schlafen, aber ich fühlte mich weiterhin, als würde Graf Dracula nachts das Leben aus mir saugen. Einer der beiden anderen Korrekturleser ging in Urlaub, der Stapel der Ausdrucke wuchs auf meinem Schreibtisch, fast immer arbeitete ich bis Mitternacht, alle Mitarbeiter hatten einen Schlüssel, ich war der Letzte, der das Licht ausmachte; der andere Korrekturleser, bestimmt 20 Jahre älter als ich, ging meistens um sieben, obwohl sein Stapel morgens genauso hoch war wie meiner. Herr Sonne und eine Redakteurin überprüften meine Korrekturen mehrfach und sagten, sie seien zufrieden mit meinen Ergebnissen und möchten mich übernehmen, ich hätte die Probezeit bestanden – nach feiern war mir trotzdem nicht zumute, ich hatte auch keine Lust am Telefon mit Eva über *meine Leistung* zu reden. Die ersten 1800 Mark waren auf meinem Konto, ich kaufte einen 50-Mark-Frühlingsblumenstrauß für Mutter und aß am Sonntag wieder bei ihr, ich hatte das Lieblingsgericht meiner Kindheit bestellt, Currywurst mit Pommes und Ketchup (keine Mayo!), früher kaufte Mutter immer drei Würste, jeweils anderthalb Würste für Sören und mich, jetzt lagen drei Würste auf dem Teller, alle drei für mich. »Du wirst immer dünner, du siehst aus wie eine Leiche«, sagte Mutter, eine Schmeichlerin ist sie nie gewesen. »Ich arbeite mehr als Helmut Kohl«, antwortete ich, Mutter lachte über den Scherz, aber ich meinte es ganz im Ernst, biss in die Currywurst und schob drei Pommes hinterher, Selbstmitleid überflutete mich, es war ekelhaft, doch ich konnte das Gefühl nicht unterdrücken. »Mein Junge, du weinst ja«, sagte Mutter. »Du weinst doch sonst nicht, was ist denn? Wegen Eva?«

Ja, auch wegen Eva, dachte ich und sagte: »Das Leben fällt mir auf die Nerven. Ich kann dir gar nicht sagen, wie mir mein Leben auf die Nerven fällt.«

VIERUNDVIERZIG

Am selben Abend klingelte Sören bei Tom, er öffnete nur deshalb, weil er auf dem Balkon gesessen, die Eichhörnchen im Baum angestarrt und dann seinen Bruder auf dem Zebrastreifen gesehen hatte. Außer ihn hätte er jetzt niemanden reingelassen, er wollte alleine weiterweinen, zum ersten Mal hörte er dazu Lieder von einer Musikkassette, die Sören neulich für ihn aufgenommen hatte, vorne auf der Hülle stand: *Runterzieher (hilft bei zu viel Optimismus).* The Birthday Party waren auf der Kassette mit dem Song *Capers (Oh I had a wonderful diehood thanks to my fa, fa, family)*, Michael Gira von den Swans bettelt *God Damn The Sun*, danach gleich Randy Newman, er lässt Gott und sein Personal im Himmel über die Menschen lachen (*God's Song*); ein bisschen Klassik von Dietrich Fischer-Dieskau, er singt *Nun will die Sonn so hell aufgeh'n* aus Gustav Mahlers Zyklus *Kindertotenlieder*; da kreischt, brüllt und faucht auch schon Diamanda Galas, ihr Bruder ist an Aids gestorben, Sören klingelte, während dieses Stück lief.

»Mutter hat mich alarmiert«, sagte Sören, als er sich zu Tom auf den Balkon setzte, »sie sagt, du heulst nur noch wegen Eva, hast deine Currywurst nicht aufgegessen und willst nicht mehr leben.« Nein, sagte Tom, ich hatte nur einen Selbstmitleidsanfall, es sind leider ein paar Tränen gekommen – auch, aber nicht nur wegen Eva, ich habe zwei von drei Currywürsten gegessen, und ich habe gesagt, mein Leben nervt mich. Angenommen, mein Leben wäre ein Mensch, dann würde ich auf die andere Straßenseite gehen, wenn er mir entgegenkäme. Tom dachte, Sören hat mir ja Arbeit vermittelt, ich kann ihm nun nicht sagen, dass mein Leben mich auch nervt, weil ich fünf Tage wöchentlich die Texte von Friedhelm und anderen Trotteln korrigieren muss.

»Wann seht ihr euch denn mal wieder, wann kommt sie nach Hamburg? Die war doch schon mindestens zwei Monate nicht mehr hier. Ich sehe auch keine dummen Proseccoflaschen bei dir rumstehen«, sagte Sören. »Gib mal 'n Bier rüber.« Die Sache mit dem Prosecco wird er noch in Jahren erwähnen und dabei grinsen, dachte Tom; ich werde jedenfalls Eva zuliebe keinen Prosecco mehr trinken und überhaupt mehr Rückgrat zeigen und ihr *nicht Alles* recht machen wollen. »Ich dusch' mal kurz, mein Duschschlauch ist kaputt«, sagte Sören und ging ins Badezimmer, da beendete Diamanda Galas gerade ihre Totenklage, jetzt folgte tatsächlich *Am Tag, als Conny Kramer starb* von Juliane Werding und Konstantin Weckers *Meine Leiche*.

Wahrscheinlich war Sören besoffen beim Aussuchen der Lieder, dachte Tom, jetzt *Strange Fruit*: Die Weißen in Amerika hängen die Schwarzen, es singt Billie Holiday. »Wie findest du denn den Songmix?«, fragte Sören von hinten, er war noch dabei, sich wie immer nach dem Duschen die Glatze mit *Nivea*-Creme einzureiben. »Nix von Leonard Cohen,

Lou Reed, John Cale?«, wollte Tom wissen, »kommt noch Christian Anders, der zu Juliane Werding passt und den Zug nach Nirgendwo nimmt?« »Cohen, Reed und Cale sind auf der B-Seite mit *Chelsea Hotel*, *Underneath The Bottle* und *Fear's A Man's Best Friend*«, antwortete Sören, »keine weiteren Schlager. Was ist denn nun mit Eva?« Nach Ostern ist sie wieder hier, murmelte Tom, dann sei genug Abstand gewesen, ihr Ex-Freund, sagt sie, scheint inzwischen begriffen zu haben, dass er auch ihr Ex-Freund bleibt. Er droht auch nicht mehr, sich was anzutun. »Jetzt kommt das Beste und das Kürzeste auf der Kassette«, sagte Sören, »ich glaube, das kennst du gar nicht. Du hast dich ja nie für Zappa interessiert.« Keine anderthalb Minuten dauert's, Zappa beschimpft die Spießer, Lügner und Stumpsinnigen, *What's The Ugliest Part Of Your Body?*, fragt er und antwortet – weder die Nase noch die Zehen sind dein hässlichster Körperteil, es ist dein Geist, dein Gemüt, deine Seele. »Bei dem Lied muss ich an Eva denken«, sagte Sören, seine Glatze leuchtete, er trank das *Jever* in einem Zug.

Bist du bescheuert, erst war ich für dich nur noch der Liebeskasper, und jetzt behauptest du, meine Frau hat eine hässliche Seele. Ich hätte nie geglaubt, dass ich mal genug von dir haben und dich hassen könnte, aber ich hasse dich jetzt dafür, wie du über Eva und mich denkst und redest; wie du meinst, uns beurteilen zu können!

Tom schrie, er hatte seinen Bruder noch nie angeschrien, das Geschrei schien Sören überhaupt nicht zu beeindrucken, er öffnete noch ein Bier, trank einen Schluck und sagte: »Das Lied zu deiner Situation kommt auch auf der B-Seite, *You Keep Me Hanging On*, aber nicht das Original der Supremes. Das ist doch nur ein Soul-Schlagerchen, ich habe die Brachialfassung von Vanilla Fudge genommen. *Lass mich gehn, verschwinde aus meinem Leben. Du liebst mich doch gar nicht. Du brauchst mich doch gar nicht. Du hältst mich doch nur hin. Warum spielst du mit mir? Du interessierst dich doch gar nicht für mich. Du benutzt und missbrauchst mich. Verschwinde aus meinem Leben.* Das sagt der Hingehaltene in dem Song, und das solltest du zu Eva sagen. Ich glaube, sie war am Anfang wirklich verliebt in dich, das war keine Show. Aber Eva ist hohl, den Eindruck hatte ich sofort.«

»Eva weiß noch mehr als du«, sagte Tom, er schrie nicht mehr, fürchtete aber, dass er gleich durchdrehen und seinen Bruder schlagen könnte.

»Was meinst du, wie viele hochgebildete Idioten ich kenne!«, sagte Sören und lachte. »Ich meine, Eva ist *im Herzen* dumm. Ich würde auch gerne sagen, dass sie rumhurt, ein Flittchen ist. Das glaube ich allerdings nicht. Sie will immer nur einen Mann. Aber dich will sie nicht. Meinetwegen: nicht mehr. Als sie mit dir zusammen war, da hatte sie nix mit diesem John. Aber wenn ihr jetzt gar nicht mehr zusammen seid, dann …«

Er hat ja nur gesagt, was er denkt, nein, Quatsch, ich hasse meinen Bruder nicht, ich kann gar nicht hassen, so dachte ich schon am Montag, als Friedhelm im Büro an meinen Tisch kam und mich wieder zuschiss mit seinen Texten, die *Der Spiegel* ja auch so macht, wie Friedhelm meinte. Sören sagte immer schon, es gebe zwei Sorten von Freunden: Der eine Freund hält es für seine Pflicht, den Freund immer zu stützen und ihm auch seine Illusionen zu lassen; der andere Freund hält es für seine Pflicht, den Freund zu kritisieren, wenn's nötig ist. Sören gehörte für seine Freunde zur zweiten Sorte, also hat er auch mich jetzt kritisiert. Er kann meine Freundin nicht leiden, na ja, ich habe ungefähr die Hälfte seiner Freundinnen auch nicht gemocht und es ihm gesagt, wenn er mich nach meiner Meinung fragte, und manchmal sagte er sogar: »Ja, stimmt, ich mag meine Freundin eigentlich auch nicht besonders.« Sören irrte sich jetzt, was Eva und mich betraf, er würde seinen Irrtum später mal einsehen und sich bei mir und Eva entschuldigen, er entschuldigte sich immer für seine Fehler. Vier Tage noch, Eva würde am Karfreitagnachmittag kommen und über Ostern bleiben, am Ostersonntag waren wir bei Mutter eingeladen, sie wollte wegen und für Eva »was Neuartiges« kochen; mich beunruhigte Mutters Plan ein bisschen, denn was Neuartiges hatte es bei ihr noch nie gegeben. Ich stellte Evas Prosecco in den Kühlschrank, putzte die Wohnung, bezog unser Bett, verteilte Schokohasen, Schokoküken und Schokoeier auf die Zimmer, Küche und Bad und kaufte mir schon meine Jahresjeans, was ich sonst erst zum Herbstanfang im Oktober tat. Karfreitag, 10. April 1998, ungefähr zwei Stunden noch bis zum Wiedersehen mit Eva – so wie ich mich jetzt fühlte, mussten sich Menschen fühlen, die nach langer Krankheit und ständigem Bangen doch wieder gesund waren.

Es war für Tom so schön wie beim ersten Mal mit Eva, und nicht er hatte sie gedrängt: Eva, kaum angekommen, nahm Tom an der Hand und zog ihn ins Schlafzimmer, sie hatte keinen Blick für die Schokohasen, Schokoküken und Schokoeier. Wenn es stimmt, dass die Frauen sich nach viel Gestreichel sehnen, dann musste Tom fast der Idealmann sein; eine Stunde Vorspiel, eine Stunde Nachspiel, die Sache dazwischen dauerte nicht so lange, aber Eva hatte sich nie beschwert und schien zu genießen, wie Tom mit ihr umging, und sie tat dann auch wieder, was Tom als äußersten Liebesbeweis empfand. »Ich liebe dich«, sagte Tom, er hatte Eva müde gestreichelt, sie konnte die Augen kaum noch offen halten, lächelte aber so, dass Tom dachte: Das ist die Seligkeit, auch für sie. »Nach'm Ficken oder beim Ficken zu sagen, ich liebe dich, das geht nicht. Das ist zu viel. Das passt nicht«, sagte Rollo immer, aber von der Liebe hatte Rollo ja auch keine Ahnung.

13 Stunden schliefen Tom und Eva, er ging morgens zum Bäcker und holte Franzbrötchen, die's nur in Hamburg gibt, sie sind aus Hefeteig, gefüllt mit Zimt und Zucker und sollen matschig sein und an den Fingern kleben, nur dann schmecken sie. Ein Franzbrötchen hat mindestens 400 Kalorien, aber Eva konnte essen, was sie wollte, sie behielt ihre *Traumfigur*, dachte Tom – sie könnte sogar zehn Franzbrötchen nacheinander essen, Tom lachte bei dem Gedanken. Das erste Franzbrötchen aß Eva im Bett, das zweite in der Badewanne, dazu ein Glas Prosecco, das Tom ihr auf den Wannenrand stellte; Eva badete sehr lange, Tom wusch ihr die Haare und massierte ihren Rücken, sie seufzte. »Ich liebe dich«, sagte er. »Ich weiß«, sagte sie, »ich freue mich schon aufs Enten-Angeln.«

Schon im Sommer waren Eva und Tom auf dem Hamburger Dom gewesen, einem Volksfest am Rande der Reeperbahn, sie gingen jetzt wieder aufs Riesenrad, aßen Schaschlik, fuhren Achterbahn und angelten Plastikenten im *Entenpalast*; die Enten hingen an einer Angelschnur und brachten unterschiedliche Punkte für den Angler, am Ende hatte Eva mit derart viel Geschick und auch Glück geangelt, dass Leute neben ihr applaudierten und Tom strahlte: Ja, seine Frau ist die Schönste und Ärztin und heilt Menschen, und jetzt siegt sie auch noch beim Enten-Angeln! Eva gewann einen Riesenteddybären, er konnte brummen, Tom trug ihn auf seinen Schultern wie später das Kind, das er mit Eva haben würde. Aber als sie dann das Domgelände verließen, da sagte Eva »Gib mal her, den Bären«, denn vor der Zuckerwattebude stand ein Knirps und weinte, Eva schenkte ihm den Bären, und der Knirps weinte nicht mehr. Empfindsam und großzügig ist sie, mein Bruder spinnt doch mit seinen Eva-Theorien.

Wir sind wieder sehr früh schlafen gegangen, ich habe ihr diesmal nur lange den Rücken und die Taille gestreichelt und sie umklammert, Eva sagte noch »Mit John ist übrigens alles okay«, ich hatte nicht fragen wollen. Am nächsten Morgen aß Eva nur ein Franzbrötchen, denn wir sollten schon um eins bei Mutter zum Osteressen sein – mich überraschte sehr, dass Mutter sich nicht schick gemacht hatte wie sonst an Festtagen, sie trug ihren Hausfrauenkittel, den *Todeskittel*, dachte ich, sie trug ihn schon vor einem Vierteljahrhundert, als *der Weiße König* ständig zu ihr kam und sie holen wollte, sie fast gestorben wäre und in die Nervenklinik musste. Mutter sagte zu Eva, ich müsse inzwischen mehr arbeiten als Helmut Kohl, ob sie das wüsste. Eva hielt das für einen Witz und nickte, wir setzten uns an den Küchentisch, und sofort servierte Mutter, was sie mit dem *Neuartigen* angekündigt hatte. Die ganze nächste Woche grübelte ich, ob Mutter absichtlich so einen Fraß gekocht hatte oder das Neuartige nicht gelungen war; Eva jedenfalls musste während der Nacht auf Ostermontag dreimal ins Badezimmer, um zu kotzen.

Mutter, eine Großmeisterin der Hamburger Traditionsküche, hatte nach Asien geschaut, Hähnchenbrüste gekauft und sie mit Ananas, Eiern, Saubohnen und Sojasprossen gefüllt; ein Blätterteig umrahmte die Hähnchenbrüste, die in einer Fischsauce neben Röstkartoffeln lagen. »Es gibt auch noch neuartigen Nachtisch«, sagte Mutter und zeigte auf eine Schüssel, abgedeckt mit einem Handtuch. Nach einem Bissen und einem Blick auf die Hähnchenfüllung wusste ich, das kann ich nicht essen. Mutter, dachte ich, und dann sagte ich es auch: »Mutter, mach doch mal lieber Matjes oder Finkenwerder Scholle, Grützwurst oder Rundstück, die asiatische Küche liegt dir weniger«, aber natürlich konnte Mutter jetzt keine Matjes oder Grützwurst mehr zubereiten – wir mussten ihre Hähnchenbrüste essen oder hungern. »Schmeckt gut«, sagte Eva, und ich fragte mich, ob ich sie in dem Augenblick noch ein bisschen mehr oder ein bisschen weniger liebte, denn sie wollte meine Mutter nicht beleidigen und *log* deshalb, aber sie schwächte auch mein Urteil über das Hähnchen.

Mutter fragte nach Evas Arbeit, und wie Ostern in Aachen bei den Katholiken ist, und Eva erzählte, während sie an dem Hähnchen rumschnitt und den Teller leeraß. »Eva, möchtest du noch vom Huhn?«, fragte Mutter und lächelte wie Herbert Wehner am Wahlabend 1972, als seine SPD zusammen mit der FDP die absolute Mehrheit hatte und die CDU am Boden war. »Nein, vielen Dank«, antwortete Eva, »ich will ja den Nachtisch noch schaffen«, und ich hatte inzwischen mit Mühe eine Viertelhähnchenbrust kaum gekaut, die Luft angehalten und das Zeug runtergeschluckt; das *Jever* konnte gegen die Hähnchenfüllung nicht ankommen, etwas Süßes würde gleich vielleicht den Nachgeschmack vertreiben.

»Jetzt was Italienisches«, sagte Mutter und nickte, Gottseidank, es hätte ja auch ein Asia-Experiment mit Bananen oder Litschis sein können, am liebsten hätte ich allerdings Mutters *Rote Grütze nach Sylter Art* gegessen. Mutter nahm das Handtuch von der Schüssel und stellte sie auf den Tisch: Was ich jetzt sah, erinnerte mich an den ersten *Alien*-Film aus dem Jahre 1979, aber ich wusste nicht mehr, welche Szene. Da lagen Biskuitstangen übereinander, Mutter hat die Stapel mit einer Masse übergossen, sie bestand wohl aus Mascarpone, Sahne und Sherry (?), auf die Masse hatte Mutter noch Schokostreusel und Kakaopulver gekippt. Eva gluckste, sie wollte lachen oder sogar kreischen, das merkte ich, aber sie konnte es unterdrücken und ließ sich von Mutter auffüllen. Der Matsch schmeckte vor allem nach Alkohol und Kakao, aber ich hatte wenigstens nicht mehr den Geschmack der Eier und Saubohnen vom Hähnchen auf der Zunge; der Bohnenkaffee, den wir dazu tranken, bewegte ich in meinen Backen hin und her wie morgens das Mundwasser. Bevor wir gingen, bekamen wir von Mutter noch zwei Osternester mit Süßigkeiten drin und jeweils einem Umschlag, 50 Mark für mich, 20 Mark für Eva, das Geldgeschenk rührte sie offensichtlich, wir bedankten uns, ich küsste Mutter auf die Augen und *roch* ihren Todeskittel. Wir wollten nun endlich den Film des Jahrzehnts gucken, er lief schon seit Januar in den Kinos, die Zuschauer jubelten, außer Sören (»ein Drehbuch wie von einem 14-Jährigen geschrieben«), im März hatte der Film elf Oscars gewonnen – der Regisseur James Cameron grölte, er sei jetzt der »König der Welt«, und als Eva und ich aus dem Kino kamen, da hatte ich auch uns gesehen, Rose und Jack, die mit der *Titanic* untergegangen waren.

FÜNFUNDVIERZIG

Jack, der nichts darstellt und nichts hat, und Rose, die was Besseres ist und Alles hat, aber einen Widerling heiraten soll und zuerst auch heiraten will, aber auf dem Schiff entscheidet sie sich für Jack und das Echte und gegen das Geld und das Falsche: Das passte doch total auf Eva und mich und John, dachte Tom und sagte es Eva, sie runzelte die Stirn, lachte dann und knuffte Tom in die Seite.

Am Abend musste Eva in einigen Fachbüchern lesen, sie aß dazu zwei Schokohäschen und ein Schokoküken, hatte aber schon Magengrimmen und ging wieder früh schlafen; Tom arbeitete noch zwei Stunden daran, seine Horrorfilmvideos nach einem anderen System anzuordnen – Härtegrad und Opferzahl. Sein derzeitiger Lieblingshorrorfilm war *Re-Animator* aus dem Jahre 1985, ein Schweizer Medizinstudent hat Ärger in Zürich und flieht zu den Amerikanern, wo er daran arbeitet, *den Gehirntod zu besiegen*. Mit einem Serum holt er zuerst Kadaver, dann Leichen ins Leben zurück. Tom legte die Kassette in den Videorekorder und guckte die bewegendste Szene, er hatte sie schon 50-mal geguckt. Der Schweizer nimmt eine Schaufel, enthauptet einen Professor und testet das Serum an dem Kopf und dem Rumpf, die beiden Teile existieren dann getrennt. Tom hätte gern mit Eva darüber geredet, ob dieses Eigenleben theoretisch möglich wäre, als Ärztin würde sie doch eine Meinung dazu haben, aber Tom wollte Eva auch nicht mit Gruselkram belästigen. Sie wurde wach, als er sich an ihren Rücken legte und sie umklammerte – »Ich fahre morgen schon, nicht erst Dienstag«, sagte sie, »mein Vater hat Grippe, ich muss mich um ihn kümmern, er hat doch nur noch mich«, und dann ging Eva zum ersten Mal kotzen, und am nächsten Morgen um neun Uhr zehn war sie wieder unterwegs nach Aachen.

Für den Tag hatte ich einen Osterspaziergang geplant, ich wollte mit Eva an die Elbe und raus nach Teufelsbrück, wo mein Bruder als Vierjähriger fast ertrunken wäre: Er spielte vorne am Elbstrand und schaufelte Sand in sein Eimerchen, während Mutter und Vater auf der Lokalterrasse saßen und Kuchen aßen, ein Frachter fuhr vorbei, machte Wellen und zog Sören unter Wasser, *er war praktisch schon weg, schon tot*, erzählte Mutter gern, doch ein Mann im Sonntagsanzug sprang hinterher und holte Sören aus der Elbe. »Euer Vater hat sich bedankt und dem Mann sogar eine Tasse Kaffee spendiert, aber ihm nicht mal die Reinigung für seinen Anzug bezahlt. Da habe ich mich geschämt«, sagte Mutter, deren Stärke nicht das Schämen ist.

Was sollte ich also tun an diesem Ostermontag, erstmal abwaschen, Eva hatte vorgestern den Abwasch gemacht, und ich sah, sie hatte die vier Teller oben auf den Tellerstapel gelegt, ich legte die abgewaschenen Teller aber immer *unter* den Stapel, sonst würde ich ja ständig dieselben oberen Teller benutzen und die unteren Teller nie. Zwölf Uhr, ich nahm zwei Flaschen Bier aus dem Kühlschrank, setzte mich unten auf die Jeverbank und überlegte – meine Situation hatte sich verbessert, Eva gehörte wieder zu mir, aber am Arbeitsplatz musste ich schneller korrigieren, damit ich wie mein Kollege spätestens um acht nach Hause gehen konnte und nicht erst gegen Mitternacht; vielleicht sollte ich auch mal Herrn Sonne fragen, ob ich, statt die Kurztexte immer nur zu korrigieren, ein paar Kurztexte schreiben könnte, das würde ich mir inzwischen zutrauen, und ich würde es nicht so machen wie Friedhelm und *Der Spiegel.* Auf der Jeverbank trank ich nur eine Flasche, denn ich hatte plötzlich eine Idee, ging nach oben, nahm Papier und Stift und begann, einen Brief an John zu schreiben.

Hallo John,
da nun entschieden ist, was und wen Eva will und nicht will, sollst Du wissen, dass Du nervst, Eva und mich nervst – besonders wegen Deiner Wehleidigkeit und Bettelei. Schämst Du Dich denn gar nicht? Und mit Selbstmord zu drohen, das Allerletzte! Ein Mann droht nicht mit Selbstmord, um etwas zu erreichen.

Das tun nur Schwächlinge. Ich hasse Dich nicht, Du kannst aber auch kein Mitleid von mir erwarten. Du hast Eva schlecht behandelt, sie bevormundet und runtergemacht, sie ist viel zu lange bei Dir geblieben. Dein Geld und Deine gesellschaftliche Stellung bedeuten ihr nichts mehr. Ich habe ihr kaum mehr zu bieten als mich selbst, ohne viel Geld und ohne gesellschaftliche Stellung. Das reicht ihr, sie liebt mich für das, was ich bin und nicht bin, verstehst Du? Wir werden heiraten, in einer Kapelle auf Amrum, und wir werden ein Kind zusammen haben, schon bald. Ich habe inzwischen eine gute Arbeit gefunden und kann Eva und das Kind ernähren, wenn sie sich die erste Zeit um das Kind kümmert und zu Hause bleibt. Sie wohnt ja praktisch schon bei mir, obwohl sie noch in Aachen arbeitet. Es kann sein, dass Du Dich an mir rächen willst, aber ich habe kein Angst vor Dir. Ich habe Dir übrigens Eva nicht weggenommen, sie ist von ganz alleine zu mir gekommen. Sie weiß jetzt erst, was Liebe ist. Das mit Dir war keine Liebe, das war was anderes. Du hast auch Deine guten Seiten, wie Andrea sagt: Du hast Humor und bist großzügig, immerhin. Ich weiß, was Du mit Eva im Bett gemacht hast. Champagner, Brustwarzen, ablecken. So was Albernes machen wir jetzt nicht, glaub ja nicht, dass sie so was vermisst. Eva und ich lachen oft über Dich im Bett, hinterher. Trotzdem wünsche ich Dir alles Gute. Du wirst genug Frauen finden.

Tom

Seine Adresse kannte ich nicht, aber Eva hatte mir mal gesagt, dass er bei ihr um die Ecke wohnt: »Ich kann ihn fast riechen«, sagte Eva, »nein, nicht ihn selbst, seine Nachbarin kocht dienstags und freitags Gedärme für ihren Hund, der Gestank weht dann zu mir rüber, wenn der Wind ungünstig steht. Eva hatte mir, weil ich fragte, auch mal gesagt, wie John mit Nachnamen heißt, Ermes, auf dem Postamt guckte ich ins Aachener Telefonbuch und in den Aachener Stadtplan, es konnte nur der Ermes in der Suttnerstraße sein, Eva wohnte nur ungefähr hundert Meter entfernt. Meine Hände zitterten ein bisschen, als ich zuerst den Namen und die Adresse auf den Umschlag schrieb und dann die Briefmarken draufklebte. Ich hatte nur noch zwei 1-Mark-50-Briefmarken, davon gingen 50 Pfennig an den Sport, das Motiv war die Fußballweltmeisterschaft, die ab dem 10. Juni in Frankreich stattfand, ich brauchte beide Marken wegen der *Briefmarkensprache*. Die eine Marke (im Querformat) klebte ich hochkant, die andere Marke waagerecht rechts daran, das bedeutete *Ich verzeihe Dir* (hatte ich von Mutter gelernt, und sie hatte es von Berthold, dem Schlagzeuger aus dem Saarland). Es musste John auffallen, wie die beiden Marken da in dieser Stellung aneinanderklebten, er würde sich erkundigen, was das sollte, oder er wusste es sogar, und der Brief war dazu um 1 Mark 90 überfrankiert, das würde er als Spott deuten, wie ich's beabsichtigte – ich freute mich sehr, meine beste Idee seit langem. Den Brief brachte ich sofort zum Briefkasten zwei Straßen weiter, keine Leerung mehr wegen Feiertag, morgen Mittag würde der Brief nach Aachen abgehen und Mittwoch ankommen; das würde für mich nach Ostern schon wieder ein Feiertag sein.

Von dem Brief erzähle ich jetzt meinem Bruder, dem Schreiber und Meckerfritzen, er wird mich loben, weil ich endlich mal Rückgrat zeige und mich gegen einen Gegner wehre, dachte Tom und freute sich. Sören trauerte allerdings und hatte wenig Lust, über irgendwas anderes zu reden als über die Rote Armee Fraktion und Linda McCartney: Er sympathisierte mit der Armee, sie hatte sich gerade aufgelöst, und Linda McCartney war gestorben. Sören kannte Astrid Proll, sie hatte 1970 geholfen, Andreas Baader aus dem Gefängnis zu befreien, und somit praktisch die Rote Armee Fraktion mitgegründet. Durch Astrid, die nach ihrer Haft als Fotoredakteurin arbeitete, begegnete Sören dann ihrem Bruder Thorwald, einem linksradikalen Buchhändler in Hamburg-Altona an der Elbe, und einmal ist Tom hingegangen, als Sören und Astrid in dem Buchladen zu tun hatten; Tom wollte zwei *echte Terroristen* angucken, obwohl sie ja längst keine Terroristen mehr waren. Sie beeindruckten Tom, aber anders als erwartet – er hatte noch nie zwei Geschwister mit so viel Liebe und Respekt füreinander gesehen. Wie Astrid und Thorwald miteinander redeten, sich ansahen und manchmal berührten!

Tom, jetzt auf dem Weg zu Sören, dachte an Astrid und Thorwald und daran, ob Astrid fähig wäre, ihren Bruder als Liebeskasper zu bezeichnen. Nein, das würde sie nie tun. Ich kann Sören leider den Liebeskasper nicht verzeihen, das weiß ich inzwischen, er kann kaum Respekt vor mir haben, und er hat meine Liebe zu Eva beschmutzt und gefährdet. Ich liebe meinen Bruder immer noch, aber es ist doch anders als vor dem Liebeskasper; es wird nie wieder so werden wie früher.

Sören öffnete seine Wohnungstür, und ohne ein Wort zu sagen ging er wieder in sein Arbeitszimmer, setzte sich an seinen Schreibtisch und stierte aus dem Fenster: Es lief *Band On The Run*, Paul McCartney und die Wings, seine Gruppe, hatten die Langspielplatte vor 25 Jahren rausgebracht, das Beste eines Beatles nach den Beatles, fand Sören, und er wartete darauf, dass McCartney, *sein* McCartney noch mal so ein Ding raushaut. »Nun ist Linda tot«, sagte Sören, ohne mich anzugucken, »das wird er überleben, er ist ein Luftikus. Aber ich glaube nicht, dass er nach dem Verlust noch große Musik schreiben kann. Er hing ja noch mehr an Linda als John Lennon an Yoko Ono.« Noch zwei Liebeskasper, dachte ich und sagte zu Sören, dass der Liebeskasper sich jetzt mal gerade gemacht und einen Brief an Evas Ex-Freund geschrieben hat. »Wie bitte?«, fragte Sören, meine Worte schienen ihn zu entsetzen. »Erzähl mal, was steht in dem Brief?« Ich sagte es ihm, und er lachte, ich hatte ihn noch nie so lachen hören; er klang wie unsere Oma, wenn sie einmal pro Jahr ihren Lachausbruch erlitt. »Bist du jetzt völlig idiotisch geworden? Was Besseres als dieser Brief kann deinem Rivalen doch gar nicht passieren«, sagte Sören. »Der öffnet eine Flasche Champagner, nachdem er den Brief gelesen hat, und dann wird er sofort Eva anrufen und ihr den Brief vorlesen. Besonders betonen wird er natürlich die Sache mit den Brustwarzen und deine Ansicht, dass zwischen ihm und Eva niemals Liebe gewesen sei. Das Allerhärteste ist aber deine Lüge, du habest im Bett mit Eva über ihn gelacht. Das verzeiht sie dir nicht. Wenn du sie nicht schon vor Monaten verloren hast, durch diesen Brief hast du sie 100 Prozent verloren. Deine Eifersucht und dein Kontrollwahn waren ja schon schlimm genug, jetzt auch noch Sexualneid – das ist abstoßend. Geh jetzt mal nach Hause und lass mich allein.«

»Liebeskasper, Vollidiot, Lügner und Widerling, was kommt denn noch, mein lieber Bruder?«, sagte ich und ging.

Am Freitag bekam ich dann Post, ich hatte einen Hassbrief von John erwartet, aber der Brief war von Eva, mit der Schreibmaschine getippt, ich wusste gar nicht, dass Eva eine

Schreibmaschine besitzt – vielleicht hatte sie ja im Ärztezimmer gesessen und den Brief an mich auf der Stationsschreibmaschine zwischen zwei Ärztebriefen geschrieben:

Tom,
Du machst alles kaputt mit Deiner Eifersucht, so kann ich nicht mehr mit Dir zusammen sein. John war gestern bei mir und hat mir Deinen Brief gezeigt und gesagt, Du tust ihm leid, er ist nicht wütend auf Dich. Ich bin wütend und verlange, dass Du sofort eine Therapie machst. Ich habe Angst vor Dir und weiß nicht, wohin Deine Eifersucht führen kann. Wirst Du sogar noch gewalttätig? Inzwischen halte ich's für denkbar. Dein Bruder spinnt übrigens, wenn er meint, er sei überhaupt nicht eifersüchtig. Jeder Mensch ist eifersüchtig, Eifersucht gehört zum Menschsein wie Trauer, die Psychologen sind sich da einig, aber bei Dir ist es krankhaft. Die Eifersucht überwältigt Dich, es ist bestimmt eine Qual für Dich. Du willst mich besitzen, das kann ich nicht hinnehmen. Du glaubst, John ist Dir überlegen, und ich könnte deshalb zu ihm zurückgehen. Das ist Unsinn, Du und John, ihr seid überhaupt nicht vergleichbar, völlig verschiedene Männertypen, und ich habe mich vor bald einem Jahr für Dich entschieden. Ich möchte aber mit John befreundet bleiben, er war ja mal sehr wichtig in meinem Leben, und ich schätze ihn. Wenn Du könntest, dann würdest Du mich überwachen und kontrollieren, um zu wissen, ob ich Dich mit John betrüge. Du hast mir eine Menge aus Deiner Jugendzeit erzählt, aber fast nichts aus deiner Kindheit. Da muss irgendwas passiert sein, nur so lassen sich Deine Eifersucht

und Dein Wahn erklären. Du hast fast überhaupt kein Selbstwertgefühl, deshalb hast Du auch diese Gemeinheiten an John geschrieben. Ich glaube, ich liebe Dich noch, aber ich bin mir nicht mehr so sicher wie früher. Du musst an Dir arbeiten. Auf der anderen Briefseite habe ich Dir drei Hamburger Psychologen aufgeschrieben, sie machen Eifersuchtstherapie. Geh da hin, ich bitte Dich darum.

Eva.

SECHSUNDVIERZIG

10. Mai, Muttertag, zweieinhalb Wochen, nachdem Evas Brief angekommen ist: Tom hat sich krankschreiben lassen (»Depressionen«), sechs Erklärungsbriefe an Eva geschrieben, täglich mehrfach bei ihr angerufen und insgesamt 83 Nachrichten auf ihrem Anrufbeantworter hinterlassen. Keine Antwort von Eva, nichts. Tom hat während der Zeit wenig Bier und sehr viel Wodka getrunken, sich bei seinem Bruder, seiner Mutter und Rollo nicht gemeldet und ständig die CD *The Boatman's Call* laufen lassen; sein Lieblingsstück, das er für sich jetzt »mein Todesstück« nennt, heißt *Into My Arms* – *Ich glaube an keinen Gott, der eingreifen kann, aber wenn ich an ihn glauben würde, dann würde ich niederknien und ihn bitten, dich zu lassen, wie du bist, Liebling, und er sollte dich in meine Arme führen, und ich glaube an einen Weg, den wir zusammen gehen können, für immer und ewig.*

Tom hat den Muttertagstisch verlassen, ist in seine Wohnung gegangen und hat die Tür von innen verriegelt; er hat sich gestern eine Dreierpackung Einwegspritzen in der Apotheke gekauft, es gab sie nicht einzeln, er braucht aber nur eine Spritze. Er hat vor drei Monaten einen Dokumentarfilm gesehen, die Nazis in den Konzentrationslagern spritzten auch Luft in die Venen ihrer Opfer und töteten sie auf diese Art.

Zwei Stunden nach Toms Flucht vom Muttertagstisch geht Sören rüber zu Tom, versucht die Wohnungstür mit dem Zweitschlüssel zu öffnen, geht nicht, Sören ruft die Feuerwehr, die dann die Tür aufbricht; Tom sitzt auf seinem Bett, neben sich eine Flasche Wodka, ein Foto von Eva und ihren Brief an ihn, er schwitzt und stinkt und weint, er hat eine Spritze in der Hand. Der Notarzt erkennt einen Einstich im Arm und fragt, was genau Tom denn mit der Spritze gemacht hat, und Tom sagt: *Voll durchgezogen, aber es hat nicht gewirkt.*

Tom lallt ein wenig, aber er ist ansprechbar, Sören, Mutter und Andrea stehen am Bett und gucken zu, der Arzt weiß, wer sie sind, er untersucht Tom zehn Minuten lang, Atmung und Reflexe, scheint alles normal zu sein, Puls und Blutdruck nur leicht erhöht. »Haben Sie jetzt irgendwelche Beschwerden?«, fragt der Arzt, »nein, welche Beschwerden denn«, Tom schüttelt den Kopf und grinst. »Hör auf zu grinsen!, schreit Sören und hebt die Hand, als ob er gleich zuschlagen würde, doch er umarmt seinen Bruder, der nun wieder weint. Sein Gesicht ist ein anderes als vorhin am Muttertagstisch. Es gleicht nicht mehr der Fratze, mit der Gwynplaine, *Der lachende Mann*, durch Victor Hugos Roman geistert; Tom wirkt wie ein Gefolterter nach einer Woche Schlafentzug und hat auch tatsächlich seit 50 Stunden weder geschlafen noch gegessen. »Ich kann hier nicht mehr für ihn tun«, sagt der Arzt schließlich, »fahren Sie bitte mit ihm zur Notfallpraxis Farmsen, die Ärzte dort sollen ein EKG machen und seine Lunge röntgen«, er schreibt ein paar Worte auf einen Block, steckt den Zettel in einen Umschlag, schreibt was drauf, Sören steckt ihn in seine Jackentasche – »Alles Gute«, sagt der Arzt und erspart Tom irgendwelche Redensarten, sie kommen dann aber von Mutter. »Warum machst du denn so was, Tom?«, sagt sie. »Das ist Eva doch nicht wert. Kein Mensch ist so was wert.«

Sie fahren mit Andreas Auto, die Notfallpraxis liegt an der Grenze zum Stadtteil Berne, wo Tom und Sören aufgewachsen sind, das Wahrzeichen hier ist die Eissporthalle, in einer Kneipe nebenan begegneten sie 1982 dem Gustl aus Pfaffenhofen, er konnte fünf Weizenbiere innerhalb von zwei Minuten trinken und trotzdem noch alle Spieler aus jeder Bundesligameistermannschaft des FC Bayern München nennen.

»Dieser Gustl, weißt du noch?«, sagt Tom, als sie an der Eissporthalle vorbeifahren, »das war die beste Zeit.«

»Ohne Befund«, sagt die Ärztin in der Notfallpraxis, »Ihre Lunge und Ihr Herz sind in Ordnung. Hier, das Röntgenbild können Sie haben«, Tom nimmt es, bedankt sich und sagt zu Sören, er dürfe dann ja wohl wieder nach Hause, er habe Hunger und sei müde. »Nee«, sagt Andrea, »jetzt fahren wir ins Universitätskrankenhaus, da redest du mit einem Psychologen. Deine Seele ist ja nicht in Ordnung, weil deine Lunge und dein Herz nichts abgekriegt haben.«

»Okay«, sagt Tom, es klingt so, als tue er nun Andrea einen Gefallen. Der Psychologe, der Dienst hat, heißt Lummer, nicht älter als 30 und so attraktiv wie Horst Buchholz, als er *Das Totenschiff* drehte. Sören berichtet dem Doktor, und der Doktor nickt, und dann sagt Sören, er glaube, dass sein Bruder immer noch eine Gefahr für sich selbst ist – »Ich möchte ihn zwangseinweisen lassen«; »du spinnst wohl«, sagt Tom, und Dr. Lummer lächelt, das Lächeln spiegelt Nachsicht und Souveränität. »So einfach geht das nicht«, sagt er, »Gott sei Dank, wir leben ja nicht in einer Diktatur.« Er fragt Tom, ob er für ein paar Tage auf der Station bleiben möchte, das sei unnötig, meint Tom und bewegt sich schon zur Tür, um zu gehen. »Ich werde jetzt mit ihrem Bruder alleine in einen anderen Raum gehen und mit ihm reden, danach sehen wir weiter, wenn Sie einverstanden sind.« Tom verzieht das Gesicht, verschwindet aber mit Dr. Lummer, eine Stunde warten Sören, Mutter und Andrea, dann sind der Doktor und sein Patient zurück, Lummer betritt den Raum vor Tom und kann nicht sehen, wie Tom zwei Sekunden grinst, so ein Quatsch, soll das bedeuten. »Ich habe einen sehr guten Kontakt zu Ihrem Bruder gefunden«, sagt Dr. Lummer. »Ich bin davon überzeugt, dass er nicht mehr versucht, *sich zu suizidieren.* Er hat versprochen, zweimal die Woche zu einer Kollegin zu kommen und bei ihr eine Psychotherapie anzufangen.« »Danke, gehen wir«, sagt Tom, und Mutter sagt: »Ich habe ja noch den Spargel und den Schinken. Das isst du jetzt, dann fühlst du dich gleich besser.«

Der Anruf von Eva kam am nächsten Vormittag, nachdem Tom bei Mutter gegessen, zwei Bier getrunken, zwei Schlaftabletten von ihr genommen und auf der Couch geschlafen hatte, immerhin sechs Stunden. Beim Essen schwieg Tom, zu dem *Ereignis* war ja alles gesagt; Mutter redete von Raimund Harmstorf, er stand jetzt wieder in den Zeitungen, aber Tom hatte seit Wochen keine Zeitung mehr gelesen. Harmstorf spielte 1971 seine Lebensrolle, er war *Der Seewolf* in einem Fernsehvierteiler, zerquetschte eine rohe Kartoffel mit der Hand und wurde so ein Publikumsliebling, »aber trotzdem«, sagte Mutter, »hat er sich jetzt auf dem Dachboden erhängt. Im Allgäu. An einer Frau soll's nicht gelegen haben. Er hat zuletzt auch Spargel gegessen. Er hatte Parkinson und nahm Pillen, niemand durfte das Zittern sehen. Einem Seewolf dürfen nicht die Hände zittern. Von den Pillen hat er dann Angst gekriegt. So viel Angst, dass er nicht mehr leben konnte. Soll ich mal mit Eva reden? Versprichst du mir, erstmal keinen Schnaps zu trinken? Schaffst du das?« Tom bedankte sich bei Mutter für ihre Fürsorge und sagte, ja, er werde erstmal keinen Schnaps trinken, und nein, sie brauche nicht mit Eva zu reden, das wolle er selbst tun. Tom sagte, die Sache mit der Luftspritze habe ihn *zur Besinnung gebracht*: Er sei froh, dass es nicht geklappt hat, ohne den Wodka wäre er doch nie auf diese Wahnsinnsidee gekommen. Das habe er auch dem Dr. Lummer klarmachen können. »Ja, sonst hätte er dich nicht gehen lassen. Aber gehst du jetzt auch zu seiner Kollegin und lässt dich behandeln, oder glaubst du, es ist überflüssig?« Ich kann sie mir ja mal angucken, obwohl ich bezweifele, dass es was bringt, dachte Tom, und er sagte zu Mutter, schon in dieser Woche werde er zu Frau Dr. Seewald gehen und sich beraten lassen.

Als sie am Sonntag zu viert von Dr. Lummer aus der Universitätsklinik kamen und Heiterkeit in Tom aufstieg, da sagte Andrea, sie werde Eva abends anrufen und ihr erzählen, was passiert ist. Ja, tu das, sagte Tom, sie kann sich während der nächsten Tage ja mal melden, wenn sie dazu Lust hat, aber wenn nicht, dann eben nicht. Halb elf am Montag, Tom hatte gerade ein Weltmeisterbrötchen mit Pflaumenmus gefrühstückt, sein Bett bezogen und drei Flaschen Wodka in den Ausguss gekippt, da klingelte das Telefon.

EVA Wie geht es dir? Hast du geschlafen? Hast du weiter getrunken? Wer kümmert sich um dich? Andrea sagt, du hast versprochen, eine Psychotherapie zu machen.

TOM Mir geht's ganz gut, ich habe geschlafen und nicht weiter getrunken, niemand muss sich um mich kümmern. Eine Therapie werde ich machen, wenn ich mit der Frau Doktor klarkomme, das weiß ich doch vorher nicht. Sören hat seine Therapie vor zwei Jahren nach drei Sitzungen abgebrochen, weil er von seiner Frau Doktor zu Tode gelangweilt und sie ihm überhaupt nicht gewachsen war. Aber es wird keine Eifersuchtstherapie, von deinem Vorschlag habe ich noch nie was gehalten. Eifersucht ist nicht mein Hauptproblem. Ich bin auch nicht eifersüchtiger als früher Richard Burton, und Elizabeth Taylor hat ihn gleich zweimal geheiratet.

EVA (*lacht kurz*) Du scheinst erholt zu sein, ich bin beruhigt. Warum wolltest du dich denn umbringen?

TOM Ich wollte mich nicht umbringen. Das war kein Selbstmordversuch, sondern Blödsinn. Eine Kurzschlussreaktion, eine Schnapsidee. Es ist ja auch nix gewesen. Wenn ich wirklich hätte weg sein wollen, dann hätte es auch geklappt. Die Therapie mache ich, um zu erkennen, was ich hier soll. Ich bin 40 Jahre alt und weiß es immer noch nicht. Ich liebe dich, aber das kann doch wohl nicht Alles sein. Auf Liebe ist ja auch kein Verlass.

Dann sagte Eva noch, sie werde nächste Woche nach Scharbeutz fahren und ihre Freundin Milena besuchen, eine Polin, sie möchte Medizin studieren, Eva wolle sie beraten und auf dem Rückweg, an Himmelfahrt, ein paar Stunden mit mir in Hamburg reden: »Wir können doch um die Alster laufen«, sagte sie, ja, dachte ich, aber auf *unserer Bank* wirst du nicht sitzen wollen. Okay, sagte ich, komm her und rede mit mir, ich werde dir von meinen ersten Therapiestunden berichten und dir zuliebe sogar den Vatertag ausfallen lassen. Als Eva diese Milena erwähnte, da ist mir der Urlaub in Polen eingefallen, 1977, Sören, drei seiner Freunde und zwei Mädchen haben mich mitgenommen, verteilt auf drei Autos sind wir ziemlich weit nach Polen reingefahren, Masuren, wo der Dichter Siegfried Lenz seine Geschichten *So zärtlich war Suleyken* spielen lässt; wir haben das Buch schon in der sechsten Klasse gelesen, der Lehrer konnte den Dialekt der Personen so nachmachen, dass wir Schüler oft lachen mussten. Zehn Jahre später zelteten wir in Masuren und hörten Elvis' Hits vom Kassettenrekorder, wir schwammen in den Seen, mit den Einheimischen tranken wir viel Bier (*Piwo*), trauten uns aber nicht, den hochprozentigen Alkohol zu probieren, denn er hat ausgesehen und gerochen wie ein Putzmittel. Am 18. August, zwei Tage nach Elvis' Tod, waren wir in Hamburg losgefahren, am 5. September wollten wir zurück und kamen an die polnisch-ostdeutsche Grenze, wir wussten nicht, dass die RAF gerade Hanns Martin Schleyer entführt hatte – da standen Polizisten, supernervös, sie richteten ihre Maschinengewehre auf uns, ich hatte noch nie eine Waffe *in echt* gesehen, und nun so eine Situation. Zum zweiten Mal nach den Katastrophen mit dem Ungeheuer fühlte ich mein Leben bedroht. Die Polizisten durchsuchten unsere Autos, kontrollierten unsere Pässe und führten Sören in eine Baracke, weil er auf seinem Reisepassfoto ein bisschen so aussah wie Andreas Baader. Zwei Stunden blieb Sören in der Baracke, er erzählte hinterher, das sei Schikane gewesen, die Polizisten wollten ihm Angst machen und telefonierten angeblich, um die Erlaubnis zu kriegen, ihn zu verhaften. Sören sagte, er habe den Polizisten zu erklären versucht, dass er nicht Andreas Baader sein könne, da Andreas Baader doch noch im Stammheimer Knast sitzt; die Polizisten brauchten wohl die zwei Stunden, um dieser Logik zu folgen.

»Wollen Sie denn nicht die Wahrheit über sich wissen? Wollen Sie nicht wissen, wer Sie sind?«, fragte Frau Dr. Seewald in ihrem Sprechzimmer, die Psychiatrie war hinten links in der Ecke, vom Haupteingang aus gesehen. Dr. Seewald schätzte ich auf 60, mit ihrem kurzen Silberhaar erinnerte sie mich an eine Reklamefrau, aber mir wollte nicht einfallen, für welches Produkt diese Frau mal geworben hatte. Vielleicht Versicherungen, ich hatte jedenfalls sofort Vertrauen zu Dr. Seewald: Mir gefiel, dass sie allgemein redete und beispielsweise die Luftspritze und Eva gar nicht erwähnte, obwohl ihr Kollege Lummer bestimmt ausführlich über meinen Fall berichtet hatte. Im Plauderton fragte sie, was in meinem Leben bisher passiert sei und wie ich mich selbst einschätzen würde. Ich umriss mein Leben und sagte, ich sei nie was anderes als ein Niemand gewesen, würde mich aber bemühen, ein anständiger Mensch zu sein. Wer mich ausnutzen oder betrügen will, sagte ich, hat alle Chancen, es zu schaffen; ich bin nicht nur ein Niemand, sondern auch ein Naivling.

»Kennen Sie den Roman *Der Idiot* von Dostojewski?«, fragte Dr. Seewald. »Da könnten Sie sich wiedererkennen, der Idiot heißt Myschkin, ein Fürst. Er ist natürlich kein Idiot in dem Sinne, wie wir heute dieses Wort benutzen – der Idiot, der Trottel, der Depp. Dieser Fürst Myschkin will immer nur das Gute, er hat sehr viel Mitgefühl und sehr viel Vertrauen, und er ist krank, die Nerven. Er hat auch Krampfanfälle, die ihn an Gott heranführen, so sieht er das jedenfalls.« Nein, sagte ich, den Roman kenne ich nicht, ich habe seit der Schulzeit nur Zeitungen und Musikmagazine gelesen, und jetzt bin ich als Korrekturleser bei einer Fernsehzeitschrift angestellt. »Haben Sie noch nie davon gehört, dass ein Buch sogar ein Menschenleben retten kann?«, fragte Dr. Seewald. Mein Bruder, der tausend Bücher gelesen hat, glaubt das auch, sagte ich, aber für mich ist das unvorstellbar. *Last Night A DJ Saved My Life*, spielt ein Lied und heilt Sie von ihrem Liebeskummer. Können Sie sich das vorstellen? »Musik hat Heilkraft, das ist erwiesen«, sagte Dr. Seewald, »ich denke da eher an Mozart oder Bach, aber warum sollte es nicht auch mit Popmusik funktionieren?«

Am Ende der Sitzung meinte Dr. Seewald, sie sei dafür, dass Tom für eine Woche in der offenen Psychiatrie des Krankenhauses Eilbek bleibt, drei Stadtteile vom Universitätskrankenhaus entfernt, die Ärzte dort würden Tom beobachten, mit ihm reden und ihn einschätzen, er könne wieder gehen, wann immer er wolle, er könne im Garten sitzen oder spazieren, nach der Woche würde Tom dann die Therapie bei Dr. Seewald fortsetzen beziehungsweise eigentlich erst beginnen – er müsse sich überlegen, ob das wirklich nötig sei, antwortete Tom, eine offene Psychiatrie ist ja auch eine Psychiatrie, dachte er, und ich bin doch wohl noch kein Fall fürs Irrenhaus.

SIEBENUNDVIERZIG

Tom telefonierte am Abend mit Eva, und im Tonfall einer Erpresserin sagte sie, er solle die paar Tage nach Eilbek gehen, wenigstens versuchen, sich dort *zu öffnen*, sonst würde sie doch nicht an Himmelfahrt kommen, um mit ihm um die Alster zu laufen. Tom packte seine Tasche für Eilbek, das Buch, das er von Sören geschenkt bekommen hatte, steckte er zwischen die Toilettensachen: *Stiller Schrecken*, der Kriminalschriftsteller James Ellroy veröffentlichte es 1986, zum Thema Serienmörder gebe es keinen besseren Roman, behauptete Sören; in seiner Bedeutung entspreche er ungefähr Goethes *Werther* über Selbstmord aus Liebe. Aber Tom hatte Sören gesagt, dass er niemals ein Buch von Goethe lesen könnte – er müsste nach einer Seite spätestens das Lesen vor Erschöpfung einstellen. Nach einer Seite *Stiller Schrecken* jedoch dachte Tom, hm, mal gucken, und als er dann fünf Seiten gelesen hatte, da konnte er nicht mehr aufhören.

(*Mittwoch, 20. Mai am Nachmittag im Schach-Café, es ist das letzte Mal, dass Tom und Sören sich sehen, sie sitzen auf der Terrasse und essen Bratkartoffeln mit Spiegeleiern, aus den Lautsprechern kommt* Ein Schwein namens Männer, *Die Ärzte singen, es könnte der Sommerhit des Jahres werden. Sören trinkt Bier, das zu kalt ist, die Schaumkrone kann sich nur zehn Sekunden halten; Tom hat seit dem Muttertag keinen Alkohol getrunken, er bestellt jetzt einen halben Liter Cola mit Limonade, in seinem Gesicht regt sich nichts – eine Maske, als ob er Parkinson hätte.*)

SÖREN Du hast dein Versprechen gehalten und warst in Eilbek, also muss Eva morgen zu dir kommen, sie wird ihr Versprechen ja wohl auch halten. Sie kann dieses Versprechen nicht brechen, so erbärmlich kann sie nicht sein. Was erhoffst du dir von dem Treffen?

TOM Sie kommt auf jeden Fall, sie erwartet ja meinen Bericht, aber eigentlich habe ich gar nichts zu berichten. Ich weiß auch nicht, wie ich an unserer *Beziehung arbeiten* sollte. Eva muss mir das morgen mal erklären.

SÖREN (*verzieht den Mund*) Das sind doch nur Sprüche von ihr. Mich würde nicht wundern, wenn sie morgen sagt, tut mir leid, Tom, aber Gefühle können sich ändern.

TOM Hast du mal daran gedacht, dass du dich zwischen Eva und mich gedrängt und uns mit deinen *Wahrheiten* über sie und mich geschadet hast?

SÖREN Was ich gesagt und geschrieben habe, das war meine *Bruderpflicht*. Ein Philosoph, ich glaube, ein Franzose, hat mal gesagt, Liebe geht nicht ohne Verrat und Verachtung.

TOM (*ohne die Stimme zu heben, fast zärtlich*) Sören, mein lieber Bruder, du kannst mich mal am Arsch lecken mit deinen Philosophen.

(Sören gabelt zwei Bratkartoffeln, tunkt sie ins Eigelb, führt die Gabel zum Mund, stoppt, legt die Gabel auf den Teller, schiebt ihn beiseite, reibt den Bierglasrand mit dem Zeigefinger und guckt nach der Kellnerin, die am Nebentisch gerade Sauerfleisch und Baguette Hawaii serviert; er scheint sich sehr zu schämen.)

SÖREN Es tut mir leid, entschuldige bitte, das war gemein. Du darfst nicht denken, dass ich dir dein Glück missgönne. Denkst du das etwa?

TOM (*seine Rede hat was Roboterhaftes*): Ich bin 40 Jahre alt, nach Eva kommt nichts mehr. Bis ich Eva kennenlernte, dachte ich ja auch, da war nie was, da kommt nichts. Mit Eva hatte ich doch eine ganz neue Welt. Jemand wie ich kann so eine Welt doch gar nicht erwarten. So eine Chance kriege ich nie wieder. Wahrscheinlich habe ich's vermasselt. Nach Eva kommt nichts mehr. Was sollte nach ihr denn noch kommen? Eine andere Frau will ich nicht. Ich will Eva, Eva, Eva. Du hast eine Frau noch nie so gewollt. Wenn's mit einer Frau nicht mehr ging, dann hast du eben die Nächste genommen. Es war ja auch immer eine Nächste da. Du hast mir mal gesagt, es gibt nicht nur die eine große Liebe, sondern mehrere große Lieben, drei oder vier oder noch mehr. Das glaube ich nicht; es gibt die Eine und den Einen. Du hast auch mal gesagt, die allermeisten Menschen kommen nicht mal in die Nähe einer großen Liebe, und das glaube ich auch. Deshalb fühle ich mich als Auserwählter. Egal, wie das jetzt zwischen mir und Eva weitergeht – niemand kann mir nehmen, was war. Aber nach Eva kommt nichts mehr.

(*Er hat seinen Teller leergegessen und isst jetzt auch noch Sörens Reste, seine Bewegungen sind zackig.*)

SÖREN Was glaubst du, warum wollte sie vor einem Jahr nicht mehr mit diesem John, sondern künftig mit dir zusammen sein? Das war ja kein Laune von ihr. Launen dauern nicht so lange.

TOM Ich bin der Eine für sie. Vorher dachte sie wohl, John ist der Eine. Aber dann sah sie mich auf Andreas Party; unsere zwei Stunden auf der Alsterbank, da wusste sie, John ist ein Irrtum gewesen. John hasst mich natürlich. Sein Vorteil ist, dass er noch mit Eva in derselben Stadt wohnt. Er hat versucht, sie verrückt zu machen, wieder *umzudrehen*. Vielleicht hat er's geschafft. Er hat Macht über Eva, was mir oft vorkommt wie in einem Horrorfilm. *Eine Art Voodoo*, wobei ich nicht glaube, dass er zu Hause eine Eva-Puppe hat und Nadeln reinsticht. Mein Brief an John war richtig, du und Eva, ihr sagt, er war falsch, aber ich würde den Brief genauso noch mal schreiben. Ich hätte aber nicht nach Aachen fahren sollen, um Eva zu überraschen. Das war mein einziger Fehler, da dachte Eva, ich hätte kein Vertrauen zu ihr. Bei Eva fühle ich mich zum ersten Mal als Mann. Sie schluckt mein Zeug, ich kann das jedes Mal wieder kaum fassen. Jenny wollte mir ab und zu einen Gefallen tun, hat das Zeug aber auf meinen Bauch gespuckt. Eva schluckt mein Zeug, und sie genießt es. Tanja müsste kotzen und sich eine Woche krankschreiben lassen, wenn sie nur an so was denken würde.

Er winkt nach der Kellnerin, heute will er mal bezahlen, 19 Mark bitte, sagt die Kellnerin, es dauert eine halbe Minute, bis Tom zwei Scheine aus seinem Portemonnaie gefummelt hat und 30 Mark gibt, stimmt so, sagt er – die Kellnerin staunt und strahlt, es ist wahrscheinlich das höchste Trinkgeld in der Geschichte dieser Traditionsspelunke. »Übermorgen zur gleichen Zeit wieder hier, und du erzählst von deinem Treffen mit Eva?«, fragt Sören, legt einen Arm um Toms Schultern und küsst ihn auf sein Haar, wie er's früher so oft getan hat. Mal sehen, sagt Tom und gibt Sören förmlich die

 Hand, was er noch nie getan hat.

ACHTUNDVIERZIG

Eva steigt aus dem Zug und hebt ihre Hand, ich muss 50 Meter gehen, bis ich bei ihr bin, sie küsst mich kurz auf den Mund, das habe ich mir gewünscht, aber ihre Lippen haben sich verändert: Die Oberlippe ist jetzt die Unterlippe und umgekehrt. Als ich das spüre und erkenne, weiß ich sofort, dass Eva heute mit mir Schluss machen wird. Sie wirkt wie immer, nichts Auffälliges an ihrer Kleidung, sie trägt einen Jeansminirock und eine Bluse mit Blumenmuster, ihre Reisetasche packen wir in ein Schließfach, wir verlassen den Hauptbahnhof zur St.-Georg-Seite, wo die Drogensüchtigen, stehen, sitzen, liegen. Eva erzählt von einem Patienten auf ihrer Station, er wird bald sterben, weiß es und hat Eva gefragt, ob es möglich wäre, dass er alleine stirbt, niemand soll seine Hand halten, niemand soll im Sterbezimmer sein. Der Mann sagte, jeder Mensch sei sein Leben lang alleine, auch wenn er ein paar hundert Freunde hat, er finde es deshalb *natürlich*, dem Tod allein zu begegnen, nur der Sterbende und der Tod. »Die Situation überfordert mich, auch die Krankenschwestern haben so einen Patienten mit so einem letzten Wunsch noch nie erlebt, und der Mann ist voll bei Verstand«, sagt Eva. Ich erzähle ihr zum Trost von meinem Ausflug gestern, der Raps blüht, und ich habe mich in ein Rapsfeld gelegt und bin über eine Stunde drin geblieben, und mir ist nichts passiert, obwohl die Oma immer sagte, wer sich in ein Rapsfeld legt, liegt auf seinem Totenbett und wird sterben – Rehe im Rapsfeld werden nur verrückt, aber ein Mensch verliert zuerst die Besinnung vom Rapsduft und atmet dann nicht mehr. Eva glaubt mir nicht, das sehe ich sofort, sie sagt, von solchen

Todesfällen habe sie noch nie gehört, aber ich sei eben *ein außergewöhnlicher Mensch.*

»John und ich können jetzt wieder ganz normal miteinander umgehen. Das ist mir sehr wichtig, das möchte ich nicht missen«, sagt sie, und ich muss mich zusammenreißen, ich bin kurz davor, sie anzuschreien, *möchte ich nicht missen*, warum redet sie so geschwollen, was will sie mir damit zeigen? Aus einer Schwulenkneipe im Schwulenviertel St. Georg dröhnt das Lied *Miserabilism* von den Pet Shop Boys, und ich frage Eva, ob sie weiß, warum die Pet Shop Boys so heißen, sie weiß es nicht und sagt, dass sie die Musik der Pet Shop Boys langweilig findet, deshalb interessiert sie's auch nicht so sehr, warum die Pet Shop Boys so heißen, aber ich sag's ihr trotzdem: Manche Schwule nehmen eine Handvoll Seidenspinnerraupen, stecken sie in ein Kondom und stecken dieses Kondom dann in ihren Hintern, die Seidenspinnerraupen krabbeln wie verrückt in dem Kondom und haben Angst; sie können nicht mehr atmen, sodass nach und nach ihre elf Gehirne absterben, und der Schwule hat einen Orgasmus durch den Todeskampf der Seidenspinnerraupen – die Schwulen, die auf diese Spezialität stehen, heißen Pet Shop Boys, weil sie ständig in Tierhandlungen sind, um Seidenspinnerraupen zu kaufen.

Eva nickt und guckt nach vorne, sie möchte einen Kaffee trinken, wir erreichen gleich das Restaurant-Café *Bobby Reich*, seit über 100 Jahren gibt's hier schon Kaffee und Kuchen und Scholle und Schweinerippchen, der Fernsehmoderator Reinhold Beckmann joggt vorbei, er wohnt in der Gegend, ich habe ihn auch schon mal im Trainingsanzug auf unserer Bank sitzen sehen, er schnaufte und röchelte, Deutschland hat seinen Beckmann ganz sicher noch nie in diesem Zustand erlebt. Eva bestellt zwei Tassen Kaffee, wir betrachten die Segelboote, der Kellner kommt von der Seite, serviert den Kaffee und sagt »Bittschön, die Herrschaften«, ein Österreicher, der mir auf die Nerven fällt, ich sage ihm, wir sind keine Herrschaften, sondern ganz normale Leute; der Kellner, der aussieht wie 95, verbeugt sich und schleicht davon. In diesem Moment beginnt Eva zu weinen, sie nimmt meine Hand und sagt: »Wir hatten so schöne Monate, aber Gefühle können sich ändern.«

Genau diesen Satz, den doch eigentlich nur Teenager sagen, hat Sören prophezeit, er hat sich wohl mit Eva abgesprochen.

»Wir passen nicht so zusammen, wie ich gedacht hatte«, sagt sie, und dann sagt sie noch das Allerwiderlichste, ich könnte sie zusammenschlagen oder anspucken. »Du bist zu gut für mich, Tom«, sagt sie und schluchzt, »du hast viel mehr Charakter als ich. Ich habe meine gemeinen Seiten, du kannst nichts Gemeines denken oder tun.«

Mein Bruder Sören hat mit Eva geschlafen, das ist für mich jetzt das Wahrscheinlichste, einmal Bezirksbefruchter, immer Bezirksbefruchter. Von einem seiner Dichter hat er mal was zitiert, er mag es ja gerne, Dichterworte nachquatschen. Ich weiß nicht mehr, von welchem Dichter die Einsicht kommt, ungefähr: Sex ist der größte Luxus, den wir Menschen haben, kostet nichts, und er ist immer ein Trost für Liebende, und er bedeutet, den Tod auszulachen. Sören hat *immer* Angst, seit den Verschickungen damals und seit Mutter *einknickte* und das Ungeheuer Hans in unsere Wohnung und unsere Leben ließ. »Morgens, wenn ich aufwache, dann spüre ich sofort Angst, und Angst ist das Letzte, was ich spüre, bevor ich einschlafe«, sagt Sören – er hat Angst vorm Tod, Angst vorm Leben, nur vor Menschen hat er offenbar keine Angst. Aber um den Tod auszulachen, braucht er natürlich besonders viel Sex, da ist Eva genau die Richtige für ihn. Wie sie da jetzt neben mir geht und die Haare nach hinten wirft, dieses Arschgewackel, das ähnelt doch sehr den Nutten auf dem Kiez. Natürlich schläft sie auch wieder mit John, ich wusste immer, dass es so kommt. Ich brauche den Sex auch als Trost, aber Angst habe ich nicht, bei mir ist es Ekel, Leere, der Ekel und die Leere sind das Gleiche, und meine Eva hatte die Ekelleere von mir genommen, und nun wird sie mich wieder reinstoßen; nur sie kann das Gefühl wegmachen.

»Nur du kannst es wieder wegmachen«, sage ich zu ihr, aber sie hört gar nicht, was ich sage, denn sie glotzt nach den halbnackten Männern, die hier an der Alster joggen und im Vorbeilaufen nach Eva gucken. Wir sind gleich am Hauptbahnhof, außer *Nur du kannst es wieder wegmachen* habe ich eigentlich nichts mehr zu sagen. »Wollen wir noch ein Eis essen?«, fragt sie, und in diesem Moment finde ich sie fast hässlich; »Eine dünne Blonde, na und?«, wie mein Bruder sagt. Nein danke, ich will kein Eis essen, wir holen Evas Gepäck und gehen zu einem Bahnsteig, ich merke, dass Eva genau weiß, wo sie hin muss, sie hat ihren Aufenthalt genau geplant, nach zehn Minuten (länger hätte das Eisessen nicht dauern dürfen!) kommt ihr Zug, sie umarmt mich und sagt: »Nächsten Monat bin ich wieder in Hamburg, bis dahin werden wir uns beruhigt haben.« Wenn ich jetzt ein Messer bei mir hätte, ich würd's ihr in den Unterleib rammen, denke ich, während ich weine, und Eva weint auch, diese Schauspielerin. Sie geht rein in den Zug, die Türen schließen sich, Eva drückt ihre Handflächen gegen die Scheiben, ich drücke von außen meine Handflächen gegen ihre Handflächen, die Scheiben sind heiß, aber ich spüre die Kälte von Evas Händen. Ein Schaffner pfeift und springt in den Zug, der nun anfährt, ich laufe noch 20 Meter mit, Handflächen an Handflächen, dann muss ich loslassen. Ich gehe in die *Bodega Nagel* gegenüber vom Hauptbahnhof und bestelle ein *Holsten*, der Kellner mustert mich, als ob ich nicht in Ordnung wäre – ach so, ja, ich weine immer noch ein bisschen. Entschuldigung, sage ich, mir ist gerade ein Stück Scheiße ins Auge geflogen. Der Kellner geht weg, ich muss jetzt nicht an Eva denken, sondern an Mutter, die vor ein paar Tagen am Mittagstisch erzählte, was sie anders machen würde, wenn sie noch mal von vorne leben könnte. »Keine Kinder«, sagte Mutter, »dafür mehr Spaß, mehr reisen. Diesen Hans, den Schläger, hätte ich damals nicht nehmen sollen, nachdem er bei uns ein paarmal den Garten gemacht hat. Aber meine Mutter sagte, nimm ihn, das ist ein guter Mann. Da bin ich eingeknickt und hab ihn genommen. Ein guter Mann war er ja nicht. Aber er mochte Kinder.«

NEUNUNDVIERZIG

Tüdeln sagt der Hamburger für *spinnen / sich Geschichten ausdenken*: Wann immer Sören und ich anzudeuten versuchten, dass Hans möglicherweise seinen Sohn und dessen Sohn mochte (sie wohnten in der Nachbarschaft), aber zwei andere Kinder, mich und Sören, viel zu sehr mochte beziehungsweise uns benutzte, um sich an Mutter zu rächen – wann immer Sören oder ich damit anfingen, sagte Mutter: »Och, ihr tüdelt aber. Hans mochte Kinder, da könnt ihr doch seinen Sohn fragen.« Sören hat Mutter wegen der Sache ab und zu angeschrien, ohne sie im Geringsten zu beeindrucken, während ich immer fand, sie hatte eh ein schweres Leben, wir sollten sie nicht noch belasten mit Dingen, die vor langer Zeit passiert sind; Mutter wollte davon nichts hören. Vater bei der SS und das Ungeheuer Hans – »Lasst mich damit in Ruhe, ihr tüdelt doch. Ihr habt schon immer viel getüdelt, auch in der Schule. Die Lehrer sagen, ihr habt zu viel Phantasie. Von mir habt ihr das Tüdeln nicht. Von eurem Vater auch nicht.«

Sören und ich haben nie über Einzelheiten geredet und einander nur bestätigt *mit mir hat er auch was gemacht*. Er hätte einem Italo-Western entsprungen sein können, immer der gleiche Gesichtsausdruck, kein Wort zu viel reden, die Fäuste oft geballt, ohne dass wir wussten, warum. Es überraschte uns, welche Musik er bevorzugte, er verspottete Mutter, weil sie ständig Schlager auflegte oder den Schlagersänger Vico Torriani im Fernsehen guckte; Hans liebte Operetten (er gebrauchte wirklich das Wort lieben), sein Lieblingsoperettensänger war Rudolf Schock, besonders Rudolf Schock verkleidet als Chinese in der Operette *Das Land des Lächelns*, komponiert von Franz Lehár (der Chinese liebt eine Gräfin aus Österreich, holt sie nach China, verliert sie aber an Graf Gustav von Pottenstein).

Einmal kam ich nachmittags aus der Schule und ging ins Wohnzimmer, ich hatte dort ein Schulbuch liegen, Hans saß auf der Couch, stützte den Kopf in die Hände und hörte *Das Land des Lächelns*, gerade sang Rudolf Schock *Dein ist mein ganzes Herz*, und Hans weinte, er drehte sich weg, als er mich sah. Mutter erzählte später, Hans habe ihr gesagt, er ist der Chinese, sie ist die Gräfin, und irgendein Graf wird erscheinen und sie stehlen. Das soll also der Grund gewesen sein, weshalb Hans regelmäßig tobte und Mutter zusammenschlug; einmal hat sie sich gewehrt und geschrien: »Du mit deinem kleinen Pimmel, du willst ein Mann sein?«, Hans warf sie auf den Boden, trat ihr auf den Arm und brach ihn. »Ich tüdel nicht, er hatte wirklich einen kleinen Pimmel. Den kleinsten Pimmel, den ich jemals gesehen habe. Ihr glaubt nicht, wie klein der war«, sagte Mutter, als Hans endlich aus dem Haus war, abgeführt von der Polizei. Er hatte vorher noch einen Selbstmordversuch vorgetäuscht, ein bisschen mit der Rasierklinge an seinen Handgelenken rumgeritzt, Wasser ins Waschbecken laufen lassen und die Hände reingehalten, das Wasser färbte sich rot, die Show eines Feiglings, am 29. Juli 1969, die Amerikaner waren eine Woche vorher auf dem Mond gelandet.

Der Kellner in der Bodega Nagel bringt mir jetzt das vierte *Holsten*, und ich warte auf meinen Zusammenbruch nach dem Alsterspaziergang mit Eva, aber ich fühle nichts, nicht mal die übliche Ekelleere. Immerhin, Eva hat mit mir Schluss gemacht, das heißt, Schluss gemacht mit meinem Leben. Nun erwartet Sören auch noch meinen Bericht, wie's an der Alster gelaufen ist und wie's weitergeht, ich werde ihm sagen, dass Eva vorgeschlagen hat, *weiter an unserer Beziehung zu arbeiten*, das klingt nach Zukunft und beruhigt ihn. Andrea hat Geburtstag am Montag, ich muss noch ein Geschenk für sie kaufen, das letzte Geschenk.

Die nächsten beiden Tage, am Freitag und Sonnabend, wird Tom nicht mehr ans Telefon gehen, er isst nur noch eine Dose Sardinen (am Freitag), zwei Äpfel (am Sonnabend) und die Pizza am Sonntag, nachdem er sich ein letztes Mal geduscht und die Wäsche ein letztes Mal gewaschen und im Bad zum Trocknen hingehängt hat. Während der letzten drei Tage trinkt er jeweils nur drei Biere, ohne Lust, er will nicht mehr betrunken sein, jedoch den Geschmack auf der Zunge haben. Er hört alle seine Rory-Gallagher-Platten nacheinander und dann wieder von vorne, erinnert sich jetzt genau an das Interview damals mit Rory Gallagher in Irland, die Kneipe, das Leichenhaus; was Rory Gallagher damals über die Idealfrau sagte, das findet Tom jetzt komisch. Er lächelt jetzt oft vor sich hin, *Das Land des Lächelns*, vom Balkon, wo er sitzt und Musik hört, geht er immer wieder ins Bad und besichtigt es. Er schläft ein wenig, zwei Stunden reichen ihm, um sich stark zu fühlen. Seine Ruhe überrascht ihn, sie hält bis am Sonntag, dann will er doch noch mal mit Eva reden, es läuft aber immer nur ihr Anrufbeantworter, sie wird bei John sein, denkt Tom ohne Leidenschaft.

Ich hinterlasse nichts und würde Mutter gerne vergeben, Sören hat immer gesagt, sie hat auf ihre beiden Jungs nicht aufpassen können, das müssten wir ihr vergeben, er könne es aber nicht vergeben, Mutter müsste wenigstens zuhören, aber sie weigert sich ja. Mutter, ich vergebe dir, denkt Tom, ich vergebe dir, dass du eingeknickt bist, weil du doch keine Widerworte geben konntest, wenn deine Mutter sagte, mach dies, mach das, nimm den Mann, das ist ein guter Mann. Ich vergebe dir auch, dass ich von einem Schwein abstamme, deinem SS-Mann.

Am Freitagnachmittag, wenn die Oma schon weg und Mutter noch nicht von der Arbeit zurück war, und am Montagmorgen, bevor die Oma uns wieder betreute und Mutter arbeitete, dann kam das Ungeheuer über mich. Er hatte wirklich ein so kleines Ding, wie Mutter behauptete, er steckte es in meinen Mund, es war eingehüllt in einer Art Plastikbeutel, das Ungeheuer wollte mich nicht beflecken. Das Ungeheuer brauchte keine Gewalt, strich mir übers Haar, streichelte meine Lippen, und immer lief die Schallplatte seiner Operette, sein Lied, *Dein ist mein ganzes Herz, wo du bist, kann ich nicht sein. So, wie die Blume welkt, wenn sie nicht küsst der Sonnenschein!* »Du sagst nichts deiner Mutter, sonst wird's dein Bruder ausbaden«, sagte er, ich weiß nicht mehr, wie viele Freitagnachmittage und Montagmorgen es waren, vielleicht zwei, vielleicht 20; Sören sagte einmal: »Wenn wir wenigstens auf sein Grab pissen könnten«, aber wir wissen nicht, wo er geblieben ist. Damals, in den Zeiten von *Dein ist mein ganzes Herz*, hatte ich oft Angst nach draußen zu gehen, weil der Himmel so hoch war und ich in den Himmel guckte wie in einen Abgrund, ich glaubte auch, hinter dem Himmel, dem Blau oder Grau oder Schwarz, würden Gespenster auf mich warten. Mutter schien nichts davon zu bemerken, was am Freitagnachmittag und Montagmorgen in ihrer Wohnung passierte, jedenfalls fragte sie nie, ob mir was fehlt – sie hatte ja auch genug damit zu tun, ihre Wunden und Beulen vor den Leuten zu verbergen. Nur der Busfahrer, der über uns wohnte, ließ sich nicht täuschen, ein Zwei-Meter-Mann mit Hinkefuß, er alarmierte schließlich die Polizei, noch heute fühle ich mich am sichersten in Bussen, ich möchte jedem Busfahrer, wenn ich in den Bus steige, auf die Schulter klopfen.

FÜNFZIG

Tom hat die Paketschnur (extra reißfest) neben den CD-Player gelegt: Selbstmordkenner behaupten, der Selbstmörder hat die besten Chancen, dass sein Versuch klappt, wenn er vom Hochhaus springt, sich eine Kugel in den Mund schießt oder sich erhängt. Der Erhängte baumelt normalerweise in der Luft, die Pferdediebe in Western sterben so, die obersten

Nazis mussten 1946 so hängen. Der Sterbewille und Lebensekel müssen enorm sein, wenn der Selbstmörder sich auf Knien erhängt, denn es kann 20 Minuten dauern, bis der Tod kommt. Tom hört gerade Rory Gallaghers *Crest Of A Wave*, drückt auf die Stopptaste des CD-Players, nimmt die Paketschnur und geht ins Badezimmer, das nach *Sunil* riecht. Er verknotet das eine Ende der Paketschnur an der Türklinke, bindet eine Schlaufe mit dem anderen Ende, kniet sich hin und legt die Schlaufe um seinen Hals. Bevor er sich nach vorne fallen lässt, ist das Letzte, was er denkt, ob Eva wohl an seinem Sarg stehen wird und ob sein Bruder wirklich den Schneid und das Herz hat, *Das Lied der Schlümpfe* während der Trauerfeier spielen zu lassen.

ENDE

EDITORISCHE NOTIZ

Uwe Kopf hat das Manuskript zu *Die elf Gehirne der Seidenspinnerraupe* vollständig abgeschlossen. Es wurde nach seinem Tod vom Verlag in Zusammenarbeit mit Birgit Fuß, Andrea Hacke und Stephan Timm behutsam redigiert.